即便是大地的浪子
也怀揣着尘世的温暖

大地

温暖

—— 谢云散文精选集

谢云◎著

沈阳出版发行集团

沈阳出版社

图书在版编目（CIP）数据

大地温暖：谢云散文精选集 / 谢云著. -- 沈阳：
沈阳出版社, 2018.11
ISBN 978-7-5441-9806-6

Ⅰ.①大… Ⅱ.①谢… Ⅲ.①散文集—中国—当代
Ⅳ.①I267

中国版本图书馆CIP数据核字（2018）第244111号

出版发行：沈阳出版发行集团 | 沈阳出版社
（地址：沈阳市沈河区南翰林路10号 邮编：110011）
网　　址：http://www.sycbs.com
印　　刷：四川科德彩色数码科技有限公司
幅面尺寸：170mm×240mm
印　　张：18
字　　数：320千字
出版时间：2018年11月第1版
印刷时间：2018年11月第1次印刷
责任编辑：战婷婷
封面设计：新语文化 NEW CULTURE
版式设计：新语文化 NEW CULTURE
责任校对：杨　静
责任监印：杨　旭

书　　号：ISBN 978-7-5441-9806-6
定　　价：50.00元

联系电话：024-24112447
E-mail：sy24112447@163.com

目　录
CONTENTS

下卷　风物：温情绵绵

附录　文论与论文

我一生在纸上，被风吹乱

—自序—

早些年，看过电影《菊花台》。除了阴谋、杀戮和血腥，给我印象最深的，是那首主题歌。周杰伦本是儿子的最爱，跟着他，居然也学会了哼唱。每次"卡拉"，必点，据朋友说，唱得还算"OK"——喜欢那旋律，"柔弱中带伤"的纠结和缠绕；也喜欢那歌词，有古典的魂，又有现代的韵。尤其是"雨轻轻弹，朱红色的窗，我一生在纸上，被风吹乱"几句，莫名触发了我的感喟。

回想自己这半生光阴，其实也"在纸上"——读书，教书，写书，自记事以来，仿佛就没有离开过纸。抽象点说，这么多年，我的生活就是在一张张纸上，停驻，移动，沉滞，或飘浮，被岁月的风拂动，吹得零零散散，纷纷乱乱。许多年前，在一首旧诗中，我曾这样写道：

> 置身文字，纸
> 成为我整整一生都无法逃避的命运

仔细想来，的确如此。即便此时，我是坐在电脑前，通过键盘敲打这些文字，但当它们最终成形，我仍得借助一张张纸，将它们打印出来，细细审读，做最后的校改——我相信屏幕上的所见所得，但更信赖纸面上亲切的触抚感。

纸或许是先人最伟大、最神奇的发明之一。借助纸，他们的感受、思想和意念，他们的快慰、沉郁和苦痛，得以更轻松、更方便、更广泛地流布和传承。那么多精妙绝伦的诗句，那么多深刻隽永的文章，那么多泪，那么多血，那么多颂赞和哀叹，那么多奔走和呼号……实在难以想象，如果没有纸，我们的文化和文明，会是怎样的状态。"敬惜字纸"，祖先除给我们留下纸，还留下这四个字。他们连写过字的废纸，都视为神圣，不愿扔弃和踩踏。

纸是美好的东西。我们常说，一张白纸，适合画最美好的图。而写或印上

1

字的纸，也总是给人一种"无中生有"的神秘感和神奇感——很小的时候，我就有这样的感觉。父亲曾说，那时，我对每次上厕所用的"手纸"，都要研究半天。那多半是些废旧的报纸，或写过字的废纸。父亲还说，那时候，每次上厕所，我都要花很长时间。父亲说的或许没错，现在我仍有这样的陋习：每上厕所，必得有书相伴，而且，时间总是很长很长。

读书时穷，买不起更多作业本，便常常找大人要来抽完的烟盒（那时几乎没有硬盒，都是软包），小心拆开，展平，用母亲缝纫的针线装订好，就成了一个小小的本子。纸质比买的作业本好不说，还有股淡淡的烟草味。拿来演算，或写字，偶尔记点感想，方便，实用。这样的本子，差不多陪我读完了整个小学。到现在，那些本子虽早已不存，那淡淡的烟草味，却留在了生命里——现在我嗜烟如命，或许就与那时闻多了那些残存的烟草味有关。

后来爱上了写作，纸更是须臾不可稍离。面对一张白纸，有如一位农夫面对自己的土地，禁不住耕耘和播种的冲动。思想的翅膀扑腾开去，再收拢来，从自己的眼到自己的心，从自己的心到自己的手，自己的手写出自己的字，自己的字说着自己的话；然后，字落于纸，一个个连接起来，占满一张纸，又一张纸；白的纸，黑的字，这是多么鲜明美好的对比，这是多么生动形象的过程——这样的过程，充满神秘感、创造感，也让人很有成就感、充实感，让人如同饮酒，有瘾，沉醉而痴迷。现在想来，自己能排拒种种物欲诱惑，坚持写作，在舌耕之余，不辍笔耕，原因，或许就在这沉醉和痴迷里。

就像我在那首诗中所说——

> 每当面对她皎洁逼人的容颜
> 如面对初恋的情人
> 我无法不对她袒露内心真挚的声音
> 作茧自缚。在空白和方格之间
> 虔诚地浪掷青春和生命

记得以前，每次写完新作，画上最后的句号，心情总是特别愉快。望着那些墨迹未干的文字，总不免兴奋，激动，满怀难以与外人道的快意和得意。即便事过境迁，借助那些白纸黑字，也总能回想起那些美妙的时刻，那些特殊的场景，那些或焦灼、或舒缓的细节和情节。岁月如流，光阴易逝，生命里只留下白的纸、黑的字，似乎有着残酷的一面；然而，这些白的纸和黑的字，就像生活本身一样，终究会呈现出温和、亲切的一面，被沉淀和留存的一面。它提醒我：你曾经投入，也曾经拥有。

当然，也浪费了很多纸。刚将字落上去时，是那么踌躇满志，志在必得，但是，渐渐的，连自己也感觉糟糕了，感觉难以为继了，只好忍痛废弃——勉强写完的，命运也总是多舛，最终，它们往往还是成了废纸。

但对这些废纸，却并不舍得扔弃，而是积存在箱底，或柜角。因为，它们一样记录了我的感受和思想，虽然有些幼稚或拙笨。偶尔翻出来看看，那泛黄发脆的页面，墨迹斑斑的字里行间，也是一种省悟和警惕——每次到书店，看到那琳琅满目的书，总不免警惕和忐忑：印有我名字的那些，也忝列其间，我不知道，它们的命运，是否会成为读者眼中的废纸。

现在，在这日益"无纸化"的时代，喜欢纸的人，越来越少了。照理说，时间会磨出人情味儿，但从蔡伦时代就开始伴随我们的纸，却越来越不被我们珍视。现在的人，那么轻易地就松开手，放弃了纸。电话簿早不用了，直接存手机里，信笺纸早不要了，发 E-mail，甚至直接 QQ、微信。最可怕的是，连书籍也不买了，Kindle 或当当国文了，甚至手机上直接"碎片化阅读"。

现在的人，满怀热情地迎接那些层出不穷的新玩意儿，却不再喜欢接触纸了，除了餐巾纸和手纸，很多人甚至轻蔑与纸有关的一切，斥为老土，好像那本身就是一堆无用的土纸。

我却依然喜欢，纸——报纸、杂志、书籍。虽然也有电子阅读、手机上的"碎片化阅读"，但感觉，还是纸质的更实在，更亲切，更容易温存和温情。所以不断买书，不断捧读，所以坚持着在键盘上敲下，在纸面上校改。

有事没事的时候，依然喜欢接触纸。看看，摸摸，多好的纸，多好的质感和手感。再放回去时，心里有莫名的熨帖和舒惬。禁不住会想，植物内部的纤维，和质地柔韧的纸张，和写在纸上的文字，这中间，一定有着某种我们言说不清的神秘联结。

久不写字的时候，我便知道，那些空白的纸在等着我。一直空白着自己地等着。浮躁的时刻，或落寞的夜晚，眼睛望向它们，心便倏地安静了。我也开始像它们一样等着——等着夜深人静，等着空气里弥漫出让人心神安定的气息，等着灵感飞奔而来占据我的脑子。当心思慢慢落定，我感到纸的生命，如我的生命一般，慢慢温润起来，鲜活起来，生动起来。

于是，纸醉，神迷。

在这日益浮华、迷离的世界，总要有一些人，像农民喜欢耕牛和土地一样，坚持喜欢纸，喜欢那些朴素洁白的纸，喜欢那些简单干净的纸——无论如何，我都会是其中的一个，哪怕自己的一生，真的像那首歌所唱的"被风吹乱"。

在许多年前那首旧诗的结尾，我这样写道：

> 在最后的时刻，在千篇一律的灵堂
> 或墓地，一张单薄的纸
> 像我热爱的美人，轻而易举地
> 结果了我疯狂的激情
> 和纸一样单薄脆弱的生命

也许，这就是我的宿命，或使命。所以我依然乐此不疲。而我所留下的文字，无论甜蜜，还是苦涩，无论清醒，还是迷惘，无论疼痛，还是幸福，都源自本心——某一时刻的，某一阶段的，某一具体场景的，我的感触，激情，我的呼吸，心跳，我的泪流，血涌……

幸好有纸，有纸上的记录，让我能在事过境迁后，依然记得那些词语背后的情感和温度，那些话语里面的纠结和坦诚。

2017.11.5　修改于北戴河

故园：乡情依依

背在背上的井

突然地想起井，是在这城市意外停水时。

似乎有人说过，人们对某种物事产生怀想和思念，往往是因着那物事本身的美好，而这美好已然逝去，或者远离。正所谓"拥有时不知道珍惜，失去后方知道可贵"。

我的怀念起井，便是这样。我生活的这城市，虽偏僻、荒远了些，但水电供应，一向还算正常。这回，却像很少患病的人，一旦染疾便久治不愈一样：整整三天了，打开水龙头，都只听得"咝咝咝咝"的冒气声，而不见水流出，令人心紧——紧也没用，只好提了桶，到校园里那口平时很难派得上用场的井中取水。

就是在俯首弯腰、面向井口时，倏地想起那口暌违已久，也淡忘已久的井来。

在汉语里，"井"实在是个美丽的字眼儿。对井的系念和牵挂，也是农业中国一分素朴、挚切而恒久的感情。井田制、庭院经济乃至村落文化，莫不惠益于井水的沾濡和滋润。也许正因如此，汉语里才有"饮水思源""吃水不忘挖井人"之类说法；也许正因如此，人们才把迫不得已到外地谋生，叫作"离乡背井"，或"背井离乡"。而当年那些漂泊海外、流落异域的人，在远行前，也总要包藏一撮"乡井土"带在身边——实则，在零落异地的游子心中，一口故园的井，甚或只是故园井中的一点儿泥土，泥土中仿佛隐约宛在的水意，庶几便是故园的全部，是别井去乡前，所有悲欢、苦乐生活的全部。

在诗人墨客笔下，"井"也一直是个惯常的意象，沉重、凄寂而哀怨。因为它总与乡愁和怀旧有关，与故园的纷纭人事和已然远逝的过往岁月有关。台岛诗人欧团圆有诗《乡愁》，起笔便是："故园那口井／竟住到我的心中来了"。井，实在是乡愁的最恰切象征。故园的那口井，在滋养了游子的往昔生活时，也一定在他心底，预孕下了怀念的根须。那根须，柔弱而坚韧，撩拨得他在异国他乡的冷月辉光下，一夜夜地做梦：梦见那幽邃的井水，井水中的故人故事，和那些缠绕在井旁的*丝丝缕缕*。

那时候，往往天涯夜凉，家国路遥；而一滴故园井水的湿意，便仿佛一剂灵丹妙药，能释解他沉疴痼疾般的乡愁，也能慰安他焦渴躁烦的灵魂。

这真是再美好不过的理念，纯粹中国式的理念。

我便是在这样的理念中，梦幻般回到那井边的——它就在故园屋后。沉稳，静谧，一如当年。故园的井，差不多都在屋后。其中缘由，我曾问过父亲。说是屋前人多腿杂，来来往往的，怕扰了"井脉"。也许这是真的。记得早年间，我家所在院落，还曾有过另外一口井，就在院前路边。但，大约井真是不喜热闹的灵物儿，所以，很快便像憔悴衰老的妇人，日渐少了水灵灵的丰韵。水浑不说，味儿也不正，老有股泥腥气。院里人"淘"过几次，终究无济于事，便只好听任它老成了一眼枯井。

院子里，便只剩下我家屋后的那一口。

井旁，照例是一圈树：两棵桃，三株柳，一笼竹，以及一些叫不出名字的灌丛、藤蔓；牵牵绊绊地围呵着那井，拥簇着那井。井是深窈的，四壁又用大小不一的石块垒砌了，于零乱中显出整饬。石间罅隙里，还蔓生着喜湿爱水的苔藓、青草，一年四季都绿茵茵的。或许便是因着井边的竹树灌蔓，井壁的葱郁苍翠，那水格外清澈甘冽，入口，有微微的回甜。

和北方不同，故园的井没有护栏。水便长年累月地敞豁着，映照着岁月、天光、云影、树木，和汲水人的倒影。也没辘轳，只一根竹竿，或带了丫杈的树枝，随意地斜倚在井旁竹树上，乡人谓之"井竿"或"扯水竿"的，便是。汲水时，便拿它套了桶绳，或钩了桶梁，直放入井中。空桶吸满水后，会发出咕咚的声响，像人们饭后的愉快饱嗝。听得声响，汲水人便面朝井底，躬俯了腰脊，交错着，用双手去拔动井竿。水便仿佛有脚，一点点走上来了。汲水人的身子，随了手上节奏，高高低低起伏着，仿佛虔敬地对着水井致意。

挑水，是乡人每日必修的功课。记忆中，他们挑水的时间，总在出工前，或收工后。脚步沉沉稳稳地迈动着，那双因忙于"土里刨食"而难得歇着的手，此时也悠闲了：一只轻扶着扁担，另一只，便随了脚步挥甩着。倘若桶里装满了水，那扁担，便会在肩上颤悠着，忽闪忽闪地，吱嘎出一串串极富节奏的韵来——那时候，他们的身影，或隐在早晨的浓雾中，或融入傍晚的霞光里，有种梦幻般的感觉。

后来，在充满建设和繁荣意味的街道上，或市井里，我也曾瞥见过挑水的人。他们甩手的姿势同样美妙，他们的扁担也同样颤悠，会吱嘎出无字的歌谣。只可惜，没有朝雾晚霞的背景，便凭空缺少了许多的意蕴与谐和。而且我知道，他们只是到有水的龙头去接水，并不能充分体味到"汲水"的乐趣。

　　有时挑水的人多，便需等待。倘非锅里急用，便都会谦和地你推我让。实在推让不过，那率先汲水的人，便会自觉地将井边水桶一一盛满。这当儿，那些一旁等着的，便会鸡毛蒜皮地随意拉呱几句，信口开开或荤或素的玩笑；没遮没拦的声音，便鸟儿一般扑腾着，在井口井外荡来撞去。也就会有几滴诗意，或一截故事，洒落在井边或井里——事隔多年，正是这些素朴零星的诗意，这些一鳞半爪的故事，构成了我对那口井的所有怀念中，最温馨也最动情的部分，属于核心和实质的部分。

　　也有枯水的时候。我们这些不能苦力的孩子，便要早早去"守水"。那往往是冬天，风大而硬，凛冽砭骨。我们便会沿着井壁的石间罅隙，一节节缩到井底，虔诚地守望着，斯候那细细弱弱的水滴渗漉出来。积得多了，再一瓢瓢舀入桶里。那时，凄厉的冷风在头顶尖啸而过，井便像一支硕大的竖笛，含混地奏出些断断续续的乐音，沉闷而雄浑，极具共鸣感。

　　尽管如此，我仍很少听到乡人对井有什么怨艾。或许他们早已习惯，或许那只是他们所有生存艰辛中，最微不足道、因而也最不值得怨叹的一小部分。他们依然虔敬地将脸俯向井口，对着水井致意，依然随意地挥甩着手，脚步沉沉稳稳地，把水挑回家里，把一个个或半或满的日子，倒进缸里或锅里。就像祖祖辈辈的先人一样，他们始终围着那口井活着，喝着那井里的水，长大成人，娶妻兴家，生儿育女，然后死去。也许，他们的一生，就像井旁那些竹树藤蔓一样，紧紧绕缠在那口井周围，须臾不可分离。

　　我也曾像他们一样，喝着那井里的水活着。我生命中的那段时光，也像他们一样，绕缠在那口井周围。在这远离故园的地方，我像所有漂泊的游子一样，执拗地怀念着那样的一口井，怀念着那纯净透明的水，怀念着与那井水有关的纷纭往事——这种怀念，仅仅因为生活中的短暂缺水，因而被笼罩在未被污染过的氤氲水雾中，纯粹而简洁，更加接近怀念的本质。

　　记得早年读书，刚学到"背井离乡"这个成语，想当然地，就把"背"读作 bēi，并因此而疑惑不解：难道离乡的人都得"背"着一口井吗？未必异乡就没有井？他们又怎么能"背"得动呢？问老师，老师说该读 bèi，离开的意思。

　　但，现在想来，或许还该是"背"啊——离开故园的人，心里都实实在在地"背"着一口故园的井。虽然沉滞苦重，疲累不堪，却终究不愿放下。

　　因为，异乡没有故园的井，而他们的灵魂，有着永远的渴意。

1995.4 苦茶居

竹林掩映的家园

又是家园，又是这毫无新意的话题，简单而纷繁，浅显而玄奥。就像高更在塔希提岛上发出的那三个著名的疑问（我们是谁？我们从哪里来？我们到哪里去？），它不断地袭扰着我，纠缠着我，让我的灵魂，如鞭抽着的陀螺，一刻也不得停息。虽然，它只是川中丘陵深处，为竹林掩映的那么不起眼的一个小小的村落。

一位叫野川的丘陵诗人，写过这样一首诗：

> 沉默或者喧哗
> 家，都在一笼青竹后边
> 面对东山的太阳
> 背倚西山的坟地
> 上好的风水里
> 长着一棵苦楝树

野川是我的正宗乡党，又长期生活在老家，对丘陵的种种风景、物事，自然深有感怀。诗也写得不错，纯粹，洗炼，明朗，澄澈，透着一股浓浓酽酽的乡情土韵——就像丘陵腹地，那些或静止或摇曳、或沉默或喧哗的婆娑竹林。

丘陵最初的竹从何而来，人们何以那样爱竹，于我至今仍是个谜。自我知事起，竹似乎便婷婷袅袅地，在丘陵腹地翠绿着了。房前屋后，井旁泽畔，凡属自家的宅基林盘，乡人都要栽植几笼。

竹是"慈竹"（一说"尺竹"，因其节间距常在一尺左右），栽种极易。只要坑挖得大，只要移植时连根带土。慈竹根须散漫庞杂，偶有断折亦不碍事。土却最好是原窝老土；老土越多，移栽的竹生长便越不易受挫。"定根水"一灌，三两年便能秀顾成林，可择而砍伐了。竹之功用甚多，可卖钱换油盐酱醋，可剖篾编筐篮箕篓，甚而可作墙筋、屋檩、椽条——丘陵少树，早年间人们盖房建屋，多半都用竹和谷草编缠，替作椽条，覆草或盖瓦，结构出一个个简朴的家。

竹林之美，在其清新、秀郁、凉润。冬去春来，潜滋暗长的新笋，便按捺不住要闻风而动，破土而出了。静心而去，往往能听见笋们隐约的出土拔节声，吱吱嘎嘎的，摇荡得人心旌微漾、微醺。刚出土的笋，被一层厚厚的壳缠裹着，如一枚枚待发的炮弹。那壳，或青绿，或紫黑，却一律满覆着细细密密的毛刺，挺扎手的。

经了日晒雨淋，风催露濡，不几日，笋们便蜕去厚壳，挣脱了束缚似的，愈窜愈快，活像传说中见风就长的灵物。然后生枝。然后挂叶。萧瑟了一冬一春的竹林，便枝叶交错，挨连成片，繁盛而葱茏了。自夏徂秋，苍绿而清明，荫翳而澄朗，似乎连空气，也氤氲着那浓浓的润泽。

早上去林子里走走看看，熹光染来，一抹晨晖，几滴莹露，敷设在竹叶、竹枝上，温温的，滑滑的，透着股茵茵的绿意和微微的清香。偶尔有风簌簌拂过，柳长如舟的叶片，便会弹出幽幽的细吟。倘再有几点微雨碎雪，敲打抚摇，更成就了一种潇潇而鸣的清峻之韵，冲淡而雅致。

我自小便生活在这柔凉净静的氛围里。

被竹林呵围着的，其实是一个庞大的家族。十余脉本家嗣裔，循着一幢颤巍巍的百年老屋，聚族而居。依了地势，顺了方位，横横纵纵的屋舍，合成一个严实的"口"字。这家与那家，往往只隔了堵土墙。从墙眼或缝隙里，即可窥见邻人的情形，甚至听到隐微的气息。所以，虽有一方屋顶遮覆，各自的生活却都敞豁，明朗，难得有什么隐秘。就像鸡鸭猪狗们，虽天晚时要各回自家的圈棚，但夜半里，若是谁处有了响动，便会传染似的，都伸脖仰颈地跟着响动起来。而天明后，更会自然而亲切地凑在一起。

那时候，大人常常早出晚归，在田地里忙碌劳作，我们一般大小的娃儿们，便纠缠成一团一伙，或放牛拾柴，或扯青嬉戏，在院外那些竹林里，度过了美好清纯的童年时光。虽有时也口角，龃龉，磕磕碰碰，却常常泪痕未干，伤疤仍痛，便又厮混成一堆了。就像大人们说的："狗咬亲家母，管不到一晌午。"

那院落留给我的记忆，多半便是这样的睦善与温情。挨邻侧近的，又都是叔伯兄弟、妯娌姐妹，啥事不能谦谦让让？那还是大集体时候，农村里穷困不堪。所谓的"事"，也不外工分、口粮、超支、现金之类。或多或少的一点儿，于焦苦、贫乏的生活，似乎并无多少损益。出工收工是亲亲热热地邀约着，结伴往返；大烦小事也挚挚诚诚地帮衬着，甘苦与共。有事了，只需支吾一声，叫谁谁就来了。要讨借啥东西，针头线脑的，也只需说一声，立刻就会亲自送了来。"慢慢用，我家不急着。"

新米新麦熟了，早苞谷掰了，或谁家打牙祭而别家没有，是必要着娃儿们挨家分送尝鲜的。用碗碟盛了，或箕篓装了，数量不多，却满是酽酽醇醇的厚道古风。娃儿们回来，嘴里嚼着块糖，兜里装着捧豆，都是那家给的。只是那碗碟箕篓，多半就忘在那家了。但不必担心，隔些日子，那家又会装着别样的菜肴或点心，将它们送回来。如此端来送去的，各家碗架橱柜里，就不免混着了别家的。混着混着，就弄不清原来的主儿了。让邻人来认领，邻人却笑着说："我家也还有几样，不知是谁家的呢？"

炎夏的夜晚，院里人常坐在"龙门口"纳凉闲谈。"龙门口"是那院子唯一的进出通道。狭而深的门厅里，靠墙摆着长长的石条或木板。男人们坐了，随意地燃着旱烟，喝口凉茶，就呱啦呱啦着，摆开了"龙门阵"（这说法的起源，我怀疑与"龙门口"一词有关）。女人们厨房里洗涮完毕，也便围拢来，挥甩着自家男人编织的竹扇，或剥拾着葱葱豆豆，瓜瓜蔓蔓。

烟一明一暗地走短了，话题却像被抻着的面条，越拉越长。前三十年的陈谷子，后五十年的烂芝麻，上街时听得的小道消息，亲戚家捎回的趣闻轶事，都被抖搂出来。会讲的，紧一句慢一句地讲着。不会讲的，便有一歇没一歇地听着。不时有欢快的笑声扑腾出来，散落在微凉的风里，惊醒竹林里的宿鸟，拨弄得那枝枝叶叶，唰啦唰啦响个不停。

风，就越发地凉润了。夜也便在那凉润中，走向了沉静的深处。嬉戏的娃儿们，早闹腾累了，偎依在大人腿脚边，呼呼地响着眠歌。讲谈的和聆听的，也似乎觉出了困乏，便打着幽幽的呵欠，说一句"明儿还出早工呢"，又一个更大更长的呵欠，就各自散去了。他们的身影，在夜色里摸索着，零乱地飘忽着，晃荡着。不一会儿，就会有微微的鼾声，此落彼起地荡漾开来。

好恬静的夜啊！没有鸡鸣，没有犬吠，澄谧一如远古。只有沙沙的竹叶轻响，和淡淡的竹叶清香。只有在竹林的荫翳中，在摇曳的枝叶间，偶或露出一角两角的草覆瓦盖的屋脊，和黯暗陈朴的一截半截土墙。事隔多年，现在的梦里，仍不时出现那暖暖的场景。我也仍能清晰地听到，那簌簌的枝叶响动，仍能分明地辨出，那被清枝绿叶濡染的细节和声音——仿佛这许多年来，我其实并未远离，而一直就在那龙吟细细、凤尾森森的竹影里，做着酣沉、甜暖的美梦。

到逢年过节，或父母的生期满日，就会有或远或近的亲戚，穿过那竹林走进来。他们一例地穿着朴素洁净的衣服，提着或轻或重、或丰或俭的"礼信"。见了我们，也一例地酽笑着，去兜里掏取糖果、花生或核桃。一边应答着我们怯怯的叫声，一边装填进我们瘪瘪的口袋里——他们或是父辈的姐妹，或是母辈的弟兄，或亲或表，平时彼此都忙，难得见面，此时见了，便格外亲热。拉扯着手，谦让着礼，摆谈着切切烈烈的家常。也不外就是些故人故事，季候收成，鸡鸭猪狗，张长李短，却都那么投入，专诚。

末了，父母便会取下灶边烟囱上悬着的腊肉，煮了或蒸了，再去自家菜园里逛一圈，找些新鲜的时蔬，拼凑出几个菜来，热情款待一顿。父亲常说："客走旺家门，没客不像一家人。"我弄不大懂那意思；但客人来了能吃顿好的，对那时的我们来说，也是极具诱惑的事。

有时他们久不来了，父亲母亲也会拾掇些"礼信"，说："该去走走了，别让人家说我们忘了根根脉脉。"就牵了我们的手去。这便是丘陵人所谓的"走亲戚"，或叫"走人户"。路上遇了熟人，问到去哪儿，父母语气总是格外高昂："到我××那儿去。"就又对我们说"富不忘祖，穷不忘亲"，让我们记着自己根从何起，苗自何生。又说"亲戚亲戚，要越走才越亲热"，让我们记住那些有血缘、没血缘的路径。我们蹦蹦跳跳地走着，听着，渐渐地，心里和身上，就一样地热起来了。真是越走越亲，越走越热啊。

长大后，知道了那个叫"竹疙瘩亲"的说法。大意是指，丘陵上的人们，就像那竹一般，最先都是从一笼中萌蘖出来，然后一棵棵分栽出去。虽已各自成林，或繁盛，或寥落，但细捋根脉，往往都是一个"竹疙瘩"上的。有的，表面上看似乎隔得远了，但东粘西连，说不定三百年前，也还是一家子呢！

我曾不止一次经历过这样的情形，丘陵人家极平常的"家宴"：三世、四世或五世，同堂的和并未同堂的，一大拨人，选一个平常或不平常的日子，齐齐聚拢，在自家堂屋或院坝里依次坐定，亲亲热热地吃着，喝着，闹嚷着。首席上的，自然是那苍然老迈的长者，爷爷辈或祖祖辈的。接下来，是儿子辈，孙子辈，乃至重孙子辈。或姓张，或姓李，或王或赵，但其中必定有一个，或几个，与那老者，有着直接的血脉渊源——只是因了这一个或几个，许多原本陌生，或并无多少关涉的人，就被牵扯到一起，成了内亲或外戚。

真是神妙啊！

这样想时，眼前便又浮现出那根脉交错的"竹疙瘩"来。而我对家乡那些枝叶牵连的竹林，理解得似乎更深透了，感情似乎也更挚切了——只是我这一棵，走得远了些，根须未断，"老土"却带得不多，"定根水"灌得也似乎不那么丰沛。在这钢筋水泥的城里，长势自不如在丘陵那般繁茂。

每当这样的时刻，便会禁不住一次次回首张望。心念里，那婆娑的竹林，便仿佛一个意念，一个象征，一处精神的祖籍和灵魂的福祉。想象和遥望，在遥望中想象，在想象中遥望，我似乎看见了许多，又似乎被繁密的枝叶，障住了近视的眼目，一无所见。

野川在那首诗的结尾写道：

> 接近或者远离
> 家，都在怀念的中心
> 草尖上的露珠
> 窗棂上的鸟鸣
> 风雨中长大的孩子
> 心，藏一片青绿的枝叶

我也是那在风雨中、在竹林的荫庇中长大的孩子。每当我在这僻远的异地，面对一片青绿的枝叶，就禁不住要怀想起，那处于"怀念的中心"、被竹林掩映着的温馨家园。

那是我蕴藏在丘陵深处的，永远的生命之根。

1997.1　苦茶居

米

　　很小时，就听说了那个讽刺城里孩子不知米从何来的笑话。记得那时，心里颇有些不屑，暗暗地，就用了刚从"批斗会"学来的"四体不勤，五谷不分"。现在，我也做了城里人，并有了自己的"城里孩子"；每次提着粮袋去农贸市场买米，摩挲着那些莹白、纤巧的米粒时，都禁不住涌起面聆母亲的感觉，一种泥味的情愫漫上心头，萦绕，盘桓，久久不去。

　　作为穷苦人家的孩子，我熟知每项农事的复杂和艰辛。比如种植水稻，我知道，从种子到秧苗，只这简单的一步，我的父母就要奔忙多少春寒料峭的日子！

　　还在阴云密布，雪花张天时，母亲就开始在油灯下，一夜夜为来年的谷种操心：她一粒粒地掂量着，鉴别着，遴选着，也似乎在抚摸着，暗暗地祈祷着，祝愿着；仿佛手中握着的，不是谷种，而是她最疼爱的即将远行的儿女。

　　再过些时候，父亲就将卸下那身厚重的老棉袄，把那双硬茧密布的大脚，伸进寒凛彻骨的水田里，躬腰曲背，用犁耙、也用双手，刨整出一垄垄苗畦，再撒上一层薄薄的农家肥。然后，选择一个天气晴朗的日子，让那一粒粒被热汗和期冀浸湿的种子，从指缝间慢慢漏下。

　　许多年后，在一首诗中，我曾这样写道：

> 那些娇妍的面孔，从劳作中
> 脱颖而出；在时光里渐渐美丽
> 而中间，必须付出的代价
> 是：一滴滴汗水，加一滴滴心血
> 再加上一分痴迷的热爱和忠贞

　　现在想来，那"痴迷"，不过只是因着让全家人来年吃上白米饭这样可怜的愿望——而人类，往往要为一些简单朴素的愿望，付出多么昂贵的代价！

　　秧苗渐渐长成，又须等水泡田。生我养我的那小山村，土地贫瘠，水也异

11

常精贵。往往，秧苗已经蓬茂，老天却依旧板着面孔，丝毫没有落雨的意思。节气不等人。此时，村人便会惶乱地四处奔走，祭庙告神，祈求老天开眼降雨。有时不独大人，连小孩也要参与到这种祈禳活动。

事隔多年，我依然清楚记得这样的情形：在黄尘滚滚的乡村土路上，或酷热窒闷的坼裂晒坝里，一大群裸着身体的孩子，仰望着湛蓝悠远的天空，高声祈唱："天老爷，快下雨，保佑娃儿吃白米！……"一遍又一遍，声音谦恭，凄恻，哀婉，悲壮，令人每每想起，便忍不住伤感和怆然。

有时候，雨就真让我们给"求"下来了。然后是欢欣鼓舞，群情振奋地泡田。然后是小心翼翼，满怀柔情地插秧。然后是看水，薅草，施肥，捉虫，殚精竭虑地守护秧苗的生长。再然后，秧苗终于秀颀丰美，要拔节抽穗了，要扬花灌浆了。这时又要"晒水"（排出田里多余的水）。因为，水太多，会影响稻穗接受阳光，成熟的谷穗，也不易"断青"（断除青色，即黄熟）。

小时候，在秧苗抽穗、灌浆的夜晚，我曾不止一次赤了双脚，走在涌满稻叶的田塍上。四周满是不知疲倦的蛙鼓，绵长悠远的虫鸣，习习袅袅的凉风，和着我脚掌轻叩大地的声音。我漫步着，聆听着，遐想着，像我父母一样，虔诚而老练地守望着水稻，守望着一粒粒白莹莹的米，进入一穗穗谷壳中。那时候，水稻和我们对"米"的渴求，融汇在一起，共同承受着雨露的滋润，也共同承受着辉煌成熟前的孤寂。

然后，是在某个晴朗的早晨，或阳光灿烂的正午，一株株腆着肚子的水稻，像怀胎十月的年轻母亲，骄傲地接受阳光的洗礼，也坦然地娩逸出我们的期盼——水稻们，不约而同地齐刷刷抽穗了！

没有风，没有雨，没有挣扎，没有血迹，也没有痛苦的呼唤和呻吟。但，一切都在这神秘而自然的律动中，分明地呈现出来：没有一株独领风骚，也没有一株甘心落后；一穗又一穗，都团结成一片：手拉着手，肩并着肩，美邻着美，爱靠着爱，俨然亲密的弟兄姐妹，在黄澄澄的阳光里，默默挺立，俯仰生姿。

从播种、育苗开始，到插秧、护水、薅草、施肥、捉虫，再到拔节、抽穗、灌浆、刈割，再到脱粒、扬秕、翻晒、装仓——这，既是种植水稻的全过程，也是血汗谱就的劳动史。那从谷壳中绽出的一粒粒白米，既是父母心血的结晶，也是祖祖辈辈亲人的缩影。

这些年来，每当我在城里回望过去，我就恍惚看见那盈盈荡荡的稻田：那素朴的叶，挺拔的茎，饱满的籽实；我知道，它们都蕴藏着难以数计的坎坷和艰辛。那一穗穗稻秧，也仿佛可以触摸的希望，仿佛为那希望拜伏下去后，就不再起来的血肉之躯，更仿佛，永远横亘在我喉咙里的疼痛的灵魂。

想起那次看山里人欢庆丰收时的情形：三通鼓响后，所有人都端起一碗醇香的米酒，虔诚地举过头顶，在族中长者的引领下，一拜，二拜，三拜，然后齐齐抖向天空和大地，以答谢皇天后土的福佑和恩赐——我被那古朴而神圣的仪式，感动得直欲落泪。虽然我明白，自己已经永远不能像他们一样全身心投入，魂魄俱清；但他们那种对天地的祈颂和感恩，那种对耕种和收获的欢悦与咏赞，仍一次次撞击着我的魂灵。

那个夜晚，我一直独坐在晒坝边。望着那古老的星空，望着那永远沉滞不言却有"大美"的旷野，和那永远纤净的闪烁星子，恍惚觉得，一粒粒莹润圣洁的米，在我眼前游动，在我脉管里轰鸣，在我心灵中欢唱，宕跌起伏，经久不息。我恍然明白了自己与土地的牵连和依托，并因此忍不住掉下泪来。

在淡淡的星月辉光中，我骇然发现：那泪，竟也宛然一粒粒饱满的米，而我自己，仿佛就是其中的一粒：是父母含辛茹苦孕育的，更是那片土地滋养的。那一瞬间，我才真切感觉到，自己原是和所有米粒般微小的生命，扭结在一起的；我们之间，有着永恒的维系与亲和。

写这篇文章时，田野又是春天。在这远离故乡的边地小城，在这洒满阳光和粉尘的校园里，我仿佛看见，父亲正扛了犁铧、牵着牛走向沉寂的田野，准备又一年的耕种。我没有问过讲台下的孩子，在他们朗读课文或演算习题的间隙里，会不会偶尔抬头，看看窗外的天空，和天空下那方旷寂的土地，会不会关心那方土地上的节气、雨水和墒情。

但我蓦地想起许多年前听来的那个笑话，想起我的"城里孩子"：他将永远远离土地，远离农事，远离水稻和其他农作物的栽培与收割；他偶尔也会喊唱我教给他的歌谣："天老爷，快下雨，保佑娃儿吃白米……"可那声音里，没有丝毫谦恭、凄恻、哀婉和悲壮，没有让人伤感、怆然的激荡和轰鸣——那么，他是否知道"米从何来"？他会不会也像笑话中那孩子一般，说"米是结在树上的"，或者说"米是从爸爸的粮袋中长出来的"呢？

我要告诉我的儿子：米不是结在树上的，而是结在农人的心血里；米也不是从爸爸的粮袋中长出来的，而是从爷爷奶奶和祖祖辈辈先人的摸爬滚打中，长出来的。我要告诉他：你是农民的后代；在你身上，将透出一股永远洗涤不净的泥土味、汗腥味和水稻味——你要热爱它们，就像热爱你的父母，热爱你的爷爷奶奶和所有祖先一样，恒久而坚贞。

1995.5.8　苦茶居

麦 地

全世界的兄弟们，要在麦地里拥抱。
———海子《五月的麦地》

五月，艳阳骄骄的天。在这不知季节变换的城里，也有三两只布谷掠城而过，丢下几句"麦儿快黄，麦儿快黄"的啼音，给那远离了稼穑的街市。没人谛听，自然也没人应承——除了我。这切切楚楚的提醒，终究让我记起，麦快熟了，麦收又要开始了。迎着亮丽的阳光，我恍惚看到乡下老家，丘陵深处，那广袤旷远的澄黄麦地，正泛闪着炫目的光。

其中有几块，一定是我家的。

在所有农事中，麦的种植和收获，格外漫长，艰辛。还在头年秋天，高飞的雁翼最后一次掠过村庄时，父亲和母亲就要耙地，刨畦，施肥，迎风播下一粒粒坚韧的种子。后来我常想，麦的生命，也真是顽强——那样寒凛、萧瑟的冬天，竟也能从干坼的土里，探出小小的头来。先是星星点点的浅绿。接着，就舒展开细嫩如韭的叶片，在寒流和霜降的田野里，萋萋秀秀地生长了。倘有雪落下来，厚厚地将麦地覆盖，便正好成为麦们越冬的被褥。而农人就会呵搓着双手，酡红着老脸，兴奋地念叨："好雪，好雪，明年又有娃儿们的白面馍吃了！"

我便知道，那是能"兆丰年"的瑞雪。

雪化之后便是春天。经冬尤绿的麦苗，便像在漫长的冬季里蓄足了精力，又脱掉了臃肿棉衣的村姑，生长得格外恣肆，泼辣。置身麦地，感觉有一股股隐约的力，窸窸窣窣地窜动着，涌荡着，冲撞得人心里发紧。

那时候，往往有和暖的风，依依拂着；有绵密的雨，微微润着；还有温煦的阳光，柔柔照着。麦苗细嫩的秆和叶，便日甚一日地苗壮、翠郁起来——整个村子，仿佛都荡漾着那葱郁的绿意，清冷而明快。

父亲从家屋走向麦地时，总是矮锉着身子，佝偻着腰脊。因着纷繁农事的磋磨,他早没了我记忆中的挺直——这,似乎也是所有农人,留给我的最深刻印象。

父亲在麦地边肃立着,张望着,像略有所待的稻草人。望着他那谦恭的卑微神情,少时的我常常觉得,是他的身影喂养了麦地。虽悄无声息,但麦们肯定知道。它们在父亲的凝望里,渐长渐高:掩着父亲的脚背了,齐着父亲的膝盖了,够着父亲的腰脊了。而父亲,依然沉默地望着麦地。偶尔燃上一支烟,惬意地深吸一口,再缓缓吐出去。烟雾在麦地的背景里飘散着,淡蓝淡蓝的,如梦似幻。秀顾的麦和淡蓝的烟,将父亲的身影,映衬得更加飘浮,矮瘦。

矮瘦的父亲看看,走走,又看看,又走走。父亲看时,麦苗静着,害羞似的。父亲走时,麦苗动着,似欢送,又似挽留。父亲走了一圈回来,便对母亲说:"麦含苞了,下雨时再洒点儿肥吧。"父亲话音低沉,平稳,更像是自言自语。

下了雨,又洒了肥,麦苗便有如神助般疯长着。分蘖,拔节;拔节,分蘖。十天半月,就将麦地盖得严严实实,不见一星儿土了。麦秆也越发丰硕、秀挺。一早一晚里,有烟岚雾霭,盘桓缭绕着;还有晶莹的露滴,点染缀饰着,闪闪烁烁的,仿佛麦们愉快的眨眼。

站在父亲久伫不去的地方,我像刚从迷梦中醒来,眼里满是惊疑:几天不见,麦地里,竟满是一簇簇怒茁的麦穗了;挤挤挨挨的,芊芊莽莽的,多热闹、多壮观啊——在微微的南风中,麦穗扬着花,灌着浆;或静或动,或俯或仰,各具风姿。那正是青黄不接的春三月,家里的粮囤和我们的肚子一样空着,嚷着饿。而麦抽穗了,灌浆了,快熟了。那每一穗细小的起伏,每一次迎风的麦浪,都摇曳着我们的心花,让我们憧憬,迷醉。

忙碌的气息,开始在村里弥漫。翻晒粮囤,整理晒场,准备镰刀扫帚,整治背篓筐篓。为丰收的喜悦激动,农人们幸福地忙碌着。微茫的晨光中,或金黄的夕照里,他们的身影,在勾勾连连的乡间小道上,奔走,闪忽,斜斜长长地横过麦地。那时候,南风更暖,更急了,太阳也越发炽热,旺盛。麦们,便在这和风丽日里拥挤着,躁动着,渐黄渐熟。麦地便开始奏响自己的音乐:沉雄、辉煌的,大地的音乐。

麦黄一晌。那一定是个平淡而空泛的夏日,整个田野被阳光浸泡得一片灿烂时。一棵棵麦,就在那响晴中,完成它们生命的最后过程。从麦芒开始,然后是麦穗、麦叶、麦根,麦地一点点归还它的绿色。麦秸也逐渐硬朗,挺直。风匆匆走过,先还能见着微漾开去的细浪,从这边到那边,让整个村子,都满透着沁人心脾的新麦芳香。但很快,麦地上空,便再也见不出风的形状了。黄熟的麦穗骄矜地挺立着,或害羞地低垂着。每一穗,都泛熠着饱满的成熟的辉光,细长,尖锐，针一样，刺得我们的眼睛生痛而亢奋。

父亲微眯着眼，来到麦地边时，麦穗们正被热烈的阳光，烘烤得啪啪直响。在那干爽的声音里，父亲掐下一枝麦穗，仔细看看，然后合起粗糙的大手，一搓一揉，又一搓一揉，吹净麦壳，数数掌心里窝着的麦粒。再喂进口里嚼嚼，品品，嘴角边，由不住浮出一丝笑意。然后，就带着这笑意和满口清甜的麦香，回到屋前那株古槐下，继续磨那一把把镰刀。

那时候，天瓦蓝瓦蓝的，偶尔飘过几朵白云，悠悠缓缓，时驻时移。麦地和天空辉映着，黄蓝分明。天地之间，父亲赤裸的黧色脊背，和那苍褐的古槐一起，站成一种永恒的象征。古槐静穆着。父亲也静穆着。只有镰刀和磨石砥砺时，发出的霍霍声响。单调，刺耳，却极富节奏感。我远远站着，听着。镰刀的锋芒和麦地的辉煌，灼得我的灵魂隐隐眩晕。

那时，我站在麦地边，站在父亲站过的地方，焦灼地守候那些残余的青色。阳光亮晃晃地落在我的肩头，落在我的眼里，落在被我凝望着的麦上，辉煌而耀眼。我望着麦，麦望着我；表情朴拙而宁静。我们谁也没说话，但谁都感受到了那种浑然一体的温馨与谐和。麦地与我，共同泛闪着一种远古的光芒。

许多年后的今天，回想起那庄肃的场景，我的意绪，仍被麦地和阳光浸浴着，触动着。虽然我早已脱离了与麦为伴的农人生活，虽然我再也不用那样守候几株欲黄未黄的麦穗，但我脉管里，仍像祖祖辈辈先人一样，回荡着一颗颗麦粒：沉滞，金黄，凝重。那些麦粒，像珍珠一般，联串着麦地的沧桑，也联串着我和麦地、和我苦难家族的永恒维系。

第一镰麦割倒了。人们期待已久的麦收，终于开始了。麦黄熟后，怕风怕雨，怕迟了慢了收不到家里。所以，麦收一开始就进入了高潮：紧张，匆遽，火爆。乡人谓之"龙口夺食"——头晌还是满目静寂的麦地，此时已涨潮一般，沸腾得热火朝天了。田野里，到处都晃动着割麦者的身影。起起伏伏，似乎连麦地也因这起伏，而微微地晃动，漂浮，荡漾；时升时沉的，正如麦地和农人的命运。

阳光蒸腾着，烘烤着。麦秆、麦叶焦脆地燥响着。麦地似乎就要冒烟，就要毕毕剥剥地燃烧起来了。挥舞着镰刀的农人，便仿佛忙碌的救火者。他们的身子，躬伏得比麦秸还低；他们的面庞，映衬得比麦穗还黄；他们的双手和镰刀，缓缓地移动在麦地和麦秆之间。

偶尔，他们也会停下来，挥一挥汗，或将一根根粘在身上的麦芒拈下，掷向午后的阳光里。在他们额上，脸上，胳膊上，脊背上，一道道浑黄的汗流，渗漉着，滴沥着。流进眼里，涩涩的刺痛；流进嘴里，咸咸的腥苦；流进脚下的土里，滋滋地冒烟。

衣衫湿透了，脊背灼烫了，但麦也纷纷偃倒了。所以，他们虽是一身尘汗，满脸困乏，素朴憨拙的笑，却依然在脸上绽放着。那疲惫的神情里，也显明着一丝丝满足，仿佛辛劳许久，最终得到了应当得到的东西。而每当一垄割完，他们也会直起身来，舒口气，望望天。他们的眼眯缝着，因了过重的"风火"微肿着，像两粒放大了的澄黄的麦。

麦们终于为那一片沙沙声割倒了，捆扎了，运到场院里了，堆成小山一样的垛了，被连枷噼噼啪啪地敲打着了。麦地便像产后的母亲，陡然间塌陷了许多似的敞豁着，疲惫而宁静。而麦垄间，依然有着遗落的小小麦穗——此时，我就领着妹妹们，挎着竹篮，裸着黝黑的脊背，戴着大得遮了眼鼻的破草帽，在收割后的麦茬间，捡拾那些被镰刀和筐篓遗下的麦穗。

毒热的阳光烘烤着，像一根根烧红了的铁丝，灼烫得浑身疼痛。太热了！我们小小的身躯上，汗水不断地冒出来，又滚落到麦地里。但收获总是愉快的。竹篮渐渐满了，我们的心，也渐渐满了。我们像不断飞动的蜻蜓，小小的脚印遍及麦地的每一个角落。

留在我记忆里的麦地，最后总是一片零乱、裸赤和疲惫。只有一行行麦茬秃露着，在早晚间渗着冰凉冰凉的露滴。而父亲已牵了牛，肩着犁铧，来翻耕刈割后的麦地了。麦季后的父亲，越发地瘦削、矮锉了，似乎又被那些农事磋磨掉了一截。父亲的眼红肿着，微微眯缝着，像两颗放大了的麦粒。父亲默默地翻耕。偶尔炸响的两声脆鞭，轰然惊起在田边地角觅食的雀鸟。潮湿的泥浪翻滚着，掩埋了最后的麦茬——再过一段时间，青青的玉米苗，就要破土而出了。那将是另一种更令人眼热、心热的乡村风景。

在这远离了麦地的城里，我常常因着外在的喧嚣和内心的惶惑，回溯麦地的宁静。而一旦将笨拙的笔，插入那古朴的麦地，那明净和开阔，便会使我心旷神怡，使我的文字如泻而出，金灿灿的，沉甸甸的，像一颗颗歌唱的麦粒……文学与麦子，难道就是这样的血肉关系？

恍惚间，又看到那辉煌的阳光，那澄亮的麦穗。我知道，正是这样的阳光，这样的麦穗，喂养了我健康茁壮的青春和生命。正是由于它们的支撑和导引，我驰骋的大地和创造的天空，才变得更为坚实和可能——我因此对那些遥远的麦地，永远怀着宗教般的感激。它给予我的生命馈赠，让我至今受用不尽。

只是我依然不明白，麦粒的形状，为什么像极了父亲那双饱含风泪的眼睛。

1996.5 苦茶居

17

拾穗的孩子

我已无数次眺望过那些孩子了。那些或拎着口袋，或挎着竹篮，在老家的麦垄间捡拾麦穗的孩子。

说是眺望，因为隔着二十多年光阴，几百里地路程。但隔得再远，也远不出心灵的记忆和映像——这些年来，我时常回首，遥望老家，川中丘陵深处，那片贫瘠苍凉的乡土。而每次回首，都禁不住要凝望，灿烂阳光里，那片辉煌、辽阔的麦地，那些在麦地里，躬伏着腰脊，缓缓而行的拾穗的孩子，心里充满莫名的惆怅和感怀。

因为，我就曾是其中的一个。

二十多年前，在乡下老家，每到夏天，收割季节，都是如泼如泻的阳光，浩荡，恣肆。在那阳光里，一块又一块的麦，黄熟了，又被镰刀割倒了。一捆又一捆的"麦个儿"，也被父兄们搬到晒场上，或庭院里了。刈割后更显得寂寥的田野，便像产后的母亲，在微微的疲惫和倦怠中，怀着安稳而恬淡的心情，沉入吉祥的宁静。

而麦田里，依然有小小的遗落的麦穗；依然有小小的孩子，在明媚的阳光里，不断地奔走着，不断地弯腰俯首，捡拾起那一穗穗沉甸甸的金黄。他们，或戴着破旧的草帽，或光着铤青的脑袋，裸着黝黑的小身子，像虔诚的朝圣者一样，一次次将双手深情俯向大地，捡拾着那些被镰刀和筐篓遗漏了的麦穗，捡拾着那些能养命活人的精贵的粮食。

那时，那些孩子，从父母的眼睛里，从父辈们对天地的虔诚祈求里，从自己刚刚亲历的灾荒和饥饿里，已经深深懂得：吃，是最古老、最永恒的欲望，是最紧要、最关键的大事——穷人的孩子早当家，饥饿和贫寒，使他们早早地，就体验到了生活的艰辛，和生命的艰苦。

隔着二十多年的光阴看过去，那时候，天地格外高远，广袤，静谧辉煌。山淡淡地蓝着，水缓缓地流着，风轻轻地拂着；连阳光，也只静静地倾泻着，炙烤着。孤立的田野之树，在一片裸露的土黄色背景里，也便绿得格外鲜亮，明静，像田野上肃立静止的旗。

而那些孩子，他们缓缓而行的身影，便成了这高天远地的精魂，成了这帧美妙风景的点睛之笔——衬得那所来久远的土地，格外地博大，仁慈，悲悯。

天太热了！毒辣辣的阳光在头上烘烤着，像一根根烧红了的铁丝，烫烙得他们浑身灼痛。汗水如注如泻一般，不断从那小小的脸额间、脊背上，涌冒出来，又"唑唑"着滑下去，滴落在滚烫的麦地里。但他们始终低俯着头，弯曲着腰，圆睁着眼，在田垄里，麦茬间，仔细地觅寻着，捡拾着。他们始终忙碌地奔走着，欢快得像不断飞动的蜻蜓——那勤劳的翅膀，遍及麦田的每个角落。

小小的竹篮，就慢慢丰盈起来，小小的布袋，也慢慢鼓胀起来。探出竹篮或布袋的一簇簇麦穗，便像一支支朴拙的歌谣，在黄昏的归路上，伴随着他们深一脚、浅一脚地，蹦跳着抒情——就这样，我和他们一起，度过了童年和少年时的每一个夏天。

那样的场景，那样的记忆，让我早早就懂得：每一穗饱满的麦粒，都是劳动的汗水和心血凝聚而成；我们不能轻易地，将它们遗忘在季节和收获之外。

二十多年后的今天，在这遥远的城里，我已完全地失去了雨水和节气，失去了耕种和收割。再没有一块麦地，需要我虔诚俯首了。再没有一穗麦粒，需要我弯腰捡拾了。我只有一次次回首，在眺望里，捡拾这帧过去的风景，捡拾那段鲜为人知的记忆和情感。就像米勒，在那幅著名的油画中，所寄寓的记忆和情感。

像每个在土地上生活过，后来又离开土地的人一样，我深切地怀念着那片田野，和在那田野上度过的美好岁月。虽然我知道，实际的情形是艰苦的，遭遇苦难是不幸的。但当苦难过去，它也会给我们一些报偿，并成为我们内在的坚韧与刚强。

此刻，当我再次回首，眺望那些孩子，当我凝视着那黝黑的脊背，那浑浊的汗滴，我隐隐触摸到其中的沉重与艰辛：二十多年后的今天，一穗麦粒，已不能让我们弯腰俯首。甚至，成碗、成桌的饭菜，也不能让我们怦然动心！

回想起二十多年前，我弯着小小的脊背，俯身田间，捡拾着在烈日下闪烁的麦穗的情形，我的心，就忍不住隐隐作痛。不能消化的昨天，像一根根尖锐的麦芒，横亘在我的喉咙里……

1998.5　苦茶居

槐树的槐

时常地忆起故乡那些槐树，是在城里。感觉中，似乎所有关于故乡的印迹，都有着那葳蕤柔静的叶，温馨滋润的绿，都有着那一嘟噜一嘟噜的花，和那醇厚馥郁的香——仿佛一团氤氤氲氲的雾，那些槐树，执拗地覆罩在我心底。

故乡槐树极多。房前屋后，山脚岩边，井旁溪畔，都有。一簇一簇的，一片一片的，弥满了村庄四野。似乎散漫零乱，却又井然有序；似乎千篇一律，却又各具情致。槐是刺槐，不知乡人何以名之"洋槐"；它可是一点儿"洋"气也没有呀。后来琢磨过，终究百思未得其解，便罢了。管它呢，反正是槐就行了，反正是长在故乡那土黄土黄的背景上，就够了。

相信槐也是这种想法。所以不管我们怎样唤它，或则在不小心被它刺锥了时，怎样骂它，它都不愠不怒，不气不恼。它只那么一味地长着，安静地长着。从繁茂的夏天，到萧瑟的秋天、苍凉的冬天，再到暄暖的春天。

秋冬时节，槐叶落尽，只余下虬结的枝条，在天光云影间，暗自瑟缩。直到暮春初夏，才会长出满树浓密的叶，由嫩绿到深绿；在井旁溪畔，在山脚岩边，在房前屋后，深深浅浅地绿着，高高低低地绿着。似乎铺了天，也盖了地。就将一幢幢茅檐瓦舍，拥簇在那温润的绿里：影影绰绰的，星星点点的，宛若童话中满盈着温馨的小岛。

无风时，槐们自然是静静地承盈着阳光，娴淑雅静。一早一晚微斜的风里，也轻软软地摇，翩跹跹地舞；像极了活泼顽皮的村姑，在碧蓝的天宇下，婀娜地调笑嬉闹；衣袂飘飘，眉展唇翕之际，俯仰生姿。

然后，就槐花大放了。那一串串的花穗，其实是早就含苞着了的。只是一直都害羞似的含着，不肯绽放。这时候终于忍不住，扑哧一声就笑了。刚在叶丛里探出脸来，就飘溢出热烈的香。随了风的传送，那香就仿佛有脚，四处走动了；浓浓淡淡地，让人老远就嗅得着，且直入了心脾肺腑之间。

花是极素朴的。淡蓝或浅紫，又细又碎，像极了胡豆（即蚕豆）的花。也胡豆花般繁密。这时节走进槐林，你永远也别想弄明白，那些并不粗硕的枝丫，咋会开出那么多花来。摘一穗，再摘一穗，轻握手中，掌心里满是微微的柔凉、滑腻。那感觉，再舒惬不过。若还有闲，剥开花瓣，便会有细嫩、浅黄的花蕊绽出；送入口中，有淡淡的回甜和略略的清苦。口舌生津不至于，齿颊余香却是真的。小时候我就吃了不少，每回从林子里出来，都跟采花归来的蜜蜂一样。

而真正的蜜蜂，早忘情迷醉于那花的海洋了。那些脆薄的翅翼，在阳光下轻轻盈盈地颤动着，在花叶间，忙忙碌碌地弋翔着。从这穗到那穗，从这枝到那枝，从这树到那树，从这片到那片；花无尽，蜂也不息。田野里，村庄中，便满是嘤嘤嗡嗡的蜂鸣——浑若在那绿丛里，正隐秘地启动着一支庞大的微型直升机编队。

到花谢蜂去，叶也绿得更稠、更旺了。在那深浓里，却又垂挂出一串串荚角来。先是嫩而薄的。渐渐地，就饱满了，丰盈了。那是荚里结了籽实。据说，那籽实，与槐树的根、叶一样，也可以入药，清热祛火的，只不知学名为何。

那深浓的绿里，也还有鸟儿，麻雀或斑鸠，甚至喜鹊，吱喳着，啁啾着，热热闹闹的；虽不清妙典雅，却是一派纯然的欢乐与祥和，独属于民间的欢乐与祥和。

那已是盛夏了。正午时分，天恶热，太阳也异常毒辣。槐林里却凉幽幽的。偶尔还摇过一丝丝风，浑若装有电扇。但此时想来，即便真是装有电扇，怕也不及那样爽怡，通透——刚收工回来的，或已吃罢午饭的，男男女女，老老少少，便都喜欢聚在那槐荫里乘凉。或端着大茶缸，或叼了旱烟袋，讲古谈天，调笑打闹，逗弄出一阵阵没遮没拦的笑声来。设若风再大些，就连那些槐树，也要随那笑闹之声摇曳起来，喧哗起来，从那婆婆的枝叶间，筛漏下沙沙的声响。

那实在是一幅素美、恬淡的画卷。这些年来，客居异地，每当我遥想过去的岁月，它都会浮现眼前，历历在目，让我分明地忆起故园的点点滴滴。而每次回家后离开，也总不免要疑心，那些槐是一直在车窗外厮跟着，像一脉难割难舍的情愫，依依地牵拽着，揪扯着；生怕我走得太远，忘掉了它们似的。

忘，却是忘不掉的。虽然它们那样普通平常，而且旁人绝不会以为美——我早知道，槐其实挺命贱的，无论怎样的土里，都能长得蓬蓬勃勃。却又难得成材，无大用处，多半只能充作"墙筋"或"劈柴"。

但我仍是记着它的种种美好：那葳蕤的绿，那馥郁的香，那盎然的生机，那旺盛的活力。其间曾经的悲苦与愁烦，都仿佛被洗褪了，冲淡了。就好比对生活，我所愿意发现并记取的，只是美好，只是苦难深处蕴蓄的丝缕甘甜。虽然脆薄、稀少，甚至微不足道，但我执意相信，那是岁月馈遗我的一粒粒闪烁歌唱的黄金。

在城里，看见槐的机会少之又少；但对槐的印象，反倒更清晰，更结实了。感觉里，故乡那些槐树，似乎是一直盘根错节地绕缠在我心中，执拗不息地荫庇着我，也锥刺着我，使我时时感到幸福的疼痛。也许，这便是所谓的"情结"吧。就像先民们用来记事的绳疙瘩，它让我时时记取着自己生命的初源和根本。

于是，想起不知哪位诗人的一句诗来："它让我相信／槐树的槐，就是怀念的怀。"

1996.4　苦茶居

苦苦的苦楝

20多年过去了，那一树苦楝，依旧站在那儿，站在我家屋后，那一丘紫红紫红的"羊肝土"上。20多年里，我在这世间跑来跑去，跑去又跑来，像秋后的飘蓬一般，居无定所；它却始终站在那儿，一动不动地，似乎一点儿也没挪过脚。

在川中丘陵，苦楝树就像那遍地的石头和茅草一样，极为常见。天下名贵树木，多不免"娇""骄"二气。择山择水，择气候择土质外，仍难免这样那样的怪毛病，难以侍弄。苦楝，却像农家孩子一般命贱，易养，可随处栽种，移植，沾土便长，成活率极高，生长速度也极快——眼前的这棵，比起20多年前，又高大了许多，挺拔了许多。枝更繁了，叶更茂了。枝叶伸展，活脱脱一柄巨伞。向着我家屋檐的那面，曾经断折的那一处茬口，早变了当年的色泽。仔细看去，却仍陈旧着一块疤痕。就像那段苦涩岁月，烙留在我心里的记忆，永难消弭。

那苦楝一般苦涩的记忆啊。

那时它就很高大了。笔直的干，嶙峋的枝，威严峻厉地守在我家屋后。春风一拂，就冒一茎茎茵茵的嫩叶，开一朵朵淡淡的紫花。那花和叶，是沤粪的上好原料。所以每年春天，我们总要爬上树去好几回。捋下那嫩叶来，交到生产队里，可以换取工分。其他树木，没了叶子，或许早就死了。它却不；很快地，就又长了出来。

到夏天，仍是满树繁茂的枝叶，翁郁婆娑，将我家房屋，遮覆得凉幽幽的。院里的人，都喜欢聚到树下，歇凉聊天。因为那树，正对着山垭，风格外大，格外凉。端午时节，每家每户，也都要摘些苦楝叶，和了艾蒿、菖蒲、车前草之类，熬成水，用来泡脚，搓澡。按乡里风俗说，可防蚊叮虿咬，少染恶瘴疮毒。

到秋天，风更大了。三吹两摇的，满树的叶，便飘落归根了。枝丫上，却挂出成串成坨的苦楝果来；和着一缕缕微苦的气息，随风飘荡着，招摇着我们的眼睛。那果，椭圆形，黄色或褐色，状若枇杷。据说是一种中药。每年秋天，乡镇上的"采购站"都要四处广告，大量收购。价格虽极低廉，好像是几分钱一斤，

23

聊胜于无，却依然令我们心动。便找来长长的竹秆，去打。树太高了，总有竹秆够不着的枝丫。那里挂着的苦楝果，却又多又大，让我们忍不住要爬上树去采摘。

对农村孩子来说，爬树，只是小菜一碟。苦楝树皮虽格外光滑，少有枝节歇脚，但我终究还是爬上去了。选一拨较粗大的枝丫，双腿如缠地骑坐着。再接过树下孩子递来的竹秆，便对着那些结着繁密苦楝果的地方，用力敲打。

高处的风，自然比低处大些。那长长的竹秆，举在我手里，也很沉，很费力。随了手上的动作，似乎连整棵树，都在左摇右晃，剧烈摆动着。

"小心呀！"树下的孩子，总这样叫着。

我也确实够小心的了，但那一次，还是跌了下来。

不是因为滑，而是我骑坐的那一拨枝丫，突然断折了。苦楝树木质疏松，性脆易折。这我知道。当时却忘了。正尽情尽兴地打着时，只听得"哗啦"一声，我便像一只突受枪击的鸟儿，随着那崩塌的枝丫，倏地跌坠下来。

还好，树下是一层黄土，被一整个夏天的太阳灼烤得暄和而松软。我极幸运地落在那土层上，并没怎么受伤。孩子们却陡地煞白了脸，忙不迭地跑去找大人。

风似乎小了些。我一个人，呆呆地躺在那儿，望着那在斜阳中，依然硬硬挺立着的树，望着断折处那新鲜的茬口，很久没有作声。那断折下来的枝丫，却摇晃着，簌簌响着，比晚风的节奏还快。被我打下来的苦楝果，东一堆，西一堆的，洒落得满地都是，一片狼藉。在微茫的暮色中，那些果，泛着淡淡的光，也泛着浓浓的苦——许多年后，我仍清楚记得，那涩闷得让我恶心欲吐的苦味儿。

母亲匆匆赶来后，一把将我搂进怀里，望着满地苦楝果，连连叹气。"苦命的孩子。"她粗糙的手，轻柔地抚摸着我的脸和肩，嘴里喃喃着"苦命的孩子……"，却再无多话。风依旧吹拂着，凉凉的，略有些砭骨。我的脸上，流溢着母亲的泪了。那温热的泪呵，居然也泛着苦涩的味儿，渍得我一阵阵痛。

才知道，那痛处，是被树枝划出了口，流了些血，又结了层痂。

后来，伤好了，痂掉了，脸上，却永远留下了一道疤痕。许多年后，女友问及它们的来历，我告诉她。她抚摸着那疤痕的小手，倏地停了；后来，也像母亲当年那样，轻柔地抚摸着我的脸和肩，叹气，嘴里喃喃着"苦命的孩子"。那声音，和她的小手一样温柔，搅得我心里酸酸的，眼里潸潸的。

这些年来，我始终铭记着那温柔的声音；就像铭记着那苦苦的苦楝，铭记着它的枝叶和果实，铭记着它在我脸上刻留下的那一道疤痕。

我知道，那也是我生命的一部分，理当永远根植在我的心地里。

1998.4　苦茶居

蚕事，或桑地之书

往往是初春。天气暄暖、阳光明媚的某个日子，母亲会一大早就开始整理堂屋（那是我家多年来一以贯之的"蚕房"）：将蚕架、簸箕搬到屋后塘里泡着，再扫净屋里的灰尘渣滓，用石灰水将四壁刷得一片洁白；到傍晚，再将被清水漂洗、被阳光蒸晒了的蚕具搬回来，安放妥当，便取来早备好的松枝柏桠、硫磺艾草点燃，稍过一阵弄熄明火，只让闷燃出浓浓的青烟来熏染蚕房，以干燥消毒——其时，母亲还会在灶间焚香化纸，默许心愿，虔诚地祈求蚕神娘娘赐福保佑。

我就知道，一年一度的蚕事，又要开始了。

那时候，村庄四野林立的桑，也开始绽苞返绿了。老家的田间小路纵横交错，密布如网；而每一网线上，都满站着虬曲嶙峋、创痕累累的桑树。秋冬时节，是修剪了枝条，又遍洒了石灰水，白蒙蒙的一片，如肃穆列队的兵士，迎风斗雪。到春风一拂，春雨一润，苍褐的枝干上，便会萌绽出星星点点乳黄的嫩芽。然后，芽展为枝，枝上抽叶，不几天，就新绿怒茁，含露飘摇了；在灿然的阳光里，浑若小女孩儿鼓着手掌一般。

差不多同时，一串串桑葚也自叶柄成双作对，悄然挂出，在枝叶间闪烁着。风一来，便像一对对微微摇动的风铃；虽是无声地哑默着，却明明暗暗地，直勾惹我们饥渴的眼和馋涎的嘴——熟透的桑葚，酥甜；半红半紫的，则略带酸脆。在少有水果吃的年代，那一年一季的桑葚，便成了我们难得的、不花钱的零嘴。

对桑葚，母亲自然不会太在意。她的全部心思，都在她的"蚕宝宝"那里。蚕刚被"领"回来时，只是巴掌大几张纸，密密麻麻伏满灰褐的卵。经晨曦一露，被初阳一暖，便大梦苏醒般破壳而出。新生的蚕，极纤弱，菜籽般大小，看都看不清爽地在纸上爬漫着；小小的头四处张望、寻觅，状如蚂蚁，因此就叫"蚁蚕"。蚁蚕齿口娇弱，母亲早摘了最嫩的桑叶，切成匀细的丝。刚撒上去，蚕就蠕动着小嘴，淑女般咬食起来，娇弱而秀气，煞是可爱。

老家何时开始栽桑养蚕的，我不知道。或许自有丝绸业时便开始了吧。有需求，自然有生产，而老家的土质和气候，颇宜栽桑养蚕。传说中的蚕神嫘祖娘娘（即黄帝元妃），据说，就出自毗邻老家的盐亭县境内，与我家的直线距离，不过百里之隔——有了蚕，便有了蚕事；有了蚕事，便有了美丽的蚕茧，牵绕的蚕丝和袅逸的蚕歌，也便有了那条勾连东西、纵横千载的丝绸之路。

后来我常想，在古老的丝绸之路上辚辚前行的运丝驼队中，在波斯女子或土耳其姑娘身上，那灿熠闪光的丝织品里，说不定就有老家土地上，那些蚕儿们吐出的几缕呢。

然而，老家那些栽桑养蚕的姑娘、媳妇儿，有谁穿过丝绸制作的衣衫？有谁感受过那凉润、柔腻的织物滑过肌肤时那爽透入骨的滋味？她们只知道唱蚕歌，采桑叶，吃桑葚，直弄得嘴唇紫亮紫亮，被人戏谑调侃："狗吃桑果子，雷打乌嘴子。"她们只知道栽桑、养蚕、卖茧，用汗滴和心血，换取微薄的报酬！所以后来，每当我忆起故乡的蚕事，就由不住想到北宋诗人张俞那首著名的《蚕妇》（"昨日入城市，归来泪满巾。遍身罗绮者，不是养蚕人。"），并因此而感慨万端，心绪怆然。

天气却继续好着。该晴就晴，阳光一日暖过一日；该雨就雨，春雨一阵密过一阵。桑葚由青而红，由红而紫时，桑叶也在那晴晴雨雨中，一天天伸展、放大：由嫩黄而浅绿，而深绿，终究是茵茵的肥绿了。田边地角，沟旁渠畔，房前屋后，都被这绿围裹得严严实实的。桑林也便到了它生命的旺季：蓊郁，苍翠，绿得浓酽酽的，仿佛化不开。

有雨的日子，桑园里格外肃静。微雨沙沙地拂着，那声音，仿佛很近，又仿佛很远，给人恍恍惚惚、迷蒙幽邃之感。而太阳一照，那每一片自然舒展的叶子，都鲜绿光亮，莹润如玉。远远望去，村庄四野，恍若满披着深绿的锦缎，被晕染得格外润泽，水灵。

记忆中，这是老家最恬静祥和的时辰，最美好明丽的风景。

蚕也渐渐大了。一眠。二眠。三眠。一眠一蜕皮，一蜕一个样。不几天工夫，便由黑黑瘦瘦，而细细长长、白白胖胖了。摊一只在掌心，肉滚滚的，凉沁沁的，麻酥酥的，给人感觉，异常沉实，厚重。蚕不怕生，也不欺生。放下去，它便又与其他千万条蚕儿在一起，或茫然翘首四处觅食，或翕动小嘴唷噬桑叶了。

此时，蚕也格外能吃。叶铺上去，蚕房里便沙沙沙沙直响。响声轻轻细细的，却很有节奏，与户外绵绵密密、叩敲着屋脊的雨的韵律融成一体，让人分不清何为蚕食桑叶声，何为雨润万物声——正疑惑、迷醉时，簸箕里又已是一片灰白的蚕，而不见一星半点儿残剩的叶了。于是，又得铺上一层。

　　三眠之后便是"大眠"。这也是蚕的最后一眠。蚕眠时，不吃不动，只齐齐昂了头，望住一个方向，老僧入定般，作默想沉思状。蚕房里便一片阒寂、庄肃，恰合了此时村里的神圣氛围——老家惯例，蚕事期间，蚕房一律"蚕禁"，外人免入。乡邻们便是平常要好的，也少有往来，怕"冲了蚕喜"。即使来了，也不进屋，顶多只蹴在院坝边，抽一支烟，低声唠嗑几句，便起身走了。

　　这也是养蚕人难得的"休息"，虽仅一天多时间。养蚕人都知道，接下去，就将是七八天紧张忙碌、没日没夜的连轴大战。所以此时，都敛声屏气地守候着，养精蓄锐。

　　世言三般苦：打铁，撑船，磨豆腐；说的是这三件事耗费力气。而养蚕，除费力外，还费心：精心、细心、耐烦心。蚕长密了，要"剔拣"（倒除蚕屎并分层、分簸箕）；簸箕空了，要铺叶；桑叶没了，要采摘。蚕大眠起来，是猛吃桑叶的时候，不能"断顿"。有时一夜之间，就要铺四五次叶。蚕养得多时，单铺叶这项工作，就够一个人从早到晚忙得透不过气来——若桑叶没了，半夜三更也得去采摘。

　　那时天气也怪，明明晴朗朗的，突然间就冷了下来，且常常伴了连绵的阴雨。桑叶采摘回来，得一片片擦拭干净。因为蚕爱清洁，吃了带生水的桑叶，容易闹病。我记得小时候，每天早晨起来，都会觉得养蚕的母亲似乎又瘦了一圈。声音沙哑、脸色苍白不说，严重缺乏睡眠的双眼，骇人地深陷着；眼眶里还满布着红红的血丝，筋筋连连的，与她的生青猛壮的蚕儿，恰成鲜明的对比。

　　苦虽是苦，却都很高兴。农家的收成，一半在田，一半在蚕。田里的收成，只能吃进肚里，蚕房的收入，却能装进兜里。天下农民，肚里多几口少几口，没什么要紧，但兜里多几个少几个，非常要紧。他们太清楚"吃遍天下离不得盐，走遍天下离不得钱"的道理，虽然他们很少走遍天下，但"一文钱难倒英雄汉"的穷困和苦楚，每每让他们心生余悸。

　　那时候，无论是晨曦微露的早上，还是星光满天的夜晚，村前村后，那密匝匝的桑林里，都能见到一个个提篮背篓的采桑人。他们的身影，虽然忙碌、疲累、困乏，却一律愉悦快活。因为，在他们眼里，收获的希望，正如那些蚕儿一般，在一点点地壮大、结实。而越忙碌紧张，就意味着希望之果越丰硕庞大——只有那些蚕"霉了"（没养成）的，此时才会闲着。

　　采摘，铺叶，剔拣……在这一连串机械而沉闷的劳作中，他们舒旷的心里，已开始兴奋地盘算"卖茧得钱何所营"了：农业税要给，提留款要交，化肥要买；还有油盐酱醋，儿子的书学费，女儿的新衣服，差不多全指望这季茧了。

当然，他们也还有着隐隐的担忧。那是在老蚕"上山"后，一朵朵圆润、莹白的"茧花"渐次结出时——经他们心血、汗滴喂养得肥肥胖胖的蚕，到此时，腹中已渐渐通亮透明。举起来，对光照照，蚕肚里再不见一丝半缕儿青色。这便是所谓的"老蚕"。将它们捉放到麦秸或篾条做成的"蚕山"上，孕妇似的臃肿着昂头探寻一阵，便开始摇头晃脑地吐起丝来。那悠然自得、全心投入的模样，极像吟咏自己杰作的古典诗人。

那时候，听着"蚕山"上窸窸窣窣的声响，他们脸上，自然荡漾着疲累和满足，心里，却禁不住掠过丝缕隐忧：今年茧价会不会下跌？收茧站的人会不会故意刁难、压级？不打"白条"的诺言能不能兑现？……

不过，这些事都不是他们说了算的，只能想想而已。所以"想想"之后，顶多再望望那些白花花的茧，便又起身收拾蚕房去了——因为，过不多久，就要喂夏蚕了。那是比春蚕更苦、更累，也更须费神费力的事。

望着那不断摆动小小脑袋的蚕，和从它们口中牵出的那似乎永无止息的丝，小时候，我总也想不明白的是：蚕吃进肚里的，分明是翠绿的桑叶，吐出来的，何以会是那样莹白、灿熠的银丝？便是现在，略略知晓了些个中缘由，也仍有许多疑惑窝在心里。

那丝，却是愈缠愈厚了；那蚕，也就渐渐消逝在严丝合缝的茧壳中了。

我知道，养蚕，图的就是个"茧"：茧可以抽丝，丝可以织绢，绢可以创造无穷的幻美。而蚕，悄悄地隐匿在这所有的美丽之前，浑然无迹。

1996.4　苦茶居

附：

桑地之书（组诗）

从一粒桑芽开始

我南方的乡下，每一季幻美的春天
都从一粒桑芽开始
越过薄寒和残雪，桑芽在暖风中
悄然萌动。春天也便

渐渐抵达我们古旧的心事

在蚕桑的气息中，透过一粒桑芽
我开始接近桑地的阳光
和露滴。叶脉剔透，汁液丰盈
一怀别样的情愫，春水般起伏涌动
与布谷的鸣叫遥相呼应

屋檐下的妹妹，手指纤巧如葱
满怀梦想和柔情的妹妹
在疏朗的天空下行走，披着满身阳光
她轻轻摘下柔嫩的桑叶
喂养着一只只可爱的蚁蚕
和蚁蚕般微小的希望

素朴的景色，素朴的期望。令人牵挂的
古老的桑地，在春天的每个角落
都行走着我熟悉的妹妹
她嘴边挂着的民歌，蚕丝一般
绕缠着我一生的怀想

紫红的桑葚

那一粒小小的紫红，被阳光照耀
被雨水滋润，在春风中
在我的记忆里，静静摇曳
闪亮。那一粒小小的紫红，犹如
我在异乡对桑地的怀念

在泥土的柔情中生长
由青而紫，一点点清香，溢满桑林
然后剔透，莹润，像妹妹的脸

和大地的灯笼一般明亮
那梦一般的色泽，滋润了我的童年
手掌和嘴唇，以及被它甜蜜了的心
我知道那神秘的内涵
那紫红，有着销魂荡魄的甜美

最是纯真的时光，桑葚紫红的季节
你常常哭泣，而我伤心无力
只好递给你几枚桑葚
看它们在阳光下闪烁
在你莹莹的齿颊间，灿然生津
生出一朵含泪的微笑

然后风来，将满树紫红
吹落遍地。将往昔的记忆
凝成晶亮的琥珀——漂泊异地的岁月
一枚桑葚，始终追随着我。那小小的
触手可及的紫红，最终
化成我重返家园的一张张票根

采桑的妹妹

每当春来，染绿村庄，采桑的妹妹
就像蜜蜂一样，在桑叶间
翩翩飞行。长辫细腰，温柔如歌
她纤巧的指尖，掠过
桑叶的根脉，迅疾而温柔

每当春来，染绿空气，三月四月的桑
就在我家房前屋后
拿动妹妹的手。她轻轻哼唱着民谣
妹妹，这歌唱的精灵

她纤巧的身影，照亮广袤的桑地

是在早晨，村子的中央
春天的中央，一片片浅绿的桑叶
从春梦中醒来，降落到
一双灵巧的手中。在桑叶背后
我看见千万只蚕宝宝，张开
同样的小口——这样的时刻，桑地
仿佛被柔情的雨滴淹没。桑林上空
阳光飞舞，如梦似幻

采桑的妹妹，歌唱的妹妹
艰辛的劳动，经由她纤弱的手指
经过蚕宝宝小巧的嘴，生长出丝绸
和古老的传说。歌唱的妹妹
采桑的妹妹，心怀善良、热爱和憧憬
一年四季，干净着我的梦和文字

踽踽乡桥

　　远行异地的游子，似乎总在怀念最初的故园。这让他们在"人言落日是天涯，望尽天涯不见家"时，有可能从浩茫、空阔的岁月中，挽留住一些旧日的痕迹，并重返那些已然走远的美好时光。

　　也并非都是梁园颓圮，已无家可归；或离乡背井，有家归未得。而是说，人在异乡，触目所及的一切，似乎都格外能牵动、招惹游子的乡愁——浪迹天涯，却又魂牵梦萦地怀念着老家；冲出故园的羁绊后，却又见月伤怀地眷顾故园曾经的种种。这实在是一种美丽的矛盾。就好比，所有远行者，最先总是与母亲含泪挥别，但蓬山万里，走得再远，也仍是"梦里依稀慈母泪"。

　　梦醒之后，销魂的回忆就开始了。从一点出发，向前，再向前，直到岁月深处的乡野和田园，乡愁最初的根脉所在。一只鸟，一棵树，一处河湾，半壁苍苔，一口古旧的井，三两间破败不堪的屋舍，都能勾起旧日的回忆，都能让人在联翩的浮想中，感悟到故乡的真切实在。如余秋雨所说："越是置身异乡，越会勾起浓浓的乡愁。乡愁越浓越不敢回去，越不敢回去，越愿意把自己和故乡连在一起。"

　　最初的故园，似乎总在某条河边。那河，或宽或狭；那水，或徐或急。无例外的，那河水，总是不舍昼夜地流着，在故园与外界之间，划出一条明显的阻隔。因此，在回忆的中心，必然会有一座桥，一座跨卧水面、连接两岸的，斑驳的桥。

　　当然还有，比桥更斑驳的丝缕印痕，那属于时间和历史的旧迹。它与水声风声连在一起，与匆匆的流年连在一起，与那些断续的记忆连在一起，与那些缤纷的鸟声月影和雨雾霜雪，连在一起——就像时光水面上一艘永泊的老船，那座桥，沉静地横在河面上，横在夕阳残照的氛围里，横在空阔无际的岁月中；又恍若梦的影像，那座桥，在炊烟中若隐若现，在雾岚里摇曳生姿，在古旧的书卷里影影绰绰，横横斜斜，充满忧伤和诗意。

　　桥这边是家园，桥那边是远方。桥永远是离别的所在，正如古诗里的长亭短亭。游子当年在这里，告别了亲人和乡土，从此漂泊流落，羁縻无定。怀念的时刻，这里当然也该是一处重要的驿站。温庭筠诗中，最凄美，最荡人心魄的，我以为，莫过于"鸡声茅店月，人迹板桥霜"。短短两句，就将那远游的萧瑟，苍凉的心绪，描摹得淋漓尽致，历历在目。

从此，寒凉的月光下，那敷设微霜的板桥，就成了最易让思乡者伤情感怀的物什。特别是夕阳西下，面对着"古道西风瘦马"，恍然想起"小桥流水人家"时，心中，更不免迭生出不知今夕何夕、身在何处的惆怅。而思念的意绪，一旦踏上那座老桥，也便恍若得了一个还乡的承诺。

——这样说时，我仿佛已穿透时空的烟云，重返到丘陵深处的老家。淙淙流水声中，那座古老的青石板桥，那桥上存留着的斑驳印迹，便从记忆中涉水而来，清晰地呈现于眼前。

桥建于何时，不曾细加考证。但看那漫漶的苍苔，看那石间罅隙里，斜生出的荒草和古树，就知道其历史之悠久。那过渡和连接，于后人的恩荫德泽，也自是无可置疑的了——在相对闭塞、落后的生存环境中，一条外向通道的打开，往往可以豁然改变许多。

桥极普通，只十余米长，三四米宽，纯色的长条青石勒砌而成，平整，光滑。作为饰物，一条龇牙咧嘴作吟啸状的长龙，横贯桥身，亦以青石雕琢而成；不仅形神兼备，设计尤为巧妙：石龙昂首向下游，翘尾于上游，身子全然隐去，却仍栩栩如生——特别是风起云涌，惊涛激荡时，那龙，便恍若要驮着石桥，驮着两岸青山，腾云驾雾而去。

桥下那道绕村而过的河，其实并不敞阔、急湍。冬春时节，如吟着牧羊曲儿的少女一般，恬静温柔。"野渡无人桥自横"，韦应物的诗略做篡改，用在此处，再恰切不过。清晨，荷锄的农人从桥上走向田野，黄昏，牛群和鹅鸭从桥上返回家园；他们的身影，在霞光或暮色里，一样的恬然自适，优哉游哉。夏秋两季，山洪暴发，水急浪猛，浊流滔天，有时竟如困兽咆哮，跃出河床，漫桥面而过——河本无名，跨卧河上的那桥，却叫"龙头"。久而久之，以桥名地，那依山傍水、散漫在青龙白鹤间的几十户人家所组成的村落，便被唤作"龙头村"。

川中丘陵，溪流密布，沟壑纵横，像这样的石桥，几乎随处可见。老家人夸赞某人古道热肠，仗义好侠，所举事例，多半是他常"修桥补路"云云。而长者教训狂妄的少年，也总是说："你娃狂啥？我吃的盐，比你吃的饭还多；我过的桥，比你走的路还多！"——这是极具威慑感和说服力的。不信，看看他们的额头，那儿满勒着沧桑岁月的印痕呢，如那溪流沟壑一般，纵横密布。不消说，那一座座或长或短、或宽或狭的桥，也早被他们用脚步，丈量过不知几多回了。

　　桥头还有一小片树林。有槐，有柳，也有黄葛和桤木。或疏或密的枝叶，斜斜地伸展着，点衬得那桥，越发古朴、幽静。冬日的早晨，有霜或雪落降下来，在桥面上，覆满厚厚的一层。霜雪上面，又常常有梅花形的狗迹，或"个"字形的雀鸟爪痕，斜斜地写着野趣。然后，春天来了，桃红李白各争艳，油菜花也遍地金黄。那桥边，往往会翔舞着成群结队的蜜蜂，蝴蝶和蜻蜓。

　　盛夏的黄昏，桥上戏耍的那些个顽童，不知谁一声呼哨，齐齐地"一猛子"扎进河里，许久才从远远的水里，大叫着冒出圆溜溜的头来。那嚣腾的叫喊和水声，将暮晚时分高远的天空，摆荡成瑟瑟作响的清铃。到夕阳沉下去，夜色漫上来，坐在桥头乘凉，听桥下水声，看头顶月亮，两岸的桤木和槐柳，衬着参差交错的房舍，月朦胧，水清浅，很有些婉约词的韵味。

　　我童年的大部分时光，都是在这里度过的。或"敲针作钓"，或"中流击水"，那记忆，如不息流动的河水一般，干净而纯美。然后，我长大了，要上学了。每天少不得要跟小伙伴们，从桥上过好几次。蹦跳着前去，雀跃着回来，桥上河里，像落叶似的，不知洒落过几多欢声笑语，几多喜乐悲愁。再然后，我要离开家园，到更为遥远的异地求学。每次踏上桥头，便不免意绪踌躇，胸怀里，不禁荡生出一缕千百年来所有"早行客"都曾有过的凄迷离情。

　　特别是秋冬的早晨，夜凉露冷，凛冽砭骨。站在桥上，被霜风一吹，头脑顿时清醒，腿脚却禁不住发软；瑟缩地走在桥上，却仿佛踩在父母温暖、柔软的肩上，怎么也不忍迈开步去——现在想来，那桥，多像父母为我耸起的肩头啊，它托举着我，一步一步地，走向迢迢的道路，走向茫茫的前程。从那里开始，我走到了现在。那石桥，那布满厚茧的肩膀，那生命最初的梦痕，却像河面上的涟漪，至今仍荡漾在我脑海里，怎么也挥拂不去。

　　如今身居闹市，那石桥离我，已是很远很远。但它离故园，却很近很近。这些年来，我像无根的飘蓬，在命运的风里起落。一路风尘，见了许许多多桥，也过了许许多多桥。最不能忘怀的，依然是故乡那青石桥。我时常梦见自己，在那桥上行走，踯躅。每次回家或离家，也总喜欢在那桥上，独自徘徊。瞻前或顾后，漂泊或回归，一样让人有着某种伤恻——从故园出发，游子的路，四通八达；但我知道，无论走到哪里，我这无羁客，也仍是父母放飞的一只风筝，情感的线头，永远牵系在那古旧的乡桥上。

　　那是我从故园走到现在的起点，也是我每次精神还乡的终点。

1999.7　苦茶居

我的小学

沿着乡场上那条青石板路，一直往前走，到街的尽头，即可望见右侧那幢颤巍巍的木架结构楼房。楼是两层，又兀然在条石勒成的堡坎上面，早二十多年，该是乡场上最威风凛凛的建筑。

这就是我的小学——从一年级开始，我在这里度过了将近十年的时光。

在小学之前，是懵懵懂懂的童年。我和院里那帮玩伴，在各种古老的乡村游戏中，沉醉，痴迷。无知无畏，也无忧无虑，浑若化外遗民。但，好景不长，父亲要送我上学了——那时，小学的"戴帽"初中，刚送出去几个中专和中师生，辉煌得很。由农村娃摇身一变，成了"吃皇粮的"，多少会让乡人羡慕，就都踊跃着把子女送进去。父亲略通文墨，唱得川剧，知道"世间唯有读书高"和"书中自有黄金屋"之类古句，"耕读传家""望子成龙"的愿望，自然更为强烈。

兀立堡坎上的小学，本就高迈，巍然。在那时的我们眼里，更无端显出些隆盛。从乡场的街面上去，还得爬一道石梯。慢慢缓缓地，69级。上学头天，父亲就告诉了我。许多年后还记得，那天阴雨绵绵，从我们家到乡场上的近两里泥路，黄汤糊糊的，三步一滑，五步一溜。父亲一直将我背到石梯前。父亲那时年轻，有力气。却到底，还是汗湿气喘了。

在石梯前歇匀了气，父亲才牵了我手，向上攀登。一步一级，一级一顿。现在想来，那仿佛是在履行某种仪式，庄重，神圣。接下来将近十年里，那仪式，我每天至少要履行两次。

"娃你记着，读书，就得像登这69级石梯，要一步一步向上。"父亲边登边说，"只要你能，不管上到哪一级，拆房卖瓦，砸锅卖铁，我们都供你。"父亲语气庄重，坚决，像在盟誓。

我一时没能听懂，更别说理解——许多年后，到我背着自己的儿子去上学了，才领悟到父亲的苦心和做父母的辛苦。比我们带孩子更辛苦的是，父母为供我读书，虽未到砸锅卖铁、拆房卖瓦的地步，但的确是节衣缩食，费尽了心思，也吃尽了苦头。

校园里，是有几棵树。香樟、洋槐、阔叶桉之类。高大，茂盛。夏末秋初的时节，叶子密匝匝撑开，遮了老大一片天；连小雨和阳光，都透不过。若是春来，就有一嘟噜一嘟噜的槐花，和了各种新枝嫩叶的清香，弥漫得满校园都是。

似乎还有一株歪脖儿桑树，秃头断枝的，早枯死了。那歪斜的脖儿上，就挂了一口钟。铁的，已锈迹斑斑。敲起来，瓮声瓮气地响，老远都听得见。早上第一遍钟响，读书的娃儿们就从四面八方跑来，急匆匆的，仿佛被谁催逼着，追撵着，进各自的教室去。

教室里早有了老师。有公办，也有民办。工资极低，却都尽心用力。教我们班的，是位女老师，年龄四十左右。一头灰黑的短发，整洁而精神。微皱的脸额间，常荡漾着笑，和蔼而慈祥——后来，每次见到拉斐尔的圣母像，或听到古诺的《圣母颂》，立时就想到她。

"我是郑老师。"她说。神态安恬，沉静，话里也有笑。她似乎时时处处，都有笑，像秋冬时的阳光，薄薄脆脆的，满盈着甜暖甜暖的味儿。

我们极喜欢，就都叫她郑老师。

小学是背倚了山的。山上是灌木林，左右是庄稼地。春天油菜花金黄灿烂，夏天玉米林葱绿蓊郁。秋天有幽凉幽凉的风，冬天有浓浓淡淡的雾——郑老师就在这四季分明的风景里，教我们1、2、3，a、o、e，人、口、手。班会就唱歌，《大海航行靠舵手》，或《我爱北京天安门》。有时，也讲故事。寓言或童话，中国的，外国的，都有。

印象最深的，是安徒生的《海的女儿》。郑老师用普通话朗读。很多年后都还记得："在大海的深处，水是那么蓝，像最美丽的蓝宝石。"郑老师声音很甜，很润，仿佛有糖。

同学们都笑了，不是因为那甜润的糖。而是郑老师无意中，读出了她的名字：海蓝。

唯一没笑的，是我。真美啊。我小小的心儿，迷醉一般感叹着。许多年后，碰到郑老师，她笑着说：几十个娃娃，就数你听得最真，最痴。郑老师不知道，我对大海的梦想和渴望，就产生在那时，产生在她甜润的声音里，产生在那幻美迷离的故事中——只可惜，到现在为止，我还没能见过真正的大海。

郑老师的声音，我只听了五年。小学毕业了。我继续在那里读"戴帽"初中，继续攀登那慢慢缓缓的69级石阶。

初中时，对我影响最大的，是两个语文老师。他们都姓景，一小一老。小景老师个儿矮小，又黑瘦黑瘦，很没老师的样儿。却颇受人尊敬，因为学识渊博。说来也巧，他的名字，单叫一个"渊"。父亲和他很熟，嘱他要对我严厉。

果真就严厉。却不打，不骂，只讲道理。"因为你们该懂事了。"小景老师说。小景老师唇薄如纸，按家乡人说法，是口才好的相（家乡谚云："嘴皮薄翻翻，清早起来说三湾"）。往往，只三言两语，就叫我们心服口服。

一度时期，我和乡里几个"街娃儿"混得火热，成天上山下河，捉鱼摸虾。有一天旷课，躲在山间灌木林里打扑克，小景老师找到我们，依然不打，不骂，淡定从容地将54张扑克一一撕掉，放走其他人，最后对我说："别让你爸失望。他不会指望你成为社会的渣滓。"我一下子就幡然醒悟了——很多年后，我做了老师，对学生也不打，不骂，只讲道理。"因为你们该懂事了。"我说。学生果然就懂事了。说谢老师好，不像别的老师，能尊重人。

老景老师也和父亲熟。父亲没说要他严厉。因为他本就很严厉，一脸肃峻，有"冷面杀手"之誉。他年纪大些，腿脚不好，常拄拐杖。遇了调皮捣蛋的学生，就请吃拐杖。痛不痛我不知道，因为我从未被请吃过。

老景老师极赏识我的作文，常拿了作为范文，念给班上同学听。又鼓励我坚持写下去。他告诉我那时报刊的稿酬标准，说一分多钱一个字，千字就有十多元咧。那时，十多元可以买十多斤肉——我就坚持写下去。然后他改，改得满本子鲜红。直让我想到"心血"那个词语。有时，他觉得好的，也帮着往外推荐。可惜一篇也没能发表出来。

"别灰心，好事还多磨呢。"停了停，老景老师又说，"我相信能看到你发表作品。"老景老师眼里，满含着希望和鼓励。

我没有灰心。后来，果然就发表作品了。市级、省级、国家级的报刊，都有。遗憾的是，老景老师看不见了——我在县城里考大学时，他因为肺病，死在那小学里。临死前，他一再叮嘱父亲别告诉我，怕我分心。

我终于要离开小学，去县城里读高中了。那个九月，淅淅沥沥的秋雨，像是要为我在那儿的生活作结。天灰，地暗。那幢木架楼房，就更灰，更暗了。连门窗，也为岁月风雨剥蚀得斑斑驳驳的。给人感觉，无端地就低矮了一大截。

那天，依然是父亲送我。父亲也已老了一截。回过头去望望我的小学，这才发现，已逝去了近十年的时光。我长大了，懂事了。我的小学，却破败苍迈了。我似乎一下子就明白了什么是沧桑。

雨稀里索落地大起来，淋湿了我的双肩，头发和曾经飞扬灿烂的思绪。我的眼前，是一片灰白，空茫——我想，或许，这也将是小学在我记忆里的底色吧。

　　光阴荏苒。转眼又是十多年过去。我大学毕业，在离小学很远的地方工作了。每次回家，都忍不住要到小学去看看，走走。像一只从旧巢里飞出去、又飞回来的燕子，想在那里捡拾些似曾相识的记忆——但每次，我都只看到记忆中的那颜色：灰黯，破败，而且愈来愈深，愈来愈浓。

　　只有那口钟，依然瓮声瓮气地响。似乎有一种复杂含混的滋味，但我说不出。

1997.5.8　苦茶居

谷雨望雨

那一整天，我都在渴燥不安地翘盼着，守望着。

仿佛，我已等它很久很久了。从过了清明起，从在日历上，知道那天是"谷雨"起，我就开始满怀敬畏地等候。"清明要明，谷雨要淋"，这样的俗谚，在我还是个农村娃时，就知道了。我还知道，谷雨的雨，是孕育生机的雨，是滋长希望的雨——从那时起，我就习惯于像真正的农人一样，在每年谷雨时节，虔诚而老练地，期待一场如期而至的雨。

然而，没有。那一整天，都没有雨。

早晨起来，太阳就灿烂烂的，一派朗晴。刚过正午，不可按捺的燥热，就开始从体内向外拱，窒闷得让人几乎喘不过气来。坐着，不行，站起来，也不行。坐下，又站起来——又站起来时，我看到窗外，那些像我一样无精打采的草们，树们，花朵们。像我一样，它们也正望着天空，像我一样，它们也盼望着一场遥远而珍贵的雨。

焦渴的心里，不禁挂念起乡下的农事。

在乡下，还是"七九八九，隔河看柳"的时节，一年的农事安排，就在庄稼人心里，悄悄萌动着了。"一年之计在于春"这样的诗句，他们或许并不知道，但那道理，都懂得。南山点玉米，北坡栽红苕；平地里，割了麦后，能蓄上水、泡成田的，都种了水稻吧，娃儿们爱吃白米饭呢。就那田边地角，房前屋后，井旁溪畔，也要见缝插针地点上豆，种上瓜。那可是好几个月的新鲜菜蔬呢。

当然，这一切，都有待于老天恩赐，降下一场雨来。天不下雨，所有的美妙设想，便都只能种在他们嘴上，种在他们焦灼的心里。

没有种过庄稼的人，没有苦苦地盼望过耕作和收获的人，怕是永远也不会明白"谷雨"这个节气，永远也不会明白"春雨贵如油"的意思的。就像没有经历过恋爱磨折的人，就永远也不会明白"思君使人老""一寸相思一寸灰"的况味一样。风调雨顺，五谷丰登，这或许是农民一生中，最炽烈的念想，最奢侈的梦寐。年年春节，门楣上那些大红的联语，都在默默地诉说着，祈求着。

然而，在老家，川中丘陵深处，那片贫瘠的土地上，却总是风不调，雨不顺。"春旱"，就像恋爱时的痛苦，宿命里的灾祸一般，年年都难以避免。

现在还记得，小时候的春天，无雨的日子，那些靠天吃饭的庄户人，总要坐在待种的田野上，满脸茫然地，呆望着同样茫然的天空。那时候，也总有一阵阵干燥的风，在大地上吹过来，又刮过去。淡黄色的尘烟，腾起来，又消失了；只在天地间，留下一片苍褐、昏茫。土地裂开的缝隙，像一张张饥渴的嘴巴，微微翕动着，期待雨的滋润。天空却很蓝，很远。那又蓝又远的天上，没有云来，自然也就不会有雨来。而到夜里，那满天密布的星子，层层匝匝的，数不清楚，仿佛是地上的农人，投在天上的望眼；又仿佛，那些焦灼的眼睛，已经望穿了板结、沉滞的天空！

那个时节，旱极了的大地，旱极了的人们，都有一个共同的心声——天，下雨吧！

企盼下雨，企盼听珠珠碎雨打在树枝上，花叶上，屋瓦上，作簌簌响，作滴答响，作淅沥响，这是我童年最好的谣曲——在那样的音乐里，连梦寐也会格外甜美、酣沉、滋润——这时节，倘若真来一场雨，就会有种沁凉的快意，率先从心底温润地升起。然后，雨水骤降，落在古旧的屋瓦上，作稀里哗啦的清越声；落在院内的地面上，窸窸窣窣直响。忙乱地收着衣物的人们，便会兴奋得手足无措，立坐不安。甚或冲进雨中，尽情地奔跑呼号着，内心充满对冥冥上苍的感恩之情。

但往往，干旱还会不屈不挠地，持续一段时间。秧苗已在"秧母田"（育苗用的小块田畦）里长齐了，红苕也快向菜园外牵藤了，节气不等人呢。这时，乡邻们便会惶乱地四处奔走，烧香拜佛，祭庙告神，乞求老天开眼。或齐齐地聚在板结的田野里，烧"干龙"（用稻草或麦秸扎成的草龙），敲铜锣，泪流满面地祈唱着，祷告着。那一张张焦渴的嘴唇，像田地里那一道道干坼的裂痕一样，用同一种口型表达着，呼唤着。有时不独大人，连小孩也要参与这祈禳活动。后来，在那篇叫《米》的散文中，我曾这样描写过那情形：

> 在黄尘滚滚的乡村土路上，或酷热室闷的坼裂晒坝里，一大群裸着身体的孩子，仰望着湛蓝悠远的天空，高声祈唱："天老爷，快下雨，保佑娃儿吃白米！……"一遍又一遍，声音谦恭，凄恻，哀婉，悲壮，令人每每想起，便忍不住伤感和怆然。

那记忆，真是刻骨铭心。许多年后的今天，还时常在梦中萦回。"天老爷，快下雨，保佑娃儿吃白米！……"这唯一的台词，被众人之口不断重复着，在天地之间回荡着，渐渐凝聚成震人耳鼓、撼人魂魄的力。那嘶哑的声音，从渴燥的、仿佛着了火一般的嗓子眼儿里冒出来，有着浓浓的呛人的烟火味和血腥味。

这或许算是全世界最伟大的"乞讨"。这些大地的子民，泥土的守护者，以最诚挚的心，庄严地，向上苍申请一场滋润万物的雨，以保障面临挫折的想象中的丰收。

许多年后的今天，我早已离开那片土地，生活在富庶的城市里，有了一份被乡人羡慕地称作"旱涝保收"的工作，不再需要望天赐饭、待雨种田了。便是自己所谓的文字生活，也基本上与风雨无关，与天象和节气无关。但我的心，仍不免要为农事而动，为那一片片待种的土地而动，为那一双双充满乞求和期待的眼睛而动。每年谷雨时节，我仍会像一个惯熟农事的庄稼人一样，默默地望着天空，深情而伤感地长久等待，深情而伤感地暗自祈祷。

那一天，始终没有下雨。夜深人静时，古老的星子，在朗晴的天空中，像千百年来一样，冷漠地闪烁着。城边的村子里，偶尔有几声犬吠，长长短短地响起来，将夜空拖曳得更加沉闷，空旷，幽远。我仍枯坐桌前，等候着、祈祝着那迟迟不来的睡意和雨声。

我知道，此时此刻，像我一样等候着，祈祝着的，一定还有一个人，一个女孩。她的生日，碰巧就在谷雨这天。她的生命，像她的名字一样，也曾植根寂寞的乡土。后来，像我一样，她也远离了土地和农事，走进了城市。但她对那片故土，仍怀着深深的依恋。她曾在诗中说："昨夜，我又梦回故园了／那一片贫瘠的薄土，喂养出我这个／地道的草民。"

想象着野地里虫子的吟唱，和庄稼们微微起伏的声响，早年的乡邻和亲人们的面容，又渐渐清晰起来；故园的一草一物，也渐渐在眼前葱茏起来。想起刚读过的一篇文章，韩少功的《世界》，在那篇长文结尾，韩先生满怀深情地说：

> 我们从脚下的土地开始了一切。……这里到处隐伏和流动着你的母语，你的心灵之血，如果你曾经用这种语言说过最动情的心事，最欢乐和最辛酸的体验，最聪明和最荒唐的见解，你就再也不可能与它分离。

谷雨望雨，一夜无雨，一夜无眠。

1999.4.21　苦茶居

听取蛙声一片

川端康成曾说："一听到雨蛙的鸣声，我心田里，忽地装满了月夜的景色。"初读此语，我心田里，虽未像川端一样，装满月夜的美景，但记忆深处，那一片片如歌如吟的蛙声，终究是再一次穿透心灵，在这烦乱的城市的夜幕中，清晰地显现出来，嘹亮而宏阔。

真正的乡间的夜晚，大半是寂寥而冷清的。特别是早些年，物质生活尚不丰裕时。从暮秋到初夏，在这段漫长而乏味的时光里，每入夜人定后，往往，就只有零落的鸡鸣犬吠，可聊作静夜里的些许点衬——犹如"蝉噪林愈静"一样，这"点衬"的结果，非但没能增添一丝热闹的气氛，反倒让乡村的夜晚，显得越发漫长，冷清。

但到春末夏初，天气渐渐暖热起来时，情形就大不同了。首先是各种鸟儿，麻雀、布谷、斑鸠、喜鹊之类，从早到晚，都在房前场院里，或屋后竹林中，切切烈烈地歌吟着，翩舞着。那样地喧嚷，富于生气和活力，逗惹得那各色的花儿，也要不甘寂寞地咧嘴含笑，纷纷绽放了。桃红、李白、菜花黄，你先我后地撺着趟儿。便是到夜晚，也还有此伏彼起的悠悠虫鸣，不知疲倦地响吟着，还有盈盈满耳的阵阵蛙鼓，激昂亢奋地噪闹着，将落寞的静夜和旷野，喧嚣得如同那季候一般，热情洋溢，生机勃勃。

其实，早在春风初拂，春水甫暖时，蛙们就已从蛰伏了整整一个冬天的洞穴里钻出来，抬脚动手地四处活动了。只不过，那时，它们多半沉滞着，静默着，像破晓时的一段残梦，混含着酣眠和骤醒的恍惚，却终究，还是悄无声息。但在池塘边，或沟渠畔，那一茎茎水草，或被水浸濡着的树枝上，已能见到一团团密密麻麻的黄褐色的籽粒了：被一网似有若无的膜状物粘连着，浮拥着，仿佛正藏孕着一个个梦幻般的未来——那便是"蛙卵"了。

再过些日子，就会有一群群墨黑墨黑的小蝌蚪，破卵而出，在乍暖微寒的水中，娇憨可爱地摇摆着尾巴，游来游去。阳光很好，水也静净得不着一尘。蝌蚪们倏停倏游的动作，看起来，便格外真切，像一枚枚运动着的逗号。我们就叫它们"摆尾子"，或"摆逗子"，现在想来，还是很象形，也很写真的。

记得那时，在野地里玩耍之后，总喜欢捧捉一些回家，养在盆或瓶里，想看它们如何在那狭小的天地里，嗫水，嬉戏，一点点长大。但往往，刚见着它们要褪尽尾巴，长出双脚，一眨眼，或一转身，再看，就不见了那熟悉的影子。小蝌蚪到哪里去了呢？我们那时，是颇觉疑惑的。后来读书，才知道，它们是"找妈妈"去了。

这时节，走在旷阔的野地里，便随处可见鼓突着晶亮眼睛的蛙们，蹲伏在路边的草丛中，或树荫里，老僧入定一般，冥思玄想着。偶尔，也会怯怯地唱几句，零零散散地，不成气候。一旦听得人的动静，便倏地蹦跃而起，在空中，画一道美丽的弧线，然后咕咚一声，潜入水中。只在平静的水面上，留下一圈圈微漾着散开的涟漪。

惊蛰后的第一声蛙鸣，极像时令的"揭幕鼓"。猝响在煦暖的阳光中，或微温的夜色里，是颇能让人恍悟出季节的更迭和变迁的。印度人在其上古诗集《梨俱吠陀》中，曾以"默默地沉睡了一年／似婆罗门守着誓言／青蛙现在说话了，说出／这雨季最潮湿的语言"这样动情的抒叙，来表达他们初闻蛙鸣时的愉悦和欣喜。字里行间，饱含着物的启悟，心的悸动，和物心混忘、天人感应的"东方式的智慧"，令人每每读之，都不免觉着迷离惝恍。

但是，真要听取那成片成片的蛙声，却得在更为暄暖的夏天。那正是割麦插秧，抢收抢种的大忙时节。"乡村四月闲人少"，连蛙们，也会自昏至晨，热情昂奋地呐咕着，喧噪着，似欲为这大地上的节气和农事，鸣鼓添威，助阵加油。

亲近过乡间的人都知道，蛙们并非只是被"拟声"了的那般单调的呱呱，或咕嘎。细细辨听，蛙鸣其实也颇丰繁，缤纷。有唧唧呱呱，也有咕咕咚；有咯咯咯咯，也有咣咣咣咣；还有叽咕叽咕，咯呱咯呱，咣咚咣咚——或独奏，或合唱，或粗亢，或清越，或远或近，或高或低，都沉雄嘹亮，澄澈明朗，疏密有致，意趣天成。再与田园之青翠、沟渠之潺潺、星月之辉光，融溶汇集着，其境界之恬静、纯粹，意蕴之深邃、迥阔，是再高妙的乐师，也难以合成的天籁。而如此丰繁、缤纷的声音，充斥于原本寂寥的乡夜里，又随着暖暖荡荡的水温、水汽，在满满盈盈的旷野里铺排开去，再弥散开来，也是很容易让人沉醉动心的。

有时，夜梦中恍惚醒来，谛听着窗外，如鼓乐般响响歇歇的阵阵蛙鸣，想象着沟边渠畔，或一株株正拔节、萌蘖、含苞、孕穗的稻棵间，那一只只正摇其长舌，鼓其白腹，尽情尽兴地吟唱着的乡间歌手——总觉得，它们，似乎只有它们，才是那寂寥田野的主宰。而那广袤的乡村大地，其实更像一个襁褓中的幼婴，正浴浸在那翠绿的蛙声里，做着甜暖的酣梦。

早年在乡间，还听说过"蛙声如潮带雨来"的谚语。那往往是久热苦旱，万物望雨之时，闷热已极，骤雨将至的夜晚。蛙鸣声比起平常，就更其激切，喧腾。那四野遍响的气势，也真是闻之惊心：如鼓，阵紧一阵，似不可止；如潮，浪高一浪，摇魂荡魄。

父亲就说："是青蛙，在向天求雨呢。"

起初，我是颇不相信的。但很快，大雨果真就在蛙声喧响中，雷鸣电闪间，挟风而来了。瓢浇桶倒一般，如泼如泻，淋漓酣畅。蛙们便悄然沉寂了，仿佛正和那一株株渴雨的禾苗一起，静心享受着甘露的淋洗，滋濡。直到雨歇风住，凉意渐生，才蛙声再起。先是东几句，西几句，清晰可数，似在试探动静。紧接着，便汇聚成片，又是密不可分的如潮蛙鼓了。

我因此自小就知道，在农业中国，蛙是益虫，又是祥物。古人曾筑庙祭之，作诗颂之。宋人赵师秀《有约》一诗中，有"黄梅时节家家雨，青草池塘处处蛙"之句，对仗工稳，寓意涵泳，向来为人称道。但最令我动情喜爱，感慨系之的，却是辛弃疾的"稻花香里说丰年，听取蛙声一片"这两句。寥寥数语，不仅描摹出了一幅800年前的田园风景，更藉此述说了一个古老而永恒的话题，渴望丰收和成熟的话题。它也不仅是在咏诵蛙声，更是在表达一种真诚的祈愿，一分对土地和农事的深切关怀——这种关怀，我以为，正是诗人道义和良知的体现，也是那两句素朴简洁的诗句，能让我怦然动心、怅然动容的根本原因。

我固然明白，在不少文士诗人眼里，那翠绿的蛙声，是有着浓郁的诗意，和音乐的禀赋的。而倾情于蛙声，也便是倾情于那分恬淡、善美的诗意，倾情于那种祥和、雍容的感怀。但我，却始终不能超然于自己的经验和经历（它们与那片寂寞旷阔的田野，总是贴得很近、很紧），超然于节气、墒情、庄稼和农事之外，带着禅意和虚静，去聆听或欣赏那成片的蛙声。

事实上，每当蛙鼓如潮的季节，我总是以一颗虔诚的农人的心，甚或，以一株水稻、一秆苞谷的纯朴的心，去观望天地，虔敬地祈愿着风调雨顺，五谷丰登。

或许只有我知道，这一点，对我们脚下的这块土地来说，是多么重要和珍贵。

1997.6 苦茶居

与农民老林一席谈

能与农民老林有这一席之谈，纯属意外。

老林从百多里外的乡下进城，给他儿子送生活费。老林的儿子读高中，寄宿，我是他的班主任。儿子临近高考了，老林敲响我家的房门，说想问问儿子的情况。老林的儿子个头很高，性格却挺内向，柔顺，像个闺女。照我想象，这乡下来的老林，也该很木讷，很谨小慎微的吧。

但出我意料，老林很爽朗，很健谈。

那是一个暮春的夜晚。悠扬、绵缠了大半天的春雨，到此时，越发地悠扬、绵缠了。淅淅沥沥地响吟着，像一曲古古的谣歌，听得人心里熨帖。我也是农民的儿子，虽然离开农村有年，但对农事、水土和节气，也还能略略说个大概。譬如说，至少知道，这场雨对农人来说，是多么及时而珍贵。

话题便因此而起。

见我问到庄稼，农事，收成，老林便很兴奋。在20瓦的日光灯下，他黧黑的脸，微微泛着光，一晃一跳的。老林说，忙乎了一段时间，刚割完油菜，想歇两天。"也算是休闲吧。"老林说。这话一出，我便知道老林有些不凡了。虽则城郊的农民，早办起了"农家乐"之类，大赚城里人的钱。但像老林这样身处僻远，张口便是时髦新词的主儿，多少是要让人刮目相看的。

而老林的话匣子一旦打开，就有些关不住，像"滑了丝"的水龙头。

老林说，除儿子外，还有一个女儿，初中毕业，又读了中专。自费的，花了几大千。毕业时，学校推荐的工作地太远了，便没去报到。而是四下奔走，打工。却又常常闹别扭，与自己，与工作，也与老板。所以"炒老板鱿鱼"的时候，和被老板"炒鱿鱼"的时候，几乎一样多。今天绵阳，明天成都，生活得兵荒马乱的，却仍不愿待在家里。

这种心思，我很能理解。山里的娃儿，但凡见了些世面，便不愿再窝家里，而想出去闯荡，见识更广阔的天地。这是这个时代，农村青年的时尚主流。

"我待在家里干啥呢?"老林模仿着女儿的腔调,"别的人一天书没读,像个白痴一样,待在家里,也能烧水煮饭,放牛扯草,将猪儿喂得白白胖胖。我读了那么多年书,也要我做这些事,不怕别人说你们养了个傻(川话,hǎ)儿吗?"

这话只是大意。老林的转述,还要生动、有趣得多。伴了他的动作、表情和笑,我这笨笔,写不出那韵味儿。但我感觉得到,老林说话时,脸上始终有笑。不是那种恭顺、谄媚,或刻意做作的。老林始终笑得坦然,自如,甚至可以说是骄傲。丝毫没有山里农民的迟钝和怯懦。

也许是喝了酒的原因罢。我想。老林身上,有股淡淡的酒意,和微微的醺。

谈到供子女读书,谈到家庭收入,老林更显着自信。老林说他家住在山上。从公路弃车登山到他家里,"打空手"(不拿或背任何东西)也得半个钟头。老林说,他家现在种有四十亩地,每年可产粮近两万斤。我顿时感觉他有些像"小地主"了。我当然知道,本县山大人稀,地便自然地显出个"阔"字。但夫妻俩种四十亩地,那情形,我想不出该有多苦,多累。

老林仿佛并不觉得苦累。老林这样的农民,都很吃得苦。除种地外,还养猪、养鸡。规模挺大。用他的话说,叫"家庭养殖业"。老林的话里,专业术语、科学概念,像去年狮子座降的流星雨一样,时不时迸现而出,让人乍一听,要对他的身份持怀疑态度。

老林说,他家仅去年一年,就"出栏"15头肥猪。这收入,已是很可观的了。还种有药材,果树。药材可以卖钱,果树却只能"自食",因为品种不太好,运输又困难——这也是老林的话——老林说,他家每年总收入在两万元左右。我便问,这样的人家,在村里占到几成。老林说很少:"顶多也就百分之十一二吧。"老林用了统计学数字。

谈话后半段,我已确信老林是喝了些酒的。他的话题转换很快,显得跳跃而飘浮。一会儿是妻子儿女,一会儿是农民负担,一会儿却又是国家政策,甚至国际形势,并很快滑到已经回归的香港,和即将回归的澳门。

"今年澳门回归,也该很顺利吧?"他问,仿佛我是国家主席,或国务院总理。我说当然。"那台湾呢,也该要收复了吧?"我像"答记者问"一样,略一踌躇,说:"可能也该差不多了吧。"他不由得感叹了一句,中国现在,是强大多了。

这样的话,平时听得多了。但此时从老林嘴里出来,感觉很不一样。类似的话题,在老林的闲谈里,还有很多,大都不是一般农民所能,或所愿关心的。那种种感受,也不是一般农民所能有的。

实际上,说老林是农民,显得勉强。自1972年初中毕业回乡,老林已做了

27年的乡村干部。从团支书、宣传员、农技员、民兵连长到生产队副队长、队长。现在是村里的会计。

我就说，现在的乡干部，怕也不是那么好当的吧？

老林顿时感慨连连。"可不是，"他说，"像我们村，每年光各种'提留款'啥的，就是十多万，也不管你用啥子办法收，反正要限时上缴。"

"那咋整呢？"我问。

"咋整？估到整呗——到了期限，有钱的交钱，没钱的，就拿东西抵押。"老林皱了皱眉头，"都乡里乡亲的，有时还真不落忍下手。"

这一回，老林的神情里，透着一些苦涩和无奈。

对农村政策，老林还是由衷地赞成、拥护。他说，现在的农民，有能干的，也有不能干的。能干的，种地外，还开商店、办饭馆、跑运输，手里的钱来来往往，像流水一般。不能干的，啥都弄不成，连地也种不好。

"但不管咋说，农民愿意多干，这是好事。"

说到农民的负担，老林说自己虽能承受，但确实太重，不少光种地的农民都要亏本。我想到仍在家务农的父母，每次写信，一说到"负担"，父亲就要抱怨，说除了骨头就没有肉，这地实在没法种了。此时，心里便不免有些沉郁。

在谈话中，老林曾说到他的愿望。这实在不像一个农民的想法。他说，当农民以前，曾想过先读遍天下所有的书，再决定干什么。却不幸碰上文革，连学都没上"伸抖"，还有啥子书读呢？只好回乡，结婚生子，和天下所有农民一样，几亩黄土一头牛，老婆孩子热炕头。

但老林的想法不同。他说，自己没权，又没武功，不能保护自己，难免不遇上些啥事。便希望自己的儿女以后读文科，学法律，以法律的武器来保护自己，真有啥事了，能尽可能地得个公平。

老林的儿子，真的读了文科，只是现在成绩还有些差。老林自己也清楚这点，所以，说到他的最后一个理想时，他极憨厚地一笑，显得有些不好意思。他说，他希望能成为一个大学生的爹。

"女儿是不成了，看儿子的吧。"老林说，"自己没读成大学，总可以当一当大学生的老汉儿吧！"临别时，老林握着我的手："谢老师，帮我管严些。"停了停，又说："今年实在不行，明年又来！我就不相信，我供不出个大学生！"那硬硬的话里，满是执着和倔强。

老林的理想当然不错，但能否最终实现，得看他的儿子了。

1999.5.4　苦茶居

大地的良心

回乡的路口

有一种声音，让我说出满腹的酸楚，和痛。

年关渐渐临近。我在山地行走，朝着家的方向，朝着那回乡的路口。我感到山地的飞雪，像锦被一样，裹着我，越来越暖。往事在一颗颗雪粒里栖息，寂然入梦。那些与雪有关的事物啊，像雪一样，转瞬即逝。

那是八月的乡间。庄稼已从田野里收回。大地被秋天的阳光照耀着，抚摸着，微微地沉醉于丰收的回忆之中。粮食颗粒还仓，地里的禾茬儿排列整齐。暮色徐徐降临。夕照下生出缕缕炊烟，漫向又高又远的天空。

我赤着脚，行走在一支支民歌里。那信步的姿势，宛若金黄的稻穗摇曳于田野中。这季节，时间的硕果，已被风尘搓揉得格外鲜亮，像熟透了的一滴滴月光。

我苍老的父亲，他握锄的手掌里，沟壑纵横。他俯身躬耕的姿势，是古老农业艰苦卓绝的象征。我的眼前，飘过春天的禾苗，夏天的汗滴。然后是，半轮中秋的月影，一晃而过。他五十年沉默的人生，像马拉着的大车，一晃而过。

一晃而过啊。它使我一次比一次更深地怀念土地。在思乡的时节，或感念的路口，一次次缅怀，那些在土地上度过的好日子。

然后，大风起兮云飞扬；我亦开始飞扬。在命运的风中，那些送我出走的人，衣衫飘飘。那些唤我名字的声音，那嘶哑的声音啊，温延至今——承受着一样的季节和雨水，在我和我大起大落的土地之间，一串串雨丝，一串串泪滴，一串串的往事和回忆，就像那绵绵不绝的节气和农历。

站在回乡的路口，这季节平野千里。脚下，是一片好风水；眼前，是一地好梦。这祥和之地，是我的生命之源。我的血脉和情感的全部根基，都来自这里，来自这一滴滴咸汗，来自这一粒粒粮食，一脉脉山峰的走向与突兀的跌宕，来自那无声语言中的每一个词根。

祖地。方言。村庄。青石上的水流。和被水流洗涤得干干净净的茅屋。黄昏时分，最后一丝阳光，收拢了竹林里栖鸟的翅膀——这不朽的、灿烂的风景啊，在此时，这样地牵扯着我疲惫的身影，和我对于家乡的守望。

大地

天亮之前，我唯一的目的，便是大地。

朝向苍莽，朝向南方。丘陵深处，那一块块规则的，不规则的，平坦的，不平坦的，收割完粮食的，刚种植上庄稼的，土地——那一块块补丁，庞大而沧桑的补丁啊，装饰在故乡的胸前，和背后。

那补丁下面，有着怎样的血汗，和血汗渗透的历史？

愁苦的大地，艰难的大地。我的故园，就在它幸福而痛苦的深处。沉默无言，却将所有生机暗藏其中——这充满玄妙、若从天而降的、星光般的大地啊！

当我赤脚行走，布谷和杜鹃，就是母亲四季中最热爱的花朵。跟随在它们后面，她一边耕种着眼前的土地，一边操劳着身后，那日渐苗壮的一个个儿女。

此时，我就在它的胸怀中行走，寻觅。

扑沓。扑沓……这是大地的心跳，还是我脚步的回音？偶尔碰到的几株杨柳，粗糙扭曲的槐榆，那是它仅有的坚持，还是祈愿？它们随风俯仰，是在慢慢屈服，还是竭力抗争？

当第一颗露滴，被鸟鸣啼破，你就开始领受太阳的抚爱了。你与辛勤的农人一同醒来，你任牛羊把朴拙的足迹覆满四野，你让鸟雀，反反复复地咏颂歌唱。

我的渴求滋润、鲜活、丰盈的大地哟！

农闲的汉子端坐秋天，饮三碗白酒不醉。安详的老人置身灯下，搓一条拴牛的麻绳。月光下，火的女子，水的女子，走向那落寞的夜色；大地的女子啊，在秋天的草地上，她早已成了我丰美的新娘。并且习惯于在深夜，静心聆听我微弱的足音，习惯于我像往常一样，顶满头白霜敲门，乘一匹羽毛还乡。

哦，我的土地，自由舒展的土地。我知道，我坚实的双手该做些什么了。抓起一把泥土，嗅嗅，看看，捏捏。其间的生机，扑面而来，有幽微的暗香。当我紧紧握住它时，会隐隐感觉到，那来自大地深处的力量。

这样的泥土，不管撒进怎样的种子，都会长出健壮的枝叶，丰硕的果实。

写给乡下的母亲

天又黑了。寒凉里起身，母亲，你又该点燃那盏小小的油灯了。

柴门之外，是摇晃的风，是风中摇晃的桑林。母亲，桑葚落地的声音，是我今夜，在千里之外的异乡，所能听到的唯一音乐。乡愁一样，寂寞而忧伤。

母亲，请点燃那盏小小的油灯，让它微弱的光，像你无言的爱一样，静静地流溢，飘曳；如水，如梦，如过去的时光，覆盖我的回忆和念想。

母亲，请把手摊在桌上——我知道，面对空空的小屋，和空空的桑林，你也在怀想。怀想那个曾绕在膝边嬉戏的孩子，那个曾跟随你在桑林里奔跑跳闹的孩子，那个从这片土地上走出去的流浪诗人。

——那个人，现在正为你写着这些文字。

冬去春来，桑林醒了，桑叶绿了，桑葚红了。

冬去春来，母亲，我已疲惫了，困累了，倦怠了。

脚在生痛，心在生痛。母亲，无力到达的地方，实在是太多太多了。

风吹起来了，一丝一缕，响在柴门之外。桑葚落下来了，一粒一粒，落满我空空荡荡的心怀。母亲，我已无法穿越这水泥与钢铁的栅栏，无法乘着春风，沿着那流经村外的古老河流，重回你桑林遍地的身边。

只好让我的心，循着记忆，一次次重返家园——母亲，你听到了吗，此刻，我的心跳和呼吸，正敲响你思念的窗棂？

母亲，今夜，我的耳孔里，响满桑葚落地的呼唤。

飞鸟远去

飞鸟远去，天空更加空旷。

只有沉沉的阴云，含混模糊的季候，和残缺的树枝，如铅一般压在头顶。只有渴望飞翔却没有翅翼的梦幻，滚烫而哀伤地穿越灵魂。机械，麻木，沧桑如荒原一般的灵魂。

飞鸟远去。飞鸟的翅膀悄然远去。

我的双眼，被一种冷酷的逼视灼烤着。我摊开的双手，捧满粮食，秋天的粮食——玉米、谷子、小麦、高粱——简单，卑微而虔诚的粮食。

而飞鸟远去。没有一只纤巧的尖喙，愿意前来啄食我的掌心，让我感到酥痒和疼痛，感到真切的存在。

飞鸟远去，我的心因空洞而痛，因痛而痛。

我恍惚看见，那些曾经的鸟翅的痕迹，那些潇洒出尘的飞翔之姿，那些被枪弹、喧躁和煤气击落的羽毛，飘满残存的天空。狂风吹刮着这些残迹，像吹刮着脆弱的花朵，和梦。

然后，缓缓降落，堆满秋天寂寥的大地，和我因空洞而疼痛的心腔。

还有什么打击比这更强大，更犀利，更尖锐？

我把手伸出去，伸向温柔的天空。我触摸到的，却只是岩石般的板结和沉冷。

鸟！那些胆怯的，羞涩的，善良亲切的，谦谦君子般的，飞鸟——已经远去！我看到：它们的影子，在天际一掠而过，然后彻底消失，再也没有重现；就像那些早年凋零的花朵。

我两手空空，胳膊和奢望，如遭雷殛一般，僵直垂落。

飞鸟远去，天空更加空旷，大地更加寂寥。当心痛的诗人含泪凝望，斑驳的鸟影，正最后一次越过人类残破支离的梦境。

1998.3　苦茶居

祖先。或血流之源

家族就是我的命运，而祖先，就是我血流的初源，是我卑微生命的根本。

——题记

1

每次回到老家，面对着那熟悉而陌生的村落，面对着那一幢幢或簇新或陈旧的屋宇，心底，都会涌起一种沧桑复苍凉的感觉。

特别是夕阳在山，薄岚弥散，缕缕炊烟在一方方屋顶上袅娜升起的时候。望着那些曾经亲密依偎，而今却纷纭四散、各自为政的本家嗣裔，蓦然间，就有一种如对梦幻的伤感，和不知身在何处的惶惑涌起，执拗地缠绕在心间脑际，久久不能散去。

费孝通先生在《乡土本色》里曾说，中国社会的基层特色，是"村落性的"、"乡土性的"。"这是一个'熟悉'的社会，没有陌生人的社会。"费先生平实、恳切的描述里，蕴含着一怀对乡土的脉脉善意和温情。

但现在，面对着这被我习惯性地称作"老家"的村庄，我所感觉到的，除了陌生，竟还是陌生。除开"儿童相见不相识，笑问客从何处来"的生疏外，更多的，还是邻人间的冷淡、落寞和隔阂。我不知道，我们之间，是否也有了一层如鲁迅先生所说的那种"可悲的厚障壁"，如果有，又是因何而致。

我只知道，随着父执辈的纷纷谢世，和侄孙辈的依次降生，我所熟悉的人事风景，便像脸上的青春红颜，越来越淡，越来越少。我也只好一次又一次，站在那越发颓败、寥落的祠堂前，站在童年记忆中，那敦实素朴、欢乐融洽的怀念里，透过屋角那些残破的蛛网，和蛛网般破落的屋顶，用心观望那似乎永远也望不透彻的天空，和供养了我无数先辈的田野。

我希图能够从中，寻得一些"熟悉"的印痕。哪怕只是一丝。

我不知道，这个叫"鸽子湾"的村庄，已存在了几多岁月；在迁延无尽的历史长河里，又有着怎样的沧桑遭际。但我知道，是我们谢氏家族，最先在这里建起房屋，组成村庄，默默劳作，繁衍生息。

我知道，在那泥土深处，那每一块石子里，每一颗泥粒中，以及村庄里，那每一株树木，每一根梁柱，每一条泥泞坎坷的土路上，都绵亘着从我祖先伸延而来的一茎茎血脉，都暗藏着一个庞大家族数百年来的沉浮荣辱：那些或震撼人心，或平淡无奇的生死爱恨，离合悲欢，盛衰契阔，荣辱沉浮，富贵贫寒……

这一切，都让我由不住地，要将自己那一怀凄凉而执着的心襟，投入到对祖先的缅怀和忆念里，并在那种既羞愧悔恨，又回天乏力的冥想和怅惘中，终其一生。

2

历史的风云，起伏变幻着。动动荡荡的，使那许多的源头和谜底，都湮没无迹了。但我始终坚信，祖先的影子，仍旧飘浮、晃荡着，在老屋的族谱和森森"关山"之间。当我回首来路，目光触及丘陵深处的故园时，偶尔能够侥幸看见。

在族谱之前，则是纷纭、驳杂的传说。我尚不能识字断句时，祖父和父亲、叔伯们，就多次提说过他们。就在老屋的祠堂前。

那祠堂，想必曾是恢宏、森严的。它的进深、开间、规模和气势，都远远超过了鳞次栉比于它周围的所有房屋。又背山起势，坐北朝南，左青龙，右白鹤，两山拥簇，自然将它点衬得气派非凡了。再加上屋后各种高乔低灌，茂密修竹的烘托、掩映，更使它显出了一种必要而必然的凛凛威风。

据父亲说，早年间，族中凡有重大事件，全族人众，都要汇聚到祠堂里，磋商议定。而一旦通过，便得齐齐跪定，面对那木制神案上列祖列宗的牌位，盟誓遵从，不得违误。

父亲的讲述中，洋溢着一种骄傲和自豪。

那也是家族的骄傲和自豪。因为，祠堂的荣耀威严和它的显赫历史，在远近村庄里，都是声名响亮的。父亲说，那时候，谢家子嗣繁盛，人丁兴旺，光是祠堂周围的通堂老屋里，就住了百十口人。从早到晚，都鸡鸣犬吠，人语喧喧，就像逢场时的集市。

"热闹得很呐！"父亲感叹着说。从他那或许有些夸张的声音里，我能够想象出，那聚族而居的隆盛景象。

不过，在我的记忆里，祠堂却只有一种衰落、破败的气息。屋梁倾圮，椽条脱落，门窗歪斜，泥墙剥裂，沉滞而空落。屋前石阶上，早蔓生着茸绿的地衣和苔藓。屋上瓦沟里，也满是烛形般的瓦松和菰草。竹林里飘下的枯叶，和着被风吹来的纸屑垒积在一起，让它蒙垢封尘，灰头土脑。它已颇有些年岁了；连山墙间的木柱，也裸露出来，朽蚀成一段皴黑。又经受了兵燹的洗礼，也抗过了风霜雨雪的浸渍，它便越发地憔悴黯淡了。

从我记事起，它就颤巍巍地耸立在那里，沧桑而寒碜，浑若一面容枯槁、形销骨立的耄耋老者。就像那些在老屋前，讲古谈天的人。似乎在冥思，或玄想。但所思所想为何，却没人能够透彻。

虽然我其实知道，一个家族的兴衰，与祠堂或许并无多少必然关联。家族在繁庶，在不断壮大；而古老的礼节和仪式，却像风雨中的危墙，在层层退化、剥落。祠堂的废止，或迟或早，都是命定的事情。再说，家族魂灵的聚合，本身也不必借助那空空的物质外壳——虽然如此，现在想来，那祠堂前的讲古谈天，的确像是预兆着没落前的辉煌。

因为，自此以后，我便再也没能聆听过那样的讲谈了。

他们讲述那些传说时，只有一个声调，不紧不慢，不温不火。却极谨严，端庄，肃穆；恰如守着一炉微微的文火，熬煎着一剂幽香与苦涩兼具的中药。通常，又总有些固定的场景：某位亲戚远道而来，刚好又有半圆不圆的月亮；或则，就是某位祖先的生死祭日，有雨或没雨，都成，只要在那缭绕的轻烟和幽微的清香里；再就是，族中几个年长的老者聚拢了，就着墙根下暖暖的冬阳，扪虱挠痒，最好，是衬了屋后竹林里，那沙沙沙沙的竹叶轻响。

如此，那氛围和意韵，自然神秘而丰沛，却又分明地隔拒了小孩。在他们那断断续续的回忆，和迟钝木讷的讲谈中，是容不得丁点儿嬉笑打闹的。偶有顽皮的小孩搅进去了，额上保准会吃一"烟锅子"（那烟锅，想必也如那些传说一般，古旧、渊厚了罢）。痛虽不痛，却有股浓重的烟油味，滞闷而沉郁。

因了这种种原委，使得我对那些传说的记忆，零散而斑驳，像风前雨后的半坡乱草。又如经了岁月风雨湮没侵蚀的碑文，残缺漫漶，模糊不清，满透着莫名的沧桑。

3

对祖先真正有所了解，还是在翻看了那册厚厚的族谱后。

那是我成为家族中的第一个大学生，即将到省城求学的前夕。要拜祖宗。父亲说，这是家族的规矩。说时，父亲的面相，极其虔诚，庄重。于是就拜。我向不迷信，对鬼神之类，略无敬意。但那次祭祀，却是毕恭毕敬、谨严诚笃的。事隔多年，那情形，也仍历历在目。

香焚燃了，纸化过了，几缕缭绕的青烟，仍盘桓在祠堂正中的神龛前。龛上的祖宗牌位，和那些画着符咒的木框，被瓦缝间投射进来的阳光，弥漫得格外神秘，幽邃。似乎连空气中的尘埃，也因此而凝重、澄亮了。香烛闪烁，在眼前晕染出一派庄肃的氛围。我虔诚地跪下去，磕了三个重重的响头，向着冥茫中的祖先的影子。

祭拜之后，得了族中长者允诺，我捧起神龛上那漆黑锃亮的木匣子。那里面装着的，就是我们家族的族谱。

阳光在那一刻，似乎更加亮丽、明晰了。但老屋的板壁，仍是滞重、幽凉的苍黑。壁上那些斑斑的水渍和泥痕，仿佛是岁月走过时留下的印迹。一道又一道，曲曲崎崎地，沉滞而含混，正如那些老者讲谈过的沧桑往事。祠堂里，被阳光映照着的地方，和没被映照着的，明媚与阴晦之间，有着极其鲜明的反差；就像历史和现实。

那时，我就坐在那明暗交界的地方，坐在历史和现实之间，一边浴浸着阳光的煦暖，一边注视那黑亮的匣子。渐渐地，渐渐地，有一种古老的意绪，如暗涩的泉流般，从我心底渗漉出来。仿佛有一个个遥远飘浮的声音，在那匣子里呼我、唤我；仿佛有一双双满溢苦难的眼睛，在那匣子里盯我、刺我。

——我的祖先们，就"活"在那族谱里面。

轻轻掀开匣子，犹如破解自己的生命基因和密码。我的手指，微微颤着，瑟瑟缩缩地，仿佛经受了岁月的浸淫。当那一页页薄如蝉翼的脆黄土纸，被沙沙掀开，在姓氏、地望、支脉、迁延之后，我的祖先，就一代代、一个个地迎面走来。他们的名号和身世，纷纷映入我的眼里，进入我的心中。熟悉而陌生，亲切而遥远，形象逼真而面目不清。那沉淀在历史烟尘中的一页页充满苦难、沧桑的日子，也慢慢缓缓地，从我眼前晃掠而过。

自第一代先祖谢兴朝老先生，从湖南长沙府那个叫"史茅沟"的地方，辗转迁徙到这儿开始，我一辈辈祖先，无论长寿还是早夭，聪颖还是愚鲁，也无论勤谨还是怠惰，破败还是发达，最终都依着"兴、邦、立、国、都、功、明、远、大……"的"字牌"（辈分），一一走进了这族谱。他们那生机盎然的脸颊和眼睛，他们那热烈畅放的血肉和骨殖，他们那蓬蓬勃勃的青春和生命，铸成土纸上那一个个平淡而呆板的名字，冰凉而热切，轻飘而厚重。

灾荒。饥饿。疾病。祈愿。生产。逃难。寄身。斗争——族谱里，记载了他们在悠悠岁月、浩浩天地间留下的丝缕印痕和斑驳辙迹。这让我倏地想起不知何处看得的那句话来："所谓故乡，不过是祖先漂泊旅程中落脚的最后一站。"

然而，这实在只是一个极其普通、平凡的家族。在数百年的漫长岁月中，竟鲜有优秀杰出、名垂汗青的伟人，鲜有赫奕辉煌、彪炳史册的壮举。这让我不得不尴尬地打消了将"家族史"与民族史对应起来的愚妄念头。

在族谱后面，也附着许多"传""行""状""记事"之类文字。但其中所记，也不过是些"古道热肠""忠孝节义""为人正直""爱抱不平""修桥补路""兴学建庙"等平常德行。他们中，有的殷实，有的困窘，有的显达，有的落魄。但翻遍全谱，做官的，哪怕只是七品"芝麻"，也没有一个；有钱的，哪怕只是富甲一方的员外，也没有一人。

真是太普通、太平淡了！这注定了他们只能在这贫瘠的土地上，做着鸡毛蒜皮般的庸常事情：春种秋播，耕犁锄耙，养儿育女，生老病死……

想到这里，我不禁抬起头来，望着那挂满蛛网的屋顶，和积满尘土的幽暗角落：他们，我的祖先，就是在这里，完成了自己善良执着、坎坷累累的一生。像所有人都逃不脱的归宿一样，最后，他们的魂灵，无一例外地消弭在无尽的历史烟尘中，消弭在漫漶无边的寂寞里，就像流星，在转瞬即逝的光芒后，沉落在寂无声息的暗夜中。

但是，我执意相信，在那每个冰凉的名字后面，都蕴含着一大堆或甜蜜或苦涩、或幸福或悲伤的故事；在那每个名字里，也都有着一厚本比世间任何册页，都要庞杂深密，也更撼人心魄的浩瀚大书。

因为，那才是真正用血泪和灵肉谱写而成的书。生命之书。

我由此颖悟到自己和他们的联系。我知道我们之间，有着血肉的亲和与牵连。就像房前屋后那些新竹幼树一样，我也是从他们骨殖融贯的土地上，生长起来的。我的脸上，有着他们隐约的轮廓；我的身上，有着他们恍惚的影子；我的心中，有着他们传承的血脉。

当夕光落降下来，薄岚弥漫上去时，我走出祠堂，沿着屋外那段铺满灶灰、柴屑的土路，走向老屋背后，那森森的"关山"。

那时，我心平气和，再没有以前去那儿时的惧怕和惶恐。我知道，我正在走向自己生命的根脉，走向自己的家族历史。

4

那是八月底的黄昏。有一层烟灰色的薄雾，漫盈在山谷荒草间。而山下，平整如畦的旷野里，满布着庄稼收割后留下的狼藉：秫秸秆，稻谷垛，奔跑的狗……田畴边缘，便是那道正浮光耀金的小河。河水潺潺缓缓地涌流着，无波无澜；正如这丘陵腹地最庸常的岁月，寂寥，空落。小河对面，是更庞大的一带远山，曲曲折折地，走向杳渺的天际。山坡上，则是册页一般的岩石和土层。青草和黄花，在温煦的阳光下，生机勃勃。道路两旁，野菜花随风曼舞，流溢着一道道金黄的锦缎，热闹喧腾。

冷清着的，似乎只有那森森的"关山"，那些矮趴趴的陈年土坟了。

其时，也还有几个族人，在路旁的玉米地里，辛勤忙碌着。乌腾腾的晚玉米，将他们的身影，濡染得绿茵茵，暗幽幽的；有些飘忽，谣移，不实在——实在的，是玉米棵下，那些瘠薄的土地。族谱中的祖先，便是这土地最初的开垦者。

我一边走着，一边遥想着那时的情形。一定有荆莽榛丛，有乱石怪兽。再就是，狰狞可怖的粗粝和荒蛮。我想到"披荆斩棘""筚路蓝缕"这些词语。以前，在书本上，课堂里，我知道了它们的概念所指。此时，面对这历史和现实的土地，我才真正理解到其中的意味。

我想，那时，在他们心中，一定有着一种强烈的冲动和愿望。这冲动和愿望，纠缠着他们，磋磨着他们；最后也拯救了他们，成全了他们。

那或许只是些简单至极的愿望：一两间温暖的农舍，三五头憨默的牲畜，几小块属于自己的土地，和土地上纷繁充实的四季——为了这简单的愿望，他们用了怎样的辛勤劳作，去争得，去换取，我已是无法目睹。但我能够想象：在荆棘和乱石之间，我的祖先，是如何紧咬着牙，深抿着嘴，倾俯着腰脊，一点一点地，将脚步挪向那希望的彼岸。而一场暴雨，几天干旱，甚至，一次雀鸟的栖集，几只鼠鼬的漫步，都可能使他们微薄的希望，化为泡影。最终，我想，那煮在铁锅里、盛在土碗中的日子，必定是野菜比粮食多，眼泪比欢笑多，苦涩比甘甜多。

而我的祖先，在哭过之后，在苦过之后，抹干泪水，又把自己的汗滴和心血，洒向那遍布荆棘、乱石的土地了。我想，那时，在他们头顶，一定悬着一条无形的鞭子。这鞭子，不时地抽打着他们，驱逼着他们。那被风雨剥蚀得凹凸沧桑的脸上，那一条条如山川密布的岁月沟壑里，该蕴含了多少的苦难和坎坷啊！

就这样，他们凭着自己的顽强和毅力，凭着自己的执着和隐忍，终于在这片宛如白纸的土地上，站稳了脚跟，并把自己的名字，写在了族谱的前面——从那时起，一个有着几百口人的家族，便开始在这丘陵的腹地扎根生叶。

而这，或许也是每个家族，每个村庄乃至城镇，在诞生之初，都必将经历的艰辛吧。

5

小心翼翼地，踩着那些朽腐而潮湿的乱草、灌丛，我终于走进了墓地。

杂草丛生，碑碣林立。没有鸟飞，没有虫吟；静静的墓地，幽谧而阴浸。夕阳浴染，野风微漾，那即将来临的暗夜，使这儿显得格外肃穆；像一段段陈旧破碎的往事。只有坟头上旺长的狗尾草和丝茅草，静静摇曳着，萋萋碧碧地，迎对苍凉的夕阳。

当然，也还有苍翠的松柏（这是"关山"不可或缺的物什），翁翁郁郁地绿润着，精精神神地站立着，仿佛万古如斯。偶尔掠过微微的小风，吹拂着坟地的青草杂树。或者惊起一两只野雀，在向晚的时光中，絮叨出几句慌乱的碎语；胆怯地盘旋一阵，重又栖回草丛里，或枝柯间。墓地静谧，只有几声远远近近的鸡鸣犬吠，证明着它与生者世界的亲近。

这，就是谢氏家族的"关山"了。这里，埋葬着我的祖先。他们虽然早就死了，像初冬的晨雾，被阳光蒸腾，飘散了；像苦旱后的微雨，被大地收藏，消弭了。但是他们的魂灵依然活着，活在这矮矮的坟茔里，活在这青草杂树间，活在这片沉滞的土地上，也活在像我这样的子孙后辈的血液中。

我一一抚摸着那些碑碣，石幢，辨识着那些模糊漫漶的镌痕，字迹，并在那粗粝而凉浸的感觉里，冥想苍茫中的祖先的幽魂。虽然我不知道，在这泥土的深渊，在幽邃的黑暗底处，他们是否正睁着昏蒙的眼睛，望着我，望着这个后人的一举一动。但我相信，他们一定还在这里，在这片他们开垦出来的土地上，也在那条他们疏浚畅通的小河里。

那河水流淌着，无分昼夜寒暑，仿佛已走得很远很远，却又一直都在这土地上，缓缓流淌。就像这些树，枝干长得再高硕丰茂，根根脉脉，依然深扎在脚下的泥土里。就像我的祖辈，世世代代，围绕着这土地，这河流，仰止生息，最后终老是乡，未有须臾稍离。

这时，我才切切实实地感知到，一个家族、一个乡村及一代代农人，与这土地的血肉缘系。那种执着和依恋，让我震慑，又让我浸沉。我觉察自己已走进那简单而丰繁的村社文化之中，并为那朴实的、与土地村庄同在的民风民俗、民性民情重重包围着了。

放眼远眺，四野苍茫。运行周天的落日西坠之后，天地间，顿由寥廓澄明而静穆庄严。群山错落，峰峦迭涌；山势如波浪一般，起起落落，正如人的坎坷命运。我又一次想起了我的祖先们。现在，他们走完自己短暂的生命途程，又回到泥土里了。就像"九叶派"诗人穆旦所说："我们的祖先已经睡了，睡在离我们不远的地方。"只有他们的名字留在族谱里，只有他们的精神，留在后人的骨血和梦萦里。

从黄土中来，最后又归向黄土，这是任何人，都无可更改亦无可逃避的命运；就像一粒粒粮食，在收获之后，又以种子的形式，被播撒下去。我想，我生命中的某些东西，肯定已在此时，被触动、被改变了。

望着山下暮色中的土地，屋舍，树木，庄稼，水塘，村路和人影，我恍然憬悟，我自己也是那样的一粒粮食，在成熟之后，也终将被岁月之镰收割，最后又归向泥土深处。就像我的祖先们一样：自然地被安排到这片土地上来，做完命定的事后，又被时光送走，聚合在另一个地方。他们的盛衰得失，功过是非，都已像沙石一般，沉积在岁月的荒野里了。

但是，在他们开垦出来的土地上，在那最初的茅檐旁边，毕竟有一栋栋简陋的屋舍，随风而起；毕竟有一代代沉默坚韧的后人，生灭于斯。庄稼割了一茬又一茬，大地翻了一回又一回。日子虽然依旧枯涩惨淡，但生命不已，希望永存，他们的耕作，也就难有止息。

作为农人，他们的希望，总是琐碎渺小的；而他们为之付出的劳作，却往往是人世间最为繁难艰辛的。他们肩上，或手中，那些被岁月磨蚀的沉重农具，早已静静默默地把这一切，简单而繁复地写在泥土中了，写在历史的笺页里了。

当房顶上的炊烟，伴随着暮霭缓缓升起，一天的苦累疲乏，便随着夜色飘散了。轻暖的风里，也便有了田垄上荷锄而归的歌谣，有了饭桌上愉悦爽朗的谈笑，和睡梦里，那不绝如缕的向往。我一代又一代的前辈，也便像那最初的先祖一样，在贫寒的屋顶下，苦苦地挣扎，艰难地活命：做梦，也做爱，做所有那些该做的事情。

就像后来，我在一首诗中抒写的那样——

> 他们苦役般忍受着风雪。干旱
> 和雨季。不厌其烦地种植高粱。稻谷
> 麦稞。他们坚韧地生活。挣扎
> 气喘吁吁地做爱。繁衍子嗣。一代
> 又一代。面对古来的天空
> 和大地。满怀期冀地祈求风调雨顺

6

黄昏降临了。炊烟从山脚下，袅袅地漫升起来。时光依旧寂寞而安详。原野里，仿佛到处都是祖先坟上青草的气息。微凉的晚风，一丝丝掠过，又拂向遥远的别处。墓地便更加荒凉，落寞。但林立的碑碣、石幢和松柏，在冥冥的暮色中，坚挺得愈发顽强。

我真切地感知到：有一种陌生的东西，以其不可抗拒的力量，涌上我的心头，并深入到我的魂灵和血脉之中。

望着田野上那些劳作后归家的疲惫身影，我觉得，这人类的历史，虽说纷繁复杂，其实也明晰简单。就好比这森森关山上的松柏：它们，终年累月都是一色的苍青，在轮回的四季中，仿佛没有丝毫变化；可是不知不觉中，旧叶枯萎了，凋落了，新叶又萌绽了，苗长了；正是在这凋落与萌绽的循环中，松树得以永葆苍绿和活力。

生命的长河，又何尝不是如此？老年人随风飘逝之后，新生命又呱呱坠地；留在世间的，也便永远都是年轻、蓬勃的一群。正因如此，这广袤旷远的大地上，也才日日都有那簇新而永恒的风景，人类的风景。

风越发地大了起来。凛凛飕飕的，在旷野中吹拂着，游走着；仿佛一种古老的旋律，让人永远不知道它从哪里来，又要去往哪里。大地日月是恒定的，世间的人事，却早已悄然变更。就像这萧萧飒飒的秋风，不知不觉间，就多了丝缕凉意。

我也终于明白：家族就是我的命运，而祖先，就是我血流的初源，是我卑微生命的根本。辉煌也好，黯淡也罢，精彩纷呈也好，索然寡味也罢，都已属于历史，无可变更和改写。就像无法换掉自己的血液一样，我只有承继着他们留下的一切，尽可能地发扬光大。

因为，没有他们，就没有我。是他们创造了我，是他们沉默的背影，滋润了我，喂养了我，让我自觉或不自觉地，去承继他们，延续他们。就像一茎青青的草，凭借着它的触须，深扎在生命藉以生根和蓬勃的地方，并衍生出一片盛开着鲜花的原野。

当然，我也知道，没有我，祖先们也只会是历史中的一段虚妄，和空无。

如此，那飘忽、晃荡着祖先影子的"关山"和族谱，便是我永远的胞衣故地，是我生命的脐带和根本，是我生死不移的眷恋和依傍。不管以后，我去往何方，离得多远，跋涉得多么艰难，那如血的乡愁，那温馨的情愫，都会自这里源起；像血流一样，遍布我青青的叶掌。它将永远给我慰藉和鼓励，使我的灵魂经由不息的抗争，而最终超脱悲苦，走向欢乐。

这，或许就是我探寻血流之源的意义之所在吧。我想。

1997.6-8 苦茶居

附录

泥土的歌谣

你必汗流满面才得糊口，直到你归了土，因为你是从土而出的；你本是尘土，仍将归于尘土。

——《圣经·旧约》

隔着一簇簇锋利的麦芒，我隐约看见
那片凝滞的辉煌；隐约听见
那低沉喑哑、仿佛窒抑的歌唱
土啊，你告诉我，这临近苦夏的夜晚
有谁在倾听，那远处的田野
茅屋里的灯光？麦地里的守望者
感恩必报的人子，我在为谁
作最艰苦卓绝的守望？土啊

这个夜晚的月光，如此皎洁地照彻
我疾病的心脏！在陶罐、土碗
和伤痕累累的果实间，疼痛难言的心脏

有什么从你怀里长出？土啊，又有什么
在静默中，抵达那最深窈的地方
苦难深重的夜晚，谁念叨着你的名字
倏忽消失？谁，挥舞着镰刀
刈割你患病已久的乳房？那些
风烛残年的老人，那些裸身拾穗的孩子
那些，用四蹄敲打你厚重大门的
牛，是怎样咬牙，经历旷世的孤独和
沧桑？那些汗，那些至高无上的苦涩的汗啊
又是以怎样的光泽和硬度
日复一日地，展现内心的力量
和渴望？使我每次面对你
都忍不住歌喉哽塞，热泪盈眶

土里吃食。土里活命。土里生土里长土里养
最后又在土里埋葬！一代代祖先啊
一代代儿郎，全被扔在这沉重的红土上
辽阔啊广袤，覆盖我们一生的时光
——土啊，我们把精贵的血汗抛洒给你
我们把高昂的头颅低俯给你，把一张张
饥饿的大嘴，贪婪地伸给你
土啊，我们唯一的梦想，就是用犁铧
和锄头，竭尽全力地翻动你
年复一年地，从你日渐晦涩黯淡的胸怀中
刨出钻石般闪烁的玉米
黄金般歌唱的稻谷，和火焰般温暖的高粱

而现在，你又沉默什么呢？狂风是在吹沙

吹散四季的色彩和运脉。可它吹不散
我们手中泥土般金黄的命根！吹不散
我们骨头中，那坚韧的刚强和期望
——我说：让我沉下去吧，让我面对你
更为深厚的部分，面对你的恩泽
或陷阱！土啊，我要吮吸着你的乳汁
一点点长大，成熟，再把这具卑微
而挚诚的躯体交回。我本尘土，仍归
尘土。土啊！在爱你的时候，我已饱尝
活着的所有艰辛，在无路可走的时候
我只有以腐烂的方式，回报你的沧桑！

1993.5.14　苦茶居

尘世：亲情暖暖

霜路无迹

——献给所有贫寒的母亲和儿子

清寂的寒夜，遽然听到几声久违的雁啼。凄凉，孤独，空落，震得我不禁心怀颤懔。默念着"白雁已衔霜信过，青林闲送雨声来"的残句，许多与霜有关的往事，顿时浮涌胸中脑际。而最真切赫然的，是那条灰蒙蒙、白茫茫的小路：像一首无韵的诗，又像一幅恬淡的画。

那是我家通往镇上的路，也是我幼年时，到镇上中学读书的必经之路。崎岖，坎坷。遥遥迢迢十余里长，如蛇一般，逶迤蜿蜒于芊芊莽莽的蒽丛刺棵间。从村里到学校，又从学校到村里，我在那路上，往返了整整两度寒暑。时迁日逝，其间的记忆和感触，大都湮没在岁月的积尘中了。却唯独，那遍地银霜的情形，还铭烙般留存于记忆里。

那时候，生活贫窘，家境拮据，常常是衣食难周。深秋的夜里，一听到那苍茫的雁唳，母亲的脸上，就会像那季节灰蒙蒙的天空一样，浮掠过丝缕愁云。草木摇落露为霜。秋叶窸窣一落，寒雁嘎咕一叫，"霜降"也就随之而来了。

"棉衣没缝，棉鞋没绱，娃儿们可咋过冬呢？"母亲焦苦的声音里，满是怜爱和歉疚。

接下来的寒夜，母亲便会就着油灯的昏黄光影，急急忙忙地飞针走线。少年的睡梦，总是那样酣沉，甜暖。有时我一觉醒来，仍能见到母亲的面容和侧影。投映在土墙上，屋顶上，满是疲惫倦怠。而天明时，睁开惺忪的睡眼，床边或枕上，往往就已堆放着叠好的棉衣布鞋了。

其时，母亲已在厨房里忙碌着了。炊具叮当，像一由古古的谣歌，甜蜜而温馨。踏霜而行的早晨，母亲总是鸡叫头遍，就开始灶火炊饭。到鸡叫二遍时，天刚微微发亮，母亲和我，已摸索着出了家门。村外那空寂无人的土路上，便会响起我们"扑哧扑哧"的脚步声，在秋日旷阔的野地里，显得格外匆疾，寥落。

　　透过岁月樊篱或疏或密的孔隙，十余年前散落于小路两旁的斑斑霜迹，至今仍历历在目。黎明时分，气温降至冰点。草木上的点点夜露，便凝聚为白色的霜粒，如盐一般，铺敷在枯疏的草叶间，缀饰在嶙峋的树枝上，晶莹，脆亮。或者披覆着，散漫着，蒙眬在熹微的天光里，像一袭袭薄薄的纱巾，将那路，那景致，衬映得微凉而柔润。

　　其间，还要经过一座长长的青石板桥。凛冽的寒霜，早在桥面上，落降出匀匀的一层，微微地闪着寒光。偶有雀鸟一二，将竹叶形的爪痕，极清晰地印布霜上。那一个个象形的"个"字，活写出了若干野趣，煞是好看。雀鸟许是冻呆了罢，人已走得很近很近，才猛醒般硬着翅膀，扑棱着飞起。却又丢下几句凄清寥落的啼鸣，在同样凄清寥落的天地间——此时想来，那景致里，是颇有些"人迹板桥霜"的意韵。

　　经了我多次竭力的劝阻，母亲才犹犹豫豫地，在村口止住脚步。我继续踏霜前行。迎着芒刺般冷凝的空气，仿佛正吞吐着那些苦寒的日子。心底也恍若被霜雪轻抚过，擦拭过，异常润泽，明净。霜重的早晨，往往并没有雾。天空便显得格外素静，高远。七星低垂，是北斗；灿灿熠熠的，格外亮丽。银白一抹，是弦月；纤纤瘦瘦的，若贫妇一般——不知是操劳过度，还是愁郁萦怀，那单薄憔悴的影子，仿佛风都能够轻轻吹走，老是让人担心，它能否走完那严霜的途程。

　　上了一级高阶，回头望去，母亲仍站在那寒霜斑驳的桥头。默默悚悚的暗影，给人感觉，恰如一尊历尽沧桑的雕塑。那满含期待的双眼，正凝望着我走向那通往镇上，也通往希望的小路。熹微的晨光中，母亲头上发丛间，也似有隐约的霜粒。被偶尔的寒风掀拂，白中泛青，青中泛白；像极了利刀的锋刃，自然有着某种逼人的硬度。在我心底，却荡漾出些许微凉的暖意，裹拂着我的身子，也裹拂着我的意念。

　　我走得更快更暖了。脚步也越发轻盈，端稳。虽然踩在纷披路旁的衰草上，略有些打滑；而且走不多远，霜露就会濡湿布鞋和裤管。但我心里，丝毫没有"鸡声茅店月"那般的凄迷离情，和怅惘感怀。因为，我不是漂泊的游子，或孤独的浪人。我是承负着母亲的关爱、温情和期冀，走在一条充满希望的路上。

　　走过滑溜的霜桥，又走过寒粒闪烁的小路；走过秋冬，又走过春夏——我终于走出村子，走向了梦幻般的远方。由小镇而县城，由县城而省城。我成为村里的第一个大学生了。村人都无比羡慕地对母亲说："娃念大学了，以后就是挣工资的人了。这下，你就等着享福啰！"母亲却说："哪儿敢呢，只指望着他能有个自己的好前程。"说时，母亲满脸欣慰的笑，灿烂而明媚；好像霜天之后，遇着了晴好的太阳。

大学时的第一个寒假，回到家里，听着母亲平静而骄傲的叙述，望着那覆满银霜的小路，我心里，也颇有些踌躇和自得。我甚至没有注意到，母亲那原本乌黑发亮的青丝里，不知何时，也稀疏着点点微霜了。

秋依旧一年年地秋着。霜也依旧一年年地降着。我大学毕业了，工作了，行程也愈去愈远。故乡和母亲，便渐渐地缥缈，远成了梦中的幻影。虽然一直不懈地奔波着，忙碌着，尽心尽力地吞忍着远游的萧索和艰辛，却总是所求多多，所得少少。偶尔回家，见到母亲，已越发地苍然老迈：身子佝偻了许多，行动也迟缓了许多；脸额间，皱纹多了，斑痕也密了；发丛间，那点点的微霜，早已成了一缕缕的银白，凛凛皑皑的，刺得我眼睛直红，直痛。

母亲一生清苦，只寄厚望于我。连村人都说，母亲早该"享福"了。我却至今没能让母亲，享受到哪怕一点点所谓的福分。母亲似乎并不在意，我却是每念及此，都忍不住眼涩鼻酸，喉哽如堵。心怀里，也满是"难报春晖"的凄怆，和慨然。

刚刚过去的这个农历九月，秋雁南飞，白露为霜的日子，是母亲的五十大寿。家中诸妹来信，让我回家。说母亲一生操劳，很少"做生"（过生日），这回一定要阖家团聚，热闹热闹。词极殷殷，意尽切切。我也早有此心，无奈囿于工作，也困于路途和交通，竟只能聊寄薄礼，修书一封，遥致祝福。

那个寒意凛冽的夜晚，我独在寓所的天井里茫然徘徊。望着头顶那一弯纤瘦的弦月，想起"父母在，不远游"的古训，和"子欲养而亲不待"的痛憾，苍凉落寞的心怀，仿佛正被深秋的厉风吹刮着，惨恻恻地生痛。

夜深了，人静了，昏胀的脑子里，渐渐涌流出如下诗句：

> ……母亲，这些年来
> 我一直怀揣着你的爱和期冀
> 努力读书。从小学到中学，再到大学
> 然后工作。谦卑地奉献自己
> 满心希望，能用自己的汗滴和劳动
> 给你带来，晚年的温馨和慰藉
> 可是母亲！我没想到生活如此冷酷，严峻
> 它将我卑微的梦想，掠夺尽净
> 又使我陷入极端的疲惫和贫困

在你生日，也不能送件无愧的礼物
给你。甚至不能穿越有限的时空
到你身边，欢乐你的孤寂和冷清……

那个夜晚，踏着遍地银霜，我不知道母亲的生日，是热闹还是冷寂，是欣慰还是落寞。但我知道，自己心里，已满是凄神彻骨的懔懔怀霜之感——哪怕只是为着母亲，我也还不能停下那越发沉重的脚步，也还不能放弃那布满严霜的漫漫途程。

而且我知道，无论何时，也无论何地，那路上，都会有母亲殷切期盼的双眼，和"白发望霜天"的憔悴身影……

1996.11.29　苦茶居

炊烟中守望的母亲

　　写下这题目，仿佛又看到母亲——从一柱炊烟中走出来，用树皮般粗糙的双手，拍打掉衣服上的灰尘，拂理净发丛里的草渣。然后，静默在老屋的矮檐下，像一只窝旁守候的老鸟，若有所待地，张望着村前的小路。她的身影，矮小，滞钝，略有些苍迈、颤巍。满脸皱痕间，洇濡着细细密密的汗珠和柴灰，微微地泛着黄。双眼却红红的，潮潮的，似乎暗溢着斑斑点点的泪痕。我知道，那是长年累月，为柴草烟火熏燎的缘故。

　　这是童年和少年时，烙留在我生命中的一帧画幅。许多年过去，它仍时时清晰地显印在我的眼前和心底，缭绕在我的文字和梦里，像生了根一般，淡淡地，却执拗地，牵惹我的乡愁——那背景，也始终是一柱袅袅依依，飘逸不断的青白色炊烟。

　　时间，往往是黄昏，彩霞满天。或傍黑，薄暮冥冥。父亲还在田地里劳作。我和妹妹走在由学校回家的路上。正猛长身体的年龄，中午在学校里草草对付的那点儿"伙食"，显然供不应求。下午还没上课，肚里就唱响了"空城计"，叽叽咕咕地，闹得人心烦意乱，立坐不安。好不容易挨到放学铃响，便急煎煎、忙慌慌地往家里赶，像被鬼追撵着——的确有鬼，"饿痨鬼"——回到家，不及放下书包，就径直奔向灶屋，找寻可以填肚充饥的东西。

　　"饿痨鬼变的？"母亲总是这样嗔骂着。那低沉的声调里，有笑，有爱，更有轻微的叹息。

　　嘴里包满食物，又只顾着咀嚼吞咽，我们甚至来不及回答母亲的问询——可真是饿啊！那年月，饥饿就像一条疯狗，一只厉鬼，紧紧地纠缠着我们，追逼着我们。我们的全部心思，几乎都用在对付肚皮这事儿上了。母亲更是为此，耗尽了差不多全部的心思和才智。

　　尽管如此，家里那口补了三枚钉子的铁锅，煮得再多，似乎也填不饱我们无底洞般的肚子。每到该吃饭时，它就唱起歌来，比闹钟还准。而那时，我们最

71

切迫的意愿，便是能望见自家屋顶上的炊烟——那混含着浓浓的柴草香、饭菜香的炊烟啊，就像抒情的花朵，在天空开放。那甜暖的香，再远，也能灿亮我们的眼睛和脸庞——后来，每听到"又见炊烟升起"之类歌声，我就仿佛又望见了它，望见母亲，在灶前传柴递草，鼓腮吹火。心里，也总有温馨滋润的感怀，很明澈，也很幽远。

母亲饭熟了，就在夕光薄岚里，在几缕炊烟的余烬中，默默地守望着。偶或，也柔柔地喊一声："回家吃饭了噢——"那极富母性的音韵，拖得长长久久，悠悠扬扬，浑若唱歌一般，格外甜软，轻柔，传得很远很远，似乎仍满溢着饭菜的芳香。我们便暂时忘了饿一般，蹦跳着，雀跃着，应一声"吃饭啰，吃饭啰"，欢快地踏着暮色，一路狂奔回去——许多年后，读到余光中先生的诗《呼唤》，倍觉亲切、动情，一下子就记住了：

就像小时候
在屋后那一片菜花田里
一直玩到天黑
太阳下山，汗已吹冷
总似乎听见，远远
母亲喊我
吃晚饭的声音

其实，母亲所能煮的，往往也就只是"饭"而已。川中丘陵，别无长物。少量的米外，多半就是红苕，麦子，苞谷。自每年春三月下秧，到秋八月，才有新谷入仓。在这段漫长的青黄不接的日子里，一天三顿，翻来覆去的，都只是红苕稀饭，或稀饭红苕（有时，连这也不丰足）。痨肠寡肚的，吃得让人烦厌了，诅咒了，却还是要吃，想吃。有时，就忍不住要冲母亲撒气（不是撒娇），皱了眉，苦着脸，说"又是红苕稀饭，又是红苕稀饭！"仿佛母亲是要故意克扣我们。

母亲默然无语。每到这时，母亲总是默然无语。黯淡瘦削的脸上，隐显着一丝愁苦和讪然，仿佛她真是不该只煮出这样的饭食。只在偶尔的夜里，能听到母亲和父亲焦苦的叹息："这日子，唉，真是亏了娃儿们。"声音很低，很轻，却沉重如石般，砸在我的心坎儿上。那时，我才知道，母亲除了如我们一样忍受着饥饿外，还承忍了更难以言说的痛苦。

现在想来，也真是难为了母亲。那还是大集体时候。父亲体弱多病，不能重活，便习了理发、补鞋的手艺，常常要走村串户去挣钱。似乎是"承包"，有定额的。

父亲挣钱后交给队里，再由队里核算工分、口粮、超支、现金，诸如此类，我闹不清楚。但我知道，父亲常常是挣不够工分的。母亲就只好更累了。除缝连补浆，灶火炊饭，洗锅刷碗外，还得风来雨往地忙活队里。母亲很能干，手脚利索。也颇有力气，肩挑背扛，耕犁打耙，样样都不让须眉。那时队里男工，一天十分。女工，不过七八分。唯独一个九分，就是母亲。

虽是如此，粮食却仍不够吃。巧妇还难为无米之炊呢。母亲再能，也显得无计可施了。吃饭时，母亲总是先给我们盛上满满一大碗，再舀自己的。饭桌上，母亲也总是坐在靠近灶屋那"挂角"（方桌的四角）的位置上。捧了碗，慢腾腾地举箸援筷。似乎在品尝美味，又似乎难以下咽。那神情里，满是瑟缩，迟疑。每看到我们的碗空了，母亲便抢着去给我们添饭。倘若锅里也没了，脸上就又是一丝愁苦和讪然，沉重得令人至今难忘。

后来我才明白，母亲那殷勤得有些夸张的举动里，更多的，是谦卑和愧疚——为她作为母亲，却不能煮出更多更好的饭食，喂饱她的孩子。现在，母亲偶尔到我这儿来，每顿饭时，仍瑟缩而谦卑地坐在"挂角"的位置。举箸援筷间，也满是小心翼翼。起初还以为是客气，或不习惯。多次让她坐在正位上，说，一家人，用不着那样。但不一会儿，她又不自觉地，移到"挂角"的地方了。我才知道，这习惯，跟那时的生活有关，改不了了。便忍不住嘴里发苦，心里发灰。

那时，母亲最大的快乐，或许也和我们一样，就是逢年过节。因为，她终于能给我们做出一顿好吃的饭菜来。记得每次煮"年夜饭"，母亲都要忙得腰酸腿疼好几天，但她发自内心地高兴着。进进出出，风风火火，嘴里，却常是悠闲地哼着歌儿。我小时唱会的那有限的几支歌，都是煮饭时，跟着母亲学的。

饭菜终于上桌，母亲便会兴奋地宣布："开饭啰，开饭啰！"那神情和声音，老让人联想到"中国人民从此站起来了"的宣告。至少，那骄傲自豪和喜悦幸福的感受，是相同的——现在想来，在我们敞开肚子，尽情吞嚼母亲做的丰盛饭菜时，连我家屋顶上，那缕缕飘散的炊烟，或许也该是香喷喷的，乐陶陶的。就像母亲那溢满快乐和幸福的脸。

那时，母亲总是很少动筷，而是凝望着我们，嘴里喃喃着，说："真想天天都能这样！"

终于能够天天都那样了。我和妹妹，却不能天天都吃到母亲做的饭菜了。我到外地求学了，然后工作了，成家了。妹妹也到异乡打工，然后出嫁了。母亲仍在老家，里里外外忙碌着，一日三餐地灶火炊饭。我们偶尔回家，母亲总要亲自下厨忙乎。饭菜自然丰富多了，母亲脸上，却依旧常有黯淡和讪然。父亲来信讲，你妈每顿饭都要念叨，不知娃们吃饭了不。父亲又讲，家里杀了猪，心舌肚都留着，你妈说看啥时能回来，她给你们煮着吃——父亲在信里讲着，讲着，不知道我鼻子已是酸酸的，喉咙里，又涩又堵。

那时，我才明白了"儿行千里母担忧"这句话的深刻含义。

我其实知道，自古以来的母亲，都是这样良善，慈蔼，无私。虽然今天，这样传统的母亲，已经越来越少，因为，物质艰困的时代已经过去，我们和母亲，都不该再经历那样的悲苦和酸辛。但我依然留存着岁月馈遗的记忆，就像一棵树，用年轮记录着曾经的风雨和沧桑。

"又见炊烟升起，暮色罩大地……"每听到这歌声，都恍惚觉得，有一缕缕绵缠的炊烟，在眼前袅袅飘升起来，与夕阳、晚霞、风，和过去的岁月，融溶在一起。那淡蓝淡蓝的烟里，满是最平常的人间气息，朴素、温暖而芳香，叫人莫名地感怀，惆怅。眼睛里，也禁不住一阵潮润，仿佛正被那烟火熏燎着——依稀看见，我苍老而慈蔼的母亲，正站在老屋的矮檐下，站在一柱炊烟的背景中，远远地望我，暖暖地喊我。

那炊烟，我想，该就是母亲生命的光束了。而它，我知道，也正是我生命之流的初源。

1997.7　苦茶居

母亲和那口老掉的井

入夏后，一个多月时间，持续艳阳，持续高温，滴雨未落。母亲从老家来信，说"天干得很"，苞谷蔫了，树叶萎了，村前那条河，断流了，连屋后那口井，也快没水了——就是那一口，在那篇叫《背在背上的井》的文章中，被我深情眷念着的，清澈，甘洌，幽深，仿佛将永远长流的那一口。

那井，就在我家屋后，离灶台不过五六米。在川中丘陵，乡下农人，几乎家家都有蓄水的石缸，默默蹲放在房檐下，或厨房里。唯独我家没有，也不需要。因为屋后那口井，就是我家的水缸。那茵绿澄静的水，仿佛有脚，从井里，便能径直走进家中，在锅里涌漾，在柴火间欢腾，润泽着我家那些或丰或俭的日子和季节。

现在想来，那井也实在平常。被周围的竹树簇拥，石砌的井台，便小得不能再小；四壁是厚厚的青苔，伸进脖子喊一声，照样嗡嗡混响；偷偷扔粒石子进去，水面上的倒影碎了，没了，过一会儿，又照样晃荡着，将树影、云影显映出来，将一张张面孔显映出来。

就像大地的一只眼睛，它秀气，玲珑，温润，秋波荡漾。又仿佛隐在村里的哲人，它默默地打量着，沉静地冥思着。它熟知一切，看透一切。它默默地接纳着一切，承忍着一切：天上的波光。偶尔飘落的花瓣。被风带落的枯叶。孩子丢进去的石子。不小心掉入的硬币……它总是那么沉静。那些青苔染绿的水，总是波澜不兴，荡漾着四季的繁星和疏月。

也许，就是这样的沉静，它带给我的最初感觉，是神秘，是略略的诱惑和畏惧。小时候，我们总被告知，不要到井边玩耍。但我们总忍不住。有时，甚至长久趴在井台上，仿佛想要弄清，那些水究竟从何而来，想要知道，水干了，能否找到那些遗落的钱币——只是记忆里，它一直没有干过。虽然有时它也枯瘦，像被吸干了乳汁，空荡荡的裸露着四壁。但一夜间，又囤满了丰盈的水，像母亲饱满的乳房。

尤为可爱的是，那井，从来不浑，一年四季都清幽幽，绿茵茵的。那水，三九寒冬，是微温的；酷暑盛夏，却沁凉透心。它好像懂得什么叫雪中送炭，而不是锦上添花。

记忆中，井旁的空地上，常年都活跃着一群孩子。他们像我当年一样，围在井旁玩耍，嬉闹。像我当年一样，他们没有发现，有一团氤氲的湿气，伴随着他们。他们玩得尽兴尽致，当然毫无察觉。但那井水的气息，那微微的湿意，却早渗入他们肌肤，潜进他们血液里了。而其中的意味，要在许多年后，才会显现出来，被他们感受和体味——这些年来，我渐渐觉察，自己的许多作为，似乎都与那井有关。我从那儿汲来的一口水，噙含在胸腔里，三十多年了，依然不改不变。无论走多远，天涯，或是海角，血脉里，似乎总有那井水在涌动，它影响着我的性格和气质。它让我习惯静默，深沉而温厚。

而现在，它居然就这样老了。

我无法表述自己的心情。故园的一口井老了，远在异乡的我，又能和谁去诉说，或感叹？三十多年来，我觉得自己这颗心，早已坚硬如铁，或深窈如井，能够承忍和掩饰一切。但是那一天，接到母亲来信的那一天，得知那口井老了的那一天，它的形容、情调、场景，竟又一次在记忆里清晰。那清冽的水，素色的青石板，紧挨着的穷人的家，屋顶上袅袅升起的一柱柱炊烟……我跟着那气息走了回去。在薄暮中，在柴烟弥漫的一天结束时。我被一种空旷而浓厚的感觉包围。那口井，它枯涩的泉眼，把我困在那里了。

井水没了，那口老井，或许真是老了。就像一丝涓细的泉流，被堵塞，被淤埋，我忽然想不起下面该有什么内容——我只是莫名地想到母亲，在乡下奔波操劳的母亲。然而，父亲上次来我这里时说过："你母亲这两年，又老了一大截，头发也白了许多。"

记忆中，母亲有着一头茂盛的长发。乌黑，油亮，柔软，光洁。那是她的骄傲，是她在乡村里的旗帜。母亲喜欢它们，疼惜它们。即使最困难的年头，她也把它们梳洗得一丝不苟，呵护得无微不至。我一直记得，小时候，再忙的时节，从田地里，或山坡上归来，洗脸或洗手后，母亲总要抚点水在头上，然后认真梳理，到一丝不乱了，再将它们精心编成两条粗大的辫子。劳作或奔走，它们就在母亲肩上，在田边或地埂，在蜿蜒的村道上，一晃一晃地荡着秋千，像极了母亲当年的身影：活泼、轻盈、欢跳。

后来，父亲曾不止一次对我们说，你母亲每次洗头，都是蹲在井边，用一大盆水，将头发漂着，用皂角荚浸润。这让我总是禁不住想象，在那些岁月里，这该是怎样一种风景：黑发披垂下来，该是多么闪亮的瀑布，而当它们飘扬，也该是微风柔柔拂过湖面的感觉吧。苦难的岁月，艰辛的生活，把母亲磨砺得那么粗糙，泼辣，强悍，唯有那一头黑黑的秀发，似乎远离了生活的困厄和挫顿，一如既往地，在乡村里柔顺着，飘拂着。

然而，自几个妹妹依次出世后，母亲就不再蓄发了。她剪了便于梳洗的短发。早晨起来，只需用手蘸水，略微抿抿，再蓬松零乱，也变得顺溜了。贫困，劳累，鸡鸭猪狗的忙乱，养儿育女的繁杂，使她早早告别了年轻和爱美的心境。像她的头发一样，母亲提前进入了枯涩的中年——而那时，母亲还不到30岁。

现在想来，母亲那时实在太操劳了。从我知事起，家里家外，大烦小事，都得靠她奔波，操持。父亲一直体弱多病，几乎是母亲一个人，撑持着我们的家，撑持着那方遮风避雨的天空。她的一生，始终在为我们操劳、操心。起早贪黑，含辛茹苦。她像母鸡一样，护卫着她的鸡崽。孩子长大后，却变成鸟儿，飞走了，只有节假日才能回家看看。而母亲，仍像一只窝旁守候的老鸟。她牵挂的心，始终那样悬着，被我们牵扯着，放不下来。

儿子出世后，我常常在想，母亲究竟是什么？

想不出明确的答案。我只知道，那个在下雨的黄昏，在路的尽头，满眼焦灼，静等迟归孩子的人，是母亲；那个把叮咛缝进鞋垫，把牵挂装进行囊，把所有慈爱写在心底的人，是母亲；那个在孩子面前不流泪，在困难面前不低头，为孩子辛苦奔忙，毫无怨言的人，就是母亲——我只知道，这世上有一个最伟大而最平凡的女人，那就是母亲。而在我懂得爱人的时候，我最爱的人，便是母亲。在我仅有的文字里，写得最多，最富感情的，也便是母亲。

即如此刻，我在远离她的地方，通过文字诉说，感叹，但母亲只是默默奔忙，像深井一样沉默。

自从读大学后，我在家里待的时间，就一年比一年少，离家时，走得也一年比一年仓促。偶尔回家，母亲总是格外高兴，不知疲倦地在菜园、井边和灶房忙乎，为我们做饭，给我们炒菜。在母亲，或许这就是最快乐、幸福的事。

记得前年春节，早早写信回家，告诉了母亲行期，却没料到，接连不断线的事情跟在脚边，弄得我一时半会儿动不了身。好不容易做完事，回到家中，差不多已是预约时间一周以后。刚进村口，就有乡邻告诉我，你妈天天到街上等你们，把垭口都望矮了。未能如期而归，母亲该是如何着急，这我能够想象。但当我带着满身风尘出现在母亲面前时，她只说了一句："回来了就好。"我所有的歉意，凝为泪滴落了下来。

也就是那时，猛然看见母亲头发中间，凛然生出一撮撮白发，像春天黛青的远山阴影里的一抹抹残雪——这不经意的发现，在我心里，不啻一次剧烈的山崩或海啸。

近年来，母亲常说，她眼涩了，手钝了，缝东西时，穿针都很困难了。而我记得，母亲的手脚，曾是全村最快的，母亲的针线活，曾是全村最出色的。无论她缝制的衣服，还是衣服上打的补丁，都会惹得别人夸赞。小时候，每年春节前，母亲都要给我们兄妹几个做鞋。那时，她的眼睛明亮如镜。她纳的鞋底，针脚又细又密，鞋帮和鞋底，都有好看的花纹。可是现在，她却连穿针引线，都感到困难了。

"本来想给孙娃做两双鞋的，眼睛看不清了。"母亲声音里，有些无奈和凄惶。

我听了，鼻子酸酸的，眼睛涩涩的，直想哭。为母亲的苍老，也为自己的粗心。虽然我早知道，南来北往人自老。白发取代青丝，是自然规律，谁也无法抗拒。但是，这些年来，我一直忽略了母亲的变化。每次想到她，浮现眼前的，总是年少时看到她的样子：精神，精明，精干。数十年如一日，母亲一直辛苦奔波，一直为我们提供着温暖和关爱。那样的自然而然，让我们以为，她会一直如此。我一点儿也没觉察到，她会一年比一年老；她的皱纹，会一年比一年密；她的头发，会一年比一年白。

也许，我是真的太大意了。连七岁的儿子都知道，世界上一去不复返的东西是时间，我怎么就没在意呢？

就像那口沉默在屋后的井。那井水，一直那么清澈，纯净，一直那么源源不断，我从没想到，它也会有枯衰的一天，也会有再不能让我们汲饮的一天。

记得，读过台湾诗人琼虹的一首诗，叫《妈妈》：

> 当我认识你，我十岁
> 你三十五。你是团团脸的妈妈
> 你的爱是满满一盆洗澡水
> 暖暖的，几乎把我漂起来……
>
> 等我把病治好，我三十五
> 你刚好六十
> 又看到你，团团脸的妈妈
> 好像一世，只是两照面
> 你在一端给，我在一端取

> 这回你是泉流，我是池塘
>
> 你是落泪的泉流，我是幽静的池塘

或者，对我们而言，母亲就是那不停地供我们汲饮、滋润着我们心田的一眼老井？

最近一次离家前夕，也是在那井台旁，母亲漂洗着头发，边洗边对我说："你看，我这头发，快白完了。"记忆中，是母亲那茂盛的黑发。而眼前，那缕缕发丝在水波中游动，那样的白，那样的触目惊心。它炙烤着我，针逼着我，令我羞愧难当。母亲用毛巾擦干头发后，抬眼看看我，又看看我身边的儿子，只说了一句："快60岁的人了，该白了……"

在《背在背上的井》中，我曾这样说：

> 离开故园的人，心里都实实在在地"背"着一口故园的井。虽然沉滞苦重、疲累不堪，却终究不愿放下；因为，异乡没有故园的井，而他们的灵魂，有着永远的渴意。

现在才明白，这些年来，自己一直坚持"背"着那口井，还因为，那井水里，满溢着母亲的浓浓爱意，和我有关母亲的斑驳记忆。

2000. 6　苦茶居

打工的母亲

下班回来，正忙着做午饭，电话响了。是父亲。隔着五百里地距离，父亲在老家的公用电话亭里，劈头问我："你妈给你打电话没有？"听得我一头雾水。父亲和母亲不都在老家乡下吗，怎么会母亲给我打电话，而父亲不知道的呢？忙问怎么回事。

父亲说："你妈打工去了，在市里一家建筑工地上。"

我一下子愣住了。

春节回家时，母亲曾提说过这事。她说过年后，趁地里活路不紧时，准备出去打段时间工，挣点儿油盐钱。当时我就反对。我说："您这么大把年纪了，一个人出门在外，谁放心？"看看父亲，又说，"爸有病在身，您撇下他一个人在家，守着个不懂事的小外孙女，谁放心？"

母亲一向很听我的意见，见我这样说，便没再作声。当时我以为母亲不过随口提提，也便没再多说。但离家时，还是忍不住又提出来，特意叮嘱一番，直到母亲答应不去才罢。

没想到，母亲终究还是去了。

停了半晌，在电话那端，父亲又嗫嚅着问我，有没有办法寄点儿钱回去。他说，他的病又犯了，母亲不在，家里一时找不出买药的钱。父亲的声音，显得很犹豫、迟疑，似乎有些难为情。说时，伴随着一阵令人心紧的咳喘。见我没作声，停了停又说："娃哩，我知道你们手里也紧，但实在……"

听着父亲瑟缩的话音，心里顿涌一股莫名的凄惶和伤恻。所以，没等父亲说完，我忙表示马上寄钱，又叮嘱几句"注意身体"之类，便挂了电话。

父亲的病我知道。是老毛病。支气管炎，久拖未治，导致肺气肿；每年冬春时节，最难将息。去年冬天，曾一度加重，差点儿就出危险。父母一直硬撑着，直到实在没办法了，才打电话告诉我。学校工作紧，我也只是寄了点儿钱。后来听说好多了，才略略宽了心。春节回家临走时，又特意多留了些钱，让父亲坚持服药。没想到，现在又犯了。

给父亲寄了钱回来，仍想着打工的母亲。想着她那矮小的身影，在高楼大厦的背景里，在搅拌机和卷扬机的隆隆声中，辛苦奔忙的情形，我的心，在2000年春天，在这明媚而干旱的季节里，隐隐作痛。

我忍禁不住的一腔酸泪，在心底，默默地涌流。

就像"Cool"（酷）风盛行都市一样，在老家农村，川中丘陵一带，"打工"一词，近年来颇为时髦。"青壮打工去，种田童媪叟"，这句"剥"自彭老总的诗句，足可作为今日农村的真实写照。另一种说法则是：现在的农村，驻守着"386199"部队，其构成为："娘子军"（38）、"儿童团"（61）和"老年混成旅"（99）。

每次回家，看着那一块块被"撂荒"的土地，看着那空城一般没有生机和活力的村庄，脑子里，都不禁浮现出那个比喻，那个令人心酸的沉痛比喻，那个曾被用来描摹我的伟大祖国的比喻："老牛拉破车"——给人感觉，不仅是那一座座萧索、落寞的村庄，甚至整个中国农业，都像一辆老旧苍迈的破车。它是在前进，缓缓地前进，艰难地前进；而拉动它的，便是那一头头"不辞羸病卧残阳"的老牛，和那一群群不事重活的小牛犊。

他们，默默地走着，步履蹒跚，神情悲壮，而迷惘。

有许多年了，关于农村，关于农民，充斥于各种新闻媒体，为人们所津津乐道的，都是些令人欢欣鼓舞的消息：农民装电话了，农民买轿车了，农民包飞机旅行了，农民雇大学生当秘书了。一度时期，报纸上还热热闹闹地刊登过城里人下乡，"第二次插队落户"，给农民打工的事。连篇累牍，图文并茂，欣欣然亦陶陶然，仿佛农民真的都富裕了，肥得流油了，达到甚至超过"小康"了，农民的生活水平，也早赛过城里人了。

这样的事，我没亲见，但我愿意相信其真有，只不过是些特例，不具广泛性。稍有理智的人都知道，新闻之所以为新闻，就在于它的个别和独特。因此我觉得不必过分渲染，盲目陶醉，更不能天真地以为，整个农村都是这样欣欣向荣，"形势一片大好"。

改革开放以来，特别是农村实行联产承包责任制后，确实有"一部分人"先富起来了，但这"一部分"，究竟能占到农村总人口的几成，我们应当头脑清醒，心中有数。我们既要瞩目这些风光的成果，更要关注那些更为底层的民众，关注村庄深处，庄稼和谷物背后，那些最该被关注、却又常常被忽略的弱势群体。

他们，才是真正的大海，沉默的群众的大海。

其实，只需看看每年春节前后，那一拨儿接一拨儿、仿佛千里不断线的外出打工的农民，便可知道实际的情形。在人头攒动，拥挤得水泄不通的车站广场和候车室，在拥挤得几无立锥之地的车厢里，他们那简陋的行囊，寒碜的衣着，猥琐倦怠的神情，灰头土脑的样子，再怎么看，也绝对不像是能装电话、买轿车、包飞机、请秘书或雇佣打工仔的那种"有钱的主儿"的样子。

实际上，他们正是因为没有钱，才出门去打工的。

他们，甚至连"发点小财"这样奢侈的念头，都不曾有过。他们中的绝大多数，都不过像我母亲那样，只想出去找点儿油盐钱，或使自己手里稍微松动些。

最先出去的，是那些青壮年男人。或抛妻别子，只身独行，或挈妇将雏，举家漂泊。或到山西挖煤，或到天津烧砖，或到深圳、广州卖"零丘二"（即干力气活）：蹬三轮、扛货包，搞建修，掏厕所，通下水道……他们干的，都是些粗活、重活、脏活、苦累活，甚至危险活。一句话，都是些城里人不愿意做的活。而他们乐颠颠地抢过来做了——勤扒苦做地做，小心翼翼地做，低声下气地做，忍辱含垢地做。

在繁华富庶的现代城市里，他们，以出卖自身力气这种最古老、原始的方式，换取着一点点微薄的小钱，血汗钱——我以前的一个学生，读初中时曾因家境困难，辍学打过一段时间工。在作文中回忆那段经历时，他曾深有感触地说：有钱人的钱不叫钱，那叫"纸"；没钱人的钱也不叫钱，那叫"血汗"。

说得多么尖刻而准确，多么让人心寒、心塞啊。

工作苦、累不说，他们的吃住，也非常人所能想象和忍受。栖街檐，住桥洞，睡车站，在他们是家常便饭。餐风宿露，他们心甘情愿，吃苦受累，也毫无怨言——远天远地地跑到城里来，图个啥呢？不就图多挣几个钱吗？能不花的，就不花吧；能俭省的，就俭省了吧。这样下来，或一年半载，或三年两载，或多或少，总能"落"（积攒）下个千儿八百，或三五几千的。当他们怀揣着这些钱，满心疲惫地回到老家，对土地上的其他人来说，自然是一种无形的鼓动。

然后，是那些姑娘和年轻的媳妇。她们中，有正准备着嫁妆的，有才成亲过门不久的，也有刚刚奶罢孩子的。趁着年轻，趁着有力气，趁着还有人要，还跳腾得动，也纷纷出去了。广东的电子业，浙江的丝绸厂，那些个乡镇企业，都需要人手呢。实在不行，就当个小保姆，作个"钟点工"，或帮酒店、饭馆端端盘子涮涮碗，也比厮守在土地上种庄稼强呢！

他们中，当然也有兴冲冲出门、灰溜溜回家的：或因水土不服、身体承受不了，或因人地生疏、找不到活干，甚或有被当作"盲流"驱撵抓捕遣返的，有被城里人打伤了的，有做工时身体致残了的，有被辗转拐卖作了他人之妻的，有被威逼利诱进了娱乐城，当了"鸡"（妓女）的；甚至，还有干了活，却被老板"黑"了工钱的，也有本来挣到了一些儿钱、却在回家途中被偷、被骗、被抢的！

他们，最容易碰上这些事。因为无论什么时候，无论走到哪里，他们都脱不了那身倒霉、可怜的"农民相"：憨厚木讷，畏畏缩缩，老实巴脚，愚蠢易骗。他们脸额上，仿佛就刻写着"软弱可欺"这四个字。

他们回来了，带着伤口和伤心，带着满眼的茫然和黯淡，带着满怀的酸楚和委屈。他们那种种悲惨而可怜的遭遇，曾让我一次次拔笔四顾，悲愤莫名。

这样的人，这样的事，我的父老乡亲们也看到了，我的兄弟姐妹们也听到了，但他们并没有因此却步。

"或许我不至于吧……"抱着侥幸，也抱着希望，他们又走出去了。

他们走出去了，面向着繁华的城市。而在背后，他们留下来的，是幼小的孩子，年迈的父母，是家乡那一片片"希望的田野"，那一块块日渐荒芜、苍凉的土地！

母亲一样的土地啊。

每次在车站或街边，看到那些神色疲惫、头发凌乱、衣衫不整的"民工"，我总不免想到他们的亲人，想到他们背弃的村庄，他们曾赖以维生的土地——那是他们祖祖辈辈生于斯、长于斯、养于斯也将葬于斯的土地啊，那是他们满腔热情地抛洒过汗水和心血的土地啊！

我没能看到安徽凤阳小岗村的农民，当年为争取土地承包摁下十八个血指的情形，不知道那该是多么的悲壮、无奈。但我清楚记得，80年代初，农村刚开始实行"联产承包责任制"时，农民对土地所表现出的巨大热情——经过种种艰辛和坎坷之后，经过一次次期盼和失望之后，他们终于能够切实地拥有土地，自由地支配土地了，谁能不激动，谁能不兴奋呢？被压抑了几十年，甚至几百、几千年的对土地的激情，像岩浆冲破地壳一样奔涌出来，像海浪被圆月吸引一样翻卷起来，短短的时间内，就在辽阔的中国大地上，创造出了令人惊叹不已、以为"换了人间"的奇迹。

可是现在，他们却毅然决然地舍弃了土地，抛下了对土地的热情和挚爱，走上了背井离乡、外出打工的道路。

这绝不是他们真心喜欢的生活。他们比谁都知道"金窝银窝，不如自家狗窝"

的俗谚，他们比谁都清楚"在家千日好，出门事事难"的道理。但最终，他们还是撇下这一切，向着陌生而茫然的远方走去。

如同一拨拨逃亡的难民，他们落寞的身影，晃荡在一座座城市之间，晃荡在一幢幢豪华冷漠的高楼大厦之间。

我实在无法想象，他们究竟是怀着怎样的心情，与亲人和土地告别的。

但我知道，他们也是迫于无奈：他们得去挣钱，挣"现钱"，挣"完"（缴纳）各种税款的钱，挣缴各种名义的集资、摊派的钱，挣买肥料、种子和农药的钱，挣"盘"（经佑，养育）儿"盘"女的钱，挣应付生疮害病、养老防老的钱，甚至，挣安埋自己的钱！——老家新近出台了一项殡葬改革政策。"人死如果不火化，先交一千八百八"这样的标语，遍及老家乡村的每个旮旮旯旯。去年暑假回家时，父亲曾满怀感叹地对我说："现在当个农民，真是连死都死不起了。"父亲脸上，满是愁苦和黯然。

古人说：大地厚德载物。所以载物者，土地也。土地生万物，土地当然也生人养人。只是，土地上可以出产我们赖以维生的粮油、菜蔬，却不能产出足够农民开销、花费的"票子"（人民币，这"人民的币"啊！）——而今，像母亲这样的"老年混成旅"，也不甘寂寞地加入了"打工仔"的行列，在"新婚别"的缠绵、哀婉外，又演出了"垂老别"的沉重和悲怆。

对我来说，这是多么痛心疾首、却又无能为力的一幕！

母亲今年五十有五。像她这样的年龄，在城市里，早该离岗歇息，靠着一笔固定的退休金或养老金，含饴弄孙，莳花养草，安享天年了。而母亲，因为生在农村，身为农民，就还得在土地上辛苦刨食，披星戴月，栉风沐雨；在"农闲"时节，还得出门打工，以老迈之身，去挣些苦力钱、血汗钱，想来，就让人黯然神伤，禁不住为命运的不同和不公，而满心悲哀。

母亲也算得上是"中国标本式的农民"。嫁给父亲前是，嫁给父亲后，仍是，或者说更是。母亲18岁嫁给父亲，20岁时生下我，然后每隔两年，就给我添一个妹妹，直到年满30，国家实行计划生育为止。

现在想来，母亲在生养我们兄妹五个（其中，大妹在6岁时因意外而夭折）时，肯定也存有"多子多福"的传统心念。没想到，为把我们兄妹拉扯大，她却得像牛马一样，把自己套在沉重的生活之轭上——以儿女们为磨心，以村庄和土地为磨道，母亲在川中丘陵深处，那个叫"鸽子湾"的小山村里，卑微而黯淡地过了一辈子。

结婚没几年，父亲就为病魔所困，身体虚弱，气喘气紧，不能重活。母亲便以她那单薄、孱弱的身子，撑起了我们那摇摇晃晃，仿佛风都吹得倒的家——在农村，一个家庭要靠女人来"支门立户"，那该是多么艰难啊。

从我记事起，母亲就没一天不是辛苦地早出晚归，奔波操劳。那还是大集体时候。父亲因身体原因，习了理发、补鞋的手艺，以生产队的名义（单干是不行的，那是"资本主义尾巴"，被割的对象），走村串户去挣钱。似乎是"承包"，有定额的。父亲挣了钱后交给队里，再由队里核算工分、口粮、超支、现金，诸如此类，我闹不清楚。但我知道，父亲那时，常常是挣不够工分的。

母亲只好更忙、更累了。除缝连补浆，灶火炊饭，洗锅涮碗，养鸡喂猪外，还得风来雨往地，在队里抢挣工分。母亲那时年轻，手脚利索，也颇有力气。上坡下田，肩挑背扛，耕犁打耙，样样都拿得上手。那时队里男工，一天能挣十分。女工，不过七、八分；惟独一个九分，就是我那矮小、单薄的母亲。

虽是如此，我家仍是年年"超支"，粮食不够吃。巧妇还难为无米之炊呢。母亲再能，也显得无计可施了。记得那时，每顿吃饭，母亲总是先给我们盛上满满一大碗，再舀自己的。饭桌上，母亲也总是坐在靠近灶屋那"挂角"（方桌的四角）的位置上。捧了碗，望望狼吞虎咽的我们，然后慢腾腾地举箸援筷。神情里，满是瑟缩，迟疑和讪然。

像绝大多数农村妇女一样，母亲将自己一生大半的精力和心血，都花在"盘儿盘女"上了。小时候，常听母亲跟人念叨"有儿穷不久，无儿久久穷"之类老话，母亲在我们这些儿女身上，寄托了多大的念想和希望啊。成年后，我曾不止一次听别人问及母亲，你一辈子风风火火、忙忙碌碌的，总该存下不少钱了吧。每当此时，母亲总是朗声说道，钱倒是没存下个啥，但我供养出了四个儿女，还有一个是大学生，当了作家，这是我这辈子最大的存款！

现在想来，我不知该为母亲感到骄傲、自豪，还是悲哀、无奈。

犹记得当年读书的情形。我是家中长子，又是独儿，小时候也算聪明，灵性。父母便一心一意要供我读出书来。那时农村日子紧，钱尤其难找。我每期的书学费，都是母亲从鸡屁股眼里抠搂出来的。每次开学，给我点数着那一张张带着汗气的毛票时，一向慈祥的母亲，神情都显得格外庄重，严肃。

"成龙上天，成蛇钻草。老大呢，你'硬是'（真的）要认真读书喔。我和你爸'二天'（以后）老了，就全指望你了……"母亲说。

读初三那年，我和街上一伙"混混儿"裹得很紧，成天上山下河，飘浮浪荡，因此荒废了学业，没能考上学校。村里人都说，农村娃儿，读得出来啥子书喔；劝母亲不要再白费力气。母亲在失望之后，伤心落泪之后，又筹措好学费，坚持着要我去复读："一年不行就两年，两年不行就三年。我就不信，我供不出个'吃商品粮'的娃儿来！"

母亲说这话时的神情，刀刻一般烙在心里，让我没齿而不忘：悲壮而决绝。

老家有个说法，叫"养儿防老，积谷防饥"。这道理我懂。寸草春晖，乌鸦尚知反哺报恩呢。父母含辛茹苦养我长大成人，又节衣缩食供我读书成才，我怎么会不知回报父母的恩情？所以，考上大学后，我曾多次暗下决心，将来一定要尽最大努力，作个孝顺儿子。我甚至不乏天真地设想着：等我工作了，有房子了，一定要让父母把地退了，把他们接到城里来安度晚年，让他们好好享受一下城里人的"福气"。

大学毕业后，我到了远离老家（也不过就五百多里路）的外乡，顺利地参加了工作。三个妹妹，也各自成家，然后出门打工了。母亲也一年比一年地苍老了。身子佝偻了许多，行动也迟缓了许多。虽然精气神还很足，脸额间的皱纹却多了，斑痕也密了。五十岁不到的人，发丛里，已然有了斑斑绺绺驳杂的灰白。

刚参加工作那几年，每次回家，都听村人对父母说，现在儿大女成人了，大娃又吃上了"商品粮"，你们两个老太爷、老太婆，也该享点儿"清福"了——可是，除开逢年过节和父母的生期满日，寄一点儿钱回去外，我并没能让母亲享受到多少"福分"。甚至有好几回，为节约一点可怜的路费，春节时连老家也没能回，而让父亲和母亲在万家团聚的日子里，冰锅冷灶地在乡下过年。

前年春节回家，与父母闲谈，无意间说到我想调动一下工作，可能要花不少钱，母亲当即起身，翻箱倒柜，找出家中仅有的 900 元钱递给我，说："少是少了点，多少总能做点儿事吧。"

我知道那些钱"攒"得多不容易。那是母亲从牙缝里，一点儿一点儿抠出来的，是母亲从油盐酱醋里，一个子儿一个子儿省下来的。母亲一直患有胆囊炎和胆道蛔虫，每隔几年就会发作一次。每次发作，都痛得大汗淋漓，在床上撕被子，摔枕头，甚至满地打滚儿。可她一直拖着，忍着，再怎么也不肯去医院治疗。"没得啥子，不痛就算了。"母亲淡然地说，"再说，去一趟医院，那得花多少钱啊！"

母亲这样节省下来的钱，我怎么忍心伸手？

见我不肯接，母亲又说："老大咧，我晓得，你现在也难，毕竟有一家人了。

以后没啥事，就不用再给我们寄钱了。"

我依然推辞着，母亲又说："我和你爸，能过就行了。再说，我们还能有多少日子？娃哩，你的路还长，调动工作要紧……"

说时，母亲那双略有些浑浊、老花的眼，一直望着我，望得我眼睛直红，直痛。母亲一生，含辛茹苦，只寄厚望于我，我却……每念及此，都忍不住眼涩鼻酸，喉哽如堵。心怀里，满是"难报春晖"的凄怆和愀然。

上大学前，我的户口在农村，自然也分（按政策说，应叫"承包"）有土地。考上大学后，按照规定应该退出去。但那时，粮食还能值些钱，母亲身体也还不错，因此求情下话，恳请队里干部再让她种上几年。妹妹们出嫁后留下的土地，母亲也一并种着。一个人种六个人的地，该有多苦、多累？所以，知道此事后，我曾三番五次劝她把地退了。

一向很听我意见的母亲，在这件事情上，却表现得格外坚决，甚至固执。母亲说："退啥子哦退？一个人的地是种，六个人的地，也是一样的种。一年下来，多少总还能'落'两个。"坚决不退。

我不好过于拂逆母亲的心意，只好退一步说："那就种着吧。能做多少就做多少，到实在不行了，再说吧。"

可是，随着父母年事渐高，粮价也一年年跌落，"实在不行了"，母亲想退地了，找到队里，再怎么磕头作揖，也不成了。放假回家时，我也曾厚着脸皮，三番两次找队里干部求情下话，请他们给点儿面子，帮忙想点办法。

"老弟咧，不是我们不给你面子。只要你找得到人接手，退也可以。"队里干部说。

可谁愿意"接手"呢？粮食不值钱了，肥料、种子、农药，却依然那么贵，农业税、提留款、各种集资摊派，也依然那么多。种地没啥"赚头"了。遇上天时不好，来点旱涝虫灾什么的，白辛苦一季不说，说不定还会亏掉血本。土地，自然没人愿意多种了——直到前年，农村土地实行"二轮承包"，父母才好不容易将我们兄妹的土地退出去。

"哎，总算松了一口气。"母亲话语里，有种如释重负之感。

在这世界上，恐怕没有哪个国家的农民，能像中国农民那样热爱土地。

作为泥土之子，他们的一切，都依仗于脚下的土地。那是他们的活命之本，养命之源。看看历史，封建时代 2000 多年间，大大小小成千上万次农民起义，绝大多数，都不过是种田人为了争得一垄可种谷打粮的土地。我所在县城的公园里，有一座"红军碑林"，里面陈列着 1935 年红军在县内活动时留下的遗物。其中一块石碑上，赫然刻着这样的口号：

参加红军者先分田，分上等好田地！

对当时的农民来说，这朴拙的标语，肯定要比什么主义、信仰、远大理想、美好前程之类，要实在、具体得多，有诱惑力和感召力得多。

可以说，中国共产党当年之所以能得到贫苦农民的衷心拥护和坚决支持，一个最重要的原因，就是对农民作出了有关土地的承诺。而无地或少地的农民，之所以积极参加革命，流血牺牲也在所不惜，说到底，也不过是为了能得到一块可耕种收播、安身立命的土地。

前些年，看电视连续剧《太阳照在桑干河上》时，结尾那几个镜头，给我留下了非常深刻的印象：解放了，土改了，分田分地了，那些衣衫褴褛的佃农们，终于得到梦寐以求的土地了。他们兴奋地打着火把，连夜连晚，将木头界桩打进自己的土地里。那些年老的农人，则纷纷跪倒在地上，手捧泥土，一把把往自己身上洒着，扬着，脸上流下了浑浊的老泪；他们还用苍凉、哽咽的声音，一遍遍地喊着："我有地啦！我有地啦！"

那种激动和自豪，我想，决不亚于毛泽东当年在天安门城楼上宣布："中国人民从此站起来了！"

然而，土地对农民，实在太不公平。

他们的劳作，一直是这个国家各行各业中最苦、最累的。西汉政治家晁错在《论贵粟疏》中，曾这样描叙当时农人的生存状态："春不得避风尘，夏不得避暑热，秋不得避阴雨，冬不得避寒冻，四时之间，无日休息。"不仅当时，历朝历代，都是这样。

便是今天，时序之轮即将跨进 21 世纪的今天，我们已在网络上讨论着"地球村""虚拟社区"和"数字化生存"了，他们仍是那样恭俯着腰脊，低垂着头颅，向土地讨取着生活。扒墒沟，打坷垃，运粪肥，耕犁打耙，锄薅耖耪；他们像一只只旋转的陀螺，春种秋收，冬种夏收，随着循环的四季而忙碌不已。

有时我想，千百年来，他们的脚印，应当在那土地上，重叠了厚厚的一层又一层，他们的汗水，也应当浸润遍了那每一寸土地，每一颗泥粒。

他们默默地耕种着，劳作着。他们，是我们真正的衣食父母！

而他们的生活水平，却一直是这个国家中最低、最贱的。他们祖祖辈辈厮守着土屋、茅棚与庄稼。他们的一生，不过就是种田，糊口，舌命，传宗接代。他们一生的大事，也不过就是造屋，娶亲，修坟，养育后嗣。

他们并不奢望穿绫罗绸缎，住高楼大厦，吃珍馐美味。他们只期望褐衣能蔽体，寒屋能栖身。他们只期望能够有地可种，有田可耕。他们只期望能够风调雨顺，五谷丰登；在交罢各种捐税赋敛后，仍能粗茶淡饭，填饱肚皮——实在填不饱，能"瓜菜代"也行。

然而，"四海无闲田，农夫犹饿死"的事，却屡屡发生。困难年代，或饥馑时期，首先饿死的和饿死最多的，往往就是种着粮食、守着粮食的他们！远的不说，20世纪60年代那场著名的大饥荒，数以千万计的人被活活饿死，而其中的绝大多数，居然就是在土地上种粮食的农民！

这是让人怎么也难以置信的怪事。

现在，自然没什么苛捐杂税、徭役赋敛了。但压在他们身上的担子，依然很重很重。前些年，国家曾提出"减轻农民负担"的口号，明令废止70多种"不合理摊派"；"今年坚决不给农民打白条"之类郑重其事的承诺，也赫然出现在《人民日报》和各地党报党刊上。然后，是国家制定政策，增加农业投入，出台粮食收购保护价，把减负作为"一把手工程"来抓，等等。

对这种种举措，我曾为之感到由衷的欣喜，但同时，也充满深深的忧疑。以我的经验看，雷声大，往往雨点小。这些来自远方的"福音书"，在传递和落实的过程中，经过一级级的缓释、降解和折扣，传到田间地头时，到底能给那些真正的受益者，带来多大福分？——果不其然，"切实减轻农民负担"喊了这么多年，减了这么多年，农民的负担，却依然像"落雨天担棉花，越来越重"。

不可思议的是，这些年来，国家工作人员的工资在不断上涨，城镇居民的"最低生活保障线"，也在逐渐提高，农副产品的价格，却是一跌再跌，贱到了"惨不忍闻"的地步。小麦、玉米三四毛钱一斤，大米五六毛钱一斤、菜籽七八毛钱一斤。一条壮汉子挑两大筐粮食上街，卖得的钱，还不够我们的某些官员们，在打小麻将时，给别人"点一炮"。

这究竟是什么原因，我不知道。但如果真像某些人所说，是由于粮食连年增产，农民"多收了三五斗"的话，那我甘冒天下之大不韪，像白居易笔下，那"满面尘灰烟火色，两鬓苍苍十指黑"的卖炭老翁一样，虔诚地恳请上苍降下一场场灾难，让粮食欠收，让粮价高起来！

更令人费解的是，早在两千多年前的汉代，便已明确规定上了一定岁数的老人，可享有一定的政府抚恤。北齐时的"役税法"中，对此更是言之凿凿："凡民六十免力役，六十六还田，免租调。"

而今天的农民，终其一生地劳作，为社会源源不断地提供着粮食，也为这个国家，默默无闻地完粮纳税，支撑着财政税收。到他们年老了，油尽灯干了，干不动农活了，却不能享受到社会应当为他们提供的一丁点儿起码的福利保障：七老八十的人了，不但不能得到"休养"，不能从社会得到"反哺"，还摆脱不了按人头完粮纳税，均摊劳役杂费的重负。似乎作了农民，就只能永远像一头不老不歇的牛，只要还有一口气，一丝力，就得"不辞羸病卧残阳"。

"农民多老才能解除牛马般拉着的套子？"

前不久，一位有良知的作家曾"鼓咙而呼"，在报纸上发出如此沉重的质问。但是，很遗憾，我至今还没有听到任何正面的回答。也许，听到那质问的，没人能够回答。而能够回答的人，或许还没有听到。

在得到答复（我实在不敢肯定，我的父老乡亲们究竟能不能有这样的"耳福"）之前，曾精心侍弄过土地的他们，开始背弃土地，去城里"淘金"了——我深切地知道，打工，对于像母亲这样的人来说，决不是什么"全新的现代观念"，或"崭新的生活方式"，而只是一种原始、古老的挣钱手段。他们成群结队地外出打工，也决不只是一种什么"劳务输出"。连一向忠厚迟钝、爱土如命的他们，也感觉到在土地上已无"钱"可挖了。

面对被他们撂荒的土地，我不想再说什么"田园将芜胡不归"之类昏话。我只是觉得，如果中国绝大多数的农民，开始对土地与财富的关系产生怀疑，换句话说，他们不再信任土地，不再珍视土地，热爱土地，不再把土地放在心上，不再以耕种和收割为本、为重——那么，我敢肯定，这个国家的政策，至少是农业政策，一定出了某种问题。

但愿我不是杞人忧天，或危言耸听。因为我知道，我的祖国，是举世闻名的农业大国。她的十二亿多子民中，农民要占到八成以上。而这个国家的财政和税收，也一向是以农村经济，作为最坚实的基础和支撑的。倘若农村这个"大本营"，真的出现了问题，那后果，将是多么可怕，多么不堪设想！

也但愿，这只是我这"迂夫子"的鄙陋陈腐之见。真的。

接到父亲的电话后，想着母亲，怎么也放心不下。刚好单位要到市里办事，便假公济私地讨来差使，到了市里。

在父亲说的那个工地上见到母亲时，她正躬着身子，推着一小车水泥浆，在坎坷不平的建筑工地上，吃力前行。搅拌机轰隆隆地响着，震得我脑子有些发晕。在高大的楼房背景里，母亲瘦小的身影，显得单薄而颤巍。若不是那位工友准确地说出了母亲的名字，我怎么也不可能认出，那满身泥浆、灰头土脑的人，就是我的母亲！

几个月不见，母亲似乎又老了一截，又瘦了一圈。那被泥汗濡湿的头发，粘成一绺一绺的，在料峭的春风中，微微抖动着，禁不住寒冷似的。

我含着泪轻轻叫了一声"妈"，赶忙跑过去帮着推起车子。

母亲一下子怔住了。"老大，你……你怎么来这儿了？"母亲瑟缩的神情，有些激动，又有些惶乱无措，仿佛做错了什么事情一般。

"妈，你不是答应不出门的吗？"我低头推着车子，闷闷地问道。我不敢抬头看母亲。我怕她看见我脸上悲哀而无奈的泪水。

"我……"母亲看了我一眼，也低下头去，顿了一顿，才说："地里活路忙过了，反正没啥事，闲着也是闲着。"母亲嗫嚅着，仿佛真是做错了什么事。"再说，一天下来，除开伙食，好歹还有八九块钱……"

八九块钱！母亲这样整天在工地上忙着，累着，奔波着，而其劳动所值，竟然只是八九块钱！我几乎要愤怒地叫出声来了！然而，一块断砖卡住了车轮，也似乎卡住了我的心。好半晌，我才缓过气来。望着母亲那被汗和泥洇湿的脸，平静地说："今天做了，就回家好吗？爸一人在家，谁都放不下心……"

母亲看了看我，又看了看装满水泥浆的小车，点了点头。"我也正这么想。"母亲说，"那几亩地的麦子和油菜，也该浇水施肥了。"

母亲说这话时，眼睛一直望着远方的山野。那里，一小片油菜花模糊地开着。在灰冷的春日天空下，显得有些暗淡，憔悴，像一块褪色的布。

我知道，母亲最挂念的，其实还是那几亩土地。虽然那土地上的出产，并不能给她带来多少实际的价值，但毕竟，那是她卑微生命的依托和慰藉。

像我这种从乡村里走出来的第一代大学生，对土地的感情，或许都是很复杂的。

13年前，接到那张改变我一生命运的录取通知书后，我就渐渐远离了那片"贫穷到骨头"的土地，远离了那种"早上背星星，夜晚背月亮"的农村生活。现在，我的户口是城市户口，我的身份，是"打钟吃饭，盖章拿钱"的城里人（这是许多年前，我乡亲们对国家干部生活的想象和概括）。

现在，我的生活，基本上与土地无关，与耕种、收割无关，与酷暑、严寒无关，也与丰年、穰年无关；用家乡人的说法，我现在只要每天按时上下班，就能"旱涝保收"地领取一份工资。便是下岗了，失业了，也还能得到一份或多或少的失业保险和生活补助——我歆享着"城市户口"给我提供的种种便利和福利，有意无意间，我也会以城里人自居，以自己是城里人为自豪。

但我依然吃着乡下土地上出产的粮食（虽然不再是"商品粮"了）。我的记忆，仍固执地缠结在乡下那片土地上。我是在那里出生、在那里长大的。我的父老乡亲还在乡下，我的亲戚朋友还在乡下，我的祖茔和关山，也还在乡下——我知道，自己今天的些微荣光，是靠着他们付出多多、所获少少的贫寒换来的。

我无法数典忘祖，无法忘记那片土地久远以来的沉重，无法忘记父老乡亲们经历的种种不幸和不公，无法忘记他们至今仍在承忍着的悲凉、辛酸和无奈。

因为，在骨子里，我仍是一个乡下人，一个农民。

就像被移栽到城市里的一株庄稼，我的根，仍深深依恋着乡下的土地，我敏感的叶脉，仍痴痴回望着乡下的土地。便是我现在的所谓写作，也仍不断吸取着那土地里的营养——那贫瘠而沧桑的土地，那粘乎乎、灰扑扑的土地，是我祖先的土地，是我父母亲的土地，更是我的土地，我祖国的土地啊——在英语里，"祖国"一词，就是由"母亲"（Mother）和"土地"（Land）拼合而成的。

"Motherland"，"母亲的土地"，"祖国"，这是多么富于诗意的拼写啊！

作为穷人的儿子，我是那么地热爱着自己的母亲。作为农民的后裔，我曾那么地热爱着母亲的土地——我曾为它倾注过热情的汗滴，也曾为它抛洒过真诚的泪水。我曾为家境贫寒的失学孩子满心悲哀，四处奔走，也曾为辛劳半生，却因交不起孩子读大学所需巨额费用，而服毒自杀的农妇满怀悲怆，伤感莫名。

尽管我知道，作为普通平民，自己不免人微言卑，但在耕种和收割的季节，我依然虔诚地向上苍祈祷风调雨顺；尽管我知道，作为一介书生，自己的些许感受，微弱声音，也许无足轻重，微不足道，但我依然热切地关注着那片土地上的阴晴雨晦、灾荒和收成，关注着父老乡亲们的悲欣命运。

"为什么我的眼里常含泪水，因为我对这土地爱得深沉……"我爱着这样的诗，就像我爱着写这诗句的诗人，爱着所有关注那片土地的灵魂。

但是现在，我真的感到庆幸，非常非常的庆幸，为自己终于逃离了那片土地，逃离了那片土地上的生活——特别是每次回家，看到那些至今仍滞留土地上的同龄人，我童年的玩伴，上学路上的同行者，看到他们那饱经风霜、过早苍老的脸，看到他们面对我时脸上那谦卑而羡慕的笑时，这种"庆幸感"，便越发地增加了。

尽管我知道，这种想法，是多么卑怯无耻，多么大逆不道。就像一个叛国者，终于逃脱了让他厌憎、畏惧的地方——但是祖国，亲爱的祖国，请你相信，请你一定要相信，我是多么真挚地爱你，就像爱我的母亲，爱我母亲的土地，我的 Motherland 啊……

2000. 4. 15-18 草成

∠.30　改正于苦茶居

【补记】

写作本文的前一年，江西发生了著名的"丰城事件"：一周姓农民因抗税而"被学习"致死，引发当地农民大规模包围乡政府，矛盾冲突中，多人死伤。随后的2000年，江西试点取消农业税。中央开始推进农村税费改革，取消"三提五统"等税外收费，实质性减轻农民负担。

2006年1月1日起，《农业税条例》废止，农业四税（农业税、屠宰税、牧业税、农林特产税）全面取消。这意味着，从春秋时期（前594年）鲁国"初税亩"开始、在中国延续了整整2600年的"皇粮国税"，彻底成为历史。

尽管现在看来，文中的感情，早已"过期"，但在当时，并非无病呻吟。如实存录，既是对历史的尊重，也是对自己的尊重——整整18后年的今天，我还清楚记得，写完这些文字后，自己曾抱着键盘，对着电脑，号啕大哭，泣不成声。

2018. 4　记于绿岛

母亲节的青豌豆

1

妈在乡下老家。今天母亲节，只好在电话中，祝她快乐——妈60多岁了，农村老太太，可能并不知道这个洋节。但儿女的祝福，怎么也不会错。

奇怪的是，电话通了，却一直没人接。闷闷地挂掉，有些莫名的担心——后来才知道，我电话过去时，她在医院输液。问原因，说是腰部的疱疹，本来已有所好转，却像这段时间的天气，莫名地又反复了：痛，在医治。

昨天还晴朗的天，早上起来时，下起了雨。滴滴答答的，一直在窗外，响。

2

春节后，妈差不多一直待在我这里——从2004年父亲去世后，每到农闲，妈都待在我这里。买菜，煮饭，洗碗，拖地，抹灰，收拾屋子。这些活，并不复杂，但她粗糙惯了，再下细，也难尽善尽美。毕竟，是农村老太太，一直大手大脚的，哪里能够精致地讲究？很多时候，费了力，却不能讨到好，所以总不免郁闷。

眼看着天暖了，麦要熟了，油菜要黄了，田里又该下秧苗了。妈再也待不住了，成天念叨着要回去——于是就回去。割菜籽，育秧苗。忙乎乎的。偶尔电话里问候她，听到她的声音，响亮，干脆，便知道她的快乐。

或许，只有在她熟悉的那片土地上，那个村落里，她才能那样快乐。

3

妈回去没几天，就听妹妹说，老人家胆囊有炎症，痛。赶忙电话回去，妈说吃药、打针、输液好些天了，快要好了，却又莫名地得了"蛇缠腰"，即所谓"带状疱疹"，腰部一带，长满小水泡，热痛。正在吃药，敷药，输液。

这些，妈本不想让我们知道的，只告诉了老家的一个亲戚，那亲戚电话妹妹，我们才知道实情。于是隔三岔五电话回去，再三叮嘱她，要好好医治。也说过要回去看看，她却说，你们忙，不用跑。又说，反正等两天就会过来——媳妇生日快到了，她要过来，给媳妇做生。年年如此。

妈来了，腰部的疱疹，还没好，还在吃药，敷药。而且，因为放不下农活，她头天来，歇了一晚，第二天一早，便又回去了。

4

做午饭时，才发现，妈带来的豌豆，放在冰箱的冷藏室里的，居然已在冒芽。打开塑料袋看，个别的开始发霉，于是赶紧处理——倒在簸箕里，一粒粒挑选，然后重新装袋，放在冷冻室里，可以管很长一段时间。

在簸箕里挑选时，一粒粒过手，心里堵得难受——我知道它们，来自那一小片地里：春节回家，我们曾在那里掐豆尖，一苗苗豆尖，肥胖，嫩气，现在还想得起那味道；清明回去，路过那地边，看到一串串豆荚，像初孕的妇人，微微鼓胀着身子；而现在，一粒粒豆子，经过迢迢路程，从乡下来到我家，在我手底，湿润润的，凉浸浸的。

妈来时，只说带了些青豌豆，没想到，居然带了那么多，冷冻室都装不下了——那么多豌豆啊，不说播种的艰辛，只想着妈一个人，如何从地里扯回去，如何一粒粒剥出来，如何宝贝似的带着，送进城来，心里，就觉得满满的。

我们，却让它发芽了，长霉了——心里，又不禁一阵阵，刮痛。

5

父亲去世后，老家只有妈一个人。我和妹妹们多次说她，你都辛苦一辈子了，不用再种地了，就待在城里，我们供得起你。但她不。

妈辛苦，我们兄妹都知道：爸体弱多病，捧了多年药罐子，我们家，就全靠妈撑着。盘儿带女，本就艰辛，家里地里，她也得操心，自然更难。现在，儿大女成人了，村里人都说，你该静下心来，享清福了——她却一直不愿意。

妈说她是劳碌命，闲不住。她知道我们都要上班，早出晚归，她在这里待着，除了吃饭、睡觉、看电视，没事可做，闲得慌。我们要她到街上逛，她说，不买不卖的，成天逛，也没啥意思。

我其实知道，妈性子强，不愿给儿女增添负担，不愿让人闲话，更看不得别人的脸色——很小时，妈就常说：我这人，冷茶冷饭吃得，冷言冷语受不得。

所以，任我们怎么说，她仍坚持要继续种地。

6

淘米煮饭，米是妈背来的；倒油炒菜，油是妈背来的——这些年，妈每次来，都一大背篼东西：米、面、油和时令的瓜果、蔬菜，葱葱蒜苗什么的。

每次看到她背来的东西，都禁不住想：从乡下老家，到街上赶车，有两里多地；下车后再到我家，也有一里多路，妈不舍得打出租车，全靠自己背；还要上六层楼，好几十级楼梯——那么一大背篼，我背起来都很费劲，妈那么大年纪，会是怎样地吃力？我不知道。

我只知道，到这城里，快十年了，我们家几乎很少买米、买油——我们吃的，是妈种的稻谷打的米，是妈种的菜籽打的油，是妈种的麦子磨的面。妈一直坚持种地，正是为着这个。

城里啥都贵，这些不要钱。妈说。自己种的，吃起来放心些。妈又说。你们都盘儿带女的，能省几个是几个。妈还说。

妈说这些时，总是笑着。

7

很多时候，觉得自己很失败——除了叫她一声妈，除了逢年过节，给她拿点钱（那些钱，她大多存着；我买房，借了她八千，至今没还），这个让她骄傲的儿子，这个在乡人眼里还算有点出息的儿子，几乎没为她做过什么。

当然，也还有一些文字。《打工的母亲》《炊烟中守望的母亲》《霜路无迹》《母亲和那口老掉的井》……有好几篇，被广为传播，甚至成为试卷，被学生阅读、分析，成为范文，被学生背诵、模仿。

但妈不知道。妈只跟老家人说，她儿子是个作家，能写文章，还出过书，还因为文章，出过国——听老家人讲到这些，能感觉到妈的自豪。

妈更不知道，相对于她的一生，相对于她的艰辛付出，那些文字，是多么单薄、脆弱——从20岁生我起，从我知事起，妈为我们付出的太多，太多，怎么也写不完。

那些文字，包括现在写下的，又算得了什么呢？

8

妈是60多岁的人了。皱纹密了，白发多了。身体虽还硬朗，病痛却日渐多了——让她及时医治，她总说小毛病，没啥，买点药吃，就行了。

我知道，她是节俭。上次，阑尾炎发作，痛得实在受不了了，才给我电话。我回去接她来，到医院手术。看我跑前跑后，忙个不停，又听说花了两三千，她心痛得什么似的。

所以这回，我让她去医院，她怎么也不愿意。她怕花钱，更怕我们不耐烦——老家人说：久病床前无孝子。虽然她知道，我们并不忤逆，但她怕拖累我们。

你们都有自己的事要做，我先在老家医，看看情况再说。

妈在电话里说。我看不到她的脸和神情。

9

寥落、零碎的这些字，写得前所未有的艰难。因为犹豫，因为怕自己把握不住——写字这么多年，很少有这样的情形。

开始想到的题目，是"豌豆进城"，怕被人看作童话——我不会写那样单纯、唯美的文字，也知道这样的现实生活里，不可能有那么梦幻的童话。

直到晚饭时，就着一大碗油炒青豌豆喝酒，才突然找到感觉。

母亲节。妈在乡下带病坚守。我吃着她种的粮食：青豌豆和米烘的干饭，用油闷炒的青豌豆——油和米，也是她种出来的，也是她背进城来的。

我还能说些什么？我还能做些什么？

喝酒的时候，不小心呛了一口，哽得我眼泪花花的——豌豆般大小，蓄在眼角，怎么也掉不下来。就像那一声"妈"，怎么也喊不出来。

2009.5.10 绿岛

树还在，人却走了

每次回老家，看到那棵树，都会想起父亲。

树是柏树。就在我家房后屋檐边。据母亲说，是我出生时，父亲亲手栽的。后来问过父亲，说是为我植的"生命树"。这说法我信，也理解。父亲的父亲是独子。父亲也是。父亲快30岁才有了我，对我这"香炉钵钵"格外珍视、疼惜，是自然的。

印象里，父亲给我说过那棵树的由来：在田野里劳作时，他无意中发现了它，不过尺余高矮，香棍粗细。但枝叶柔嫩，主干挺直，满逗人喜爱。便连根带土刨起，小心翼翼带回来了。

柏树生长慢，我是知道的。但只要存活，有雨淋，有露濡，它总会长。就像孩子。老家人说：有儿不愁长。树也这样。先是比我矮些，但渐渐地，就齐我膝了，齐我胸了，齐我肩了，齐我耳了，齐我额了，与我一样高了。我也在长，但它到底比我长得快。它很快超过了我，并继续超着。其体态，越发匀称，秀颀。直挺挺上去，一点旁逸斜出的枝杈也没有。

"真是一棵好树。"父亲满心欢喜，"让它好好长着，到我老了，就用它做棺木。"

父亲说这话时，刚36岁。父亲还很年轻，身板结实。个头不高，不强壮，但也不单薄，孱弱。父亲那时，有力气，能下田犁地，上山砍柴，还能带着我走村串户，唱戏理发。但从说那话后，他对那树就格外用心，一如对我。

在乡村，养儿防老，积谷防饥，是古训，也是现实。家里兄妹四人，我是老大，也是独子，香火接续者，血脉传承者，父母对我，自然倾注了更多寄托和期望。我上学后，母亲常说："老大，好好读书哦，二天（方言，"以后"之意）我们老了，还指望你呢。"母亲的话很轻，随意，漫不经心。但母亲眼里，满含慈爱和期望。这让我在以后的成长岁月里，一直觉着责任和压力。村里人都说我懂事，其实是因为，我早早知道了该如何"为人子"。

但父亲不这样说。父亲在我面前，时常沉默，就像一棵树。我能感觉到，父亲沉默的枝叶里，是对我的希望和信任。

记得，送我进学校的第一天，下了很久的雨，从家里到乡场上的路，格外泥泞，滑溜。父亲一路背着我，直到校门口。父亲牵着我的手进校门时，气还没喘匀，就说了一句话："娃呢，你要好好读书。只要你能，不管上到哪一级，砸锅卖铁，拆房卖瓦，我都供你。"父亲一脸庄肃，话语坚决，如同赌咒发誓。

那年我 7 岁。这句话和父亲说话时的神情，我一直记着。记在心里，也记在血里，记在骨肉里。就像记着他说的："让它好好长着，到我老了，就用它做棺木。"

再回家时，看着那棵树，就觉得它和我一样，也有了责任和压力。

树和我一同长着。它以它的年轮，我以我的年龄。我小学毕业，它超过了我家房梁。我初中毕业，它有了茶碗粗的胸径。我上高三时，双手的拇指和食指合在一起，也抱不住它了。那时候，面临高考，时常觉得苦闷，迷茫。每月放假回家，总要到树下走走，看看。偶尔靠着它的树干，望着天空和大地，发呆。它沉默着，在我身边，背后，就像我的兄长。

农村的孩子，走出农门是唯一的希望。那时，读师范还不太热，国家还会给予一些鼓励，提供一些补助。在我们那样的家境里，这是最好的选择，也似乎是唯一的选择。填报志愿的时候，我就那样决定了自己的命运。情非得已，就像那棵柏树——在被父亲移栽到我家贫穷的屋檐边后，它就只能在命定的地方，静默地生长。

1991 年，我大学毕业，参加工作。那棵树到我家，24 年。如我一样，它也正值最好的年华。健壮的干，茂盛的枝，葱郁的叶，似乎都在说：这是多么年轻的树。

但父亲正渐渐老去。父亲五十有四。风吹歪了他的腰背，雨冲刷着他的精气。多年的艰辛劳作，父亲的身体，如经年的土墙一样，斑驳，脱落。岁月在他身上积存的伤残和病痛，也开始渐渐显露。支气管炎是多年的老病。久拖未治，又连带上了肺心病、肺气肿。父亲已不能干重活，稍强或稍久的劳作，就张着嘴喘粗气，就咳嗽不已，昼夜气紧，浓痰粘连。

父亲一直指望着我能有所出息。虽然很少表达，但从他眼神里，我能感觉得出。就像当年，他看着那棵树。但我终于发觉，我所谓的出息，也不过如此。作为穷教师，刚工作那两年，所有收入加一起，每月也就是 100 多块钱。除糊口外，每月下来，并不能有多少结余。很快地，又是结婚成家，又是生养儿子，又是买房置屋。拮据和窘困，可想而知。能给父母的，可想而知。有好几回，甚至连春节也没能回老家。父亲对我，是有过指望的，但在儿子的窘迫和困境面前，他并没多说，也似乎无法多说。

父亲日复一日地瘦了，更瘦了。父亲的病，也日复一日地重了，更重了。他泥墙一样的身体，仿佛经受了连绵的风雨，正加速地朽蚀着，垮塌着。偶尔回家，父亲总要和我到那树下走走，看看，仰头望着那如云的冠盖，重复着当年的话语：

"到我老了，就用它做棺木。"

父亲说完，喘着粗气，抚着胸腔。父亲话里，已没有"让它好好长着"的字眼。父亲眼中，却有一些隐忍的泪花，浑浊而沉重——现在想，父亲心里，也许很明白自己身体的。可惜我并未注意到。或者是不愿意注意到。总还以为，父亲年纪并不大，一切，也许还早呢。

那棵树，或许也这样以为。它一如既往地长着。沉默。镇定。从容。虽然慢，但它的胸径，也有两尺多了。它的树冠，已像一柄巨大的伞，能在我家房后，撑持住一片巨大的天空，托举出浓重的荫翳了。

工作 9 年后，我终于改变了工作环境。从那个荒远的小城，到了繁华的市里。虽仍是教书，但情况，正一天天好转。对未来，也渐渐有了更多想法。

父亲的病，却越发重了。到我觉得有能力带他去做彻底的检查和治疗时，却被告知已是肺癌。而且是晚期。

"带他回去吧。"医生说，"想吃什么，就让他吃吧。"医生说这话时，眼里有种悲天悯人的意味。那一刻，我的悲凉，我的伤痛，我的愧悔，我的懊恼，真是难以言说。

那是 2004 年春节前夕。那个春节，我唯一能做的就是，隐瞒着病情，强装着笑脸，将他和母亲接到城里，与我们一起过。

我知道父亲怕冷，遇冷就咳喘得厉害，便买了空调，让客厅一直温暖。我和妻儿一直陪着，让家里显得欢快、祥和。大年三十，我专门开了一瓶茅台酒，要父亲也尝尝，哪怕只是闻闻酒气。在父亲的生命里，那也许是最难得的暖冬，最幸福的春节。但在我感觉中，回忆里，却只有悲哀和伤痛。

那是父亲一生里，最后的冬天，最后的春节。

正月十五没到，父亲就执意要回去。回去后没几天，他就再一次住了院。然后，是隔三岔五地出院，又隔三岔五进去。农村人都说，破罐子经得摔。我也侥幸地以为，父亲应该还有一段时间。但到农历二月初，父亲也许是预感到自己不行了，就让我通知在外打工的三个妹妹回来。

兄妹四人聚齐在病房后，父亲咳喘着粗气，做出了最后的决定：出院，回家。父亲只说了四个字，但他脸已憋得发青，胸腔骇人地起伏着，仿佛被一盘石磨压着。父亲每吐出一个字，都像搬动着一块沉重的石头。

回家后第二天，父亲的身体和生命，便彻底沦陷在沉睡和死神的阴影里，再没有走出来。那是 2004 年农历 2 月 10 日上午。

父亲走了。父亲走时，66 岁。我 36，正是父亲当年对着那棵柏树，安排他后事的年龄。

"让它好好长着，到我老了，就用它做棺木。"望着那棵柏树，父亲的话，隔了 30 年的时空邈邈传来，一字一句，砸在心里，让我生生地痛。

其实，父亲走前一两年，就曾多次跟我和母亲谈及他的后事，并一再提及棺木。柏树生长缓慢，砍下后，得置于阴凉处，一两年后才能晾干定性，这我知道。按农村的习俗，老人老了，是该早有准备的，这，我也知道。但我们一直觉得，父亲年龄不大，应该还有时间。一直觉得，父亲的多次提及，只不过是太过多虑的唠叨。再看那树，生长得正好，总是忍不下心将它砍倒，总想让它长长，再长长。

没想到，父亲会突然撒手，那么匆忙，那么迅疾，让我们措手不及。因此最终，父亲的愿望，父亲期待了漫长一生的微薄愿望，没能实现。就像父亲当年对我的期望一样。岁月的风雨，将它从父亲手里、心里，一点点地吹刮干净了。

这是我最大、最痛的遗憾。相信，这也是父亲的。

安葬父亲时，按照习俗，我和三个妹妹，在他坟周，每人为他栽了一棵柏树。既有松柏常青的意思，也有让那些柏树，代替我们陪伴他的想法。

而那棵树，那棵父亲为我种的"生命树"，那棵父亲期望着为他做棺木的柏树，至今还在我家屋后，一如既往地生长着。如我一样，如我沉默的兄弟一样。给父亲"烧七"的时候，"烧百日"的时候，清明的时候，逢年过节的时候，每次回去，总自觉不自觉地要到树下去，走走，看看。偶尔的风声里，想着父亲的一生，想着父亲一生卑微的念想，想着自己的愧悔和懊恼，脑子里总不禁浮现出那行悲哀的句子：树欲静而风不止，子欲养而亲不待。

再望着那高大的树，一行热泪，就禁不住落下来，冰凉凉地，扑落到地上，簌簌作响。

2005.10.3　鸽子湾

梦见父亲

感觉，我像从外面回到老家，见到父亲。父亲更瘦了，皮包骨头，满脸青筋。依然那样气紧，气喘，仿佛胸口压着巨大的磨盘。出气呼呼呼地，像破旧的老式蒸汽机车。他不断咳嗽，梗着脖子，咯着浓痰。

父亲的神情举止是熟悉的，音容笑貌也不陌生。意外的是，父亲住在地窖里。地窖宽大，空阔。一盏电灯照着，光影不时晃着，像在闹地震。

父亲说冷，声音有些颤。说冷时，还哆嗦了一下。父亲怕冷，我是知道的。父亲身体一直不好，单薄，清瘦。到冬天，尤其虚弱。穿身上的衣服再好、再厚，也仿佛一张张纸，破漏透风。每年冬天，对晚年的父亲来说，都像鬼门关一样，难过。

父亲住的地窖，是在山岩间挖出，用来窖藏红苕、甘蔗之类的。地窖里冬暖夏凉。有些像北方的窑洞。只是窑洞在北方住人，而南方的地窖，只用来储物。我不明白父亲怎么会住在那里，而且居然装了电灯。明晃晃的，让人分不清昼夜寒暑。

见到我，父亲很高兴。我也高兴。我和父亲，似乎很久没有见面了。

父亲披着大衣，领口微微敞着。我伸手为他披好。心里一直记着，要给父亲写篇像样的文字。但对他的早年经历，并不熟悉。以前听他讲过一些，片段而零碎。现在想起这事，我就要父亲写自己的传记，或者说回忆录。父亲虽然只读过高小，但聪明。作为农民，在村里甚至乡里，父亲文笔都算一流。他演过戏，写过一些相声、小品、三句半之类的。人都说他是秀才。

反正你闲着也是闲着，又没什么事。我说。

父亲没答应，也没拒绝。只说，你很久没有回来了。父亲说完，费力地冲我笑了笑。

父亲这一笑，让我从梦中醒来。迷糊间，只记得这些残片。

这可真是奇怪——父亲离开两年多来，我是第一次梦见。梦表示思念。按这种说法，我似乎是不思念父亲的。不思念，似乎也便不爱，不喜欢。或者说，冷漠，淡忘。但事实相反。父亲是我唯一的父亲。他的离开，在我的生活中，感觉里，留下巨大的"空"，空洞，空白。这种空洞和空白，难以弥补，也无可填充。

父亲离开，是2004年农历二月初十。天很阴，厚重的积雨云一直低低地压在头顶。偶尔有风，摇晃屋后的竹林。竹林外的田野，除油菜和小麦青绿的沉默外，仍是一派寂寥和空旷。早春二月，含混的季节，暧昧的日子。按节气说，春天正在回来，万物即将复苏，但一切似乎还没有鲜明的响动。

鲜明的响动来自我内心。父亲在这天上午，走完了他艰难、苦楚的一生。

实在说，父亲断气、闭眼时，我并不特别悲伤，甚至没有流泪。直到第二天，送父亲去火葬场。百十斤的身体推进去，出来后，却只有四五斤。这样的变化，让我第一次有了深刻、彻骨的痛感——对父亲，对生命的单薄和脆弱。

回去时，用一只破旧的牛仔包，背着父亲的骨灰，感觉他是用最后的体温，在暖着我，一路暖着我。天很冷，风刮在脸上，让人觉得生痛。我浑身都冷，心里，更冷。悲哀和伤痛冲撞着我，挤压着我，紧逼着我。我心里有大悲哀，大伤痛，但不是关于父亲，而是关于人的生命。

人生无常，我早知道，但也只是知道。就像我知道，地震、台风、海啸，会给人带来灭顶之灾。但只是知道而已。而父亲的死，让我对"无常"二字，有了切肤之感。不过三两天时间，一个活生生的人，就成了一把暖乎乎的灰，一抔冷冰冰的尘。这样的倏忽，迅疾，想想，除了悲哀，便只能是伤痛。

一路上，望着车窗外枯索的荒野，匆疾的风，风中一掠而过的树，回想着父亲，回想着那些斑驳的陈年旧事，就想着，要为他写些文字。

父亲很看重我的文字。生前，但凡能看到我的铅字文章，他总不会放过。到晚年，视力弱，报刊上的字又小，读得就很慢。记得有回，他到家里来，看完我刚发表的《打工的母亲》，揉了好半天老眼，然后红着脸说：老大，写得真好。我第一本书出来，他拿了好多走，但当我回乡下，家里一本也没有。跟父亲在乡场上走，碰到我半熟不熟的人，都跟我说：看到你的书了，写得真好。父亲在我身边，什么话也没说。但我知道，他心里会多么骄傲，自豪，为他的儿子，为那些文字。

但在父亲生前，弄了那么多年笔墨，居然没能为他留下一篇正经的文章。为父亲阖上眼时，为父亲掩上土时，心里就想，一定要写，一定要为父亲写一篇像样点儿的。题目早已想好，就叫"父亲远行"。感觉里，那将是很大的篇幅。父亲的一生，他的爱恨，怨喜，病痛，落寞，都将在其中展现。不是盖棺论定，也不是简单的感恩，而是要写出，一个贫穷的父亲，他曾经的生命，他本来的样子。虽然这对父亲的一生，和他离去的事实来说，毫无补益。在我，却是为人子所能为父亲做的最后一件事。

只是，因为种种原因，这文字，一直没能写出。

父亲不算勤劳。作为农民，他算不上优秀。自我记事起，他就不能胜任太重的苦力劳动。他为人理过发，补过鞋。先是挣工分换口粮，后来，是找些小钱贴补家用。上世纪 80 年代，他在乡里的剧团唱川戏，是主角，常唱小生。那时他在我心中，如同在别的观众心中，有些神圣的光。后来，他渐渐老了，剧团解散了，那光也便渐渐弱了，淡了。但每年春节，他仍要承头组织"彩莲船"，走村串户去给人家拜年。

从骨子里说，父亲不像一个农民，而像一个乡村艺人。他喜欢热闹。他也用他的本事和方式，给周边的人，带来了些许热闹。短促，但是快乐。父亲的一生，弱小，卑微，但他用弱小、卑微的生命，给寂寥、广阔的乡村，带来了些微的声响和慰藉。

父亲不严厉，也不算慈祥。他对我们兄妹几人，有爱，但并不强烈。除了晚年的依恋，他对我们，不曾表现出格外的疼爱，也不曾有过特别强烈的情感流露。但父亲善良，温和，散淡。他一直信任我们，尤其是我。在成长的岁月，从初中，到高中，再到大学，参加工作，甚至我的爱情和婚姻，父亲对我，一直都是顺其自然，听任我的发展。

因此，在多年来的记忆里，父子间的感情，一直很淡。像茶在水中。茶是适量的，水是适度的。彼此间，融洽，和谐。没什么轰烈、壮观的场面，而只是些平常、平淡的细节。但奇怪的是，父亲走后很长一段时间，就是这些细节、片段，常在脑子里闪跳，浮现，让我时时记起父亲，记起有父亲在的那些岁月。

感觉里，那样的岁月，应该还可以持续很久，延绵很久。父亲一直病着，每到冬天就加重一些，但每到春天，又渐渐好转。多年来，我们似乎已经习惯这样的经历。就像习惯了太阳在黄昏时落下，在早上再次升起。老家有句谚语，药罐子经得摔。我们以为，父亲的命，就像那药罐子，或者，会像那太阳一般延续。

但是，父亲的身体，已经不能再延续。父亲的血在渐渐冷。父亲的光在渐渐弱。然后，就是 2004 年农历二月初十上午，父亲生命的大门，突然关上。没有声音，没有动静。但父亲的气息、声音，父亲的动作、言语，一下子就停滞了。有父亲在的时光，有父亲在的岁月，一下子成了过去，被掩在一层薄土后面，被掩在一段黯淡的回忆里。

父亲的病，是老毛病，在猛烈发作、致命一击前，已折腾了他多年。医生在确诊后所说的话，暗示了我们已无药可救。父亲住院期间，一天到晚吸氧，但仍气紧。盖两床厚被，仍觉得发冷。弥留之际，父亲脸青嘴乌。但他最终的走，很平静。父亲用那样平静的方式，结束了多灾多难的一生，和不堪其苦的晚年，也算一种解脱。无论对他，还是对他的家人。

所以，我也极为平静。

但是，在安葬父亲时，看着那口薄棺被泥土一点点掩没，我突然禁不住悲从中来。先是哽咽，后是号啕，呼天抢地，哭得一塌糊涂。那时，在我昏茫得几乎空白的脑海里，有一点感觉，越来越明晰，越来越巨大，压得我喘不过气来。

我痛切地觉知：父亲走了，我唯一的父亲走了，从此，再没有一个人，可以做我的父亲。我唯一的父亲死了，从此，再没有一个人，能让我叫他一声父亲。世界上那么多老男人，以前看见，总禁不住要从他们身上，去寻找、比对父亲的影子，或模样。但现在，我唯一的父亲死了，他们就与我再没有什么关联。

父亲去世后的第一个五一大假，我挈妇将雏回家看望母亲。头天晚上，专门找了一家清真馆子，买了两斤卤得甚好的上等牛肉，那是父亲的最爱。但是回到家里，菜摆上桌，才突然意识到，最爱吃牛肉的那个人，再也不会来吃了——我清楚记得，此前不到一年，我去俄罗斯参观访问，临出发前，父亲唯一的叮嘱就是，让我给他带些吃的回来。而现在，再美味的东西，他也没法吃了。

那一刻的悲恸和哀伤，真是无可言说。

接下来的国庆大假，我又带妻儿回老家。照例到父亲坟前看了看，为我和妹妹们栽下的那四棵柏树浇水。照例在老屋房前房后走了走。再次看到屋檐边那棵柏树时，突然想到父亲，接着就是那个句子：树欲静而风不止，子欲养而亲不待。脑子里灵光一闪，立时就有了感觉。打开手提电脑，敲下了一个题目：树还在，人却走了——写作的内容，是伤痛的。但过程，是愉快的。敲完最后一行字，有如释重负之感。一读，再读，是自己满意的文字，是可以告慰父亲的文字。

父亲是平常的农民，他的生与死，都很落寞，像故乡田地里的草木。但对我，这无疑是山崩地裂。父亲的一生，卑微，渺小。他的影响微弱，他的光芒黯淡。他没能做出什么了不得的事，也没有什么丰功伟绩。

但他生养了我。他是我生命的源头。他爱我，疼我，供我读书成人，让我有了今天，这是他最大的功绩。就此而言，我对他，有难以言说的感激。乌鸦尚知反哺，寸草也报春晖。父亲曾寄厚望于我，但因为自己的无能，我没有更多的回报。这样的遗憾和愧疚，是我心中巨大而恒久的痛。

父亲是我亲眼目睹离去的第一个亲人。父亲的死，是我近40年生命中，所遭遇的最沉重打击。这打击巨大，让我一时间感到空落，无所依凭。无论精神，还是肉体。父亲在的地方，空了。父亲在的感觉，没了。悲伤却无以言说，痛苦却让人感到莫名。父亲的离开，让我的灵魂，在很长一段时间，浑噩而空茫。或许正因如此，居然连有他的梦，也不曾做过。

但是现在，突然梦了。而且发生在我生日前夜。或者说，生日当天的凌晨。而这个生日，对我，意义非同一般。我39岁了。按家乡的说法，男做进，女做满。过了今天，我就该吃40岁的饭了。

古人说三十而立。在我，快40岁了，这所谓的"立"，还只是"八"字的一撇。以自己感觉，这一生，是不可能再活40年的。39年前的此时此刻，我尚未来到人世——具体时间，按父母的说法，是亥时，下午五六点钟——39年后的此时此刻，我会在哪里？生命过去大半，太多该做的事没能做成；还有太多的事，堆在前头，也不知道能否做成。就如那篇写父亲的文章，早有计划，却一直没能落到实处。这样的时刻，父亲突然出现在梦中，是什么样的意味？思念？牵挂？担心？或者，以上种种，兼而有之？

醒来后，一直想着这个梦，却一直没有想通想透。越想，越觉得茫然。越想，越觉得惶然。就像小时候，遇到百思不得其解的问题一样，我抬头望天，暗自询问父亲：你为什么入我梦来？

在清晨微凉的风里，父亲始终沉默不语。没有任何人，能回答我的问题。

2006.6.4　上午记于绿岛

附：

躺在时间的河流上
——写给父亲

他最后的姿势一如最初。区别仅在于
最初他哭，挣扎，带着茫然和惊惶
最后他麻木，死静，瘫软的身体
如散架的船板。他咽下最后一口
游丝般的气息，阖上浑浊的眼睛

像剧情结束的大幕，徐徐落下
从此拒绝任何人的拜访，和探看

而此前，他曾挣扎着吃奶，咿呀着说话
蹒跚着走路，蹦跳着，穿过幼年
和童年。他渐渐站直，像一棵孱弱的树
在天地之间，在这庞大的世界
一个叫鸽子湾的荒凉村落
慢慢长大——放牛，种地，娶妻，生子
土房五间，木床三架，饭桌一张，板凳若干
一群又一群鸡鸭，被刀锋宰杀。一茬又一茬
庄稼，被季节收割。一个又一个儿女
走出他亲手编织的摇篮。风来雨去，他额头的汗
不断滴落在地里，或被岁月轻轻吹干

他心眼很远，但脚力有限。偶尔外出
在四乡八镇，村野和城市，留下飘摇的身影
和无足轻重的印迹。他给人理发，做过
走乡的鞋匠和小贩。他爱好川戏，是剧团的台柱
他的身段和唱腔，热闹过乡村寂静的夜晚
他也赌博，长牌或麻将，带小小的彩头
有时输有时赢，像面对命运的轮盘
他用心用力，但最终，那双一直紧攥的手
只能松软着摊开——满手心的汗水和死茧
未能握住一砖一瓦，未能带走一丝一线

66岁！刻在他墓碑上的，不是纷繁的世界
而只有这短促的流年，只有这一小段
微不足道的时间。时光流逝啊
时光流逝。很小时，他就借戏文告诉我
要珍惜，要把握，否则指缝里就只有遗憾
当他阖眼，我才悲痛地发现，流逝的

不是所谓的时间，而是他卑微的生命：饥饿的少年
贫穷的青年，荒凉的中年，疼痛的老年
盘儿带女，修房造屋，一程又一程艰辛
和坎坷。关节痛，肺心病，支气管炎，一段
又一段磨折和熬煎。岁月的波，洗劫着他的身体
光阴的水，冲蚀着他的双手，双腿和双眼
他迎风挺立，像单薄的树。但他所有的姿势
都不过是躺着，像一块漂流的木头
在那条河里起落沉浮——它的名字，叫时间

他其实一直都躺着。66年，在时间的河流上
从摇篮躺到关山。他一直躺着，在岁月的波涛中
从母亲的命门躺到大地的墓门。他短促的一生
所有费尽心思的挣扎，只不过像船一样
在风浪中完成命定的旅程：从起点的雄心勃勃
到终点的气息奄奄。即使最终
属于他的，只有那一方矮矮的坟冢
和另一条更为漫长的河流——它的名字，叫忘川

2011.5　绿岛

穷人的爱情

恋爱时，男孩女孩分隔在两个城里读书，女孩在市里，读师专，男孩在省城，读师大。两人都来自苦寒的乡村，是典型的穷大学生。他们的爱情，便显得贫穷而洁白。虽都是大学生，他们的命运却早已被"定向"了：毕业后，他们将被分到一个偏僻的地方工作。

女孩临毕业前，到男孩的学校玩了两天。两人是否谈及未来，已记不得了。只记得最后，是男孩送女孩返校。男孩扛着一箱书，女孩也背了一大包。男孩喜欢文学，爱读书，四年大学节衣缩食，牙缝里省下的钱，换回几百册新旧不一的书，那算得上他的心爱之物。男孩要女孩先将它们带一些走，他随后也会到女孩身边。

他们钱包很紧，时间却很从容，所以坐了一趟慢车。慢车也真是慢，从省城发出后，每站都停。摇摇摆摆到女孩读书的那座城市时，天已黑透，郊线的公共汽车早收班了。而女孩所在的学校，还远在郊外的一座山上，从那座叫"东方红"的大桥过去，有近十里路。"的士"当然是有的，亮着灯在他们身边晃来晃去，但他们没钱。几乎没什么犹豫，他们便决定步行上山。

没多久，他们就觉出那些书的重量了。走走歇歇，两人都感到了累。但路还远着呢。为了解闷，男孩开始找话说了："嗨，想一想，假如我这一箱，你那一包，装的都是钱，你说我们会怎么样？"

这也许是一个有趣的话题，女孩"扑哧"笑了："那我们就可以'打的'了！"

"'打的'算什么？"男孩似乎很不满意出租车，虽然那时，他还没有多少机会坐。"我们干脆买辆车，想走哪里走哪里，想啥时走就啥时走。"男孩说得认真而肯定，似乎那些书真的已"变成"钱了，可供他自由挥洒了。

女孩的情绪被感染了，也便极有兴致地投入了讨论和设想："那我们就随时都可以出去旅游了。"那时，男孩和女孩最大的愿望，就是能一起出去旅游一趟。

男孩本就挺能侃的，见女友兴致来了，便越发灵感飞扬，像写诗一样："到时候，我要买一架'海陆空三用车'，想上天就上天，想落地就落地，想下海就下海。"

"哇，那才美呢！"女孩为男孩的想象感叹不已，但同时又有些疑惑："恐怕，世界上还没这种车卖吧。"

"那有啥，我们慢慢研究嘛。要是哪天真发明出这种车来，我们就到瑞典去，拿它个诺贝尔回来，还可以为咱中国人争一点光呢！"

就这样，话题像被抻着的面团，越扯越长，路却越走越短。不经意间，居然已走到女孩读书的校门前了。而他们，居然一点儿也没感觉到累。

这是十多年前的事了。当年的男孩女孩，现在只好叫作男人女人了。他们结了婚，成了家，有了聪明的孩子，并且从偏僻的地方，调到了女孩当年读书的城里。但他们依然很穷，他们的感情也一如当年，贫穷而洁白。只是，仿佛更多了一些坚韧。

他们常常回想起当年的那个夜晚，那个场景。似乎每一次，他们都能在那虚拟的幸福中，获得一点点快乐，真正的快乐。

那男孩就是我。那女孩就是我的妻子。现在，她正坐在身旁，看我写着这篇短文。而那些书，那些当年被我们背了近十里路的书，此刻正在背后的书架上，静静地看着我们。

2000.10　绵阳东河坝

泥泞路上

国庆大假，带妻儿回老家看母亲。在乡场上下车后，还有两里多路要走。

两里多路，大致两段。一段是机耕道，土路的底，铺了些碎石，砂砾，东一块，西一块。宽了些，硬了些，但泥土的质地没变。天晴时还好，一下雨，水和泥一搅，就黄汤糊糊。加上鸡猪牛羊折腾，人来车往践踏，有时打滑，有时陷脚。

再一段，是真正的乡间小路，羊肠一般窄细，蛇一般逶迤，掩映在高乔低灌里——近些年来，村里人外出打工的多了，走这路的人就少了。路边的铁线草、丝茅草，甚至藤蔓、荆棘，都张狂地窜到路中间，又窜到路对面，盘根错节。捎带些雨水和泥浆后，滑如溜冰场。一不小心，就可能摔跤跌倒，或者鞋被黄黏土陷住，难以拔出。

总之是，路难行。若在秋季，阴雨绵绵，就更加泥泞，湿滑。我们回去时，便正是这样。

妹妹们依次出嫁，先后去了江浙打工；父亲辞世后，母亲便一个人待在老家。平常，我和妻儿在远远的城里，上班的上班，读书的读书，很难一起回来。难得遇到七天大假，哪儿都没计划去，只想回老家，陪母亲多待两天。所以出发时，各自带了些必要的用品。儿子的大书包，我的手提电脑，换洗衣物，日常用品，零零碎碎几大包。下车后，又在街上买了些东西，新鲜的肉菜、卤品之类，又是几大包。

在那样的泥泞路上走，空手空脚也不利落，轻松，何况还这样拎着，背着，艰难，可想而知。

但心情都还不错。儿子住读，成天被关学校里，很少走这样的路，也许是新鲜，也许负重轻，一个人冲在最前面。妻是高跟鞋，又拎着东西，走得就艰难多了。我双手提着，肩上背着，也不松活。只好两个人掉在后面，边走边歇，边看看烟雾里的山岭，村野，人家，作物，边说着不咸不淡的闲话。

在又一次停下歇气时，妻突然莫名感慨："你要是准备'换叫'，可一定得找个愿意陪你走这泥泞路的女人。"

"换叫"是川话里的麻将术语，即改变"胡牌"的选择和方向。四川人好打麻将，也喜欢将麻将术语借用到生活中。"换叫"之说，常被用来指代婚姻的改变——麻将是游戏，或赌博，当然可以不断"换叫"。现实生活里，却多半只能说说而已。妻此时此刻此言，显然是玩笑和调侃。尽管她的神情，很郑重其事，很一本正经。

但她这话，到底还是让我觉出了许多言语之外的意味。心里，也仿佛被石子击破的水面，泛着微微涟漪——谁，会愿意陪我走这泥泞路？

最先，当然是父母。这路通往乡场。而乡场，相比老家所在的村野，无疑是繁华、热闹的所在。在我很小时，父亲和母亲，一定多次带着我，通过这土路，到那繁华和热闹中去。有时背着，有时抱着，有时牵着，有时领着。那过程中，一定有风，有雨，有电闪，有雷鸣。而那时，我多么小，弱。面对那泥泞，那湿滑，一定有过恐惧和害怕。但是有他们在，或背或抱，或牵或领，我在那泥泞路上，在对繁华和热闹的向往和接近中，一点点长大了。

因此，对这路，最初也最深刻的记忆，不是跌跤，不是滑倒，而是一些温情的细节，一些值得珍惜、回忆的片段。

上学第一天，从家里到学校，父亲一直背着我，直将我背到乡场上，背到那小学校门前。那时，父亲30多岁，年轻，身板儿结实，腿脚有力气，但，到底还是粗气连连，汗湿衣衫了。一路上，父亲边走边歇，边和我有一搭没一搭地说话，叮嘱我要好好读书，指望我能够有出息，并说这是他和母亲最大的期望。我似懂非懂地听着，点头应承。那不是他第一次背我，不是第一次对我说那些，也不是最后一次。但是那一次给我的印象，是最深的，现在回想起，仿佛还能感觉到他背部的体温，看到他眼里期待的微光。

许多年后，我有了所谓的"出息"，他却未能享到多少福——此时此刻，我在老家屋檐边，就着夕光，在手提电脑上敲下这些文字，他却离开这个世界，离开我和我们的生活，已经两年多了。他的坟前，我和妹妹们栽的四棵柏树，和坟头蔓生的野草，已郁郁葱葱了。

母亲没太多文化，但母亲像一口井，有着无穷的慈爱和温润。记得小时候，每次上学离开，都是带着母亲的叮嘱，每次放学回来，泥泞路那端，炊烟和屋檐下面，总是母亲的笑脸。若是突然下雨，冒着大雨，趟着泥泞，给我送来斗笠和雨伞的，大多是母亲。

直到参加工作后，我们每次回去，母亲总要收拾许多东西，米面肉菜什么的，满满一背篓，母亲背着，直送我们到车站。无论阴晴雨雪，都是如此。母亲个儿不高，但在那泥泞路上，走得格外沉稳，结实，让我们心里，感到安妥和慰藉。有时甚至觉得，只要有母亲在，再长再远的路，也不会孤单，再艰难坎坷，也都能够走到。

后来，在一篇文章里，我写过这样一段话：

> 母亲究竟是什么？想不出明确的答案。我只知道，那个在下雨的黄昏，在路的尽头，满眼焦灼，静等迟归孩子的人，是母亲；那个把叮咛缝进鞋垫，把牵挂装进行囊，把所有慈爱写在心底的人，是母亲；那个在孩子面前不流泪，在困难面前不低头，为孩子辛苦奔忙，毫无怨言的人，就是母亲——我只知道，这世上有一个最伟大而最平凡的女人，那就是母亲。而在我懂得爱人的时候，我最爱的人，便是母亲。

这是我最真切的感受。小时候是这样，30多岁时的今天，仍是这样。

然后，就是妻了——妻和我是高中同班同学。相识，相恋，结婚，到现在，近二十年了。这条路，她陪我走过不知多少次。恋爱时走，结婚后走，生了儿子后，也走。从蹦蹦跳跳的大姑娘，到她所说的"人老珠黄"的今天。

刚开始走这泥泞路时，妻也有过怨言，有过嫌烦，对这条路，和路那头，我贫寒的家。但是渐渐地，她不再抱怨了。就像对我，她虽然也曾有过挑剔，有过苛责，有过怨怼，但是渐渐地，就习惯了，接受了。当然，我对她，也是如此——有时觉得，夫妻间的感觉，感情，就像一对齿轮，既需要爱情的润滑，也需要彼此的磨合与忍让，才能更好、更紧密地契合。

事实上，妻陪我走过的，何止这一点点泥泞路途？

我一直不知道，嫁给我，她后不后悔。但我知道，她也有过很多很美的梦。少女时代，她梦的主角，是白马王子，但我不是。结婚后，她希望我能时时陪伴她，但我困于种种事务和应酬，让她独守空房的时候，不少。她的衣着，是素朴的，家常的。她的脖上，不曾佩金；她的腕上，不曾戴银。

贫贱夫妻百事哀。她有过怨言，有过责难和调侃。但是渐渐地，也习惯了。人前人后，我曾有过偶尔的风光，但她总在风光之后。她很少与我同甘，却总是与我共苦。在我的生活里，出现风雨和泥泞时，在我的人生途程中，出现坎坷和崎岖时，是她，也只有她，始终陪伴着我，安慰着我，支撑着我，一起走过——就像此时此刻，她陪伴着我，毫无怨言地，走这泥泞小路。

她还给我生了儿子。儿子乖，聪明，听话，自小就被公认。儿子五岁时读书，我七岁才上学。儿子七岁时写的日记，我十七岁也写不出。儿子现在读初二，但他的文章，我高三时的，也不能和他相比。

这些，也许都不重要。最重要的是，儿子知理，懂事。儿子知道我们的家境，不仅不嫌，而且理解。比我们差的家境，还有，儿子不仅不鄙视，反倒能生出同情和怜悯。比我们好的家境，也有，儿子不羡慕，不嫉妒。儿子淡看钱财，浮云富贵，有与他年龄不太相称的淡泊。儿子有远大的志向和抱负。儿子能努力读书学习——儿子懂事，这比什么都好。儿子愿意跟着我们走，这比什么都好。

就像此时此刻，他陪伴着我们，走这湿滑、崎岖的泥泞小路。他没有丝毫怨言。他一直走着，在我们前面，陪伴着，牵引着。有他，这路再湿滑，再崎岖，再泥泞，在我眼里，也是坦途，或者，当坦途一样走。有他，就不孤单，不寂寞。有他，就有希望，有明天。

就像当年，父亲背着我走在这路上时，我想，他是将我当作了希望。现在，走在这路上，我也是把儿子，当作了未来。他将陪伴着我和他的母亲，在这路上，一直走下去。就像当年，我陪着我的父亲和母亲，在这条路上走。

这样想着，心里越发觉得轻松。连提着、拎着的繁杂物什，也不再像先前那般沉重。儿子在前，妻在中间，我殿后。很快地，泥泞之途就将走完。母亲的笑脸，盛开在老屋檐下。母亲一如既往地，像一只窝旁守望的老鸟，在泥泞尽头，迎接着我们。

2006. 10. 4　鸽子湾

与妻书，或细数流年

1. 想到与妻牵手、磕绊行走，居然 20 多年了，不免心惊。但儿子早高过了我们，书读到高中，是事实；皱纹，肥胖，黄褐斑，沉积素，正集结着向她袭来，也是事实。从 1988 年 5 月开始，从初吻到初夜，从新婚燕尔到老夫老妻，从偏僻的边地小城，到繁华富庶的"川 B"，从娇俏玲珑的身姿，到二尺二三的腰围，更是事实。爱与痛，泪和笑，风雨和坎坷，辛酸与幸福，不时涌上心头，点点滴滴。二十多年的路途，像雾一般缥缈，纠结，又像雾散后的大地一般，真切，清晰——亲爱的我们，是怎样漫渡这 20 多年的沧桑岁月？

2. 与她相识的时间，更早。我们是高中同窗。1985 年 9 月，高二文理分科后，我们同班。许多年后，每次跟人说起这背景，都不免费很多口舌，做很多说明。"我们当时没有那样哈，认识得早是真的，恋却没有。"她这样说时，大多笑着。她的声音，仍那么清脆，响亮，坦诚。听的人看看我们，总是会心地笑，呵呵呵，仿佛相信了事实；更多的，却透着怀疑、暧昧和狡黠——就像面对笑话中，那个声称"此地无银三百两"的王二。

3. 但她说的，大半正确。高中时，她或许真没恋过，但那只是她而已……走进新班教室，我看到（或许应是"瞟"，不那么有意或认真，只是目光随意的一掠）的第一个女生，就是她。她在写字。一头秀发，短而碎，青汤挂面的学生头。却有几缕刘海儿，调皮地拂在脸上，眼前。我看到她时，她正以左手抿拢那些发丝。青春而清纯的脸上，闪跳着九月的阳光，细眯眼里，是若有若无的笑——就那样的姿势和神情，那么随意，却扑进我眼里，撞进我心里。我知道，她不是冲我笑的，心里，却莫名地乱跳了一瞬，又一瞬。

4. 后来，她曾追问我，怎么会喜欢她。我总说"一见钟情"。然后，给她

115

描述这个场景，和细节。一开始，她笑，半信半疑。追问次数多了，我回答的次数多了，她的感受才结实起来。笑容里，更多了得意和幸福——她的眼睛，一笑就更小了。但从那以后，再说她眼睛小，她总是说："大眼无神，小眼迷人。你最终还不是栽进了这双小眼睛里？"说时，故意凑到面前，调皮地挤眉弄眼——她的眼角，隐隐有了"萝卜丝"。

5. 当时，她多么青春，朝气蓬勃。她成绩不错，体育更好，身形小巧、灵敏，短跑全年级无敌。像一朵花，每次运动会，无论阳光明媚，还是阴雨霏霏，都阻止不了她的绽放——发令枪一响，满操场人，她是焦点，是被所有星星簇拥的月亮，是被所有目光追随的太阳。轻盈的步幅。流动的身影。勃发的青春。飞舞的秀发。鲜亮，醒目。50米，100米，200米，有她参加，这些项目的冠军，只能落在我们班。但现在，她的生命已渐趋缓慢和松弛。她的奔跑，赶不上我，更赶不上儿子——儿子读高二时，800米和1500米，都是全校第二。她身体的潜能，莫非全给了我们的宝贝儿子？

6. 那时候，我卑微而热切的目光，也在众多追随者中。我是众多中的一个，她却是我眼中和心里的唯一。唯一的一朵花，照亮我的眼睛和心灵。或者，唯一的一道闪电，撞开我青春的门扉和激情。那么迅捷，犀利，抢眼入心。那感觉，应该就是后来的时髦词语：暗恋——几年后，我写过几句诗："亲爱，今夜我感到／这颗敏感脆弱的心，专为你跳荡／幸福。或者悲伤"。算是当时情形的写照——我喜欢她，暗恋着她。无意或故意。淡淡而热烈。上课时偶尔的走神，自习时突发的响动，休息时哗众取宠的谈笑，睡觉前片刻的怅惘，似乎，都因她，都为她——像一棵平凡的树，刻意要长得高些，出众些，只是想被她的小眼睛看到。

7. 我曾经组织过一个文学社，在那所百年老校，有着深远影响。我曾以主编身份，邀请她参加活动。她作文不错，对文学和写作，兴趣似乎不浓。我执意邀请，一而再，再而三，像"刘三顾"一般虔诚——那个笨拙、卑微的男孩，是怎样组织着语言、嗫嚅着启齿，慌乱地说出意图的，已经记不得了。她是否知道我的企图和阴谋，而最终，究竟是我的盛情难却，还是她的不忍拒绝，也说不清了——不过，她到底还是答应参加我们的活动了。

8. 那是一个周五的夜晚，我们在语文教研室活动。所有说过的话，做过的事，人物和场景，全忘了。只记得在烛光下，她和当时最要好的闺蜜一起唱歌。她唱的是《山茶花》——"一朵花，他说你美丽／就像一朵花／他希望总有一天／把你摘回家／村里姑娘也会羡慕／羡慕你像一朵花／年十七年纪十八／偷偷在说悄悄话／羞答答，羞答答／梦里总是梦见他……"嗓音清丽，本色天然。那珠圆玉润的音符，轻越飘扬的旋律，溅落在我心的盘碟里的感觉，和它激起的回声，让我后来每每想起，心里都不由得掠过一阵轻微的战栗。

9. 和我一样，她家也在农村。但她父亲，是伐木厂的工人，家境和条件，自然比我家好。她的成绩，也一直超出我很远。几乎每次考试，她都在班上前10名，我最好的时候，也在20名以后。我们之间，似乎有着太遥远的距离。但，也许是天意，高三后期，她坐我前面一排。那么紧张的学习和复习时间，我总忍不住偶尔望着她的背影和秀发，走一小会儿神。填报志愿时，知道她第一志愿填的是我后来读的那个学校，我也毫不犹豫地填上了。

10. 不知何故，她的高考却意外失利。我上了线，她落了榜。我去拿录取通知书，在县城街头，曾碰见她和她的父亲。简单交谈中，知道她正为补习奔忙。阳光灿烂，但她神情低落，满眼忧郁。她没说过多的话，我也没有，因为她父亲，那么魁梧、严肃地站在一边。这让我紧张，也让我迷惘——我不知道，未来会怎样。

11. 但最后，她并没有补习。她父亲通过厂里的关系，为她找到一个"委培"指标。她读了市里的一所师专，和我一样，也学中文。附加条件是，她毕业后，必须到那个厂里工作——辗转从朋友处知道这些，我已在大学参加军训。那些夜晚，在疲惫和空落中想念着她，我不断写信，安慰她，鼓励她，告诉她我的想法，感受。不过就是问候，就是劝解，就是鼓励；言辞游移，飘忽，却没有丝毫爱的表白。

12. 那些信，一直没有寄出。当时，我很自卑，胆怯。如果她不以为然，怎么办？如果她不理睬我，又怎么办？如果我们因此而永远错失，我该怎么办？这些问题，一直纠缠着我，阻碍着我，让我不敢贸然，断然。直到那年中秋，在写下第五封信后，在那轮圆月的鼓励下，在茫然和决然中，我一咬牙，将它们丢进邮筒——当然，在最后那封信里，我闪烁其辞地表白了我的喜欢和爱。

13. 许多年后，听到那英的《征服》，总不免感慨，为当年的英明和精明，暗自得意——我的信件抵达时，她正在抑郁苦闷中，情绪低落。高考的意外失利，让她一夜间成了灰姑娘，陷在怅然和落寞里。悲观，脆弱，甚至绝望。而我的信，让她感觉温暖。更何况，一下子，就是五封。那些文字和话语，像集束炸弹，趁虚而入，让她毫无抵抗地，就为我敞开了少女的心扉，或者说城池——忐忑中，我收到了她的回信。比起我寄出的那一厚叠，她的，薄而轻。在我手里，却感到重，心里，更觉得沉。

14. 那时流行琼瑶。从《窗外》到《烟雨濛濛》，她几乎全看过。我不知道，她是否也做过少女都要做的梦，更不知道，她的"白马王子"是怎样的，但我知道，自己肯定不是。也许，连"黑马"都算不上，顶多只算"黑羊"（我属羊）。但她从我的信里，感到安慰。我用我的真诚，打动了她——现在，已记不清信捧在手里时的祈祷，说不出拆信时的犹豫和激切，想不起读信时的战栗和激动。我只知道：她接受了我的信和感情。我们开始了彼此生命中最初和最后的恋爱。那是 1987 年 10 月。四年后的冬天，我们领取了结婚证。

15. 那四年的波折，一言难尽。她个性强，偶尔霸道，伶牙俐齿，像刁蛮的公主，爱使小性子，还得理不让人。我一直迁就她，包容她，忍让她，不管有理无理。以致后来，我每次说她脾气大，她，包括熟悉我们的朋友，都说是我把她"惯坏、宠坏"的。也许是吧。我那么在意她，怕她，因为爱，因为怕她不爱。爱会让人敏感、脆弱、卑微，那时我就知道了——前两年，一起看韩国电影《我的野蛮女友》，我们不时相视会心：电影里的情形，和我们的曾经，多么相似。

16. 见证过我们情感波折的人都说：你们的恋爱，可以写一部长篇小说了。这是真的。恩爱时，可以共一把雨伞，在荒山雨夜，相拥而坐整晚。争吵时，也曾一次次扬言分手，痛哭，醉酒，发誓不再联系。但到底，又和好了。我去找她，或她来看我。她先给我写信，或我先寄诗给她——某次信中，她给我抄了一首诗，好像是舒婷的《小冤家》。"也许，我就是你的小冤家。"她说。这让我想起老家的话：不是冤家不碰头——冤家与冤家相遇，是否也是一种必然的姻缘？

17. 我给她写了很多情诗。温柔而伤感，甜蜜而痛苦，向往或绝望。我说："很长时间了。我不再思念 / 夜夜醉酒。痛哭。美丽而哀涔 / 跑尽无人的街道 / 挥霍青春。诅咒爱情／发誓做铁石心肠的男人"。我说："你的笑容灿烂过我的岁月／你是我艰辛旅途／永难忘怀的真实梦境／亲爱，我必须坚韧地活着／像一个真正的情人，温柔而忠贞"。我说："为情所伤／我是那个最勇敢的怯弱男人／永远站在最易被你击中的那个地方"……我一遍遍诉说，她一次次感动。我们的感情，因为那些诗，一次次死灰复燃，绝处逢生——许多年后，再读那些诗，自己也不免激动，甚至被感动。那些有爱的时光啊，那么敏感，温婉，深情。

18. 闹得最厉害的一次，是 1989 年。从 2 月初到 5 月底，我们像断线的风筝，一直没有联系。那个春夏，被绝望缠绕，被痛苦击打，心情灰凉；内心里的狂热，却通过另外的渠道宣泄出来——我在人群中激切奔走，我的青春和激情，燃烧了整整半个月。六月初，我避乱到她所在的学校。朋友告诉她后，她来了。看着彼此憔悴的面孔，我们紧紧抱在一起，像失散多年的亲人，恨不得将对方勒进自己肉里。那一幕，让我不禁想起十二月党人和他们的妻子——后来的信中，我们探讨过这话题，她说，如果我真有什么事，她会来看我，像那些伟大的妻子一样——那以后，我们也争吵过，怄过气，闹过分手，但最终，我们坚持了下来：为着最艰难时的爱，为着彼此的牵挂和不舍。

19. 她先我两年毕业，如约到那个伐木厂工作。虽是专科，却又是委培，她最终以工人的身份，做了子弟校的教师。比起大学期间，我们的距离更远了，心却似乎更近。寒暑假时极少的见面，来来去去的书信和情话，思念和诉说，连接着我们，维系着我们。直到我大学毕业，参加工作：我到了她所在的那个边地小城，在城里一所中学教书。她在离城 200 多里外的林区小镇上班。漫长四年的苦恋，甚至冲破了她母亲最初的阻挠和谩骂，那年 12 月，我们毫不犹豫地选择了结婚。

20. 现在还记得，我们领结婚证那天，下着 1991 年著名的大雪。似乎是苍天要见证我们在雪地里缔结的盟约。那时，我刚参加工作，每月一百多块工资。她也多不了多少。春节时的婚礼，因此简陋、寒碜到了极点：没有戒指，没有婚纱照，甚至没有为她买一件新衣。她父亲给她 300 元钱，要我买辆自行车，我却将它和借来的钱一起，带回老家农村，办了简单的酒席。在后来的诗中，我说过那"寒碜的婚宴"，但我没有说到，同时结婚的另一对新人，和那一列豪华的车队，没有说到我们的"家"：除她父亲陪送的家具外，带电的，只有电灯泡，和电炉子——每想起那个婚礼，我都觉得是对她的巨大亏欠。

21．她工作的小镇，叫王坝楚（藏语，意即"杀人场"），属藏区，高寒地带。冬天风硬雪大，极冷。盛夏时河里洗手，水也浸骨。又荒蛮，偏僻，每天只一趟班车进出。周末，或寒暑两假，我们才能见面。她下来，或我上去。路况不好，进去或出来，都得三小时左右。车况也不好，不免颠簸，甚至危险。她常晕车，轻则精神萎靡，重则吐得天翻地覆，半天缓不过气——特别奇怪的是，她下来时一般不晕，回去时很少不晕。

22．一年后的秋冬时节，那条路开始修整。彻底断道后，仅有的班车也没了。她当时怀着我们的儿子，孤苦伶仃地待在那个小镇。天寒得早，地冻得早，又与外界阻隔，没什么吃的，除了当地产的莲花白。一天三顿，翻来覆去，吃得人神烦厌——直到现在，一看到莲花白，她就心里冒酸，想吐——那时，镇上只有一个屠户，每天只杀一头猪。一大早，她就得排队去买肉，为了腹中儿子的营养。天寒地冻，风大如斗。而她，形单影只，娇弱如花。真不能想象，她是以怎样的心情和意志，度过那些时光的。

23．有时周末，我去看她。搭一半路程的车，走一半路程的路。什么也不带，除了新鲜蔬菜、肉和蛋。十多二十斤，背着，在坎坷山路上走十来个小时，向着路尽头的她，和她腹中我们的儿子——我写过一首诗，记录当时的感受和心情，其中几句是："高一步欣喜。低一步叹息／慢一程五里。紧一程十里／高高低低，紧紧慢慢。一步步剥落／心茧。也一程程缩短路径／便有一种好心情／比金子贵重，比羽毛轻盈／人一生走在回家的路上，每一次迈动／双脚，都让我们感恩。"真的，那样艰难漫长的路，但我心中没有丝毫抱怨，只有满怀温情。

24．儿子的降生，是大事。1992年春节前，她开始休产假。次年4月11日，她24岁生日前夜到医院，次日凌晨2:41，儿子呱呱坠地。初春的夜晚，略有寒意，那感觉，却美好得让人想哭。没想到，小地方居然那样开放：刚去时，我无头苍蝇般瞎忙，到她临产，医生竟允许我进到产房里，陪在她身边。她痛，紧紧抓住我，汗水洇湿秀发。她挣扎，在医生的导引下，一次次抠住我的手，肩，咬牙，使劲。那一刻，我才明白什么叫"儿奔生，娘奔死"。我扶着她，忍着她的痛和我的痛："生下来就好了，夏天到了，你可以穿裙子了！"后来，每次说到这个细节，她说，都觉得心里温暖。

25. 护士给儿子称了重量，包裹好，送到保育室，我还没来得及细看，她就催促我回去休息——那时，我教三个班语文，高中，还当班主任，忙得风车斗转的。她知道我的忙碌和辛苦。但她拒绝了我请假照顾她的建议："别给学校添太多麻烦。"她说。直到出院，她最需要我陪伴的那一周时间，我一直忙着备课，上课、改作业。好在是小县城，下课或下班后，我飞车去医院看她，也不过10分钟时间。

26. 休完产假，她又回去上班。没人带孩子，只好叫了她母亲帮忙。从城里到小镇，路况依然不好，车况依然不佳，小镇上的生活，依然艰苦。我依然只能在周末和寒暑两假，才能去看看，依然只带肉蛋蔬菜——实在想象不出，接下来的那个秋天和冬天，那些荒寒的日子，她们祖孙三人，是怎样在那边地小镇相依为命，艰苦地打发光阴——直到现在，偶尔回想起那时的生活，我们仍不免情绪波动，感叹连连。

27. 在她和岳母的精心照顾下，儿子渐渐大了：会坐了；会爬了；逗他，会笑了；叫他，会应了；抱着他看星星，会说"好多多多"了；会蹒跚走路了；会在我吃完饭，就取烟给我说"爸爸请偷（抽）烟"了……每过一段时间去，总能感觉到儿子的变化——直到后来，一家团聚，成天守在儿子身边，我才真切感觉到成长的缓慢，和养育孩子的艰辛。"你这老汉儿，当得多轻松哦。"闹情绪时，她总会这样抱怨。每当此时，我总是看着睡梦中的儿子，默默无言——我能理解，从三个多月到一岁半，在最艰苦的那段岁月，她对儿子的付出，和努力。

28. 路终于修好了。她所在的厂，却面临转型和解体。她被分到市里一家纸厂当工人。那是1994年。孩子刚一岁多，又要忍受更遥远的两地分居，这不是我们所愿意的。我着急地四处奔走，求爹爹告奶奶，想尽一切办法，动用一切关系，最后，几乎是以卖身的方式，拍胸口说一定好好工作，才将她留下，解决到当地一所村小教书——依然在乡下，但好歹是近郊，好歹能每天在一张桌上吃饭，好歹能在晚饭后，一家三口，牵挽着去散步，逛街。简单，清苦，但是温馨——仿佛从那时起，我们的家庭生活，才真正开始。

29. 我们的生活，必须涉及到那座边地小城。在那里，我们待了九年。那是生命中最重要的时光：最辛苦，也最快乐。儿子出生了，一天天大了，读幼儿园了，读小学了。她评职称了，调动工作了，娇小的个子，也渐渐发福了。我呢，带了两届毕业生，诗歌和散文在全国各地发表，被《新华文摘》转载，加入省作协，被评为全市十大杰出青年。记者来采访，市电视台来做专题，在那小县城里，算是浪得虚名了——单位同事看到我们，总说她有"旺夫相"。有时我在一旁听到，便憨憨地笑。嘴里没说什么，心里，却被幸福和甜蜜，塞得满满。

30. 她生性浪漫，爱玩，喜欢有情趣的生活。每年春天，周末，天气晴好的时候，一家三口，总要去城边的山沟里野炊。两辆自行车，我搭着儿子，她带些食物和餐具，在微温的阳光里，闲闲散散消磨掉大半天时光。或者一起到河边，到别人的堰塘，去钓鱼。她不钓，总带着书或杂志，陪着我和儿子。那样的生活，她觉得幸福，满足。那样的生活，也给儿子和我，留下了深刻和美好的记忆——儿子到这城市很长时间，都不习惯，他小小的心，仍沉浸在那时的生活回忆里。

31. 她喜欢折腾。我们有了房子，先平房，后楼房，不宽裕，只勉强够住。然后乳燕衔巢般，电视，沙发，冰箱，洗衣机，一件件添置，一样样摆放。空间有限，每次摆放，都费心费力。但每过一段时间，她总会心血来潮，怂恿我将那些家具搬来搬去，改变位置和结构。我不胜其烦，她却乐此不疲。最后还缠着我问：看看，有没有不一样的感觉？或者说，房间是不是显得宽些了？我看看，感觉是不一样了。一面佩服，一面又忍不住感叹她的折腾。

32. 我们人生中的大搬家，也与她的折腾有关——儿子读小学后，她就一直在耳边嘀咕，要我想法调到市里："不为自己，也要考虑儿子的教育啊！"我知道她又要折腾，先是不理，然后说没办法，再然后，跟她争吵。但她死缠烂打，没完没了，终于让我开始动摇。后来，终于有了机会，她没有允许我放过。2000年9月，我们一家三口，离开生活了九年的边地小城，调到现在的地方。天地大了，我的空间阔了，儿子的发展势头也很好——每次闲聊，她总说：我折腾得对不对啊？满脸的调皮，和得意。

33. 刚到市里时，租单位的房，38平方米，每月38块房租。一年后，她开始怂恿我买房。正好系统里有一批经济适用房，我凭当时的关系，勉强弄到一套，两房一厅。东挪西借，凑够了钱。简单装修后，一家人高高兴兴搬进去。可三年不到，刚还完债，稍有些余钱，她又闹腾着，要换房。她不断跟我"吹枕边风"，说那房子小，户型差，结构不合理。并抓住我的软肋：你还是作家，连个书房都没有呢。然后，一有机会就带着我，缠着我，拽着我，到处去看房。看来看去，眼花了，心动了，终于被她套进去了：卖了那房子作首付，以10年房奴为代价，换了现在的"跃层"。

34. 搬家后，见我在书房里陶醉，她问：是不是要安逸些？她知道我的感觉，调皮而得意地跟我挤眉弄眼。我没开腔。辛苦多年，终于有了自己的书房，我当然高兴，感觉良好，但一想到10年房奴，心里就觉得压力——很快，房市升温，像发烧一样：半年后，我们那套房子的价格，就翻番了。"听我的没错吧？"每次说到房价，她都得意。我暗叹她的英明，却仍不忘打击她："就是值一百万，你能卖成钱吗？"

35. 我在单位任职后，不免有应酬，加上各方面的朋友多，晚上不回家吃饭的时候，就不少。每次接到请假电话，她总不高兴。情绪不好时，还抱怨"夫妻只能共苦，不能同甘"。我总说：人在江湖，身不由己，实在没办法。慢慢地，我习惯了她的抱怨，她也习惯了我的请假。偶尔我下班早，做好晚饭等她，她会高兴得像过节，吃饭或做事，都有说有笑，情趣高昂，像个小女人。"我就是个小女人，我高兴。"她说。

36. 家里的活，我们一般分工合作，各司其职。在厨房，她做饭，我就洗碗，或者反过来。包括做家务，她抹灰，我拖地，或者反过来。我和她一起待在家里，无论做什么，她都是高兴的。放着满屋子音乐，在优美的旋律里，楼上楼下地忙碌。感觉得出她的幸福，小女人的幸福。有时，看着她稍显笨重的身体，想起当年她蹦蹦跳跳、小鸟依人的样子，感叹岁月的迁流易逝，心里会莫名地酸，软。

37. 偶尔也还争吵，抱怨。她性子强，倔而直，得理不饶人。甚至包括对双方的父母。看不惯的，她便要说，有时闹得彼此下不了台。但争了，吵了，怄一阵子气，她便没事人一般，又该做啥就做啥了。她是典型的刀子嘴，豆腐心，心直口快。有时抱怨，或发脾气，为工作，为学生，为一些莫名的情绪和感受，也为我和儿子——儿子是优秀的，聪明，也乖，没什么坏习惯，学习自觉，成绩又好：小升初，免费读了市里最好的私立学校。中考，不小心拿了全市第四。她当然得意，为之骄傲，但仍觉得儿子还不够好，不够优秀。母亲的心，或许都比天高。

38. 对儿子，她其实很疼惜。从小小的一团肉，到现在高过了我们，十多年来，她不知操了多少心。小的时候，放学稍晚，就急着要去接。后来儿子住校，天气稍有冷热变化，总莫名担心：会不会热着，会不会感冒。周末回家，她总要做很多好吃的，合儿子口味的，直往儿子碗里夹菜。每次上学，总是亲自为儿子收拾东西，小到一双袜子，都叠放得整整齐齐，仿佛儿子要出多远的门，要走多长时间。

39. 儿子上高中后，偶尔说到未来，她总是矛盾：儿子太优秀了，走得天远地远，仿佛没那么个儿子一样，不好；儿子没出息，成天围着父母转，抬头不见低头见，似乎也不好。问她怎样才好，她茫然，叹气，却说不出。我知道，她只是牵挂，不舍。儿子大了，一天天离得远了，做母亲的，总不免莫名地担心，甚至伤感。那时候，我总觉得心里柔软——在当年的诗中，我曾说：我要"让一个任性的撒娇女孩／成为一个柔水的女人和母亲"，现在，她真的"成为"了。

40. 她先我发福，总说我是吃"昧心食"。后来我终于赶上并超过她，她便得意。"总算把你喂肥了。"她玩笑着说。我知道，她是爱我的，尤其是结婚后。见我熬夜，她总抱怨，说身体要紧。见我抽烟，咳，她冲我发火，说"身体不只是你自己的"。上街买衣服，她总不舍得为自己太花钱，一两百的，就嫌贵。"女人嘛，只要样式多，就行。"她说。给我买，只要合意的，再贵，也不手软。"男人，就是要穿得伸展才好。"她要我注意形象。有时却又自嘲："自己都黄脸婆了，还把男人打扮得那么好看，多危险啊，我真笨。"可是说归说，她依然在意我的穿着：每次洗澡，她总给我找好换洗衣服，放在床边。每次出差，我也必须按照她的设计和搭配穿着，才能出门。她总说：我不给你找好，你晓得穿啥子？

41. 她在小学教书，语文，还当班主任，工作辛苦，总是早出晚归。我虽也是老师，但不在一线，而且朝九晚五，相对轻松。每天早上，她要先上班，早饭总是她做。她知道我起来得迟，冬天总是将饭菜放在锅里，用热水煨着。她也习惯了我的应酬和晚归，但每次我没回家，她总睡不踏实。偶尔倦极而卧，也常常惊醒。"你不在，睡不稳当。"她说。我们家是六跃七，卧室在顶楼，但我在一楼开门，上楼梯，她就能从脚步声里，听出是不是我。

42．我们经常回忆往事。从高中起，到现在，点点滴滴，一遍又一遍。从我给她的情书，情诗，到我们每一次的争吵与和好。给她的情书，她订了好几本，隔三岔五就找出来看，兴致高时，还要我守在旁边，听她读，直到我为当年那些肉麻的话而脸红心跳，而逃之夭夭。或许真是老了，不再年轻了，她喜欢在往事里，一次次重返青春。我们也说到结婚后的生活，从那个小镇，到那个小城，再到今天，算得上幸福的生活。她喜欢这样的方式，仿佛我们一起，再次经历。

43．有时也翻看过去的照片，从初中，到高中，到大学，再到婚后。看了当年的样子，对镜自揽，她常常感叹自己"年老色减"。再回头看我，又说上帝不公，质问我："你怎么越来越好看？"我笑说，是你和上帝共同打造的结果。她说："我是豆腐渣了，你还是一枝花。"我说："你应该得意，你以垃圾股的价，买到了我这只绩优股。"她说："要不是我，你能成绩优股？"绩优股的笑谈，就留在我们生活中了。

44．可是，二十多年来，我这"绩优股"对她的回报，简直就像中国特色的上市公司——我送她的第一件礼物，是一块围巾，三元钱，明黄色，与日本电影《幸福的黄手帕》有关。第一次给她过生日，我跑遍成都，买了一只瓷质的小鹿，十元钱，因为我曾把她叫作小鹿纯子。2003年，在俄罗斯，十美元给她买的琥珀戒指，她很少戴。2005年在北京，四百元买的玉镯，不小心摔碎了。2005年在乌镇，给她带回一块蓝印染方巾，她一直放在箱底。2006年在青岛，给她买了两件衣服，六百多，她心痛地怪我乱花钱，却一直穿到现在，尽管不是非常合身。

45．她跟我结婚，没穿过金，没戴过银。20年来，她穿戴再齐整，全身上下，也没有一次超过2000元。作为女人，她是寒碜的，作为妻子，她是穷酸的。她唯一贵重的，除了那些情书，或许就是我给她的情诗。厚厚两大本。还有许多，没有整理。当年教书，跟学生说要学好语文，我打比方：话说得好听，人缘都要好些；要是能写点感人动人的情诗，你的爱情成本都会降低。这是切身体会。我用便宜的诗歌，俘获了她的芳心和爱情。一直想：有机会，要出版一本专门的诗集，就叫《情歌缭绕》——只是，在诗歌没落的今天，我不知道什么时候才能真正有机会。

46. 我知道这些亏欠，也想过补偿和报还。前年，她的生日，我写过一首诗：《那些被亏欠的大大小小的幸福》。我说："亲爱，我只想给你那些 / 所有的许诺。那些所有大大小小 / 或完整、或琐碎的幸福 / 我拼命奔跑，匍匐着接近 / 不断接近。然而这一生，也许就将 / 因着我一再的固执和愚钝 / 而终究难以，为你一一完成。"我不知道，那些亏欠了的，是否真能补偿和报还；我甚至不知道，上苍还能再眷顾我们多久；岁月苦短，我们的生命，还能有几个这样的 20 年——我怕来不及，我怕那些许诺，难以最终完成。因此我要写下这些，写下我们共同的岁月：风雨和坎坷，悲伤和痛苦，幸福和欢笑。

47. 认识时，她 16，我 18；结婚时，她 22，我 24；现在，她 39，我 41——我们短暂的生命历程，彼此占了多半篇幅。在这些页码里，在字里行间，她是我的主角，我是她的主角。哭在一起，笑在一起，闹在一起，睡在一起。矛盾冲突纠结在一起，幸福甜蜜融合在一起。走在外面，人家都说：一看就晓得是两口子，有夫妻相了。二十多年里，耳鬓厮磨，彼此的熏陶感染，我们如此息息相关，骨肉相连。我们彼此成了对方的影子，或者，如我在诗中所说："成了最亲的亲人"。

48. 她嗓音好，喜欢唱歌，高音、低音都来。年轻时清脆如铃，现在略带些沧桑和浑厚。受她影响，儿子自小就爱听，爱唱。甚至，五音不全的我，也跟着学了一些。偶尔去歌厅，能左腔左调地哼，或吼。和我一样，她点的，多是老歌。她的保留节目，是苏芮的《牵手》。无论什么时候唱，都有那种感觉和味道。我喜欢的感觉和味道——关于爱，关于岁月，关于漫长行程的艰辛和幸福。那仿佛是为我们而唱的，也是为天下所有有爱的人而唱的——那么深婉，温情，有韵味，那么，美。

49. 这些文字，原本要送给她作今年的生日礼物，但刚开了头，便因工作耽搁，紧接着，是著名的大地震，便一直拖到现在。冬天深入，天气冷了，心里，却仍热着——我提笔续写这些文字时，她的歌声，和我们共同喜欢的那几句歌词，一直响在耳边，回荡在心里："也许牵了手的手 / 前生不一定好走 / 也许有了伴的路 / 今生还要更忙碌 / 所以牵了手的手 / 来生还要一起走 / 所以有了伴的路 / 没有岁月可回头……"

2008．3—12　绵阳绿岛

附：

那些被亏欠的大大小小的幸福

亲爱，我一直担心：生怕
这样的好时光很快结束。像一张纸
被火焰迅速吞灭。让我无法陪你
将所有诺言，一一完成
这样的夜，这样的路，这样
乍暖还寒的天气，这样黯暗的光阴
我在一盏烛光中等你
莫名地，心里充满惆怅和感伤

也许你并不知道，这些年
我是多么努力。一直想让自己
变得好些。为了你，变得
更好些。再好些。可以让你
在众人面前，因为提及我
提及我对你的疼爱，呵护
能够骄傲到失语。就像当年
我在你耳边喁喁诉说的那样

但是亲爱，我是如此孱弱
天真。我只会写字。默默
抒情。我无奈而徒劳地活着
累着。面对纷纭的世界
有心无力，无法给你更多幸福
无法真的让你，像当年想象的那样
对着众人，骄傲地说起我

想到这些，亲爱，许多时候
我不能自已。想起过去。想起

127

贫寒时光的梦想。想起那些
寂寞光阴的依偎。那些争执，坚持
疼痛。眼泪和背影
我的影子，在烛光里晃动
像一颗孤独的雨，掉进暗夜里

楼下的脚步，一次次响起
每一次都不是你。就像
青春的岁月，在流浪的街头
盲目行走。张望。我看到
一百个女人像你，但没有一个
在我面前停下。她们和我
素昧平生，因此毫无关系
不像你，那样一嘿，调皮一笑
牵着手，就成了我生命中最亲的人

亲爱，我不知道等了多久。十八年前
我曾在大学的一株槐树下
等你。看你经过长长石阶
怀抱书本，远远地对我微笑
灿然露出洁白的虎牙。十五年前
我曾在一辆自行车旁等你
等你一起，去赴我们在小城里的
寒碜婚宴。然后，是那个春天
四月十二日，凌晨两点，我在产房外
心急如焚，坐立不安。直到儿子
大声啼哭着降临。而你在手术台上
满脸疲惫，一朵微笑会心绽开
……亲爱，这样的记忆弥足珍贵
在我有生的日子，永不会忘记

现在我想说的是：从十八年前

到今天，到将来，二十年
三十年，或五十年，我们可以再走多远
我想问：到那一天，如果非得分离
上天会不会有所眷顾，再给我
一段时间，让我在忘川
或那座叫奈何的桥上，静静等你

原谅我如此担心啊，亲爱
当夜幕降临，我们咀嚼着廉价的食物
你所说的，我兀自点头，却不敢应和
不敢看你笑容边，凌乱的发和细纹
你每天清晨离开，我轻轻拨开窗帘
看见你身影匆匆，我总是满怀黯然……

亲爱，我只想给你那些
曾经的许诺。那些大大小小
或完整、或琐碎的幸福
我拼命奔跑，匍匐着接近
不断接近。然而这一生，也许就将
因着我一再的愚钝和固执
而终究难以，为你一一完成

亲爱，我所能做到的，无非是
好好活着。好好爱你
像很多年前，我所说的那样
让一个任性的撒娇女孩
成为一个柔水的女人和母亲
到最后，和我相亲相爱，相依为命

2006.4　绿岛

写给一苇

　　一苇，从明天起，你就要正式进入学校，去学习那些你早就渴望了解的东西了。和幼儿园小朋友不一样，你将是一个真正的学生了。这在我们家，是件很重要的事。爸爸有许多话想对你说，怕你一时不能懂得，写在这里，相信以后你会渐渐明白。

　　你才5岁多一点。妈妈一直不忍心，说你还小，想让你还是先读"学前班"。妈妈是爱你，怕你小小年纪，吃太多苦。爸爸也爱你。但爸爸觉得，你很聪明，再到学前班去耗一年，太浪费你的智力——爸爸是7岁那年，才进学校"发蒙"的。爸爸为你感到骄傲，并且相信，以后你会比我们更能干，更有出息。

　　生在咱们这样的家里，不知将来你会觉得幸运，还是不幸。咱们家，不是书香门第，也非官宦世家。祖祖辈辈务农为生，家境一直贫贱寒微。是从爸爸开始，才通过读书考试，脱离艰辛繁难的农事，进入城市的。你妈妈也是这样——爸爸小时读书，吃了不少的苦。那是困难年代，生活贫寒，条件艰苦，爸爸甚至还挨着饿上过学。有时饿得头昏脑涨，手脚无力，肚子里叽叽咕咕叫个不停，可放学铃没响，就只能继续忍着。

　　那时候，你爷爷常常告诫我，世上万般皆下品，自古唯有读书高，也唯有读书，你娃才能有出息。又说，只要你娃能，你读起哪一级，我就供起哪一级，就是上房揭瓦，砸锅卖铁，都没关系。爸爸也想这样告诉你。你自小就在城里，你知道的，我们家现在衣食无虞，不算穷困，但也算不得富绰。要供你读完所有学业，不知要付出多大代价。但我们不怕。我们早有心理准备。你放心，我们再吃苦，也不会误了你读书。

　　爸爸还想告诉你，就现在的情况看，不论是为了将来的职业，还是事业，摆在你面前的，仍然只有读书这一条路。这个社会，正发生着深刻的变化。文化知识正变得越来越重要。据说，到下个世纪，不通英语，不懂电脑，不会开车，就是文盲。那时候，你要想有所作为，要想不被抛弃或淘汰，现在不发奋读书是不行的。靠父母亲友荫庇，不可能靠一辈子。更何况，爸爸现在虽然有了一些虚名，但在这社会中，虚名不管用，比不得那些有钱或有权的。你要想有好的将来，只有自己认认真真读书。书，虽然当不得饭吃，当不得衣穿，但它能让我们位卑而人品不低，困穷而志向不贱，它能让我们在世俗的物质生活之外，拥有一分真正的精神生活。

看得出，你是喜欢读书的。两岁多时，你就要学爸爸的样，临睡前也拿一本书来翻看。这很让我们高兴。你又聪明，早慧，反应快，接受能力强，还爱动脑筋。比起同龄人，仿佛大了几岁。熟识的人都说，这娃脑袋里"转转"挺多；小眼睛三眨两眨，就是一个想法。这也让我们欣慰——每当看到你皱着小小的眉头，旁若无人地思考，看到你机敏快捷地回答别人提出的问题，看到你缠着我们，要我们"考"你时，我们心里，是很觉得快意舒惬的。

你是读书的料，更应该把书读好。这世上，有许多聪明人，脑袋瓜好用，可惜没能用在正路上，结果"聪明反被聪明误"。爸爸不希望你这样。爸爸和妈妈都是老师，非常清苦，也非常辛苦。但当自己的学生，取得好成绩时，我们都觉得幸福，快乐。你是我们的儿子，我们当然更希望你能取得好成绩。我们愿意在将来，能够为有你这样的儿子，感到更加自豪。

当然，爸爸也得告诉你，读书是件很苦的事。古人说"十年寒窗"，现在还不止十年呢。你要学会苦中寻乐，甚至以苦为乐。首先，你要接受它，热爱它，要将它当成一项必须完成的工作来对待。你想长大，想明白事理，想丰富自己的生活，想充实自己的内心，读书是必不可少的。就像你最爱看的《西游记》里讲的那样，要取到真经，就必得到西天——既然读书是人生不得不修的一门功课，为什么不努力做好呢？有了这样的想法，你就会明白，读书不是为了爸爸妈妈，而是为了自己。为了自己，还有什么事不能做，还有什么苦不能吃呢？读书的乐趣，也就出来了。就像唐僧，一旦认定取回真经是必然的使命，再苦再累再艰险，他都能毫无怨言地一步步向前——你读书，也得这样，才会觉出意义。

其次，学一样本事在心里，它就永远都属于你自己。风吹不走，雨淋不走，别人抢不走。这也是一种乐趣。当然，前提是，你得把它真正学到心里，而不是左耳朵进，右耳朵出，更不能老师讲时，啥都晓得，老师不讲，啥都不明白。所以你一定要刻苦，努力。这世上，没有什么东西，是可以轻轻松松、随随便便得到的。读书、学习知识，更是如此。爸爸喜欢写文章，也写了不少别人认为很好的文章，取得了别人看来很不错的成绩，但爸爸为此，付出了多少心血和汗水啊。爸爸教书，常对学生说："你要想人前显贵，就得在人后受罪。"这话古板了些，格调也不高，但它是真话，甚至是真理。真的没有人，能够随随便便成功。

你从小就敏感，善良，自尊心又强，这很像你妈妈。也许不够"男子汉"气概，但爸爸认为，这也是好的。敏感是你聪慧的表现，而善良，无论如何也是一种美德。爸爸还记得，你三四岁看电影、电视时，就常被感动得哭，而别的孩子，茫茫然地，一副啥也不懂的样子。你那泪眼红红的神情，曾让爸爸妈妈大为感动。能够被感动，同时又感动别人，这是一种幸福。爸爸一生，别无长物，唯觉心地慈悲，悯忍。爸爸以此常觉自豪，别人对爸爸，也总是格外尊敬。现在的世界，已经够粗糙、够暴戾的了，"无毒不丈夫"的人，还是少些为好；良善慈悲的，多些为妙。当然，这样也许会吃些亏，但能够吃亏，未尝不是一种"福气"。老话讲，"吃得亏，才打得拢堆"。做人，若不涉及大是大非，没必要太斤斤计较。

人得自尊，才能自强。以后读书，也许你会读到"天行健，君子以自强不息"这样的句子。爸爸很喜欢这话。人只有自强不息，别人才会尊敬你。爸爸不希图你日后升官发财，大红大紫，但愿意你成为众人敬重的君子，而不是为人不齿的小人。但爸爸也得告诉你，自尊是一把双刃剑，弄不好会伤害自己。适当的自尊，能促人奋进向前，永不懈怠；但过分的自尊，也会让人刚愎自用，骄傲自满——这可是学习知识的最大敌人。你要永远记着，哪怕你已经懂得了，哪怕你取得了很不错的成绩，也不能妄自尊大，骄傲自满。学无止境，就是说，无论什么时候，你所学到的，都远不是全部，你所达到的，也远不是顶点。山外有山，天外有天，人外也还有人。你要谦虚，不能骄傲，更不能狂妄。

你现在最大的缺点，是小气，爱哭。想要某样东西，得不到就哭；提出某种要求，没有满足，也哭。这不好。有时候，面对你的要求，爸爸妈妈见你哭了，心一软就满足了你，但这只是暂时的。你要知道，哭是吓不倒别人的。以后，面对学习上或生活中的困难，更不能像小女孩那样，只知道哭哭啼啼。那没有什么实际的用处，只能表明你很懦弱，你已被它吓倒了。一个人，特别是男人，首先要刚强，坚定，天大的事都要咬牙挺住，才可能有所作为。

爸爸说的，都是些很古旧、很传统的话。在现代人眼里，传统似乎已经过时了。但传统的东西，并非一无是处。甚至可以说，传统的东西所以能"传"下来，"统"着我们，必然是经住了时间的检验，必然有难以忽视的生命力在。我们的民族，有五千多年历史，虽不能说全都辉煌亮丽，但灿烂耀眼之处，确实不少。比如说汉语。渐渐地你就会感觉到，它是多么神奇，博大精深。如果可能，将来你应通晓更多语言。但首要的，你得让自己的汉语炉火纯青。生长在这片土地上，你得和它相依为命。你要珍视它，热爱它。因为，你的根就源自这里。你飞得再高，它都是你的大地；你走得再远，它都是你的故乡。

事实上，爸爸所说的，并非只在你的学习。学习是重要的。更重要的，还是做人。显赫也好，寒微也罢，爸爸希望你能做一个好人。爸爸希望你将来的生活，能比我们现在的，更好一些。就像爸爸为你取的名字，爸爸衷心希望，你的"生命之船"，能航行得顺利一些，能走得更远一些。

爸爸这一生，有过很多美丽的梦想。遗憾的是，它们中有许多，或许永远都无法实现了。比如说，到北京大学去读书，就是爸爸最古老的一个梦。未名湖的波，博雅塔的影，投映在爸爸瘪瘪的梦里，已有许多年了。但许多年过去，梦却依然是瘪瘪的。不知你能否替爸爸圆了它？又比如说，到欧洲、美洲甚至更远的地方，去走走，看看，到阿尔卑斯山去滑滑雪，到美索不达米亚去访访古，都是爸爸曾热切期望过，至今仍殷切盼望着的。世界是如此巨大，辽阔，你不能苟且自得，故步自封，而应当心存高远，志在恢宏。

记得以前，爸爸给你写过一首诗。那时，你还远在我们期盼的梦中。在那首诗中，爸爸说自己是"一生贫穷，饱尝艰辛，只会写诗，祝福"。爸爸说："他和你美丽的母亲相亲相爱／坚贞不屈地等待你的降临／他们的心，早已像春天的花／满怀爱意，渴望以庄严的坠落／迎迓你辉煌的声音。"到现在，爸爸妈妈的心，也依然如此——虽然在你临上学前，除了那只书包，那个文具盒和几支笔，爸爸妈妈所能给你的，就只有满怀期冀，满怀爱意，和这些嘱咐的话语。

对这些，你现在未必能全然懂得。懂了时，也许你会觉得我们要求过于苛严。但是一苇，无论如何，你都要相信，爸爸妈妈是爱你的，真正爱你，永远爱你。

而这一切，仅仅因为，你是我们唯一的儿子，也是我们全部的未来。

1998.8.31　深夜，苦茶居

亲爱的苇，
写给你的 18 岁，及未来的时光

这些天，一直想着这封信，在这个特殊而重要的时刻——就像那年，你临上学前夜，我在键盘上敲打《写给一苇》。此时此际，同样深浓的夜色里，再读那些文字，那个夜晚的场景，那些琐碎的诉说，细密的叮嘱，绵远的期待，依然历历在目，时间却已过了 13 年，你已经由那个 5 岁半的稚气小孩，长成了今天18 岁的帅气小伙，长成了我最亲爱的苇。

这样的时刻，我总是感觉迷糊，甚至恍惚——你真的 18 岁了？你真的长大了？18 年，我们真的已经走过了那么漫长的岁月？你刚出生的样子，你在我怀里打量世界的样子，你牵着我的手四处走动的情形，我给你洗澡、你在澡盆里戏水的场景，我把你高高顶在头上、你咯咯的欢笑声……

这一切，在我眼前浮现，在我脑里晃动，那么清晰、结实，仿佛就在昨天啊，可是你，居然在一夜间，就 18 岁了。是时间过得太快，还是我老得太快——老了，就爱回忆，就容易想起过去，就觉得，那些逝去的时光，都那么美好，像普希金说的，哪怕是忧伤的、悒郁的，现在，都有着亮丽的光泽。

18 岁，很多地方要搞成年仪式，不知你们学校会不会？读高中时，学校搞过，可惜你当时不到 18 岁，没机会参加，不知你是否觉得遗憾？有时我想，人生还是需要一些仪式来洗礼、激荡的；成人仪式，则更有意义，它意味着一种清醒和自觉，一种责任和担当——当然，或许在你心里，在你们这代人的感觉里，这不过是平常的时刻，是人成长中必经的阶段。诚然如此，但我还是想说，任何阶段，任何时刻，都有它自身的价值，就像世间万物，都有它存在的理由，有它不可替代的意义。

所以，亲爱的苇，这样的时刻，我首先要祝贺你，祝福你，为你的 18 岁，也为你未来的时光和人生。

回想共同走过的 18 年，我很感激你给我带来的快乐和自豪——我曾说过，一个男人成为男人，是在"他有了自己的孩子，成为孩子的父亲那一刻"。18 年前那个春天的午夜，你以一声响亮的啼哭，让我快乐地"升级"成父亲，"转型"为我所理解的"真正的男人"——成为一个男人，相对简单，成为一个父亲，成为一个称职的父亲，却要艰难得多。男人意味着责任，父亲意味着担当，意味着对漫长岁月的承负，意味着生命中的艰辛和美妙的开始——这样的体验，将来你也会有，现在，你所做的一切，其实都是铺垫和准备。

这些年，我一直在写一篇文字，长长的、慢慢的、碎碎的文字。已经写下许多片段，许多场景，我甚至想着，要将它拓展成一本书，以记录我们共同的 18 年。但是直到今天，仍然没有完成。或许是那题目的缘故吧，我把它命名为"在成为父亲的道路上慢慢行走"——既是我作为父亲的体验，也是我作为男人的祈望。当时光过去，我们会觉得它流逝飞速，但置身其间，我们又会觉得特别缓慢，美好而优雅的缓慢。它的速度，正好是生命成长的速度，它的距离，正好是倾心守望的距离：从容，温婉，细腻，柔情。

很多时候我都觉得，自己算不上好父亲，甚至可能，算不上称职的父亲。你母亲经常说，你这个老汉儿当得太轻松了。是的，很轻松——两岁半你就进了幼儿园，五岁半入学读书；小学毕业，几乎没费什么劲儿，你就考上了全免费的私立初中；初中毕业，几乎没费什么工夫，你就考上了全免费的私立高中；高中毕业，你又轻轻松松，就考上了让我们骄傲、也让很多家长羡慕的第一流的大学，到了遥远的北京——这些年，你很少跟我们说压力，说困难，你只让我们感觉到你的轻松和顺遂，所以我想，你的轻松和顺遂，或许只是表象，因为我知道那背后的苦和累，竞争和拼搏，但亲爱的苇，你只让我们感觉到快乐和幸福。

刚到这城里那段时间，你母亲在一所乡村学校代课，我因为工作，常常下学校，不能给你弄午饭，你把我们那条街上的餐馆都吃遍了；虽是陌生的街道，但你很快就能背着大书包，自己上学下学，哪怕后来我们搬家，你得坐公交车穿城而过；而我们始终记得，有一年"三八"节，下午放学，为了给妈妈买一朵康乃馨，你硬是走路回家，节约下了 8 毛钱车费；当你出现在我们焦急的眼里，所有的街灯，都已亮了，似乎，是要照亮你疲惫的神情，和那朵小小的花，照亮你所走过的近 10 里地的路程……

世间最美好的事，莫过于陪伴一个幼小的生命慢慢长大，如果那生命与你有着神秘的血缘，有着美好的亲近和呼应，那就再幸福不过。亲爱的苇，每每想到这些，我都会对上天，或者说冥冥中的命运，充满感激。我执意相信，你就是神派来的天使，是上天送给我们的最好礼物。

看着你这样一点点长大，从幼儿园，到小学，从初中，到高中，再到今天，很多时候，我其实一直心怀忐忑：我们对你，是不是太随意了些？是不是太不负责任了些？我们是不是应该对你更严格一些，要求更高一些，像你中学老师经常说的那样？我甚至一直猜想：你对这样的家庭，对这样的生活，究竟是怎样的感觉——快乐还是痛苦？幸福还是忧伤？欣慰还是怨怼？

直到去年，你应约写下《我在这样的家庭里长大》，我才有如释重负之感。因为，你用《大头儿子和小头爸爸》的情节，来指称我们的家庭，你用'美好、和谐"这样的词语，来概括曾经的生活。而当我后来看到，你在某个时候，曾用"小时候我爸就给我说，撒谎犯的错，比做错事犯的错重 10 倍"这样的签名，来表达你对人生世相的看法，亲爱的苇，你不知道，那样的时刻，我为这美好的生命"回声"，是多么幸福地失眠……

就像此时此刻，我慢慢敲打键盘，遥想着 13 年前的那个夜晚，遥想着远远的你，在茶和烟里，我仿佛再次抵达，18 年前那个美好的春夜，那激动人心的时刻——我在这些散乱的文字中，重温着岁月和往事。亲爱的苇，你会不会觉得我唠叨？或许真是老了吧，这些年，原本比较沉闷的我，对于喜欢的事情，总是不住地唠叨，一次次念及，一次次诉说，一次次地激切，或者伤怀——唠叨，或许也是一种爱，一种可能更深切、更温婉、更绵厚的爱。那么多的爱呵，或许，真是非唠叨就难以尽情表达的。

这些天，一直在翻看龙应台的《亲爱的安德烈》，其实，从这封信的所谓题目，你应该已经看到它的影响——我一直在想，龙应台，这个曾经慷慨激昂地针砭时弊，挞伐当下的凌厉女人，在面对儿子时的温情脉脉，柔情款款；也一直在想，她和儿子安德烈，在以"两地书"的方式交流和探讨人生时的情形——那，也该是满满的幸福吧。虽然，在《目送》里，她也曾说："所谓父女母子一场，只不过意味着，你和他的缘分就是今生今世不断地在目送他的背影渐行渐远。你站立在小路的这一端，看着他逐渐消失在小路转弯的地方，而且，他用背影默默告诉你：不必追。"那样伤感，却又那样沉稳，那样镇定。

亲爱的苇，有很多时候，我们都非常骄傲、自豪：为你的聪明，乖巧 懂事，为你的一点点长大和成熟，为在这过程中你所带给我们的感动和惊喜。当然，也有"目送"时淡淡的忧伤、茫然和落寞：就像你 16 岁那年夏天，在成都双流机场，我们被"安检"隔开，只能看着你独自远行，开始你生命里第一次最漫长、最遥远的旅程——那段时间，因着这样的场景，因着对未来的勾画和想象，我和你母亲，总是非常纠结：孩子太庸碌，总在父母眼前晃荡，没出息；孩子太优秀，有出息，却会离父母越来越远，远到你"不必追"，也不能追，因为，他在渐渐长大，在渐渐开启他自己的世界，他自己的生活。

每一个儿子的长大，都意味着一个父亲的老去，每一个孩子的长大，都意味着他与父母的日益远离——这样的清醒，却仍是矛盾和不舍。这样的矛盾和不舍，却又只能这样地守望和诉说，仿佛，是为了成全一个父亲的百结柔肠。但是无论如何，亲爱的苇，我依然乐于见到你的成长，乐于见到，你带着我们的爱和勇气，行走在你自己的人生里——你的生命由我们而来，你的使命却随世界而生。

而现在，道路已经开启。18岁，这是你人生之旅的又一个重要起点。未来如长路，前方有美景——只是，更多的时候，得你自己行走。因为，那是你自己的路：无论平坦，还是坎坷，无论顺畅，还是曲折，都需要你自己，一步一步地走，我们所能做的，只是作你最坚强的后盾，我们所能给你的，只是温情的祝福，和倾情的守望。

亲爱的苇，我希望你能有自己的责任和担当，有自己的目标和方向。岁月美好，但与岁月联袂而至的，也有风雨，就像青春美好，但与青春相伴而行的，也有青春痘——无论情感，还是欲望，无论纠葛，还是迷茫，无法逃脱的，也就无须回避，甚至，不抱怨，不舍弃，坦然视之，勇敢面对。就算真的下雨，别忘了还有理性的伞，还有勇敢的心——或者如你所说，对未来的"饱含热情"。

亲爱的苇，我想你已经懂得，再美好的生活，也会有缺陷；再宽松的环境，也会有束缚。人，真正的自由是灵魂的自由，真正的富有是精神的富有，真正的宽广是胸怀的宽广，真正的伟大是意志的伟大——比起我们，你有更好的起点，更好的出发，我相信，你也将会比我们，有更敞阔的世界，我更相信，你能有比我们更亮丽的生活，你的人生，会有比我们更丰饶的层次，你的精神，会有比我们更高远的格局。

前提是，你要更加快乐地生活，更加勇敢地投入，更加绵韧地热爱，更加执着地追求——带着美好的期望，也带着镇定的目光，带着开阔的胸襟，也带着结实的信仰，带着对这世界的感激和审视，赞美和批判，热切和冷静，怀疑和笃信，拥抱和疏离……

13年前那个夜晚，我写下那封信时，你就在我们身边，你小小的身体，沐浴在柔和的光里，你均匀的呼吸，应和着我的心跳；13年后的今天，这个夜晚，我给你写下这些文字，你远在数千里之外的北京，在那座陌生而庞大的城市里——这样的时刻，我感觉到你的遥远，但是，当我轻轻叫一声，亲爱的苇，你仿佛又出现在我身边。我的眼前，脑里，都是你的身影，表情，话语，从呱呱坠地，到年满 18……

是的，你已长大，你已成人，你已拥有自己的世界和人生，但是，亲爱的苇，我们对你的爱，仍在延续，仍将延续，就像我曾经说过的：

> 无论如何，你一定要记住：这一世，我们之间的恩情，必将绵长；
> 这一世，我们之间的牵绊，必将恒远。无论如何，我们都是最亲近，
> 也最疼爱你的人。

时光，正在一点点接近 18 年前的那个时刻，你生命的最初源头：4 月 12 日，凌晨两点 41 分。在薄寒的初春夜色里，你来到我们身边。而现在，你已长大，在即将到来的霞光里，真正开始自己的人生。亲爱的苇，我们有满怀的柔情，和满把的祝福——从现在出发，祝你有快乐的心情，愿你有远大的前程。从现在开始，祝愿你有更美好的未来，更丰饶的人生。

2011. 4. 12　2:41　绿岛

慢慢守候孩子的成长

> 人世间最大的悲哀可能是：终于学会当父母了，可是孩子已经长大；就像刘若英唱的：后来，我总算学会了如何去爱，可惜你早已远去，消失在人海……

——题记

以最好的心情迎接他的到来

永远记得：1993 年 4 月 12 日。那个初春的早晨，寒凉的时刻，凌晨两点 41 分，微凉的夜色，空气中幽微的花香，都永远刻在我心里——那是儿子成为我儿子的时刻，也是我真正成为男人的时刻：一直觉得，男人成为男人，并非在结婚时，入洞房时，或第一次性爱时，而是从他有了自己的孩子，成为孩子的父亲那一刻起。

那一刻，他的世界巨大而圆满，他的责任沉重而结实。那一刻，他的生命真正有了质的飞跃——如同高飞，如同腾跃：那是多么美妙的感觉。

比很多男人幸运，在那个边地小城的医院产房里，我亲眼目睹了儿子从他母亲身体里出来的情形——伴着破裂的羊水，淋漓的血，伴着阵发的痛，呻吟和挣扎，额角的汗，零乱的发缕，被疼痛掳掠、揪扯而变形的脸。"儿奔生，娘奔死"，老家人的话，被我深切地见证。

他没像其他孩子那样，"哇啦"着落地，而是沉默。医生轻轻拍打他的小屁股蛋，他才哼一声，然后哇啦着哭起来。他用那样的方式，向这个世界，向这世界上最疼爱他的人，宣告他的来临——那样坦然，镇定，从容，他不知道，我们已经盼望了多久。

第一次抱他在怀，感觉异常沉实。那么小的身子，那么轻的七斤二两，却特别沉重。这是我的儿子，是我生命的复制和延续。他的鼻子，眼睛，脸蛋，他小小的手脚，身子，他的骨头，血和肉，淡淡的茸发，泛着奶香的小模样，都是我的——他与我，有着最亲近的血缘。他是另外一个我。他将像影子一样陪伴着我，在这世上行走。他将长大，伴随着我的衰老，日益增多的病痛。然后，当我离开，他将继续行走，带着我的骨血，和记忆。

他是我的。因为他，在这浩阔的世界，我不再觉得孤单和空茫——儿子到来前，我曾多次想象过他。甚至，刚开始热恋，就和当时的女友，后来的妻，一次次沉醉于那甜美的猜想：性别，长相，脸蛋，眉毛，嘴形——我为他写诗："梦中的孩子，你怎么还不来临 /……我们的心，早已像春天的花 / 满怀爱意，渴望以庄严的坠落 / 迎迓你清脆明亮的童音。"

儿子满月后，我就抱着他四处走动。那时，他并不好看——皱皮翻翻的。满脸胎毛，肤色微红（不是红润的红，而是微微带紫的红）。但我喜欢抱着他走，喜欢有他在怀的感觉：仿佛，整个世界都在我怀里，仿佛世间种种，都与我和他密切相关——他，就是我的世界。尽管他那么小，没太多知觉和意识，但我愿意用那样的方式，带着他行走，在他最初的世界里，在他的世界刚刚开始时。我希望他能感受到我的体温、呼吸和心跳。

我跟他有一搭没一搭地说话，告诉他这是树，那是草，那是花朵，蓝天，白云，飞动的风筝。我让他看来往的行人，车辆。"儿子，看车车。""儿子，来了只狗狗。"我自言自语般对他说，为他指点。他没什么反应，但我仍在说着。他睡着了，在我怀里，呼吸平稳，但我仍在说着。我确信他是有所知的。尽管他不知道我的幸福。一个年轻父亲，在那样的时刻，都会有的幸福。

旁人看来，那些举动多么做作，多么可笑，但那是一个刚刚"升格"做父亲的男人，内心幸福的自然流露。那么丰富饱满的幸福。那么自然结实的幸福——他恨不得让全世界都知道：我有儿子了。我是真正的男人和父亲了。

只为给他取个最好的名字

给孩子取名字，是早该做的事，但直到孩子快满月，名字还在"预产期"——不是我们怠惰，懒散，而是觉得，那名字，将要伴随孩子一生，不能随意，更不能随便。

读过一篇文章，说乡下人给孩子取名儿，如何简单随意：但凡眼里看到的，随心想到的，甚至梦中见到的，不管高低贵贱、雅俗美丑，都可以给孩子命名。所以乡下人多丑名儿，俗名儿。如"狗蛋""拴牛""捡娃子""梦生子"之类。当然，这说的是小名；但在老家，确实有不少乡下人，一生都以小名行世，大名却不为人知。

城里人，自然要讲究得多。稍通文墨的，便要煞费苦心，考虑名字的音形字义，肚子里的些许墨水，往往都凝聚在那个把字上。倘文化程度高些，或书香门第，更要绞尽脑汁，费尽心思。甚至，亲朋好友总动员，查《辞源》，寻典故，搜肠刮肚，对历朝历代的诗词名句，检索一遍，择其二三，再四斟酌，才行定夺。或祈求平安，或祝愿前程，或寄托理想，或表露志趣，那名儿，一经启用，往往就饱含了为人父母沉甸甸的期望，和情意。

在我们，这事更为浩繁、复杂。早在热恋时，便和女友思谋着，要为将来的孩子，取一个诗意、独特、有味道、有格调的名字。可直到孩子已在娘腹里蠢蠢蠕动，这名儿，还像古人说的"明日"一样，隔着山岳，没有眉目。

临近预产期了。妻已大腹便便，行动迟缓，仍和我一同研究字词典。一页页翻看，一个个审议，那虔诚，那严谨，仿佛在评审诺贝尔文学奖。世皆公认，汉字极其丰富多彩；而我们，虽说不上"才高八斗，学富五车"，到底是正经中文系毕业。却不料，在给孩子取名儿时，仍觉得汉字不够，自己所学有限，正所谓"书到用时方恨少，事非经过不知难"。

苍天不负有心人。我们终究拟出一长串候选名单。豪爽硬朗的，温柔缱绻的，诗意清雅的，平实朴直的，若干组别，每组又由若干名字组成——我们甚至考虑到：若是女孩，取怎样的名字，她将来的男友呼唤起来更易动情；若是男孩，取怎样的名字，他将来的女友呼唤起来更能含意。真是"可怜天下父母心"。只是，多方掂量，我们仍觉得，这份"候选名单"，还没有一个能让我们眼前一亮的。

取定儿子现在的名字，在他快满月时。此前，一直叫他丑丑，猪猪，反正"贱名儿好养"。别人问起大名，一概回说"暂时保密"，颇有些故弄玄虚。而且愈"弄"，连自己也愈觉"玄虚"起来，满心忐忑。

或许是灵感神降，或许是无心花发，猛然间，想起少林始祖达摩"一苇渡江"的事来。又想起《诗经》中的"谁谓河广，一苇杭（同'航'）之"，以及苏东坡《前赤壁赋》中的"纵一苇之所如，凌万顷之茫然"诸句，反复念叨，就认定了"一苇"这两个字。

再查词典，"一苇，像一片苇叶样的小船"，含意丰蕴，也独特新异。告诉妻子，她一番慢斟细酌后，也说"好极了"。便确定下来——再抱他，叫他的名字逗他，他居然能抬头回应，甚或浅浅一笑，仿佛他原本就叫那个名字。

每到夜深人静，望着他恬然鼾睡的小小神情，总不免一番迩想遐思：我们置身的岁月之河，宽泛得无边无际，每个人的生命小船，注定要航行其上。在或大或小的风浪里，在此伏彼起的波涛间，只希望他能揣着我们深挚的祈愿和祝福，留心那些断难避免的潜流暗礁，一篙一篙地，一程一程地前行，轻松自在，潇洒自如，最后，平安抵达自己的彼岸。

倘能如此，也便不枉我们的一番苦心；而我们，也便可以放心、满足了。

他接触最多的玩具是文字和书

始终觉得，家庭是孩子教育的起点，陪伴和引领，影响和熏陶，是教育孩子的最重要方式。起点教育做好了，就能给孩子的成长打下坚实根基。

儿子十个月左右，开始学话时，我们经常带他外出走动。在山林里，公园中，大河边，让他接触更多的人事景物，促进他的思维发展，引导他的语言表达。儿子总是兴奋好奇，对那崭新的世界，对周围的一切。他的小眼睛，总跟随我们的步伐而转动。他的小嘴里，不断重复着我们发出的音节——爸爸。妈妈。饭饭。花花。草草。灯灯。星星。牛牛……

甚至，每当儿子哭泣，我便会抱着他，换一个环境，引领他关注外在的世界："苇儿，你看那是什么？"哭得再伤心，他也会立刻停止，告诉我那是狗狗，太阳，或星星……

儿子认识的第一个字，是"中"。不是从"中国"来，而是麻将里的"红中"——那时，妻偶尔娱乐，他也跟着去，耳濡目染，居然记住了。有一天，我正看书，儿子激动着踉跄过来，指着书的封面，叫着"中，中，红中"。那神情，不亚于哥伦布发现新大陆。我也激动，儿子不过十个月啊，居然识字了。于是将他抱在怀里，顺便教他认识"国、小、大"等字。

不成想，这下居然让他识字成瘾。走到街上，见到广告、招牌，认识的，就大声叫出来，不认识的，就问那叫什么。兴趣被激发后，他也越认越痴。到后来，三根筷子饭桌上一摆，说是"工"字；几粒米落地上，看看，说是"小"字。

有一次，我在天井里忙碌，他蹲在一旁大便。先出来的一截成了一横；看看，转动身子，又屙一竖；再看看，在"竖"右边又屙一小点。正纳闷他怎么大便时都不消停，他却突然惊喜地大叫起来：

"爸爸，我屙了个上海！"

看，果然像刚教他认得的"上海"的"上"字——只是没想到，他一不小心，创造出了一个那么伟大的句子，像神话一般。

我和妻都是教师。在我们家里，书是最多、也最贵重的"家具"。儿子来到这世间，首先看到的，是父母的脸，接着，应该就是那些书。而接下来的10多年里，他看得最多的，除了父母，也就是那些书——或许可以说，他一来到这个世界，就生活在文字里，生活在书页边。

儿子最初的记忆，想必也与书有关。他刚满一岁，就开始读书。尽管那所谓的读，不过是一种盲目的模仿，而且刚开始，极像笑话里说的，连书的倒顺都分不清。但他神情专注，态度非常认真。

有一个雨天，屋里光线不好，有些阴，儿子学我的样儿，也拿一本书胡乱翻动。他妈妈说："一苇，莫看，天暗得很。"儿子东看西瞧，然后手指窗帘，说："把窗帘脱了嘛！"等妈妈把窗帘拉开，他便像我一样，靠在沙发上，像模像样地读起书来。

一个喜欢看书的孩子，再怎么也不会太差。儿子后来一直喜欢看书，他的学习，基本上没要我们太操心，这应当与我们的浸润有关，与他的习惯养成有关。

为他记下那些美好的时刻

其实在识字之前，我们便开始训练他的表达：逗他说话，与他交流，开拓他的思维，引发他的想象。让他看天上的星星，问他像什么，从亮点，到芝麻，最后，他居然想出了"像钉子"——他说："那些星星，像钉子钉在天上，我们看到的，是钉子的头头。"

孩子的想象，常常让人觉得匪夷所思，孩子的表达，更是别有童言稚语的情趣和意趣。从他一岁左右开始，我记录了不少他说的有意思的话，我称之为"一苇语录"——

（1）睡了"三久"

不知何故，一苇最先学会的数词是"三"。刚能与人对话时，任谁问他什么，只要涉及数字，一概回答"三"。"一苇，吃了几碗饭？""三碗。""一苇，你几岁了？""三岁。"不假思索，纯然背诵。

一日午睡醒来，照例要妈妈抱。妈妈抱了，问："一苇，咋这么快就醒了？你才睡了好久喔？"一苇惺忪着眼，依旧不假思索："睡了三久！"

（2）"薛睿，妈妈呢"

邻人之女薛睿，刚七岁，极乖巧，常来与一苇玩，惹人怜爱。路上见了，倘是她一个人，我们总要问："薛睿，妈妈呢？"薛睿便回答妈妈在哪里。日久为常。

后来一次，我和妻在操场上打乒乓，一苇独玩。见薛睿也一个人，我们正要问，却听得一苇的声音："薛睿，妈妈呢？"

一副大大咧咧的神情，却透着满脸的认真，令人不免作笑。

（3）"妈妈，太阳都要化了"

一苇观"天象"，然后用自己的语言表述出来，很有趣。他说半圆的月亮"像一把梳子"，说星星"像钉子一样钉在天上"。

严冬的一日，大雾弥漫，几欲遮天蔽日。妈妈带一苇上街玩耍。一苇边走边看，见到天空里正在浓雾中艰难穿行的太阳，忙对妈妈说："妈妈快看，妈妈快看，太阳都要化了！"神情异样焦急。

（4）"我是'大'伙子"

一苇三岁前，很秀气，也很斯文。别人见了，都叫他"假女子"，说不像男孩。三岁后，渐渐"男孩化"了，我们便开始以"小伙子"叫他。

某次，一苇不小心碰着了额角。大约有些痛，咧咧嘴要哭。妈妈便说"没关系，小伙子了，别哭！"一苇终于没哭，却大声争辩："我不是小伙子，我是'大'伙子！"神情极其庄重严肃。

（5）"等你长'小'了我再抱你"

出外玩耍，一苇不愿再走路了，就会叫爸爸或妈妈抱。问抱哪个，答抱苇苇。童音稚切，不忍推拒，便抱在怀里。又问："你咋不抱爸爸、妈妈呢？"一苇答："我小，抱不动。"停停又说，"等你长'小'了，我再抱你，要得不？"

看着那认真的甜嘴巴，不觉一笑，似乎自己真就长"小"了一些。

事隔多年，再把这些文字给他看，儿子呵呵，或嘿嘿地笑，挠着脑袋，似乎不敢相信，他曾那样思考，说话——这很像我们给他拍下的照片：它们记录着他的变化，见证了他的成长。不同的是，照片会在岁月中泛黄，文字却不会。记忆会被光阴冲淡，文字却不会。白纸黑字，最能留存岁月和光阴。

儿子就这样，在文字中成长着。甚至，他很早就表现出对语言的敏感。他第一次公开发表文章，刚七岁，读三年级。那个寒假，老师布置作业，要他们写日记，他每天一篇，坚持着写了。开学前检查作业，我为他的文字和表达惊讶，选了几篇，题为《七岁时的寒假日记》，胡乱投寄出去，没想到，居然在省里一家报纸上发表了。

现在还记得，其中一则，写他和同学打羽毛球，他说同学技艺高超，羽毛球在空中飞来飞去，用了一个词语"目迷五色"。我问他何意，他说："就是眼花缭乱的意思啊！"又问他为什么不用眼花缭乱，他说："用的人太多了，没什么意思。"——他肯定不知道，这词出自《老子》，但他似乎已经感觉到，除准确表达外，语言还有形式的美感，审美的意蕴。

遗憾的是，他的老师在批改作业时，把那词语换成了眼花缭乱；而那家报纸，在刊登的时候，也换成了眼花缭乱——后来，我曾多次跟老师们讲这个例子，我期望他们能够特别保护和引导孩子的语感。有语感的孩子，会学得更轻松，更容易。

当然，不只是语文。

让他揣着爱和期望开始

儿子读一年级时，刚5岁半——后来，朋友或同事，一听说他14岁多读高中，17岁多就读大学，都说我们太狠心，太不负责任。我只好一再苦着脸，解释说："不是不想尽责，而是，实在找不到人带，只好把他送进学校。"

这是真的。说实话，那段时间，我们也一直纠结：孩子年龄小，个儿也长得慢，纯粹的小不点儿一个，真不忍心就让他去读书；但不读吧，儿子又想上学，而我们，都要上班，教师的那点工资，显然请不起保姆，家中父母隔得远，实在没法带他。所以，只好让他提前进学校去了。

准备好小书包后，他早早地睡了，我却怎么也睡不着。那个夜晚，我给他写了第一封信，直写到将近凌晨。我说了许多想对他说的话，包括我们的家庭、家境，我们对他的爱和期望，包括读书的意义、艰辛、方法，我甚至期望他能够良善慈悲，自尊自强，谦虚谨慎，刚毅大气，期望他能心存高远，志在恢宏——

> 你从小就敏感，善良，自尊心又强，这很像你妈妈。也许不够"男子汉"气概，但爸爸认为，这也是好的。敏感是你聪慧的表现，而善良，无论如何也是一种美德。爸爸还记得，你三四岁看电影、电视时，就常被感动得哭，而别的孩子，茫茫然地，一副啥也不懂的样子。你那泪眼红红的神情，曾让爸爸妈妈大为感动。能够被感动，同时又感

动别人，这是一种幸福。爸爸一生，别无长物，唯觉心地慈悲，悯忍。爸爸以此常觉自豪，别人对爸爸，也总是格外尊敬。现在的世界，已经够粗糙、够暴戾的了，"无毒不丈夫"的人，还是少些为好；良善慈悲的，多些为妙。当然，这样也许会吃些亏，但能够吃亏，未尝不是一种"福气"。老话讲，"吃得亏，才打得拢堆"。做人，若不涉及大是大非，没必要太斤斤计较。

人得自尊，才能自强。以后读书，也许你会读到"天行健，君子以自强不息"这样的句子。爸爸很喜欢这话。人只有自强不息，别人才会尊敬你。爸爸不希图你日后升官发财，大红大紫，但愿意你成为众人敬重的君子，而不是为人不齿的小人。但爸爸也得告诉你，自尊是一把双刃剑，弄不好会伤害自己。适当的自尊，能促人奋进向前，永不懈怠；但过分的自尊，也会让人刚愎自用，骄傲自满——这可是学习知识的最大敌人。你要永远记着，哪怕你已经懂得了，哪怕你取得了很不错的成绩，也不能妄自尊大，骄傲自满。学无止境，就是说，无论什么时候，你所学到的，都远不是全部，你所达到的，也远不是顶点。山外有山，天外有天，人外也还有人。你要谦虚，不能骄傲，更不能狂妄。

尽管我知道，这些文字，当时他并不能读，更不能懂得，但我相信，他终究会懂的。而且，从一开始，就让他带着父母的爱和期望，对他的成长，会有鞭策和激励，能让他明白我们的心思，也会让他更有前进的动力。就像在信的末尾，我所说的——

对这些，你现在未必能全然懂得。懂了时，也许你会觉得我们要求过于苛严。但是一苇，无论如何，你都要相信，爸爸妈妈是爱你的，真正爱你，永远爱你。

而这一切，仅仅因为，你是我们唯一的儿子，也是我们全部的未来。

很快，这封信就先后在市里的报纸和刊物上发表了，并引起不小的反响。据说，很多学校的老师，都把它读给学生听，学生们听了很感动；很多家长，也把它拿给子女看，也很感动。儿子读二年级时，他的班主任也在班上读了，他回来后，忙不迭地告诉我们，非常激动。随我们转学后，他的新班主任又在班上读了，并勉励他要好好学习，他回来，特别开心。我出第一本散文集时，收录了那封信，他骄傲地告诉同学，"这是我爸爸写给我的！"

那是 2003 年，他读小学六年级。

那以后，还给他写过不少信，交流思想，表达感情。有时，我们有分歧，有误解，有冲突，他也给我们写。这种交流方式，让我们更容易心平气和，更容易彼此理解。

无论如何也要让他跟在身边

我大学毕业，参加工作，是孤身一人到异乡——那个后来因地震而出名的边地小县城。我成家结婚在那里，生育儿子也在那里。我曾说：我最好的青春年华，都奉献在那里。

事实上，婚后那几年，包括孩子出生时，妻并不在县城，而是在 100 多里外的乡下，一个叫王坝楚的偏远小镇——她在那里的伐木厂工作：由小学教师，而播音员，最后到厂工会办公室。她休完产假，要回去上班，孩子小，只好跟着她。这样的两地分居，不免让人牵肠挂肚。所以，每到周末，我最重要的事，就是回家——大包小包地采买蔬菜水果。然后等车，心急如焚，却迟迟不见车的影子，不免干着急。再然后，是在车上如坐针毡般挨时间。

所幸的是，这样的生活，只持续到孩子一岁半。妻所在的厂突然解体，她被安排到相隔遥远的另一家厂里，换句话说，我们一家三口，分隔的距离会更加遥远——儿子怎么办？这是我们首先考虑的问题。无论如何，我们也要在一起，这是问题的唯一答案。

当时，我没法跟妻一起调走，所以，让她和儿子留下来，是最好的办法。为了这个"留"字，我跑上跑下，求爹爹告奶奶，居然完成了现在看来都不可思议的事情：我把妻弄到县城边的一所小学教书——现在看，这仍然是一件英明无比的事情。

当然，最高兴的是，儿子终于可以跟我们在一起了。家，也才终于成为完整的家。

小城里的生活，是宁静而幸福的。尽管物资不丰裕，但精神世界比较自由、敞阔。除教书外，我有比较多的闲暇，做喜欢的事情。周末时，一家三口骑着自行车，去踏青，野炊，钓鱼，儿子玩得非常高兴。在那小城里，他度过了生命中最初的快乐时光。

但是孩子渐渐大了，要读书了，我们又要开始为他的读书大事操心。

那小城偏远，教育发展滞后，教学质量不高，所以从孩子进学校开始，妻就要我去跑调动："哪怕是为了孩子，你也必须动，要调到市里去！"看看周围，有头脸的，有钞票的，有门路的，都把孩子往市里学校送；我们这样，什么也没有的，当然只能自己想办法。

为了孩子，我开始跑，有一次没一次地跑——工夫不负有心人，还终于跑动了：孩子二年级下期时，我被现在的单位相中。单位说，你先过来，明年解决爱人的问题。

我答应了。但是没想到，等我回小城去办手续，当权者却说：要走可以，把你老婆娃儿都带走——我当然巴不得把他们都带走，可我能把老婆往哪里放？那是八月底了，我哪有工夫和能耐，再解决老婆的工作？

"反正我们不会安排她的工作！"当权者威胁说。

和妻商议，反复斟酌，最终，我们选择了一起走，哪怕妻不要工作，孩子必须和我们在一起。当然，这是付出了代价的：那边勉强答应为妻保留关系。"只保留一年。"当权者说。

含泪离开那个我工作了九年的伤心之地，我们一家三口，到了现在的地方：孩子入读了就近的学校，妻做了一年乡村代课教师，第二年才正式调入。

现在看，这代价是值得的——无论如何，孩子一直跟我们在一起，尤其是在他从小学到初中再到高中的重要时段，他到了更好的环境，也受到了更好的教育。

规则能让他明白责任和界限

我和妻都从农村出来，不免受乡村传统教育影响。比如说，尽管我们不完全相信"不打不成器""黄荆条下出好人"之类，但在教育孩子时，也采用过申斥和惩戒。

孩子五岁多时，迷上了"奥特曼"，我们给他买了一个，他玩得很开心。没想到，过了两天，居然变成了两个。问他哪里来的，他说是捡的，时间、地点都说得清清楚楚，我们也便信了——那时孩子都兴玩那个，在外面捡到也并非不可能。但是当我们发现，他居然动了他的存钱罐，再问他，他依然说是捡的时，我们立刻生气了。

那是孩子第一次挨打。那一次，打得很伤心——他伤心地哭，我伤心地痛。望着那青紫的屁股，我跟他说，打你，痛在你身上，却伤在我心里。我告诉他："你要记住，以后做了错事，可以只打一下，小孩子都可能犯错，打一下，以示惩罚；但是如果撒谎，得打三下，因为撒谎，是很恶劣的品质。"

孩子流着泪答应了。

孩子第二次挨打，也是因为撒谎。六年级时，有好几天，下午放学他回家总是很晚，问原因，说是和同学一起做作业。临近毕业，作业多，很正常，跟同学一起做，似乎也没什么问题，所以不以为意。没想到，很快接到班主任电话，说是好几天没交作业，甚至没去上课。然后又说，已经"审问"了别的同学，说他逃学了，跑游戏厅了。

这是多可怕的事！等他回来，再三问他，都说是和同学做作业，还说得有眉有眼的。便告诉他老师反映的情况，他立刻像泄了气的皮球。我们气不打一处来，又请他饱餐了一顿"竹笋炒肉"，直将那一对小屁股打得青一块，紫一块。儿子知道自己做错了事，又撒了谎，所以非常服帖，嘴里直告饶说："再也不了，再也不了。"

真还是"再也不了"。不过，挨打并非是最后一次——最后一次，是在初中。

从初中开始，他住校，周末才回家。很难得回来，所以每次不到最后时刻，总不会主动说走。他喜欢玩游戏，曾经说："为了更好地玩游戏，所以我要更好地学习。"想想，他有学习的动力，也是好事，所以并不特别反对。更何况，他成绩一直还算不错，放假回家，适当地玩些游戏，既是放松，也能益智。

但，孩子毕竟是孩子，有时，进入状态了，便很难出来。所以，那一次，当他妈妈提醒他时间到了，该上学了，他显得非常不耐烦，直冲他妈妈说："不要你管！"

他妈妈一时心急，声调不免高起来："我们不管你，哪个管你？"

儿子坚持："就是不要你管！"他觉得委屈，他妈妈也很郁闷，两个人越说越冲，干脆就冲突起来——我在楼上书房里，听得清清楚楚，没想到当我下去劝说时，一向还算尊重我的儿子，也冲我发起了火。这一下，我终于忍无可忍，冲过去就是几耳光，直打在他脸上。

"你实在太不像话了，连你爸妈都不尊重！"我几乎是咆哮着，冲儿子怒吼，"你自己看看时间，还要不要读书？"停了停，我说："要是真不想读，那就不要再去了！"

儿子绝没想过我会那样愤怒，一时间惊呆了，愣在那里，抽噎着，眼泪大颗大颗地落下来。而他的脸，已经涨得彤红——我知道，一方面是有些愧疚，另一方面，也与我的耳光有关：我没想到，自己下手会那么重。

看时间差不多了，他收拾书包，流着泪准备出门，我站在门口，一时心软心酸心痛，也禁不住泪眼蒙眬，将他搂在怀里说："对不起，儿子，我不该这么打你。"儿子哭得更伤心了，但是我说："你自己想想，这样对你妈妈，你有没有错？"儿子伏在我肩头，更伤心地说："爸爸，我也对不起你们！"我拍拍他的肩，要他好好去上学。

那一夜下起了雨，纷纭，绵密，碎乱。在雨声中，妻和我说起，下午他和儿子还讲到我，说他给了我很高的评价。他说我像卢梭，能充分信任、尊重，是优秀的儿童教育者——那一刻，既觉得惭愧，懊悔，又觉得很有感触，所以给他写了一封长长的信：《这一世的恩情注定绵长》。

在信中，我说到为什么打他，也说到本来不该打他，我说自己非常非常后悔——出手那一刻，就开始后悔。我说："这不是第一次，但我希望是最后一次。"然后我告诉他：

> 儿子，我想说的是，我们真的爱你。这种爱，当冥冥之中，你选择做我们儿子的时候，就已经开始。尽管那时你并未有真正的选择，但事实上，你成了我们的儿子。一个健康的你，优秀的你，聪明的你，这是上苍的恩赐。我们感激，当然也将承担，因为你还要成长，读书，还要让我们牵挂，或多或少，也还要操心，但是我们无怨无悔。只是，我们也希望你能以爱回报，因为爱是相互的，就像人与人之间的理解、尊重一样。从爱父母开始，才可能爱其他，从理解父母开始，才可能理解其他，从尊重父母开始，才可能尊重其他。
>
> 当然，你也要知道，尽管当时我们很生气，有些过头的话语，过激的举动，但爱之切，故言之也苛，而且爱你的心，始终不变。以前，我也有过你那样的举动，在我的父母面前。在气极、偏激的时候，我曾以为，他们不爱我。后来，随着年齿渐长，才知道，父子间、母子间的爱，不是三天两天，一年半载。你才13岁，我们也还不到40岁。我们会有很长的路，要相伴着走过；会有很多的事，要磕碰着面对；会有很多时光，要我们共同去迎接，去温暖。小的时候，你蹒跚学步，是我们牵着你走，等那一天，我们老态龙钟，还指望你能牵着我们的手走。而这中间，还有漫长的岁月，无尽的风雨、坎坷，我们还要互相陪伴，互相理解。儿子，无论如何，你一定要记住：这一世，我们之间的恩情，必将绵长；这一世，我们之间的牵绊，必将恒远。无论如何，我们都是最亲近，也最疼爱你的人。
>
> 既然上天赐予你做了我们的儿子，既然命中注定我们是你的父母，

既然我们还将在一起，陪伴着，牵挽着，走长长的路，既然这一世的恩情注定绵长、恒远，儿子，希望我们能够互相理解，彼此珍惜。

到下周回来，第一件事就是让他看信——后来，从他对妈妈的态度上，我知道，他肯定有不小的触动。孩子毕竟是孩子，在他成长的过程中，总会出现这样那样的问题，而他的成长，其实就是与这样那样的问题做斗争的过程。

无论怎样的孩子，无论怎样的爱，都需要规则。适当的规则，能让孩子明白自己的责任和边界。没有这样的责任，他会觉得无所顾忌；没有这样的边界，他会成长得随意散漫。

顺随与引导能助他更好成长

或许是因为聪慧，儿子一直比同龄人更有主见。我们也一直非常尊重他。尤其是在他懂事以后。买房的时候，带他一起去看位置，看环境；装修的时候，也要听他的意见，特别是属于他的房间；买家具的时候，要让他去看样式，选颜色——把他当成家庭的一员，平等对待，更能让他感觉到自己被尊重，也更能让他感觉到自己的意义和价值。

在读书这件大事上，我们也是如此。

小学临毕业时，按照事先商议，我早早为他选了最好的公立初中，甚至事先托人把他分到最好的班里。所以事实上，他提前几个月，就已经升学了。但五一期间，我到郊县讲课，他和妈妈四处闲逛，看各校的招生现场。

"要不，你也去试一下？"到一所私立学校时，看到那么多人考试，他妈妈说。反正是考着玩的，儿子答应了。

或许正因心态放松，他发挥得出奇地好——没过几天，接到电话，说他得了学校的一等奖学金。随后，负责招生的老师多次打电话说，希望他能前去就读。

那所公立学校，最大的问题是班额过大，往往六七十号人。那所私立学校，条件我知道，质量也了解，因为是私立，费用不便宜，以当时的家庭条件，供他很有压力。但是，学校承诺的小班化教学，对我们很有吸引力——道理很简单，在小班里，他被关注的程度会更高。

纠结很久，问他，他无所谓的样子："随便你们。"事情便像没电的钟，停下来了。

暑假前夕，那私立学校的老师再次打电话，邀请他参加学校组织的夏令营——活动比较丰富，费用非常便宜，我知道，那是为成绩较好、还在犹豫的学生准备的，是他们吸引优质生源的一种策略。但转念想，反正暑假也很漫长，闲着也是闲着，便竭力鼓动孩子去。

孩子去了。第一周回来，就嘶哑着嗓音，兴奋地给我们讲一周的见闻、趣事，感觉得出他的激动和兴奋。到夏令营结束，他回家的第一句话就是："我要到那里去读书！"像是宣布决定，又像对天起誓——他说的那里，就是那所私立学校。

"真的？"我们问他，希望他的选择，是发自内心。我深信，只有发自内心的改变，才是真的改变；只有发自内心的决定，才会真正促进自己的努力。

"当然。"儿子坚定地说，"无论如何，我只读那个学校！"短短十多天，儿子的态度发生了坚决的转变："我保证好好地读！"

"那就好！"我说，"只要你真正愿意，剩下的事情就是我们的了。"

所谓剩下的事情，不过就是除开他挣的奖学金外，余下的"建校费"。我去找了他们的校长，他答应全免。然后儿子开学，就去那学校报到了。

初中三年，他为自己的决定和选择，非常努力——尽管在三年里，儿子的成绩一直不冒尖，而且时有反复，成绩也有升有降。但是他的状态越来越好：初三一诊，还班上前 30 名，二诊就到了前 10 多名，三诊也是，中考，一不小心就放了"卫星"——全市第四。这是他自己都没想到的，也是我们不曾期望过的。

有了这样的成绩，接下来那个暑假，市里几所顶级高中，包括他初中就读的那私立学校，都不断打电话，提出各种优惠条件，要让儿子去读。我们一直犹豫，但他态度坚决："我只读我们学校！"

另外一所学校电话说，只要他愿意去读，什么条件都可以满足。我们征求他的意见，他说："我想要我们学校的老师教我，行不行啊？"一句话传过去，那学校真还挖走了他初中就读学校的一位老师。

但儿子依然不为所动。我们也选择了无条件支持——他的选择，自有他的道理，那么，我们所能做的，就是支持他，鼓励他，引导他。

如果说，孩子在婴幼儿时，所谓的爱，就是原谅和包容，那么，随着孩子长大，所谓的爱，就是理解和尊重。平等对待，多交流，多商讨，对孩子的成长尤为重要。

梦想和对梦想的无限相信

进高中，孩子读的是最好的理科实验班。班主任要求，每个学生进校就应有明确的高考目标，而且要配上照片，陈列墙上，全班展示。

　　孩子毫不犹豫地选择了北大，不知道是否因为我说过那是我的梦想——十多年前，他准备跨进学校前的那个夜晚，在给他的信中，我曾这样写道：

　　　　到北京大学去读书，就是爸爸最古老的一个梦。未名湖的波，博雅塔的影，投映在爸爸瘪瘪的梦里，已有许多年了。但许多年过去，梦却依然是瘪瘪的。不知你能否替爸爸圆了它？

　　那封信，儿子读过很多次，或许真把这个梦放进了自己的梦里。以他中考全市第四的实力，如果一切正常，通过三年的高中学习，他应该可以实现这个梦想——每次到班上去，看望他，或开家长会，看到墙上儿子的照片，和照片下那四个大大的黑体字，心里都觉得暖。

　　高二时，儿子的目标更加明确，要读北大的考古系。这或许与他自幼爱看央视 10 频道的"探索与发现"有关。这不是我们所期望的，因为那实在太冷门，与现实的生活隔得太远，但我们仍然尊重他。

　　高二暑假，当他决定参加北大组织的考古夏令营时，我想让他再认真考虑考虑，于是问他："你真的热爱考古吗？据我所知，那会非常辛苦，常年在外奔波，而且很难取得成绩和名利。如果那成为每天必须做的工作，你会怎么想？"

　　儿子弱弱地问："你觉得我应该做什么？"

　　当我们赶到学校，问清情况后，便决定支持他——回家拿户口簿，陪他理发，照相，办身份证。一切忙完，妻回学校上班，我陪儿子到车站。

　　"你觉得激动吗？"儿子说当然。"但是还有两个月。所以现在，先把这事儿放一边，该做什么就做什么，专心学习。"我说。儿子懂事地点头，并跟我商议，说要抽时间补补考古方面的课。

　　10 天夏令营，他因表现突出，被推荐参加北大的自主招生考试并顺利通过，获得了考古专业的自主招生资格。这个资格意味着，他可以享受"在当地录取线下降 20 分录取"的"优惠"。

　　那段时间，每每有朋友问及儿子的情况，说到专业，有赞同，也有反对。尽管从心底说，我并不情愿他读那个专业。但，既然是他自己的选择，又是他自己喜欢的，所以，我无条件支持——专业的选择，其实也是人生的选择。我期望他一生所做的，都是他自己喜欢的、愿意做的。哪怕他会因此而清苦，孤寂。

　　那段时间，妻总会说到儿子的不足，这还不行，那还不够。比如，觉得儿子不够努力，不够懂事，或者过于放任。我总是问她："你在他这样的年龄呢？"

　　问她，其实也是问自己。而我不得不承认，儿子比我优秀。儿子七岁时写的作文，我到初中还写不出。儿子初中时表现出来的语言天赋，让我现在也还嫉妒。儿子读《周易》《圣经》，我不过是翻了翻，儿子让我给他买《脂砚斋评红楼梦》《三国志》，我想都没有想到。

孩子比我们都厉害，还要求他什么？这是我没有说出的话，但是我当时的真实想法。

当然我也知道，妻的意思是：儿子现在的生活，好过我们当年，他自然应该比我们更好些。我也说过，期望他能有更好的前程，更好的未来。但这种"好"，应该以他自己的感受为依据，而不是世俗或我们的标准——适合他的，对他来说，或许才是最好的。

爱他，就是无限相信他，无限支持他。因为，他就是你的未来。

慢慢等待孩子自己醒来

高二的时候，我们明显感觉到，儿子的心不够静，成绩不稳定。而从种种蛛丝马迹中，我们发现，他似乎对某个女生有好感。有两次，从他换洗下来的衣服里，我们还发现了关于他心迹的字条，一封信，或半首诗。妻很着急，我们是否该找他谈谈？我笑着说：有什么好谈的啊，这很正常，像他这样年龄的孩子。

的确正常。正常人都会有对异性的喜欢，尤其是情窦初开的年龄。如果没有，反倒会是问题。而那样朦胧的喜欢，本就是美好的，值得我们呵护，而不是呵斥。事实上，我们很多人，在那样的年龄，都有过那样的感情。尽管后来看，那对于人生，不会有太大影响，但那是成长岁月里必然的风景。看得淡然些，把一切交给时间，或许比急躁而盲目的干预，更好。

着急的是班主任。他对儿子一直深有期望，按他的说法："你那儿子，应该是演员，在台上表演，而不该像现在这样，在台下看别人表演。"所以，他叫我一定要去学校一趟，当然不是为那朦胧的感情，而是为他的成绩。

他说儿子有些"浮躁"，静不下来，更不能全心投入。我点头。他又说，应该给儿子更明确的目标和要求。我点头。然后去找儿子。

还没走拢教室，儿子就笑嘻嘻地站在面前，小声叫了一声爸。儿子比我高多了，有了淡淡的茸胡子；嘴角边，脸上，有稀疏的青春痘，和浓浓的青春气。走廊上，很好的阳光，儿子也满脸灿烂。看看他，拍拍他的肩，倚着走廊，说了些闲话，然后说到成绩。他说还不够好，但是会努力。我说我相信，然后叮嘱他：课外书不能再看，全身心投入学习。

"你不能习惯于考试总是失败。"说完，拍拍儿子的肩，"我走了。"然后，就走了。

我了解儿子，知道他还没有全身心，所以并不催他、逼他。学习应该是快乐的，只要他快乐就好。他已经高二，但再想，他也只是高二。他的成长，有他自己的时间、节律和进程。

他回来后，再跟他交流。说到班主任的意思，说到我们的想法。"不用着急的。"他说，"我急，你们就不用急；我不急，你们急也没用。"

想想也是，所以不急。"不过，"我说，"我们还是得提醒你，无论如何，你也应该比以前更努力一些了。"我尽量说得轻松。

后来，在他博客里，看到当天的日志，其中一句话触动了我。他说："一个人真正的清醒，不是被别人喊醒，而是自己潜意识里提醒自己该醒了，于是就觉醒了。"

一直觉得，人来到这世上，都是混沌的，蒙昧的，成长的过程，就是无边无际的苏醒过程，不断地觉悟，醒来，或者说，不断地觉醒。我说过：一个人不可能成为他自己都不愿意成为的人。换句话说，一个人要成长，发展，必然的前提，是他自己的愿意——基于醒悟，基于自觉，意识到自己的命定和必须。

那以后，他似乎真的醒了。高三时，他说找到了感觉，状态也慢慢上来了——跟班主任电话交流，班主任说："你儿子近段时间不错，状态非常好！要继续保持，希望很大！"而在三诊结束后的日志里，他既总结了考试的得失，又表现出了难得的激情，用他的话说，心里"一阵汹涌澎湃"。

他的状态是好的。只要状态好，我们也就放心了——状态比方法重要。我一直这样认为。所以，尽管最终，他的高考只能算是正常发挥，但我依然觉得满足：以他那样轻松的学习状态，能够取得那样的成绩，已经非常好了。虽然与他梦想的北大，以8分之差而错过，但他读的北航，也非常不错。

更何况，在这过程中，他是快乐的。有什么比快乐更重要？有什么比过程更重要？生命的成长，甚至人生的经历，重要的是过程，而不是结果。

儿子现在的快乐，幸福，我能感觉到。他能一直这样快乐和幸福，就非常好了。人一辈子，最不容易有的，就是这样的快乐和幸福。

2010.11　绿岛

附：

我在这样的家庭里长大

谢一苇

人的记忆，并非从出生那刻开始，这或许是为了忘却刚来到这个世界的恐惧和痛苦。孟子说"人性本善"，教育的目的，就是要防止这赤子善念被恶化；荀子虽持反对意见，却更突出了教育的重要性，正所谓"失焉则无善也。"

而家庭，无疑是人接受教育最早的场所。不能随地大小便，见到长辈要问好，饭前便后要洗手，睡前起床要刷牙，自己的事情自己做……诸如此类，都是家庭教育的一部分。事实上，每个生命个体长大成熟后，或多或少都会展现出家庭的熏陶和濡染——书香门第的气质，勤俭持家的品格，对艺术的敏感，对学术的严谨，等等。

作为一个虚化的概念，家庭教育发生实质作用的，是父母。无论是恨铁不成钢的呵斥，还是高兴快慰的鼓励；无论是痛心疾首的打骂，还是喜形于色的夸奖，父母的这些言行举止，都会在不知不觉中，影响和塑造我们的生命形态。这是最初的，也是最重要、最本质的。此后的教育，无论来自学校的老师、同学，还是来自社会各色人等，都不过是对我们已有生命形态的充实、完善罢了，都不过是对我们已有生命意识的拓展和延伸罢了。

从小到大，我所接受的家庭教育都是动态的、自由的、可供选择的；尽管没有任何一种方式是完美的，但是在我，是很满意我的童年、少年、青年的，并且至少现在看来，我对未来，还是饱含热情的——这一切，或许都应当归功于我父母那种"粗放型"的教育理念。

在我很小的时候，父母为了工作，就不得不把我送到学校，但我从家庭中得到的东西，并没有因此而减少。因为无论举家搬迁过几次，他们始终将我带在身边。尤为重要的是，我几乎没有受过那种重复的、容易让人烦厌的教育：在学校，老师说我课堂上不太规矩，回到家里，父亲会教我钓鱼，以此来集中注意力；在学校，我比较懒惰，回到家里，父母会要求我每周清理一次自己的书房。父母并未强迫我在学校一定要得到什么，哪怕是在高考前的时光，他们也会容忍我回到家里肆无忌惮地放松：上网，游戏，玩乐——我不是要怂恿所有家长，都放松对孩子的教育和管理，我只是觉得，在这种宽松、民主的环境里，我有了更多的观察昆虫，仰望星空的自由和闲暇，而不是每个周末，都得疲惫地奔波在各类提

156

高班中。

　　直到小学三年级，我才从偏僻的小县城，转学到市里的学校，以前没学过英语，所以感觉吃力。五年级时，父母曾把我送到很有名的英语学校补习，可是当我发现周围都是二三年级的学生，觉得非常自卑，当天回去便给父母说我不想上了。他们非常理解地答应了，从此再没有让我上其他的提高班。但这件小事，倒是激发了我对英语的学习兴趣，到初中时，我参加英语比赛，连续两次获得全国一等奖。

　　不强迫，多尊重，这是父母对我的原则，尤其是在我渐渐懂事后。无论是小升初选校，还是高中文理分科，甚至包括高中毕业选大学、选专业，父母都充分听取我的意见，并对我的选择给予充分的理解和信任。这种信任的好处是明显的：一方面，充分尊重了我的想法，也给予我强烈的信心；另一方面，这种信任，也不断提醒我：这是你自己的选择，你需要为自己负责——所以，在漫长的求学生涯中，尽管我时不时会有些"不务正业"，但在关键时刻，我从来不愿意"掉链子"，让父母跟我进行类似于"当初让你选七中，你非要选东辰"之类的对话（尽管他们一直没有这样跟我说过，但我时不时会在心里演练类似的场景，然后在莫名的惶恐中恍然醒来，明白自己当初的选择和意愿）。

　　还想特别说明的是，父母对我，从来不是溺爱。他们对我的理解、尊重、信任和宽容，都是有原则的。记得，小时候我脾气很古怪，走在路上，想吃糖就会叫父母买，如果得不到满足，就会立刻大哭；但是他们从来都不迁就我。印象很深的是，我临上小学的前一天夜里，父亲给我写了一篇很长的，当时我读不懂后来也没怎么读的文章（惭愧），里面就提到这一点——哭是吓不倒别人的，我记得他说，没有哪一块面包能够通过哭泣得来。

　　事实上，在特别原则性的问题上，父母的解决方式，时常体现出"专政是为了更好的民主"这一准则——小学时，为了买玩具，我私自拿过存钱罐里的钱并试图撒谎，结果，我"身体力行"地接受了教育；后来，迷恋街上的电子游戏，放学后很晚才回家并试图撒谎，结果，又"身体力行"地接受了教育；再后来，因为没能完成作业而逃学并撒谎，只好再一次"身体力行"地接受教育。

　　一直记得父亲的名言："犯错该挨一下打，撒谎则要打十下！"虽然那时，每次都抱着"或许能躲过一劫"的侥幸心理，但是每次，都落得"身体力行"地接受教育的下场，这多少还是让我有些警醒。所以，高三上期，当我主动交代自己曾借口"留校托管"，却溜出学校去通宵上网的"犯罪事实"后，不仅没遭受"皮肉之苦"，父母的宽容和理解，反倒让我意识到自己应该承担的责任；更重要的是，那一刻我突然发现，在我和父母之间的所谓代沟，其实并没有想象中那么难以逾越。

就是在那一晚的"家庭会议"后，我的青春叛逆期，似乎真正地结束了。

我从初中就开始住校，所以，真正在家里待的时间并不多。但是我一直很怀念每周五就开始计划周末要吃点什么的时光；虽然每每父母问我想吃什么，我说的都是"随便"，但每每都能吃到自己特别喜欢的菜。我知道他们的用心，但我什么也没有说，只是理所当然地歆享着那一切，似乎我越是快乐地享受，便越能给他们成就和满足——现在想，自己最大的幸福，或许就是，始终都真切地生活在这个家庭中，作为其中平等而重要的一员。

当一个家庭里，没有一方时时耳提面命，而另一方常常胆战心惊，这个家庭才是真正地融为一体；当一个家庭里，每个成员都能为彼此着想——当然父母一般会想得多一点——在这个家庭中，所谓的教育才能顺利地开展和发生作用。正如"成才先成人"，要进行好的家庭教育，则必须先有好的家庭。

在我很小的时候，有一部很流行的动画片，叫《大头儿子和小头爸爸》，每次看，都觉得片里的那家人，很像我们一家。现在想来，或许动画片里所呈现的，就是我理想中最和谐、最完美的家庭关系吧，而我，正是在这样美好、和谐的家庭里长大。

2010.12　北航

风物：温情绵绵

沙之书

1.纯粹是无意识，在惠安，崇武古城外的沙滩上，我拍下了一张以沙为主角的照片：不是沙滩，也没有人影或足迹，只是满镜头沙，刚刚被潮水冲刷出的沙。我目睹了它的成形：一阵潮来，漫过沙滩，然后渐渐退去，留下一片新的沙滩。与旧的有关，却又并非简单的刷新：有重组，有新创，有变化。那么光洁、湿润、新鲜的沙，进入我的镜头。在相机里回放，观看，审视，莫名觉出了其中的意味。然后，是有意识地，拍下了一张，一张，又一张——后来，在厦门，环岛路外的沙滩上，我忍不住又那样做了。我甚至拿着相机，赤脚站在海水里，不断按动快门，记录下一次次完整的潮来潮去，记录下它所形成的一片片新的沙滩。当然，只是局部，只是满镜头沙。感觉告诉我，我专注而怪异的举动，让旁人不解。

2.沙与人，到底有着怎样的关联？古人用来计时的"沙漏"，颇堪把玩。沙粒当然是多的，所以有人以"恒河沙数"来指代人生。但再多的沙，一粒粒逝去，也会有完结的时候。如果我们每个人的一生，都用一只沙漏来计时，那会是什么感觉？——很大的一漏斗沙，是上天赐予我们的。但那漏斗，有孔穴，属于我们的时间，正一点点流逝。流逝的速度，有快，有慢，到最终流完的时间，有长，有短。但无论如何，最终，它会流完。这无可逆转，亦无可更改。尽管这样的过程，会让人觉得伤感，绝望，和痛，但，这过程，或许正是人生的本相。

3.上月去南昌，在火车上遇到母子俩。福州人。男孩比较匪，刚接触时，明显觉得不可亲近。4岁了，说话却只是囫囵。问他母亲，说智力有问题。她话少，神情里，有隐隐的落寞和悒郁。后来知道，不只是为孩子，而是夫妻俩正闹离婚。男的有了外遇，女的一再忍让，仍不能挽回。女的说时，含着泪指指上铺，说就在上边，从成都出发，一直在睡。到南昌下车，我都没见过那男人的影子。但我与那孩子相处甚好，给他吃的，与他说话，哄他玩，逗他乐，宽容他，忍让他，也教他说话。中途车停，他甚至要与母亲说再见，然后跟我下车。到我们真要下车了，他抱着我，不愿让我走。他母亲再次流泪。我知道，在那短暂的相处里，我和他，建立起了一些感情——现在，我还能记得，还能想起，可是他呢？他能记得4岁时的这次萍水相逢吗？他的母亲呢？她还能想起，在某次列车上，曾经有一个老男人，比她丈夫还用心地陪伴过她那有些智障的孩子吗？

4. 类似的情形，还有很多——生活在尘世里，我所经过的人，深刻交往过的人，无论男女，都在我心中，占据着一定位置，被我记住，甚至怀念，可是那些经过我的人，男人，或女人，大人，或小孩，他们会怎样视我？他们对我的记忆，会不会像沙粒一样，被时间的潮水，重新抹平？在大地上行走，我所经过的地方，都印存在我心里，被我以各种方式记着，念着；可是，那些经过我的地方，会怎样待我？会不会也有时间的潮水，将我原本不深刻的脚印抹平？或者，无论我怎样来去，那些地方，原本就不曾留下、也不可能留下我的一点点痕迹？

5. 有时觉得，自己其实就是一粒沙。这些年，来来去去，走了很多地方。去时，带着新鲜和激动；离开，总不免失落和伤感。有时小住，置身城市，慢慢熟悉的街巷，咖啡馆或茶楼，多去几次，它们也便认得你；一旦离开，便茫然无知；再次去，它们也很难再次记起。那时候，就觉得，人世广大，城市辽阔，自己在不断被接纳和抛弃。有一种孤独的感觉，甚至被背叛的绝望。那时候，就觉得，自己也不过就是一粒沙子，在这广袤的世界上，只是那么孤独、渺小的一粒——来来去去，不为人关注；生生灭灭，也悄悄寂寂。

6. 昨天晚上，在蓝天阁宾馆，我匆匆写下在厦门的感触和记忆，挂在博里。今天上午，离开厦门前的最后时刻，我上线，看到老卓的留言："感觉一刀还停顿在80年代，无论文学记忆，还是行旅感言。直言了，勿怪哈。有机会来榕时，请你喝杯赔罪。"他的话，触动了我。从厦门到成都的飞机上，我一直在想他的话，想我的生活，伴着一听雪花啤酒。应该说，他看得很准，虽然他对我的感觉，仅通过有限的文字。事实上，我的文学记忆，不只是停顿在80年代，甚至可能更早，一种我所期望的"古典状态"——纳博科夫说，一个人在童年时就过完了自己的一生。也许绝对，但80年代给我的记忆，实在太深太深。自由的思想，潮涌的激情，放浪的青春，热血和冲动，反叛和抗争，那时的阅读和经历，包括那个夏天的记忆，影响着我的今天，甚至将来。

7. 我当然知道老卓所指，是说我的思想状态，写作形式，包括对生活的理解层次（即他所谓的"行旅感受"），都停顿于 80 年代而不前，没有新意，没有创造。但我想对老卓说的是，直言没错，甚至不必以酒赔罪，因为你原本就无罪无过。每个人对生活，对世界，都只能从他的角度去感受和理解，而这种感受和理解，自有他的背景和原因。一个人不可能成为他自己都不愿意成为的人。我，没法换掉自己的血——就像，我只是一粒沙子，但我仍有自己的喜悦和酸痛。我有自己的梦想，坚持，本色。我并不惶恐于我的言说，就像我并不羞赧于自己的行走：像一粒沙，在大地上，被卷动，被搬运，被铭记，或被遗弃。

8. 回家的第一件事，是将照片从相机里拷贝出来。在电脑上，我一再翻看那些照片——作为一种记录，它们确证了我的闽地之行。虽然只是泉州和厦门，虽然只是匆匆的四天，虽然只是来去匆匆，浮光掠影。当然，也还有这些文字，包括之前的那些片段。可是，就算我在那里呆更长时间，写下更多感触，它们又能记住多少？照片是短暂的片刻，是刹那的光影。文字呢？尽管大多是即时的存留，是坦诚的言说，但写作的宿命，注定了它们闪烁其辞的本质。我只是说出了我能够说出的部分，没有说出的，肯定被有意无意地剪裁了，藏匿了——如此浩大的时间、空间，或者人群、世界，留存在每个人心里的，只能是自己所能感觉到的，体验到的，愿意留存的。而且，你所看到的，也只是我愿意言说的部分。

9. 妻看到那些有关沙的照片，第一句话说的是"好像书哦"。我没告诉她，以后再出书时，我就想以其中某一张，作为封面。就是那样纯然的沙，配上书名，浅黄的底，黑色的字。简单，粗糙，有颗粒感，摩挲时，手上会有被硌碜的轻微酥痒。就是那样的。遗憾的是，我没法将它命名为"沙之书"。博尔赫斯占先了。他有本小说集，就叫《沙之书》，其中的一篇，用的也是这个名字。博尔赫斯的作品里，时间是重要的主角，正如我的那些照片，沙是主角——短暂，或永恒；偶然，或必然；缩减，或膨胀。时间在他笔下，呈现出无穷的意味。沙呢？沙在我的书里，在我的文字间，在我匆促的生命里，会呈现出什么样的意味？

10. 在《沙之书》那个短篇小说里，有本奇异的、无限的、如同《圣经》一般的书：页码是无穷尽的。没有首页，也没有末页。而且编排零乱，你永远不可能知道，下一页会是哪一页，你甚至很难回到刚刚翻过的那一页——这本书叫"沙之书"，因为它"像沙一样，无始无终"。我愿意相信，这是人类面对无限时的无奈——那么无穷，那么无尽，所以，只能那么迷茫，惶惧，那么孤弱无助。"如果空间是无限的，我们就处在空间的任何一点。如果时间是无限的，我们就处在时间的任何一点。"这句话，是小说中那个卖书者说的。

11.那么，我和这个世界呢？我来到，匆匆走过，活过，爱过，在时间和空间的某一点上。我努力行走，想亲历更多的人事风景。朋友说："经过了，人生就不一样。用很长的年月来想念，余生仿佛也长了。"我说："是的，毕竟，多了一些人事，世界也便大了。"——当然我知道，我不可能永在这世界，谁都不免最终的离开。但我仍然坚持行走，感触，看到，说出，坦露，或藏匿。我的感受和体验，我的眼泪和心痛，都在我的叹息和文字里。而世界，会怎样对待我留下的痕迹？光阴之水，或时间之潮，会怎样消磨我曾经的种种？甚至最后，会不会连星点的印痕也不复存在，仿佛我，压根儿就不曾来过这世界？

12.悲伤和失落，就那样再次浮现。沙子的悲伤和失落。卑微，渺小，不足言道。站在楼顶，看阳光下的城市，突然觉得，一粒沙子再巨大的悲伤，对另一粒，或许都算不上什么。看报纸，或电视，看那些有关"沙子"的新闻，总不免感慨——绝症，车祸，离婚，被骗，自杀，逃亡……不幸的沙子们，固然痛苦、悲伤，但另外的呢？依然花天酒地，依然莺歌燕舞。有人生，有人死，有人欢喜，有人绝望。一个人的春天，在另一个人，却是冬天。这一粒痛苦的时刻，在另一粒，却是最幸福的时光。反之亦然。沙与沙，大不同。

13.英国诗人布莱克有一首长诗《天真的预言》，全诗不出名，但开头四句，颇有意趣，引得众多大家翻译，如宗白华、丰子恺、梁宗岱、王佐良等。我最喜欢的，是徐志摩版："一沙一世界，一花一天堂。无限掌中置，刹那成永恒。"既有诗意，又含哲理，更富禅机。以前两句而论，大多译者，都没逃出郁达夫的说法"一粒沙里看世界，半瓣花上说人情"。沙里看世界也好，花上说人情也罢，在他们的感觉里，沙和花，都只是一个工具，一种借助，就像天文学家的望远镜，生物学家的显微镜。但事实上，花自有花的生命，沙自有沙的世界。所以，我更愿意理解为：一朵花本身，也有天堂的美好；一粒沙本身，也有世界的丰富。即是说，不能只是通过"一粒沙"去看世界，而是要看到"一粒沙"的世界本身。

14.《沙之书》里有句话："隐藏一片树叶的最好的地点是树林。"那么，隐藏一个人的最好方式，是否就是人群？我在人群中行走，用自己的方式，记录下行走的感受。即如此时，我写下闽地之行的最后一些片段，以完成这四天走马观花的记录。我知道这是一种表达，但其实，这更是一种隐藏。在字里行间，我透露出这样的部分，却把更多更大的隐秘，藏匿了起来。甚至也包括，将来，我想出的那本以沙粒为封面的书。

2008.11.17　绵阳绿岛

2018.4.16　再改

窗外的树

　　都市的空间，早挤满了人群和人群一样的楼群。城市的嚣涌，似乎已使我们彻底回到穴居时代。假如有一天，突然"发现"自己居所的窗外，竟然还有一株，甚或一排——苍翠、翁郁的树，而你在这屋里，已住了许多年，不知是否会有一分意外的惊喜？

　　在我窗外的，是一排法桐。春日时节，它们在暖阳中绽绿吐絮，就会随风飘下点点绒丝；弋翔在亮丽的春光里，浑若一缕缕金线。到夏天，灿烂阳光泼泻下来，那些阔大的叶们，便仿佛在炽烈地燃烧，诉说着某种渴望和呼唤。那树，却并不在意我们的感受和态度。它只自顾自地长着，直向上冲去。散漫的枝叶伸展开去，便成了一柄柄巨伞。倘有风吹来，便会左右摇晃，如船在浪一般颠簸起来。感觉中，仿佛连房屋和门窗，也要随之倾摇了。

　　这实在是一幅再好不过的风景。而最美的，还要数秋日。金风四起，落叶纷纭，似更富于浪漫诗意。积在地上的，已是厚厚的一层；飘在空中的，仍在翩翩翔舞。这时节，在树下那长长的甬道上行走，恍若置身金碧辉煌的地毯（真正的地毯啊），颇能让人想起列维坦油画里的意境来。然后是长长的冬天，树们静静沉默着，仿佛正在冥想玄思。寂寥的日子里，偶尔抬头，看看那枝柯疏朗后的清峻天空，自然免不了要怀想一回花红叶绿的温情。

　　窗外的这树，这枝枝叶叶，实在只是平平淡淡。但久居陋室，又终日面对，我觉得它们，已成为一句专属于我的人生箴言。像一首美好清寂的歌谣，它始终伴随着我的生命。落寞的时刻，总喜欢一个人枯坐屋内。一支烟就一杯茶，便可获致片刻的潇洒，片刻的逍遥。所有该尽的义务，所有该做的事情，所有的牵绊和烦扰，都被挡在纱窗之外。这样的时刻，我唯一要做、唯一可做的事，就是静静坐着，静静看着它们，望着那恣意伸展的枝叶，我暗自思忖，关于它，我究竟知道些什么。或者说，它究竟能够给我一些什么。

　　风凉的早晨，树们格外精神抖擞。那碧绿的颜色，仿佛沁润了一层密密的水珠，让人直想伸出手去，接握住一滴两滴；就像接握住漫长而短暂的人生中，那些片刻的清闲和美好。

夏日里，树上有蝉，就有蝉鸣。闷热难眠的正午，那嘤嘤的鸣唱，就会从窗外、从屋顶传来，让人心烦意乱。但终究，还是在那声音里，静下心来了。而静下心来，也就觉得，那声音，其实也挺有韵律，极像一种音乐，一种对美好而易逝的生命的倾心吟咏，和歌唱——我在那歌唱里，隐隐感受到了生命的珍贵与美好。

最是有月的夜晚。喜欢陪了茶盅和烟缸，寂然地端坐窗前。窗便成了我的另一眼眶。隔了纱窗看树，树像一幅极粗疏的陈年照片，昏晦，模糊而朦胧。我只好用想象去看，去揣摩它们在夜幕里的表情。那枝叶，却早被袅袅如银的月光，投映到室内的地板上来了，斑斑驳驳的，若一帧帧剪贴画。随了风的摇曳，那画便如猫狗一样，在地上窜动，直往你脚前来。那栩栩的神情，甚至会让你自觉不自觉地，向着它们招手，示意。月光如水。在流过都市夜晚的喧嚣后，到这里，早已是一片阒然和静寂。浑如一条大河，在汹涌不息的翻腾后，归入了灿烂而绚丽的静寂。茶香缈缈，烟雾缕缕，升腾弥散之际，直让你觉得，是这树，把那样一分静谧的好心情，传达给了你。

这样的情景，使我对生活，有了更多感慨。现代社会，人们似乎都太匆忙了。从忙着吃奶，长牙，学话，到忙着走路，读书，工作，以至于惊风扯火地恋爱，气急败坏地赚钱。或许有人也想洒脱一点，悠闲、从容地度些日子，但那些琐碎的事物，却常常像烟缸里的烟头，书桌上的灰尘，越积越多。而闹钟，依然一刻不停地滴答着。而我们，依然难得有时间，朝窗外投上一瞥，望上一眼。我们在树底下匆匆走过，一片片落叶掉在眼前，落在身上，也不能让我们豁然醒悟：喔，这头顶上，原是长着一棵棵充满生机和活力的树。

每当这时，我就会想，或许只有闲散惯了的人，才能在月夜看见，那窗外的树，是如何地缀满银色的月光。也或许，只有失眠的人，才能在雨夜，听到那一滴滴莹澈的露，如何在丰盈、圆润后，猝然掉在地上所发出的"滴答"声吧。更多的人，没有闲暇，也难得失眠，因此忘记了在他们周围，还有着这样一个可爱的世界。当我们为小小的挫折，或短暂的别离，而哀伤感怀时，却不知道，窗外的树，正在轻柔的风中舒展着枝叶，默默无言而自由自在。

当然，也许还有别的原因。比如说，熟悉的地方没有风景。见惯不惊，自然容易熟视无睹。那个叫拉尔夫·爱默生的美国人曾说："如果1000年才能等到星星的一次露面，那该是一件多么激动人心的事件；可是因为它们每晚都挂在空中，我们甚至连看都不看一眼。"对于这窗外的树，别的人是否也是这样呢？

而我，无聊的时候多些，夜寐难眠的时候多些，因此在一般人所不屑的枯燥乏味的索居生活中，居然默契了窗外那些常常如我一般沉默的树们。

其实，人的情怀中，有很大一部分，原本就是为大自然准备的。所以，在一个地方待久了，你没准就会喜欢上那儿的环境，喜欢上那儿的树和草。而你真的喜欢上了，就会像喜欢上一个人那样：离别得久了，就会心急火燎，就想跑回去看看。

一位写诗的朋友，曾写过一篇他和女儿在山地晒太阳的文章。他生活在城里，却时时对乡下老家的太阳，怀着一分饥渴和梦寐。每次回去了，也总要带着女儿，痴痴地追撵着去晒。我曾暗笑过他的迂腐和矫情。现在想来，是大大不该了。我的守望这些树，与朋友的在乡下晒太阳一样，都是渴慕着一分鲜活的自然，一分宽松的自由。没有一颗鲜活的心，没有对生命和自然的热爱，也就不可能进入那诗意的境界。而拥有这等境界，至少说明自己尚未完全被物欲包围，活得还不算太拥挤、太紧张吧。

所以，有时我甚至会突发奇想，让那些厌倦生活的人，都来看看这树，这叶，听它们讲述那一个个平淡而真实的故事。或许，他们也能从中得到某种启迪和感悟？

1997.12.21 苦茶居

山其实一直都站在那里

在这座城市绵缠了好几天的雨，总算停了。雨其实是好雨，不仅退去了持续已久的酷暑高温，还将城市一向灰蒙昏暗的天空，洗得干干净净、朗朗阔阔，连空气也格外清新，温润。

晚饭后在滨河广场散步，妻突然指着西北天际，那一江大水流来的方向，惊喜地说：看，那儿的山！

循着她的手指望去，就看到了那一带依稀的远山。层峦叠嶂，嵯峨相拥，仙人列阵一般，远远站在这座城市的西北方向，宛若一道屏风，又似一堵城墙。雄伟，壮观，还带着些隐约的超尘脱俗的俊逸。

那其实是我们都熟悉的山，川西北的山，是岷山和龙门山系的余脉。以前，每次从山里出来，经过江油，都能从车窗外看到它们沉默、敦厚的身影。我们知道，走出那些山后，就将是相对平坦的丘陵和坝区了。

那些山，曾经像某种标志和象征一样，站在我们的视野里。

但是妻一再感叹：我怎么从来就没看到过呢？我怎么从来就没看到过呢？神情里满是惊异和不解——我知道，她所说的"从来"，是指在这座城市里生活这段时间。我也知道，以前没能看到，不过是因为那些山被高楼大厦挡住了，被城市里的灰尘雾霭遮蔽了。平常的日子里，我们就将它们给淡忘了。

这样的感叹，我早有过。虽然在这城里生活，还不到一年时间，但每日里骑着自行车匆忙来去，眼睛里只有红绿灯和人流车流，委实没多少空闲的时间和心境去旁顾其他。而究竟忙出了些什么名堂，却是连自己也说不出的。只知道，这一年里，别说远处的山峰，便是头顶的天空，也难得专注地去看上几回。给人感觉，似乎我们的生活中并不存在这两样东西，或者说，我们并不需要这两样东西。

我不知道，这是不是现代生活"必然的丧失"，但我知道，许多现代都市人都经历着这样的丧失，尽管他们不一定有这种感受。我8岁的儿子，就曾大发感叹："在农村里看到的，全忘在城市里了。"

有人形容说，在这日新月异、急剧嬗变的社会中求生存，就像参加自行车比赛，必须双脚不停地蹬踏、踩动，否则，就会被别人落下——为不致如此，就不得不让自己像陀螺一样团团转，碌碌忙，像李宗盛歌里唱的那样："忙得没有欢喜和忧伤，忙得没有时间痛哭一场。"痛哭一场尚且没有时间，哪里还能悠悠闲闲地，看一看那些不关经济和利润的高天与远山？

其实，岂止高天和远山。我们生活中丧失掉的，还有很多很多。比如说远方，比如说梦想，比如说神圣，比如说洁净……宏大的事物正被我们淡化和遗忘，崇高的激情正从我们的心灵中消退和衰竭。生活日趋平淡，目光渐渐短浅，心灵日益狭隘，精神愈发猥琐；没有深刻的感动，没有强烈的震撼，没有遥远的寄托，没有超拔的愿望，我们可怜的灵魂，自然只有在物质和商业的包围下，一天天变得简单而脆弱，甚至，连活着的目的和意义，也越来越渺茫，越来越稀薄。

智者乐水，仁者乐山。可是现在，山，这种曾被古人视为生命依托的事物，早从我们的心灵中自觉不自觉地潜逸了，隐遁了。"采菊东篱下，悠然见南山。""相看两不厌，唯有敬亭山。""我看青山多妩媚，料青山看我亦当如是。"……这样诗意、禅意的美好心境，在我们的生活中，早已不复存在了。

但是，山依然站在那里。不管我们需不需要，也不管我们在不在意。它只是站着，远远地站着，静静地站着，一动也不动地站着，以便让我们在不经意间突然发现它，呆呆地看着它，想一想什么，或什么也不想，发两句感叹，或者像它一样，沉默无言。

即如此刻。即如此刻的我和妻。

望着那些山，有一些柔软的东西，在我心里慢慢苏醒，像水一样荡漾。我知道，那是属于过去，属于记忆的——在那些远山的更里面，在那座四面被山簇拥的小城里，我生活了整整9年时间。9年里，我把自己的心血和汗水，洒在那片土地上，我把自己的感情和梦想，放逐在那片土地上。9年，那是我生命中最好的9年。我的青春，我的爱情，我的所谓才华和思想，都曾在那四面的群山里闪烁。而那些山，也如铭如刻一般，深深地融进我的血液，和灵魂。

记得，在那小城的北边，有一座人称"北山"的，我寓居小城时，常常登历。山不险峻，也不崔嵬，所以无甚大的名气。但无名又自有无名的妙处：人迹稀少，山也便闲且静，雍容沉稳；极宜独旅漫步，游目骋怀，遐想遐思——我在那里消磨掉无数的周末和黄昏，充分体悟到与山悠然相对时，内心散淡、安详有致的况味。每当情绪抑郁，或灵魂躁烦的时候，也总是不自觉地，就将目光望向那开窗即可看见的远山。像《圣经》里说的："让我们把头转向群山，群山会给我们以帮助。"

　　然后我离开它，到了现在这座城里，在车流人流中奔波忙碌，无悲无喜，无忧无乐，渐渐忘却了那些与山有关的日子——没想到，山却仍是站在那里，让我在不经意间，又暖暖地想起，想起自己生命中，曾经有过一段与山有关的日子，曾经有过那样一段美好的生活。

　　山，其实一直都站在那里。就像天空，一直都那么旷阔地空在那里。

2001.7　绵阳东河坝

虚拟的大地和真实的天空

选房时，最先让人眼热心痒的，就是那两个露台。被休闲厅一前一后隔断，一个大些，有 20 多平方米；另一个，10 多平方米。售房小姐说："40 多平方米，不算面积，送的哦。"那一个重读的"送"，那一声上扬的"哦"，极具诱惑力。尽管后来，还多次到别处挑选，比较，多次犹豫，徘徊，但仿佛曾经沧海，心便再难容下别的了。第一感觉成就了那单生意，当然，也成就了这篇文字。

装修是简单的，因为囊中羞涩，但对露台的考量和计较，毫不含糊。要在 7 层楼的屋顶上，规整出一小块大地来，哪怕是缩微的，虚拟的，也得有大地的样子——要有蚂蚁细致地行走，有蚯蚓无声地劳作，有鸟儿欢快地鸣叫，有花草静默地生长。这就是我的想法。

当一筐筐土被背上来，一盆盆花草被搬上来，"各从其类"地被排列，摆放，那感觉，真像《创世纪》里的上帝造物——

> 神说："要有光。"于是就有了光。神说："地要发生青草和结种子的菜蔬，并结果子的树木，各从其类，果子都包着核。"于是地发生了青草和结种子的菜蔬，各从其类，并结果子的树木，各从其类，果子都包着核。

现在，按《圣经》的说法，"事就这样成了"，那大地，就在书房旁边了——隔着窗户，也能嗅到幽微的泥土气息，花草气息，能感觉到花木扶苏、顾盼流转的姿态。

大的那块，放置着两盆茶梅，一丛棕竹，一株盆景榕，是朋友送的。一丛油麻藤，一丛云藤，一丛金银花，是先后从市场买来栽上的，它们的枝叶，已覆满了足有 10 平方米的玻璃凉棚。不大的花台里，是买来的几车土，一株月季，若干鹅掌柴外，还有一笼斑竹，是从老家挖来的——经了百余里旅途，它们的长势，依然像在老家的土地上：栽下时不过一根，第二年，发了细瘦的三枝；今年，居然出了六根笋，而现在，都丈许高、手指粗了。

小的那块，没有花台，但大小、规格、质地不一的盆里，零乱种着些草本、木本。两桶鹅掌柴。几盆没有悬挂的吊兰。从朋友那里分来的驱蚊草。更可喜的是，一棵栀子，今年居然开了好几朵，虽是在地震期间，无人观赏的时节。一棵葡萄，栽下后头年就开始挂果，尽管多半在未成熟时，就被鸟儿啄食得差不多了。春天时种下的那苗苦瓜，结了好几根；那苗丝瓜，已收获过好几次，三两根就能煮一钵汤；那苗葫芦，无数次开花、挂果，虽然都没能长大成形，但那粗大的叶片，好歹贡献了让人眼亮的绿色。

这样如数家珍地一一道来，不厌其烦，让人想起老家，冬闲的时候，常有农人这样计算一年的收成和得失。尽管早已远离那些纷繁的农事，但每当面对那两小块土地，心里倒真像农人面对春天的田野。一次次审看，一次次在心里合计，这边放点什么好，那边再摆些什么对，这个角落，那个角落，还可以见缝插针地摆放或种植些什么——没有明确的规划，也不指望有预期的收成，只是要那露台上，一年四季里，都能有葱郁的绿色，缤纷的花朵。

当然，更多的地方是空着的。能放下一张茶几，几只藤椅，可供我和家人，或偶尔前来的朋友，闲坐小憩，喝喝茶，品品酒，说说话，望望天——那片土地，在7楼之上，那么小，那么突兀、生硬，几乎是"虚拟的"，头顶的天空，却一直那么真实、结实：该蓝就蓝，该灰就灰，该风云变幻，就风云变幻，该星月闪耀，就星月闪耀。

曾经看到一句话，在屋顶上才能更好地仰望天空——至少，在城市里是这样。这也是我选择这"六跃七"的原因。在定下来要这房子时，曾对妻说：以后要是吵了架，你想哭，至少也不用再跑外面去了。当时不过玩笑，但后来的事实，还真是给予了印证。

郁闷的时候，或电脑前待得太久，去那里站站，走走，看看那青枝绿叶，望望那高远的天空，天空中偶尔的流云，流云下微波涌漾的江水，心里便觉得敞亮，朗阔。古人所谓"看庭前花开花落，望天上云卷云舒"，内里的禅机，或许就是如此吧。而到夏日黄昏，一盏绿茶，几支香烟，一家人闲坐纳凉，风乍起，暮色渐深，周围的喧嚣，随着暑气热气，慢慢退去，便觉得渐入了清凉之境。若是有雨，坐凉棚下，听雨滴叩敲玻璃，叩敲那一片片绿叶，直将那些叶片，洗得越发嫩绿，感觉自己，也仿佛承接着上天的恩抚了。

最好的，还是朗晴的夜晚。舒适地窝在一圈藤椅里，偶尔抬头，一轮明月，或满天繁星，在浩阔的天空，或明或灭，或亮或暗。到夜深人静，便感觉自己坐在大地中央，像一棵庄稼，或一株绿树。一呼一吸的吞吐中，全部身心仿佛都融在那夜色里，融在那原野中，渐渐成为大地的一个器官，吸纳着天地的精华——靠近天空，却仿佛更接近大地。不觉间走神，想起古来的天地，浩渺的红尘，沙鸥般的自己，胡乱发一声喟叹，或几句感慨，便觉得，在城市的忙碌和纷乱里，自己心中，还蛰伏着一点思想，几缕诗情。

"人历尽劳苦，但他诗意地栖居于大地之上。"在这虚拟的大地上，真实的天空下，荷尔德林这句话，似乎让我感觉到自己的灵魂还在，精神还在，内里的那口"真气"，还在，对生活的体验和感受，还在。

而自己，在这座庞大的城市里，到底也还能够诗意地在着，有尊严地在着。

2007.10　绿岛

她叫乐乐

是的，她叫乐乐。在我家呆了近 8 个月，但现在，她在水里。就是门前的涪江——10 月了，秋天了，水，或许有些冷了，但她再不会感觉到了。

我遇见她，或者说，她遇见我，就在江边。不过，是在对岸的初春三月。她跟一群流浪儿在一起。满身脏污，邋遢。午饭后，我踏着薄薄的阳光回办公室。经过她身边时，我不经意弹了一下舌头，嘴里发出一丝哨音，随便叫了一声乐乐。没谁理睬我，只有她，抬起小脑袋，看了我一眼。我没法肯定，那眼光里，是迷惘还是欣喜。我继续前行，无意间回头，发现她居然离开伙伴，跟着我了。我快走，她也快走，我慢走，她也慢走，我停下，她也停下。她就那样，一直跟着我。

后来，跟人说起这细节，都道：是她跟你有缘。是否有缘，我不知道，但我想，在过惯了流浪生活的她那里，或许会觉得：遇见，就是一种幸福吧？

她就那样跟着我，直到单位门口。见我进门，她有些迟疑。看她没进来，我也有些迟疑。望着她的小脑袋，看见她柔柔的眼光，心一软，便贸然决定，带她回家——从单位到家，近三里地，包括两次过街，许多车流人流。她一直跟着我，时前时后。每当觉得有危险，叫一声乐乐，她就挨过来，紧贴在我腿脚边。

给她洗了澡，吹干毛发，她就在家里四处转悠。楼上楼下，兴奋地跑一遍，像要尽快熟悉新环境。一向不喜欢宠物的妻，晚上回来，看到她乖巧的小模样，也无话可说。一直喜欢狗狗的儿子，周末回家看到，自然十分高兴。

她很快就和家人熟悉了，融洽了。无论多晚回家，听到动静，她必到门前迎接，尾巴激动地摇晃，两只后脚着地，前腿高高举起，直扑到腿上来，轻轻抓挠。那兴奋劲儿，仿佛亲人久别重逢。无论是谁，非得招呼了她，搭理了她，让她舔舔手指或脚趾，摸摸她的头，顺顺她的毛，挠挠她的背背，或肚肚，她才作罢——来家的客人，只要来过一次，她也会奉上这样的礼遇。

儿子读高中，住校，周末才回来。我因工作、应酬，经常很晚回家。家里，常常只有妻一个人，不免觉得无聊。但有了乐乐，就多了一些事。给她弄吃的，给她洗澡，带她在小区散步，感觉充实了些。有时我回家早，看电视时，也看她在客厅走来走去，在脚边窜来窜去。有时逗逗她，跟她说会儿话，时间仿佛过得格外快些。她成了家里的一员，有时，我甚至管妻叫乐乐他妈，妻也叫我乐乐她爸。儿子回来，我们总对她说：快去接你哥哥——其实，哪里需要我们提醒，每周末，一听到楼道上的脚步声，她便守候在门边了。

从未养过宠物，自然没什么研究和讲究，所以好几天后，才知道她的性别。又几天后，朋友来家做客，才知道是京巴。听了她的来历，朋友恭喜说：狗狗来你家，好啊——这缘由，我其实知道，老家人说：猪来穷，狗来富，猫来拖孝布。乐乐带给我们的，虽无富可言，但快乐多多。

她很懂事，从不乱拉屎尿。她很听话，出门时叫她，她就跟着；不叫她，她就只是眼巴巴望着我们。她能分辨时间和情形：每天早上上班，见我们都背了包，她绝不撵路；若是黄昏或周末，我们出去散步，或买菜，她必定提前守在门边。在路上，有时跑得快了，隔我们远了，她就会停下，回过头来望着，等我们。在外面玩，无论时间长短，距离远近，只要叫一声乐乐，她立刻跑过来——出门，她是兴奋的，跑在前面。回家，她也是高兴的，早早登上楼，候在门口。

她跟我们，真像是亲人一般。

她到我们家两个月后，发生了著名的大地震。我们全家，都在小区外的河堤边安营扎寨，以躲避余震。她也跟我们一起住窝棚——就在那段兵荒马乱的时光里，她遭遇了那场差点要了她命的爱情。

说爱情也许不准确，但那家伙对她，真是一见痴情。那是小区里另一家的狗，只是主人对他，好像不太在意。以前散步，就见他总在小区里游荡，如丧家之犬。遇见乐乐后，她走哪里，他就跟到哪里。我们回家，他怯怯地跟上6楼。我们关门，他便守在门边，很久才离去。有一次，我们出门，乐乐留守，但他好像从我们身上嗅到了乐乐的气息，便一直跟着我们坐的出租车，跑了很远很远。

他的执着和纠缠，让我们不胜其烦，特意选在一场暴风雨前，带乐乐到好几里外的朋友家去，他自然也跟着。离开时，我们用计，带走了乐乐，却将他关在朋友家里。据说，狗狗靠气味辨别方向和道路，那场突如其来的大雨，应该让他迷路。没想到，雨停后不久，他居然又出现在我家门口——朋友都不知道，他是怎么跑掉的。

作为那场爱情的结晶，乐乐生了4个崽崽，有一个死胎。活着的3个，在乐乐的倾心喂养下，一天天胖起来，壮起来。她自己，却一天天消瘦下去，憔悴下去。除给她准备更充足的食物，我们只能感叹复感动，为那种本能的母爱。

但感叹和感动没能持续多久。她开始呕吐，无精打采。食物中毒？我们疑惑着，一次次叫她。她耷拉着眼皮，懒懒看一眼，又趴下头去。把她抱起来，放在膝上，轻轻抚摸。她喘着粗气，一声不吭。胸腹剧烈起伏，浑身不断战栗，四肢时不时抽搐，像被电流击打一般。

揣测了种种可能，分析了种种因果后，两个医盲越想越没底。茫然无措，我只好抱她去宠物医院。"下了几个崽崽？多少天了？"没有望闻切，医生简单问了几句，便下结论：急性缺钙，要输液。

缺钙？急性？我没敢相信自己的耳朵——只听说人缺钙，不知道乐乐也会，而且居然是急性。"要是心脏不好，可能早就没救了。"医生在叮叮当当准备输液器械时，看我满脸疑惑，才告诉我病因："主要是她太爱崽崽了，而崽崽这段时间吃奶又特别凶。"

乐乐爱崽崽，我当然知道。崽崽出生后，她一天不知要喂多少次奶。就在我们决定抱她上医院前，身体那样糟糕的状态下，她也给崽崽喂了两次。最后一次给我的印象特别深：她摇晃着走到窝边，双腿颤抖好几次，才终于迈进窝里。当她躺下，崽崽们含住她的乳房时，她已大张着嘴、直喘粗气了。

输完液后，乐乐又鲜跳起来。从医院回家的路上，她一直跑在前面。那样欢快、兴奋，步履匆忙，谁也不会相信，一个多小时前，她曾因急性缺钙而病危——我理解她急迫的心情。但是医生说，如果不及时补钙，不控制哺乳次数，她会再次犯病。所以，我事先在电话中让妻把崽崽藏起来。

上6楼，进家门，乐乐径直跑向熟悉的地方。当她发现那里物是人非，就睁着眼睛，竖着耳朵，四处寻找。听到崽崽们在厕所里的叫声，她立刻迈着碎步跑过去。我知道，她是要给崽崽喂奶。她似乎并不知道自己的病由，也似乎忘记了刚刚经历的病苦——门被关着，她抓挠了好一阵也没能打开后，兴奋劲一下子没了。她怏怏地躺在厕所门前，嘴里嗯唔着和崽崽隔门应和。

那晚，我们一直残忍地隔绝着她们。直到半夜时，她疯狂地在屋里颠来倒去，直到她用爪子把门抓得吱啦吱啦响，我才起身下楼，为她打开厕所门。她几乎是狂奔着，冲到崽崽身边。看着那单薄的身子，那急切的小模样，我心里软得一塌糊涂，禁不住眼泪花花——宁愿自己垮掉，宁愿自己倒下去，甚至宁愿牺牲自己，也不能让儿女吃亏。从乐乐身上，我第一次感受到，这样热烈、疯狂的爱。

这是两个多月前的事。她的3个孩子，现在已被朋友们分别领养走了。但是那一夜的情形，仍清晰如昨。

前两天，我生了病，落了枕。浑身酸痛，脖子僵硬。看了医生，做了理疗，仍不见轻松。妻便建议去盲人按摩所，做做按摩，说那样好得快些。实在磨不过，便答应去。

因为绵绵秋雨，乐乐有两天没出门，急切地要跟着我们——门一开，她就跑出去，等在楼道里。一再犹豫，哄她或吓她，要她回去，都不理睬。心一软，便说，干脆带着吧，反正是走路——那段路，是她走过多次的。

现在看来，一切，就是从那时开始的，从我决定带她一起时开始的。

去的路和她第一次到我们家的路，一样长。和第一次不一样的，这一次她非常高兴，总是跑在前边；每跑一会儿，就停下，回头，等我们。阴冷的天，一直细雨蒙蒙，沾衣不湿。我们仨，就那样走着，时紧时慢。

过桥，过街，终于到了单位附近的按摩所。有人正在做，问师傅，说要等20多分钟。我说干脆到单位去一趟，因病没上班，现在快下班了，去看有没有什么事。乐乐跟着我，到了办公室。不熟悉她的同事见了，过来问，然后讲起她的由来，说起她的懂事和乖，她一直在旁边听着，不闹也不叫，更不乱跑，真的很乖——但谁都没想到，那是最后一次。

在按摩所，我待了一个小时，她和妻一直陪着。出来时，已6点过了，路灯亮起来。雨稍微大了些，街面上湿漉漉的，在路灯下泛着冷光。我们犹豫着，是吃了饭回家，还是回家做饭吃。妻说，乐乐没有吃的了。便决定去市场，买菜回家。买了我们吃的。又买乐乐吃的：5元钱的猪肝。

我一直记得一个细节，卖肉的师傅第一刀下去，只有4.8元，添了一块，电子秤显示：4.91元。师傅又切一刀，添上去，5.12元。师傅说：就5块吧——给了钱，我拎着那袋猪肝，妻说，把两块添头，给乐乐吃吧，她肯定饿了。我没同意。我说这儿太脏，回家再给她吃吧——没想到，她却再也吃不到了。

从菜市场出来，左拐，是一条偏僻小街，原本，我们要在那里打的回家。因为下雨，一直没等到的士。便沿着小街慢慢走，准备到正街上去拦车。乐乐依然跑在前面，我在后面跟着，妻提着菜，跟在我后面。

那小街，有微微的坡度。快过街时，我见妻没有跟上，便停下来等。乐乐却没有停下来。她知道回家的路，便径直过街。但她不知道，在她背后，一辆小车，在暮色里，急急开了过来。她再也没能走出那条小街，那条不过七八米长的小街。

车和乐乐是同向而行的。但是车快，乐乐慢。乐乐意识到有车时，已经晚了。我看到那一幕时，也已经晚了——在淡淡的夜色里，昏黄的路灯下，我只看到那辆车，前轮率先碰倒了她。她惨叫一声，本能地避让了一下。但很快，后轮又跟上去了。车略有一下停顿，我惊叫一声乐乐！她似乎听到了，惨叫着，连跑带滚，一阵风似的窜到我身边，然后，歪倒在我面前。

我一时木了。脑袋空空的。脖子依然梗着。我甚至没有去追那辆车。我只是看着那辆车，在略微的停顿后又加大油门，很快汇入大街上的车流里。低头看乐乐时，妻已到我身边，表情如我一样茫然。我们就那样呆着，看着最后的乐乐——她软瘫在地上，浑身剧烈抽搐。没有流血，也看不到伤口。但我们知道，她在抽搐，在挣扎。我们知道，她在痛。

路边有好几个行人停下来，看她。街边一家餐馆的几个服务员围过来，看她。我和妻呆呆地站着，看她。她轻轻哼着，又一阵微微抽搐。我不相信她会死，但是一个服务员说：撵死她的车，会倒霉。我才看到，她已停止了抽搐。她小小的身体，渐渐平静。她伸出的舌头，再没能缩回。她睁着的眼睛，再没有闭上。

从未见过这场面，妻怕，声音微微发抖。我只好艰难低身，准备带她走。她的身体，还是暖的，软的。我一时不知道该怎么带她走。我让妻去买塑料袋，好心的服务员说，餐厅里有。马上进店找来一个。口袋很大。我捧着乐乐软软的身体，轻轻放进去。然后，我拎着她，妻跟在身后。我们谁都没有说话。在街边，在路灯下，在越来越浓的夜色里，在渐渐大起来的冷雨中，我们默默走着——上次，她急性缺钙时，我是抱着她的，并不觉得重，但是现在，我感觉袋子很沉，很沉。

过街，穿过路口，然后，沿着她跟我们出来时的旧路走。我一直没说话，妻也是。我不断想着：如果不带她出来，如果我们吃了饭再回家，如果我们不打的而走河堤，如果再慢一点，或再快一些，如果……也许，她就还会像来时那样，在我们前边或后边跑着。她就还能跟着我们回家，吃到我们给她买的猪肝。

走到大桥中间。我停下，艰难地举起口袋，举起她软软的身体。手伸过桥栏后，又停下，看了看妻。妻看看那口袋，又看看我，木木地点了点头。然后，我松开手。桥很高。好一阵，那只塑料袋，才在我们脚下，在遥远的水面上，映出一点白光，黯然的白。然后，那点白光，顺流而下，一点点走远……

余下的路，只有我和妻，两个人，落寞地走。雨依然飘着。我们偶尔说一两句，都是"如果"。进小区，进单元门，然后，打开家门——开门时，我略有些迟疑。但最终还是扭动了钥匙。那一刻，我开始明白：以后，无论何时回家，都不会再有热情欢迎的她，不会再有后脚着地、前脚高高举起、直往我身上扑抓的她，不会再有在我腿前脚后厮跟的她……

她叫乐乐。她是在水边遇见我的，现在，她回到了水里。

2008.10 绿岛

漫长的秋歌

一些地方，一些时间

生命的展开和延续，总在具体的时空中。命中注定，与生命有关的：生、老、病、死，爱、恨、愁、怨，温暖、甜蜜、伤痛、耻辱……所有这一切，都与一些地方有关，与一些时间有关。

那截断桥诉说着往事，那方树林珍藏着热情，那湾河水荡漾着幸福，那块石头纪念着痛苦，那片草叶承负着耻辱，那条街道晃动过身影，那间房屋回荡过笑声……所有这一切，都与一些地方有关。或者一条大街，或者一座公园，或者一道柳荫，或者一家餐厅，或者一间酒店。

当然，所有这一切，也都对应着某个时间。时间如流，所有的曾经，无论美好，还是黯淡，无论幸福，还是痛苦，都已成为过去。每一个现在，也将如此，被人淡漠，或者缅怀；被人忘却，或者眷恋。

注定，回忆只能在秋天开始。也许，它会随着落叶和秋风，随着生命的衰老和朽腐，向冬天延续。或者，它会温柔地死在秋天，死在某道越不过的坎前。

但只要记忆还在，生命曾在的地方，就将是回忆落足的据点。感情曾在的时刻，就将是幸福和痛苦的源头。

记住将从秋天开始，从秋天的某个时刻，从秋天的某个地方，开始。

忘却也是。

原来的我

我说：回忆只能在秋天开始。我的理由是：或许只有在秋天，苍凉的时刻、落寞的时刻、沉重的时刻，我们才能有空闲停下来，从时间舒缓的地方，回头张望。

就像，只有在中年，或中年后的老年，才会想起，要顺着时光往回走，要透过岁月的风雨和烟雾，穿过时间的河流和码头，去打量最初的自己，童年的自己。或者说，原来的自己。

原来的我是什么样子？在生命的原野上蹦跳、行走、笑闹。无心无肺，无忧无虑，无悲无喜，因而无拘无束，无牵无挂，无羁无绊。有时空虚，但也能够充实；有时寂寞，但有那么多快乐。

那是春天啊，草长，莺飞，花香，鸟鸣。

那是原来啊，年轻，活泼，笑语，欢歌。

但终究，生命会被带到秋天。被爱，或恨，被淡淡的喜，或浓浓的悲。在一池残荷面前，听岁月雨打风吹，在满地落叶面前，看生命花开花落。

这是秋天啊，花谢，叶落，红消，绿残。

这是现在啊，沧桑，悲怆，萧索，哀歌。

现在，就是秋天。生命已在千山万水之外。自己已在一个回不到原来的地方——这样的时刻，想起原来，想起原来的自己，不禁悚然心惊。

放在博客里的那首歌，其实一直在唱。《原来的我》。反反复复地唱。缠缠绕绕地唱。绵绵不绝地唱。凄凉地唱，苍凉地唱，悲凉地唱，荒凉地唱。

不是齐秦，是我。

契阔死生君莫问

秋凉，躺在床上听夜雨飘落，辗转反侧，胡乱抓起床头的书，竟然是苏曼殊的。这个因对现实悲观失望、19岁就遁世近佛的僧人，那幽怨凄恻，弥漫着无奈慨叹的诗歌，似乎，恰合了此时的情景与心境。

> 禅心一任蛾眉妒，佛说原来怨是亲。
>
> 雨笠烟蓑归去也，与人无爱亦无嗔。

读到这首，窗外的雨突然大起来。淅淅沥沥弹敲在玻璃上，让人觉得一阵阵心惊、心凉。

"与人无爱亦无嗔"，这7个字，像一根鱼刺，让人立时被卡住，好半天不能缓过气来。不禁悬想，这个从青年开始，便生活得古佛青灯、波澜不兴的人，会有着怎样的身世情感和悲凉心境？难道他横溢的才华，都不能让他找到在人世间宿居的理由？滚滚红尘，那些纠缠的恩恩怨怨，果真就是孽缘？

长叹一口气，好半天，才从那苍凉、落寞中拔出来。再往下读，心境，却越发凄然、苍凉。我读到的，是这一首：

> 契阔死生君莫问，行云流水一孤僧。
>
> 无端狂笑无端哭，纵有欢肠已似冰。

大悲哀，止水静。或者说，在平静如水的背后，是巨大无朋的悲哀。这让我想起前段时间，在QQ签名档里留下的那句话：从此相望不相闻。

历经疼痛后，人大抵是要痛定再思痛的。而这种"思"，往往会给自己的人生，宕出别样的空间和情怀。"契阔死生君莫问"——从此，不说相望、相闻，便是我的死活，你都不用过问。换言之，从此，我的一切与你无关，就当我，还是那"行云流水"的"孤僧"吧。

后两句，尤其是"无端"二字，哀痛至决绝。"欢肠似冰"，自然，再无风雨再无晴，自然，无悲无喜看平生。

心，就那样莫名地被牵扯着，痛了。扔开书卷，到窗前，雨居然停了。似乎，那雨，从来就没有下过，从来就没有来过。

未来，或者往事

国庆期间，妻和她的同学，回母校故地重游。回来，一同学对我说，也帮你去数了"脚巴儿"（即足迹）的——她们的母校，早年间，因为爱情，我去过无数次，自然在那里留下了许多足迹。

按老家的说法：人死前，大多要到曾经去过的地方，再走一走，这叫"收脚巴儿"。尽管妻和她的同学，只是帮我"数"，而不是帮我"收"，但由"脚巴儿"开始，莫名地想到了许多。

比如说，关于往事。

人来这世间，不过就是走一遭。这一遭，可能短暂，也可能漫长。但无论怎样，倘若不是突如其来的横祸，或死于非命的暴亡，大抵是要回忆往事的。尤其是，人到暮年，或困于绝境，往前，再看不出什么指望时，人所能拥有的，便只剩下往事，人所能做的，便只有回忆。

一个朋友曾说，回忆往事不会给人带来力量。"一个人老是沉浸于回忆，老是耽溺于往事，往往意味着没有未来，也没有力量。"朋友言之凿凿地说。

是否真是如此，不予讨论。但我还是觉得，倘使在没有指望的时候，连往事也没有，连回忆也没有，或者很单薄、很空茫，或许，那才是人生的大悲哀。

时间走过，或者说人生走过，留下的，大多是旧物，或遗物。有的还在眼前，有的只在记忆里存放。有时，也会翻检那些被保存的东西，一个笔记本，一首诗，或一个旧梦。

有一次，发现一张碟片，封套完好，名字和介绍都有，但小心推进碟仓，才发现，画面已经模糊，声音也只是卡拉卡拉地响。

又一次，看到一张泛黄的照片，仔细端详，才发现上面的人，居然有好几个，已经不在人世。

这才觉得，时间真是走了，走得那么快。快得让人来不及察觉。

其实，我并不害怕悲伤和痛，我害怕的，是时间。而我知道，一个人能给予另一个人的最重要的东西，最终，也只有时间，和时间中的往事。

比如说，一个漫长萧索的秋天。或者，一个刻骨铭心的夜晚。

尽头，或尘埃

一场大灾难，或大意外，总会让很多人的命运，发生突然而猛烈的改变。比如说，五月里那场数百年难遇的特大地震。死者及亲人自不必说，便是对平常人，影响也不小。

"要是被埋在废墟里，才记起还有一大笔省吃俭用的钱存着，却再也没法用了，岂不是大悲哀？"一个朋友说。她说从此要看淡钱财，而看浓人生的过程。

过程，其实就是经历，体验，感受。人生的乐趣和幸福，不在最后的结局，而在生与死之间，那或长或短的过程。智者和经验早已告诉我们，最后，无论贫富、贵贱，也无论尊卑、荣辱，都只有，荒凉的结局。

看梭罗的《瓦尔登湖》，记得，他用"苦役"一词，来概括人生。一个"苦"字，已让人避之唯恐不及，何况再加个"役"字！佛家说得更是直接而透彻：人生来就是受苦，苦的根源就是欲望。人的不幸，或苦的根源，正在于：身陷欲望而不能自知，虽有自知而不能自拔。

有一个夜晚，因为应酬，很晚才从酒楼出来。街头凉风习习，细雨飘洒。望着灯红酒绿的城市，一种莫名的沮丧感突如其来，让人顿时陷入梭罗所说的"平静的绝望"：在这城市里，或者说，在这人世间，我们究竟能够拥有什么？

金钱？洋房？地位？身份？这些都是短暂的，我们拼命想握住，它们却一点点流失，像攥在手里的一抔细沙……我们辛苦地为之奔忙，结果，到最后，才发觉，所有这些，都不过是一场空。

很多人，为着更体面的生活，不由自主地陷入忙碌和迷乱中，甚至为此耗尽一生。其实很多物质的东西，我们不惜用了生命中最贵重的青春、亲情、爱，甚至生命去交换，得到了又怎样？到头来，只是让我们更深地，沦落到日日苦役的生命流沙中。

或许，对于我们短暂的人生，淡泊一点，简朴一点，会更加真实一点，快乐一点？我们唯一能够抓住的，或许只有我们的内心，内心的感受和体验，内心的爱。

梭罗说："一个人死后，他的脚只能踢到尘埃。"或许，那将是所有人的尘埃。

另外一个陌生

从西山公园出来，经过地下通道，到先锋路乘车。一个残疾人在唱歌："曾经以为我的家，是一张张的票根，撕开后展开旅程，投入另外一个陌生……"

也许是季节的原因，或者天气，他的声音冷而忧伤，像那时的雨，或他眼前的黑，望不到头。

那是我熟悉的歌。很多年前，无数次听过，唱过。一盘磁带被反复放，我反复听，反复跟着唱。但那时，并不懂得歌里的沧桑。并不懂得：人生漫长，总在辗转。无论生活，事业，工作，还是爱情。

是的，我们总在不断辗转。从一个城市到另一个城市，从一个行业到另一个行业，从一个岗位到另一个岗位，从一个怀抱到另一个怀抱……而在这过程中，很多时候，我们其实并不知道：要去的地方，是不是想去的地方；那一张张辗转见证者的票根，对于旅途，究竟有什么意义。

正如那个盲人——他借着弦音唱着："哦，路过的人，我早已忘记，经过的事，已随风而去……"但他，并不知道自己在唱给谁，或者说，他并不知道，到底有谁在听他唱。

我忽然想念从前，或者说，想念青葱的岁月，和逝去的光阴。

我以极慢的速度经过他，然后继续接下来的路程。而他，仍继续唱着："驿动的心，已渐渐平息，疲惫的我，是否有缘，与你相依……"

快要走出通道，我不禁回头再看了一眼：南来北往的人不断经过他，或优雅缓行，或步履匆匆。他们经过他，像流水经过一块石头。一块孤独的石头，被剥离，被孤立，被一无所有，只剩下一颗驿动的心，偏执、桀骜。

他自顾自地唱着，仿佛与这世界，没有任何关系。他反复重复那段旋律。从一个陌生到另一个陌生，只是一张张的票根……

我正准备哽咽，天上的雨，突然大了起来。

全世界的废墟

单位邻近的几幢楼被拆了，在挖掘机的轰鸣中，在不断扑腾的灰尘里，原本高大的楼影没有了，只余下一大堆残砖断墙，小山样的废弃建渣，冷硬，荒凉。

从办公室窗口看过去，会莫名想起死城北川：那场突如其来的大地震，所留下的废墟，时至今日，依然庞大得触目惊心。

但，除了节日和纪念，或者特别的新闻，那片土地正被很多人淡忘。那片土地上的人，那些曾经灾难的人，那些曾经痛苦、凄凉不堪的人，也正日渐回复原本的生活：日常，边缘。

房屋的重建是容易的，但是他们被摇动和震损的心灵，或者说，他们心中的废墟——悲伤、绝望和无奈，惊怵、惶恐和愤怒，仍像绵延的余震，不时困扰着他们的生活。

那也是废墟，却不是单纯的瓦砾；而是物理力量破坏后留下的心灵废墟：空茫，焦虑，疼痛。被摇晃的命运，被删除的亲情，被中断的记忆——瞬间的改变，却需要漫长的岁月，才能重新弥合。

就像伤口，即使缝合，也会有缺陷和残损。心灵上的，尤胜于皮肤上的——被风雨冲刷，被时光湮没，磨蚀，或残存，修复，或拆除，掩埋，或隐藏，但无论如何，他们必将各怀暗伤，一次次在淡漠中反刍，在反刍中回味，强化或麻木自己的记忆。

记忆是往事的废墟。泪痕是痛苦的废墟。白发和皱纹，是青春岁月的废墟。零乱的建渣，是被拆除的楼房的废墟。坍塌的瓦砾，是灾难的废墟。田野上的稻草垛，是秋天和丰收的废墟。闪烁其辞的文字，是忧伤、绝望和执拗歌唱的废墟……

时光堆积，我们各自都有难以面对也无法回避的废墟。每个人都在各自的废墟里过活，每个人都只能守着各自命定的废墟，守着这悲哀、坚硬、荒凉的块垒，在巨大的震荡后，在吞忍或哽咽中，继续生活，艰难地学习爱，学习死，学习遗忘。或者，学习重新开始。

莫名地想起那句话来：

"秋天，残忍的季节，成熟不成熟的都要一同收割。一切都会在秋冬交替的刹那间随风而逝，唯有那一泓鲜亮山溪般的记忆，永远在我心中哗哗流动……"

一夜入秋

这样的节令，或者说感觉，在北京就经历了——刚去时，天特别闷热，动辄出汗，回房间，必开空调。去八达岭长城，太阳明晃晃的，好在还有阵阵山风，进城后，感觉偌大的北京城，就是一间浩阔的桑拿房。

不过，很快就下雨了。夜雨。绵密，细致，又夹了些风。一夜间，气温便从头天的32度，断崖到第二天的最高不过16度了。到王府井逛街，一件短袖T恤，实在扛不住，只好买了件长袖的，而到奥体中心时，将短袖的套长袖外面，仍觉得仿佛裸身置于风中。

那样的凉啊——在网上看新闻，说那天的北京，标题就用了这四个字：一夜入秋。

回到这城里，再次感觉到季节的变迁。先还觉得火热，如在蒸笼；但没过两天，一场秋风，一场阵雨，居然，也就入秋了——是季节的秋，也是感觉的秋。也算得是，一夜入秋。

季节的变迁，谁也阻挡不住。就像人世的悲欢，谁也掌控不了。一夜极短，无论春宵，还是秋寒。但一夜的剧变，有时，何止10度、8度，何止10年、8年？在戏文里，既有18年老了王宝钏，也有过昭关的伍子胥，一夜白掉少年头。李白说："高堂明镜悲白发，朝如青丝暮成雪。"诗人的夸张里，道出了剧变的因由：悲。

想起一个朋友。由普通教师，而至校长、文办主任，后来，被借到局里，在办公室煎熬了十余年，原本以为会有升迁，没想到，又被下派当校长，而且就是原来的学校——学校说来也还不错，虽是农村，却在近郊，随城市扩张，发展势态较好。得知消息，我祝贺他，他却在电话那头，语含悲怆地玩笑："辛辛苦苦几十年，一夜回到解放前。"

这是好些年前的事了。那时节，似乎也是秋天。

一夜入秋，就一夜入秋吧。季节变迁，也就季节变迁吧。岁月蹉跎，反复的磨折，早已麻木地习惯了接受。就像我说过的："变是世间唯一不变的主题。"不管发生过什么，你或许已不再是你，但世界还是世界——它与你无关，也不会因为你的悲伤或绝望，而有所逆转。

再想，秋，其实也有秋的好处。天凉了，季节不再盛大，山水，树木，便会更显清明。山高月小，水落石出，天地，似乎也会因此而更敞阔。

一些人离开了，一些人正在离开，同时，还有一些人即将到来。就像奔流不息的河水。而我，不过是岸边的一棵树。有的，可能停留一下，在我身边。有的，可能远远地就走了。河水流走了，只有树还记得——所谓故国乔木，多半是有灵性和记忆的。

这是许多年前的一点小感叹。偶然看到，落款的时令，居然，也是秋天。

断送一生憔悴，只消几个黄昏

秋天的暮色，来得极快。晚饭上桌，不过六点半，窗外已是一片模糊。边吃饭，边看电视，于丹在央视4套，讲中国人的情感记忆。说到表达的深沉，她提到一句诗"断送一生憔悴，只消几个黄昏"。字幕一晃而过，却居然记了下来。默念两遍，便仿佛刻在心里。

妻在一旁，听到我的念诵，也感叹："汉语表达情感的功能，真是强大。"又说到儿子的作文，作文中表现的情感。"儿子越来越像你了。"她说。

我有同感，但被那两句诗折腾，有些心不在焉。收拾碗筷，立即上网。查到了，是宋人赵令畤的词《清平乐》：

春风依旧，着意隋堤柳。搓得鹅儿黄欲就，天气清明时候。
去年紫陌青门，今宵雨魄云魂。断送一生憔悴，只消几个黄昏。

读一遍，再读一遍，就那样，目光呆滞地对屏，在深浓的暮色里，思绪无边。

对景伤情，伤人世悲欢离合，是古诗词惯有的格局。去年共游同乐，今宵别梦凋零，这世间，太多无奈，总抵不住时间的镰刀。《古诗十九首》里，有"同心而离居，忧伤以终老"、"思君令人老，岁月忽已晚"之类感叹，而赵词结末两句，更是感慨遥深——时光匆促，生命苦短，蓦然回首，憔悴黯淡的一生里，有多少这样的黄昏？

人到中年，时常回忆青春，那些白衣飘飘的年代，并因此感到生命的疼痛与无奈。岁月无敌，再美好的笙歌，也有曲终之时，再丰盛的筵席，也有人散之际。行走岁月，时间仿佛是天生的敌人，不是我抛弃它，就是它抛弃我。在格雷厄姆·格林的小说《恋情的终结》里，男主人公莫里斯曾经感叹："爱情耗尽自己，用不了那么长时间。"

岁月之于我们，亦是如此。

《恋情的终结》里，还有一段话说："生命中总有些来势不可挡。比如要亮起来的黎明；比如要暗下去的黄昏；比如宿命的邂逅；比如预知的离别；比如摧枯拉朽的爱情；比如生；比如死。"

反过来，生命中也有许多"去势不可留"的，上文中"比如到"的，莫不如此。来时汹涌，去时迅疾，来去之间的短暂，足以让一个人、一颗心，在一夕之间苍老、憔悴。

莫里斯是这样，赵令畤也是这样。古今东西，肉长的心，碳水化合物的人，大抵这样。

或许，断送一生憔悴，只要一个黄昏，一个有雨或无雨的黄昏，沉重的黄昏，便足矣——从此，再无波澜，再无动荡，再无历劫的心境。只是麻木，只是空茫，只是冷落和萧瑟。管它船到哪个码头，车到哪个站，反正他乡是故乡。

就像此刻，秋天的夜色，已在窗外严丝合缝，庞大而冷清。

后来

整个夜晚，电脑里都是刘若英的《后来》："后来，我总算学会了如何去爱。可惜你早已远去，消失在人海。后来，终于在眼泪中明白，有些人一旦错过就不再……"一遍又一遍。

并非对这歌有多喜欢，也不是刘若英的所谓Fans，虽然，她演过的电影、电视，多少看过一些，对她的温柔小妇人形象，也颇有好感。但，这不是我让电脑反复她的原因。

我只是喜欢它不断反复的这个词：后来。

这是很有意味的一个词——它是时间之流的一座桥，承续着过去和现在，连接着此岸和彼岸。常听人说，从前怎样怎样，后来如何如何，都是过去式。有点像英文里的 Long long ago。汉语里也有，那就是"从前"。

小时候听故事，一旦说到"从前"，我们就知道，故事开始了，过去的时光重来了。而每当故事结束，我们又以为还不曾结束时，便会不断追问：后来呢？后来呢？

但我更愿意，把它看成一个转折词。就像"但是"。

当"后来"一出现，就意味着，一定有些什么事情，在此之前，已经发生过了。世间事，很多都会有、也必定要有转折的。感情也是如此。"后来，我总算学会了如何去爱"，那么先前呢，自然是没有学会。现在呢，刘若英说了"可惜"——"可惜你早已远去，消失在人海。"

"后来"这个词，让我更感到意味的还在于：能够以"后来"开始诉说的，必是经历过了那转折，或者说，经受住了那转折和改变考验的"幸存者"。对世事的幻变，倘若不能以看透和洞察引路，那个"后来"之后的诉说者，是不是"自己"，便都说不定了。

意识到这点，我开始喜欢这个词，频繁地使用这个词。我觉得，很多事情的最终结果，都在这个词里。甚至人生，甚至整个世界的延续，都离不开它。

空空的鸟巢

初秋时，就发现了那只鸟巢——在我家露台上，那株枯死的茶花枝权间，被金银花藤遮掩着的地方。刚开始，是几根树枝零乱搭着的，只是雏形。再后来，有了松软的树叶，细草，还有一两张柔软的纸片。渐渐地，就是一个真正的鸟巢了。

欣喜着告诉妻，妻不信，亲自看了，也不禁欣喜——想象着鸟儿栖息其间，甚至在那里孵卵育雏，那该是多么美妙的事啊。

更何况，是在这样现代化的城市里，在我家7楼的露台上——心里，不禁有了莫名的牵扯和挂念，仿佛，那鸟巢，那巢中的鸟儿，已经成了家庭的一员。

但是，一直没发现鸟的痕迹。

早晨，或夜晚，偷窥过，也凝视过，却一直没有动静。直到现在，冬天了，那鸟巢，依然是空空的。偶尔，也能听到一两声鸟啼，就在露台上，甚至能看到它们闪跳的身影，但它们对那鸟巢，始终无动于衷——显然，那并非它们的窝，并非它们的家。

鸟巢一直空着，心也一直空着。不禁猜想，是什么原因，让那只鸟儿放弃了这里：寻找到更好的地方了？受到我们的惊扰了？遗忘了这个它曾苦心经营的家？或者，是鸟儿出事了？

终究不明白。只好想，或许，它是遗弃了这个它曾经来过的地方，放弃了那段曾经美好的时光。主动，或被动，有意，或无意——就像那两句诗说的，自古深情留不住，渐行渐远渐无言。

而这样的遗弃，在我们的生命里，其实常有。就像那些曾经的朋友，曾经的风景，曾经的际遇——远了，淡了，最终，也就慢慢遗忘了。

那只无鸟的鸟巢，空空的鸟巢，偶尔在露台上看见，总不免觉得怅然。

漫长的秋歌

似乎每年秋天，都要写下一些文字，为着纪念，或哀悼，为着忧郁，或悲叹。似乎秋天，是专为文字而生。

悲愁，是秋天的鲜明主题，庞大而繁复。千树落叶、万花凋谢之际，或许最容易惹人情绪起伏吧——愁字，不就是"心上之秋"？

从宋玉的"悲哉秋之为气也，萧瑟兮草木摇落而变衰"开始，到马致远的"枯藤老树昏鸦，古道西风瘦马"，从杜甫的"万里悲秋常作客，百年多病独登台"，到秋瑾临刑前的绝唱"秋风秋雨愁煞人"，莫不如此。用刘禹锡的诗一言以蔽之："自古逢秋悲寂寥"。

十多年前，给学生讲《故都的秋》，曾作过小专题，梳理"悲秋"的由来——古人以为，天地构成，不外阴阳二气；春夏属阳，秋冬属阴；秋气乃阴盛、衰杀之气，人感秋气，自然而衰。由阴阳开始，又有五行之说，秋属性"清净、收杀"。五行与四季相配，秋属金，意味着"萧杀"。五行与五音相配，秋属商声；按欧阳修《秋声赋》的理解，商者，伤也。五行与五方相配，秋属西方，西方苍凉，石多人少，草木稀疏，意味悲凉，古如此，今亦然。

人有七情五志，"悲""忧"皆属"金"——俗言所谓"金秋"，人们大多只想到美好的一面。但在古人那里，生离在秋天，死别在秋天：掌管刑罚的司寇被称"秋官"，处死犯人的时间多在秋天，所以叫"秋决"；甚至，连古代的战争，也多在秋天开始筹备或发生，所谓的"多事之秋"，所谓的"沙场秋点兵"。如此，悲愁，自然就在秋天。科举的乡试，也叫秋闱，通过者叫"举人"，获入仕资格，名落孙山的，就叫"秋士"。

秋士自有秋思、秋悲。连国外也是如此——文士墨客多半敏感，易生悲愁，何况是在万木萧疏的秋天？里尔克的《秋日》，百读不厌，尤其最后一节，触目惊心："谁此刻没有屋，就不会再造屋，／谁此刻孤独，就会长久孤独，／就会长久醒着，将长信书写，阅读，／就会在落叶纷飞的时节，／不安地在林荫道上往来踟蹰。"大学时读到，这些年来，每次回味，都有不同感触。

"我现在过着的秋天，是已经失去的秋天。"这是葡萄牙诗人费尔南多·佩索阿说的。去年这些时候，读他的《不安之书》，曾这样记录自己的感觉：

像一把刀，它在我的生命里，切画出显豁的界限：此前，世界芜杂繁华，像夏天，盛大的果实，茂密的叶。此后，随着我一页页翻读，世界顿时简瘦，就像此时此际：叶落枝空，世界一片纯然的秋意。

"每一滴雨，都是我失败的人生在自然界哭泣。"此刻，在不断的雨声里，再次想起佩索阿的感叹："我的身体甚至影响我的灵魂冷得打战，不是空气冷，是因为看雨看得冷。"

便又想起，去年的秋天，前年的秋天，许多年来的秋天，就像，一首漫长的歌，一方沉重的磨，消磨着、碾压着这卑微的生命。

试着活下去的路

从俞然开始，到老卓，再到青花，深蓝，就"一加一教育网"看，似乎一夜间，大江南北都"起风了"。

清秋时节，起风，是自然，也是惯常，哪怕，稍微凉一点，刺骨一点。但"风"这玩意儿，给人的感觉，总是不一样的。敏感的心，如柔弱的枝叶，最易感觉到风雨。就像，瘦削、单薄的身体，更易感觉到秋意。

在俞然的文字后，复制了保尔·瓦雷里《海滨墓园》的最末一节，作为回复：

> 起风了！……只有试着活下去一条路！
> 天边的气流翻开又合上了我的书，
> 波涛敢于从巉岩口溅沫飞迸！
> 飞去吧，令人眼花缭乱的书页！
> 迸裂吧，波浪！用漫天狂澜来打裂
> 这片有白帆啄食的平静的房顶。

那首长诗里，最喜欢的，就是"起风了！……只有试着活下去一条路！"这句。大学时读到，一直根植心里。有时也脱口而出，表现某种莫名的悲壮，或引入自己的文章，彰显某种责任和担当。当然，可能更多的时候，或许都像那忧天的杞人，或挑战风车的堂吉诃德——瓦雷里一定不会想到，他的诗句，会被我如此引用和延展。

而眼下，秋天正在逐渐深入。我所在的四川盆地，离意大利的夏天和海滨，离瓦雷里和他沉思的沙滩，都很远，很远。不过，在渐起的凉风里，在不时飘飞的落叶中，秋天，墓地，死亡，苍凉……这样一些沉重的词语，到底还是让人觉得触目惊心。

斯土斯邦，太多的时刻和场景，太多的坚硬和冷漠，太多的伤痛和绝望，很容易让人意绪悲凉。凉得过多过久，自不免渐渐"麻木"——这时就会觉得，"只有""试着""一条路"，这些悲壮的词语，如此入境入味。

所以，愿意再默诵一遍："起风了！……只有试着活下去一条路！"在这个秋天的黄昏，薄凉的暮色里。虽然我并不能确切地知道，这样的悲壮和悲凉，因何而来。

像风回到风中，像雨走在雨里

入夜的时候，那场绵缠了一天的雨，继续绵缠着。又起了风，凌厉而森冷，仿佛要印证什么叫"风雨飘摇"——窗外的树，阳台上的竹，似乎，也都跟着一起飘摇了。

稼轩词云："觉人间，万事到秋来，都摇落。""都摇落"，当然也包括那些记忆：关于秋天，关于生命，那些美好的时刻，或者伤痛的日子，那些忧伤，或者激情——灰尘一样的记忆，被风拂起，又随雨滴落。

我说过，秋天是悲愁的，秋天，也是容易生发回忆的。年复一年，秋而又秋，太多的场景，细节和碎片，在脑子里变换着频道。而所有频道，都上演着一个共同的节目：生离，或死别。

哀莫哀兮。这样的节目，很容易让人呆愣，见多了，或看久了的话——伊格尼说："我以为是我眼花了，结果不是，是我眼瞎了。"那样深痛，决然。里尔克却倔强地表达：

> 挖去我的眼睛，我仍能看见你，
> 堵住我的耳朵，我仍能听见你；
> 没有脚，我能够走到你身旁，
> 没有嘴，我还是能祈求你。
> 折断我的双臂，我仍将你拥抱——
> 用我的心，像用手一样。
> 箍住我的心，我的脑子不会停息；

你放火烧我的脑子，

我仍将托付你，用我的血液。

人，就是这样奇怪的动物。一面，是毅然决绝；一面，却又绕绕缠缠。像所谓的仓央嘉措，明知最好不相见、不相知、不相伴……一直罗列到第十，最终却冒出"但曾相见便相知，相见何如不见时。安得与君相决绝，免教生死作相思"的纠结。

年年临秋，莫名的，也总会有这样恍然的时段，上演决绝和缠绵。即如此刻：一场阵雨的午后，风吹刮着早衰的落叶，凉意阵阵，脑子里却一片混沌。在网络里瞎逛，突然间，又茫然呆住，思绪走得远远，游丝般轻细，似有，若无。在屏幕里，似乎看见自己毫无表情的面孔，呆滞的目光，飘忽在渺茫的岁月中……

但，突然间的一阵电话响，就轻易把它碰断了，不再显形，不再附着。

然后就觉得，人世间，便是连发呆、沉默这样的事情，也是可遇而不可求的。风吹过，雨下着，庞大的世界，似乎只有回忆，独属于自己。

这样的回忆一旦开始，便与眼前的场景交织，纠扯：像风回到风中，像雨走在雨里。

没有人知道你在寒凉的夜里为谁守候

有好些个夜里，因为失眠，或因为酒醉，或因为酒醉后的早醒，不堪床上的辗转反侧，于是翻身起床，悄然开机上线。

其实并没有什么特别可做的事。有许多想法，一直积在心里，想出来，似乎还不到时候。于是在网络上，那些熟悉的地盘里，胡乱走动。

每次，也总是习惯性地挂着QQ。平时都一直隐身的，这样的时刻，却总是选择"上线"。私心里，是想逮一个和我一样失眠或醉酒的家伙，或者被好友们发现闪亮着头像的我，胡乱地说点什么，在键盘的敲击声中，打发这寒凉的时光。

夜是静的，冷的。除了我偶尔回帖或写字时的键盘声，什么也没有。我的QQ里，近50个好友，但没有一个头像，像我一样亮着。沉默和黯淡，仿佛他们此时的睡梦和心情。时光走着，在窗外的夜里，在安静的寒凉里。我在时光之流中，茫然地胡乱逛着，读帖，回帖，偶尔望着屏幕，吸烟，发呆。不时看看QQ面板，若有所待，若无所待。

然而，寒凉的夜里，并没有人为谁守候。

有一两回，也碰到过同我一样，在暗夜里不寐的灵魂，却往往是并不熟悉的风景。微微的讶异和问候的套词外，并没有太多语言。于是很快又复归沉默。

这样的时候多了，就感觉出了生命的况味。是的，寒凉的夜里，并没有人为你守候，就像寒凉的夜里，并没有人知道你在为谁守候一样。

那么，剩下的日子里，就让我这样沉着默，发着呆。就像一棵树，等待一阵风，就像一株荒野里的草，等待一场雨。或者，貌似无所待，心却有所待。

——上面这段文字，写于很多年前的一个夜晚。"寒凉"二字，再明显不过地标示了季节。虽是极随意的一个记录，看到的人，却也说好，或者是有同感吧。这些年来，一直有种很奇怪的感觉：我大多的文字，都写在这样的季节，写在这样的寒凉里。

是否，这也是这个季节赐予我的赠品，就像，那些与生俱来的伤痛和疤痕？

2007-2011 秋，断续完成于绿岛

在鸟鸣中醒来

小时候，在乡下老家，是真能体会到"在鸟鸣中醒来"的意趣的。

那是在川中丘陵深处，一个僻静的小山村。一座座简朴的农舍，散漫在瓦蓝瓦蓝的天底下。又被郁郁苍苍的山拥簇着，被清清亮亮的水环绕着，村子便显得格外的古意，幽谧。

房前多竹树，屋后多林荫。自夏徂秋，有洋槐、梧桐、桤木树、阔叶桉之类，先先后后、疏疏密密地碧着，绿着。便是冬天，万绿凋尽，也还有松柏苍郁的枝叶，傲然挺立，迎霜斗雪。人在村外，是断然看不到完整的房舍，而只能窥见一星半点儿的屋脊青瓦，或一缕两缕轻盈扶摇的炊烟。

便有许多鸟儿，相伴着住在村里。也便有声声鸟语，时鸣于竹树林荫——长长短短，响响落落，像悠忽不定的天外之音，又像遥远年代抖落的点滴回忆。

那时的每一天，都是在鸟儿的叫声中，掀开序幕的。黎明时分，黑夜逐渐淡薄时，第一声鸟鸣，便敲破了乡村的梦境。那是最朴素最平常，也最易兴奋的麻雀。在熬过漫长的黑夜后，它们率先醒来，在枝丫间，不甘寂寞地跳着，唱着。那细碎、丰繁的叫声，在树林里喧闹着，传递着，宣告着新一天的来临。

那些原本在夜色中沉睡的一切，便被渐渐唤醒，开始变得白亮而富有生气了。先是几声或高或低的吆喝，三两句若有若无的交谈，然后，是主妇们每日必奏的锅碗瓢盆交响曲。在这缤纷的声音中，一线橘黄的朝阳，缓缓升起，拂过山顶、山腰，最后落照在田畔的雏菊，河边的沙石和早起的村人身上。

到黄昏，也总有许多知名、不知名的鸟儿，从四面八方飞回来，绕着各自筑巢的枝柯，或屋檐，腾跃盘旋，嬉戏欢歌。麻雀们照例地叽叽喳喳，鸽子低唱着"咕咕咕咕"，斑鸠则高呼"火烧苞谷"……这一切，让人由不住想起"鸟近黄昏皆绕树"的古意。

氤氲暮霭中，一线线淡蓝的炊烟，在屋顶上飘绕着，升腾弥漫着。几点橘红的灯光亮起来，心底里，顿时满溢出一阵阵温馨的暖意——及至后来，读到王维的"春眠不觉晓，处处闻啼鸟"，才知道自己，居然就是在那样诗意盎然的环境中，度过了我的童年时代。

那是一种实实在在的平淡与从容。

那时，我常常以一个孩子的方式，与鸟儿对话。放牧，割草，唱山歌，采野花，四时不衰不绝的鸟鸣，伴随我度过了寂寞的童年。上初中后，一本泰戈尔的《飞鸟集》，那些充满光彩和幻想的诗句，更不止一次拨动我的心弦。

便是现在，每当我精神漫游，回望故乡，也总是那些鸟儿召唤着我，引领着我。随着那些飞翔的翅膀，伴着那些啁啾的鸣声，我的目光澄亮如水，我的心灵洞开如窗。

这些平凡、单纯的生命，伴随着我的骨骼渐渐发育，引领着我的心灵悄悄成长。它们成了我血肉的一部分，成了我灵魂热度的基本单元。

记得那时，母亲曾告诉过我们：鸟儿是灵异之物，鸟与人，是有着种种"因缘"的。在母亲讲述的那许多传说故事里，善良的人，最后总是变成鸟儿，而没听说变成猪狗之类的。母亲要我们爱护鸟儿。她常常"恐吓"我们，说，凡是揭过鸟窝，或捉过小鸟的，将来读书，手要发抖，写不好字。

这让我们从骨子里，产生了一种对鸟儿的敬畏和热爱。

七九河开，八九燕来。天蓝了，云也白了。春天到了，一群群啁啾的燕子，便赶老远飞回来了。它们在堂屋里，或房檐下呢喃着，衔泥和草，筑巢搭窝。它们那举世闻名的尾巴，在房前屋后忙忙乎乎，在斜风细雨中横剪翩飞，时高时低，或收或展。那起伏回环的优美身姿，让天空中充满了生动的舞蹈；那脆脆的啼音，在风雨中飘扬着，然后落降下来，让人听了，像有千百双温柔的小手，在心窝里轻轻地挠。

燕子的呢喃，只能听一个春夏，到秋天，它们又会匆匆飞去。唯有麻雀的叽叽喳喳，不但常年可以听到，而且无分冬夏，也不论丰年荒年。它们总在房檐下，或晒坪上，不知疲倦地喧响。热烈，欢快，明净。这些被称作"家雀"的鸟儿，乡间素朴的精灵，总是成群结队地生活在一起。那洋溢着群栖欢乐的宏大欢歌，在舒朗的原野上溅洒着，回响着，构成了我关于乡村和童年记忆的一部分——幸福而迷幻的部分。

还有翠鸟。它们那细长而尖的嘴，小巧而光滑的脑袋，和背部那鲜净的蓝色，总给人形象秀顾之感。像隐士一般，它们常栖息在水边的岩石上，或树枝上，轻巧顾盼，或屏气凝神地望着水底。偶尔展翅，箭一般疾掠而过，便销匿了轻盈的身影。只有那随意丢落的几句鸣声，短促而清亮，像阳光的颗粒一样，洒满清澈的河面。

有时在水边，还能看到三两只白鹤。或在幽静的河滨闭目憩息，或在漠漠的水田上，起落盘旋。这临水而居的又一位隐士，无论以怎样的姿态出现，浑身上下，都会呈现出匀称而和谐的曲线。它们有着青色的尖的长喙，头与身子离得很远；绳子一样灵活的长脖，无论伸着，还是缩着，都一样优美，仪态万方，且带着一点点圣洁和高贵。想想吧，四周是一片山色，眼前是一片静水；在山水之间，那一点点的白，该是多么惹眼。

还有大雁。这是些难得一见的精灵。它们总是在秋天的某个时刻，守时地掠过老家的天空。它们有着良好的自律感和集体意识。在整个飞行过程中，它们始终保持着那种令人惊叹的编队和造型。而当它们那清冽的鸣声，溅珠泼玉般落降下来时，硕果喜人的金秋，正悄无声息地，降临我们的家园。时至今日，我仍固执地认为，它们，是乡村中最具智慧和灵性的鸟儿——记得那时，每次看到它们，我和伙伴们，都会禁不住惊喜而兴奋地高喊："雁儿雁，雁儿雁，排个人字给我看……"仿佛听到了我们的祈求，它们果真就在清朗的天空，排出个大大的"人"字来。

此外，还有白鹭，喜鹊，斑鸠，画眉，黄鹂，山鸡，杜鹃（我更喜欢它的俗名"布谷"，因为它更接近乡土和农事）……它们那灿烂不息的鸣啭，点染着那一片疏朗、落寞的原野。

迄今为止，我所见过的鸟儿中，最有力度和气魄的，应当是鹰。

那时候，在老家屋后的山冈上，常能看到它们或奋飞，或栖息的身影。这雷霆般的猛禽，天空的骄子，鸟中的王，总是选择阳光灿烂、天朗气清的日子，展翅飞起。或迅疾若闪电，或舒缓似流云。

它们最先总是翩翩而起，张开翅膀，在蓝天上摆成个平平的"一"字，动也不动，只听任气流托着它一圈圈地、极有节奏地盘旋，回环，像一支渐臻胜境的昂奋乐曲。然后，便像攀缘在柔软无形的绳梯上一般，渐渐地，向着高远的天空上升，上升，并最终淡成一个锋锐的黑点，融入湛蓝的天空。

那明净、高远而旷阔的天空呵。

鹰总是高高在上地独自飞翔，让大地永远在它脚下，让天空永远在它翅上。而且，它们的飞翔，就像它们的最终归宿一样，简直就是一个谜——极像海明威笔下，乞力马扎罗山顶上，那具被风干的豹子的尸体——谁也猜不透，它们为什么要飞那么高，飞那么高，想干什么。

它们，似乎也并不希望人们猜透。它们只是在高天上飞着，缓缓地盘旋着，静静地滑翔着；和云朵融合在一起，和高天的圣光融合在一起。它们那犀利的眼睛，矫健的风姿，超迈的气质，和那高不可及的生活空间，常常让我想起"王者风范"这样的词语，让我稚嫩、幼小的心儿，由不住一阵阵战栗和悸动。

许多年后，回忆起那战栗和悸动，我曾写过一首饱含激情的长诗《鹰，或者高天》，发表在《绿风》诗刊上。在诗中，我这样写道：

> 在生命无法抵达的领域，它仍在飞腾
> 这披风执雨的剑客，轻轻煽动
> 沉默的巨翅，便远离了尘世和人群
> 远离了低矮的山峰。燕雀。落日
> 和扑朔迷离的云霓。它拒绝了鲜花
> 也拒绝了掌声。它只是不断地俯冲
> 滑翔。粉碎一切障碍。然后冷峻地上升
> 这高蹈坚卓的猎手，它唯一的渴求
> 只是下一次，更高更远的航程

从某种意义上说，它使我的心灵，也达到了一种超迈和高远。

在十余年的为文生涯中，我还写下了大量与鸟儿有关的作品。这或许与童年的记忆有关。更准确地说，与童年时的那些鸟儿有关。

那些童真而充满幻想的年代，是我一生中最为纯洁、简单、明净的日子。那时候，仰望着老家的天空，凝视着那些自由飞翔的鸟儿，心底里，常常由不住荡漾出一种强烈的景仰，和向往——对天空，对飞翔，对那可望而不可即的高度、空阔和自由。

就像我在诗中说的那样：鸟儿始终在头顶，注定要我仰望；鸟儿始终在飞翔，注定让我向往。

那时常常做梦。在梦中，我总能像鸟儿一样展翅飞翔，放声歌唱；我总能像鸟儿一样，自由地到达我所向往的任何一个地方。即使梦被惊醒，想象也仍会延续，让我莫名地激动。那时，幼小的我还不知道，有些愿望会终生无效，有些幻想的存在，只是为了映照出现实的窘迫和无奈。

现在想来，我多年来坚持不断的冥想和写作，或许可以算是对早年间，那些寂寞理想的一种遥远呼应，一种精神上的补偿和慰藉。置身尘世，为名利和得失拘囿，渴望高远和超迈的梦寐，却依然如故。只可惜胁下无翅，终究不能像鸟儿一样，随时振翮而起——这时候，一张白纸，就像辽迥、旷远的天空，充满了无限的可能和自由。我像鸟儿一样，在纸上飞翔，在浩阔的冥想和幻觉中，抵达一个个高度和远方。

事实上，鸟儿也是人类精神最贴切的形象外显。从遥远的古代开始，鸟类就始终以其轻盈的飞翔，带给人类最自由、最瑰丽的梦想。仰望鸟群，渴望飞翔，早已成为人类的一大心事。如果说，鸟儿是用翅膀思考，我们则是用头脑飞翔。

早些年，借着鸟儿给我的灵感和想象，我还写过一首诗，一首曾给我带来不小声誉和遐想的诗。它在遥远的异省获奖，主办者曾殷勤邀我到杭州领取。后来，又先后被收入两本影响较大的诗歌选集中。

在那首叫做《渴望》的诗中，我借助鸟儿的翅膀，娓娓诉说自己的心曲，诉说我这个卑微弱小者，对于生活，对于人类的热切爱意——

> 我渴望也有一双灵巧的翅膀
> 在天空，温柔地盘旋
> 在花草丛中，自由栖息
> 在我未曾去过的地方
> 留下我的身影
> 在我所有爱者心底
> 留下我真诚的歌吟
> 让他们和我一起
> 热爱生命，放声歌唱

时至今日，我仍为这种"虚拟的飞翔感"诱惑着，沉醉着，不能自拔。

一直觉得，鸟儿是一种很特别的动物。作为曾经的睦邻，在本质上，它们有着不同于我们的东西——它们总是在嬉闹的漂泊中，保持着和谐和热爱；总是像灿烂的音符一样，在快乐的飞翔和不息的歌唱中，闪烁着精灵般的光亮。

这种感觉，或许来自鸟儿的飞翔。

在整个飞行过程中，它们那玲珑的翅膀，总是不停地抖动着，那灵巧的身子，也因之上下翻飞。每当它们轻盈地飞过头顶，我甚至能听到那翅膀拍击出的气流声。它们那舒缓、高贵的从容气度，令我禁不住生出由衷的敬意。它们翅膀划过天空的轨迹，在我看来，是所有曲线中最美的一种——美得好像不是飞翔，而是歌唱，无与伦比的自由灵魂的歌唱。

说到歌唱，我觉得，世上再没有比鸟鸣更耐听的音乐。在蓝天和旷野的背景中，在清泉和微风的映衬下，在树影的婆娑和草色的摇曳里，那声音，是那样地本色，天然，滋润，那样地简单而丰富，活力浑厚，涵蕴深远；任何人或乐器，都只能摹拟其形，而不可能得其内质——它是"一"，也是"万"，是有限，也是无穷。就像一幅色彩斑驳的油画，目力所及，只是一些线条，色彩，光与影的变幻，但整幅画的意境，只能用心灵去体味，去感悟。

活泼泼的鸟鸣，总能给人干净、温暖、快乐之感，让人恍若置身田园，回归单纯与真诚。这本身就包含着一种智慧，一种力量，一种猛醒和顿悟，犹如醍醐灌顶一般。

所以，成年后聆听鸟鸣，总会情不自禁地，想起有关生命的种种哲学。那是孔子的哲学，老子、庄子的哲学，王维、孟浩然的哲学。一只鸟就是一位哲人，一位布道的大师，我们都是虔诚的听众。一声鸟鸣，也往往就像一句禅语或偈子，包含着人与人、物与物、自然与风景、一切与一切的，最和谐、最相通的共鸣。

难怪，古代的寺庙，都建在鸟语呢喃的深山浓雾中；也难怪，那些飘逸的闲士，总喜欢归隐于鸡啼鸟鸣的山水田园。

"鸟鸣山更幽"，王籍说。一个"幽"字点出的，实则是一种人生境界。

写这些文字的时候，我是在城里。在这个远离老家，远离农事和自然的城里，我整日里望到的天空，是破碎的，僵硬的，是缺乏生气、杂乱无章的、暧昧的铅灰。再也看不到那深窈的湛蓝，再也听不到那婉约清脆、鲜活清悦的鸟声。

我与那些鸟儿，暌违已久，恍若隔世。

每次回乡，翘望天空，那里，也早已空空如也。那些曾经丰繁的翅膀，一下子就远去了，消失了，只留下灰蒙蒙的天空，空旷一样的"空"，空洞一样的"空"。

虽然我知道，鸟儿们大都有随季节辗转迁徙的习性。这一回，却并不像迁徙，而像一次逃亡，大规模的、无可奈何的逃亡。面对着人类不断排放的废气，不断施洒的毒药，不断制造的猎枪，不断翕动的饕餮大嘴，柔弱如花的鸟们，又怎能不加速飞离和逃逸呢？

前些年，报纸上曾说，四川的麻雀已乘坐火车，集体出川了——那情形，让人一下子想起电影中，战争年代里，那些弱小者，在侵略军大举进逼后的仓皇逃亡。

身居闹市，更不可能与鸟为邻了。嚣攘动荡的城市，能给树木容身与生长的空间和机会实在太少。而鸟，也无法在水泥丛林里搭窝筑巢。走在街上，望着人行道旁的树木，尽管那样枝繁叶茂，总觉得还缺少了些什么——一位诗人朋友说，没有鸟儿栖落的树木，长得再高大，也只是呆板的舞台布景。

而生命本身，是多么渴望亲近那纯质的鸟鸣啊。

一声鸟鸣，就是一片炊烟缭绕的家园。

公园的鸟笼里，当然也还有鸟。不过，我实在不情愿谈到它们。那只是些被囚禁的玩物和道具。在它们身上，隐藏着一种深深的落寞和悲哀。可以说，它们已完全地退化了，"非鸟"了。它们在逼仄的笼子里扑腾，跳落。那喃喃的鸣叫，仿佛抽噎和哭泣；那忧郁的神情，仿佛在倾诉失去自由的悲哀，怀念远逝的天空和家园。

这种倾诉，一定是伤恻的；这种怀念，也一定是痛苦的。所以，它们在短暂的啼鸣之后，便是长久的沉默；就像风烛残年的老者，被回忆的阴影袭击和掩埋。它们静静地栖在笼中，睁着茫然无助的眼睛，冷冷地望着天空，望着它们的主人——人类。

读到过一篇文章，作者说他在北京的一个公园里晒太阳，"伸懒腰一扬手臂，树上的麻雀全吓跑了。戴红袖标的街道大妈说，从1958年以后，麻雀就开始这样了"。另一则材料则说，广东上空的鸟儿，要普遍地少于邻省，鸟儿再也不敢像孔雀一样"东南飞"，因为那里的人什么都敢吃。

人，是多么地可怖啊。

我不是公冶长，不通鸟语，不知道鸟儿们躲在我们目力不及的远处时，会如何谈论人类对它们的戕害。但我明白了，飞鸟的远去，是因为人类的恐怖和贪婪。天作孽犹可受，自作孽不可救。倘若继续这样，人类在这地球上，会不会孤独得只剩下自身？

这时，我脑子里重又浮现出童年、少年时，我们被麻雀丰繁的叫声唤醒，在画眉、喜鹊的合唱中，背着书包上学，在布谷的啼鸣中，大声朗读的情形——我有幸还留存着这样的记忆。虽然零碎，遥远而模糊，但毕竟还有过。

而我刚满6岁的儿子，却只能和他的同龄人一样，坐在松软的真皮沙发上，可怜巴巴地，听赵忠祥在电视里，用充满磁性的声音，讲述南太平洋岛上的鸟的天堂。然后，望着空无一物的天空，茫然地发呆。

他聪慧而幼小的心智，或许将永远弄不清楚，那种叫"鸟儿"的东西；也永远弄不明白，鸟儿的鸣叫，究竟是怎么一回事——当然，他更不可能理解，我含泪写下的这些伤感的文字。

那将是多么可怕而悲哀的事啊。

1999.4　苦茶居

附：

与鸟有关或无关（组诗）

高飞的鸟

> 高飞的鸟，减轻我们灵魂的负担。
> ——（希腊）埃利蒂斯

在积雪的冬天，寒冷的边地
鹰，常常飞临我的头顶
那高高在上的姿势
构成我血液中奔涌的精神
仅一翎羽翼
就包含了我所有向往的言辞

这雪水滋润的大地
充满种子们期待破土的声音
风和阳光，贯穿我
浩茫的岁月，无边无垠
而鹰，常常在我心中静静栖息
如坚韧的麦粒。当它萌发
就从那最高峻的悬崖上
一飞冲天，冲出令人侧目的惊奇

这是我灵魂的渴望
在边地，在凛冽的清晨
和无风的黄昏，高飞的鸟
像桀骜的古代英雄一样
在雪峰和天空的巨大背景上
自由地，迎风翱翔

受伤的鸟

受伤的鸟，在我手掌中挣扎
翅膀扑腾着痛苦
和对天空的强烈向往
我听到偌大的山林
在此时静寂无声
如此结实的沉默，令我胆寒心惊

这不是我射杀的鸟
我的心中，也没有半点恶意
但它对我，怀着深深的警惕
和仇恨。它的挣扎
是愤怒的挣扎。它的眼睛
是瞪视仇敌的眼睛

这使我想起许多年前
和朋友们追猎的那只野兔
想起那一声枪响后
大地剧烈的颤抖
和我们充满恶毒的笑声

血，冷冷地流在我的掌中
流进我的心里。红红的
艳艳的。让我目不忍视

受伤的鸟，圣洁的鸟，一滴
灿烂的鲜血，就使整个人类的灵魂
溢满忏悔的泪水

鸟鸣幽幽

是谁轻轻唤我？在这林中
树叶明亮。泉水清澈
谁，洒下一串串温暖的词语
洗涤我的旅尘和眼角的皱纹
使我泪流满面

鸟鸣幽幽。从树叶间
或花丛中，水一般清亮地流出
绕林而游，在我心底
溅起巨大的幸福浪花

我久久寻觅。穿过深邃的浓荫
与静穆的空山默然相望
风，栖息于某株草茎
所有的石头和树，都充满
这悠远的鸟啼。忽暗，忽明
回过头来，谁啊
在我肩头，洒满梅花
温柔。宁静

渴望

这些日子，是什么在我体内
不停撞击，使我
时时激动，幸福而忧伤

现在，我躺在十月的阳光里
聆听枯草和落叶的絮语
怀念那些鲜花般逝去的岁月
风雪，和果实的芳香
我想起这世上还有那么多地方
没有去过。还有那么多人
未曾谋面，爱他们或被他们爱
我的每一次呼吸
都是一声沉重的叹息

一群鸽子在天空自由飞翔
我嗅到它们身上海和云的气息
明亮的爱和温暖，美好而真实
我渴望也有一双灵巧的翅膀
在天空，温柔盘旋
在花草丛中，自由栖息
在我未曾去过的地方
留下我的身影
在我所有的爱者心底
留下我真诚的歌吟
让他们和我一起呼吸
热爱生命，放声歌唱

鸟的翅膀

鸟的翅膀，永远在树和人类头顶
在天空和云朵之上
比高还高的高度，被我们景仰
它随意抛洒的一匹音符
就比一吨纯粹的黄金
更重。比一滴迅疾的大雨
更能将我们深深刺伤

在九月，它抖动火焰般的羽毛
锋利地划过天空，就飞越
我们梦寐以求的渴望
和辉煌。它振翮的声音轻轻传来
就在半夜潇潇，惊动我一生的忙碌
和歌唱。临风窗前
它闪电般的影子照亮从前
让我看到，依稀的羽毛之后
迎面铺开的道路上，时光
深处的白色风尘，和温馨家园中
那随风飘摇的古老星光

我漫长的一生，都在渴求这样一双翅膀
穿过季节的风雪，抵达
花草丛中的春天，和比爱情
更温暖明亮的阳光
而鸟的翅膀，比我的向往
更高，更远。在世俗的衣衫后面
我痛心疾首看到的
永远都只是人类飞翔的梦想

大树下的家园

实在不能想象，如果我们的视野中，生活里，只有一座座繁庶的城镇，或一幢幢零落的房舍，而没有树，没有那一棵棵生机勃勃、绿意盎然的树，该是怎样的情形——那大地，该多么荒芜；那天空，该多么空旷；那些漫长的日子，该怎样平淡、单调；那空气和环境，又该怎样干燥、肮脏，令人不堪忍受！

人与树，有着与生俱来亦将与生俱去的亲密关系——有时我甚至觉得，树，或许就是造物者用来救助人类的密语，或箴言。

想想，谁没有在烈日下，或暴雨中孑然行走的经历？谁没有在树荫下躲避过日晒雨淋，歇息过疲乏的双脚？谁没有在树木构建的屋宇里，悠闲地生活或休憩呢？便是死了，无论火葬，还是土埋，大多数人的最终归宿，也将是一方薄薄的柏木棺材，或木质的骨灰盒！而老家的人死后，更要在坟前墓旁栽植松柏，既预示着死者的长青不老，似乎也寓意着，唯有树，才能与人共同完成悲壮的一生。

有时甚至觉得，人不过就是会行走的树，树则是站立着的人。所不同者，树死后，依然是树木，人死后，却只能叫尸体。

对弱小的人类来说，树更像仁慈的长者，不息地荫庇着我们。与其说人类最初是在树上，躲过了无数灭顶的灾厄，不如说是树保护和容忍了弱势的人类。人类最初的智慧，肯定是从树上获得的；大慈大悲的释迦牟尼，便是在菩提树下结跏趺坐时，才参透、顿悟了人生。翻开历史，我们不难发现，每一个民族，在其鸿蒙的远古时期，都曾有过"树木崇拜"的习俗。这是一种可贵的"泛神崇拜"，一种隐约知晓了树木与人的内在联系的精神性祭典。

人类最初对生存繁息之地的选择，一定是以有没有树作为依据的。虽然，并非所有有树的地方都有人居住，但没有树的地方，肯定不会有人、有村庄。而村庄，用艾略特的说法，是"一个人的归宿"。古往今来，人世代谢，在一次次沧桑变迁中，真能始终不移地与村庄同呼吸、共命运的，也只有村头村尾，那一棵棵虬枝苍干的大树。

树的历史，就是村庄的历史。反之亦然。甚至可以说，树，就是村庄的另一种生命形式——在广大的乡野间，现在仍有许许多多叫作"杨村""李庄""桃花沟""梅子湾"的村落。桃李杨梅之类，或许早就没了；那些名字，却顽固地传袭下来，仿佛要让后人永远记着：这里，曾经有过葱绿而蓬勃的树；它们与这里的人，曾经有过亲近而密切的关系。

这，或许是先民们对树木的一种铭记和感恩吧——树木不仅哺育了人类，构筑了人类最初的家园，还带给我们智慧上的启迪，精神上的依托。

早几十年，在不少乡村，我们都能远远望见，那些伫立村头的蓊郁古树。或是根深叶茂的黄葛，或是苍翠多姿的榕树，或是越老越青枝绿叶的榆树……无一例外的是，那婆娑的枝叶，总是四散着撑开，在夕阳或晨晖里，闪烁摇曳着绿色的光芒，恍若巨人手中，高高擎着的火炬。

那样的一棵树，常被视作那个村庄的标志。

往往，那树前还垒有小小的土台、石台。台前，有焚香烧纸的遗烬，跪拜祷告的印迹。苍褐多皱的树干上，缠着一匹半匹红布，是人们用以祈福、消灾、避邪的"愿物"。那就是古人所说的"胤树"。胤者，后代之谓也。人们是把树那繁枝茂叶、蓬勃旺盛的生命活力，看作了子孙后代传衍无尽的象征。

最著名的"胤树"，或许是黄帝陵畔，那棵据说系人祖轩辕手植，迄今已有5000多岁高龄的"轩辕柏"。整个华夏民族，所有炎黄子孙最初的根脉，都源自这棵古柏下面，源自那森森的绿意之中——一个民族的历史，像树一样种在皇天后土里，伴随着风来雨去、岁月流转，而根深叶茂，而老树新芽，这是多么富于诗意和哲理！

在民族记忆中，还有一棵树，尽管原物早已不存，仍时常被很多人铭记，那就是"大槐树"。"问咱老家在何处，山西洪洞大槐树。祖先故居叫什么，大槐树下老鸹窝"这首歌谣，不少人耳熟能详。因为它关涉着一次影响深远的迁徙，关涉着许多人的旧地故里——多少代人的辛酸、委屈、悱恻、凄切和思念，都凝固在那棵大槐树的枝叶里了。

便是极平常的一株大树，也可能荫庇着一个庞大的家族，甚至一个繁庶的村庄——每次看到这样的树，我都禁不住想：在曾经的岁月里，它们，似乎也只有它们，一直默默看护着脚下的大地。它们目睹了大地上那么多阴晴晦明，那么多沧桑荣辱，那么多盛衰契阔。

它们，已成了村庄的旗帜，大地的精魂。

据说，生活在南太平洋所罗门群岛的土著，至今仍信奉一种独特的伐木仪式：天刚破晓，伐木人便悄悄潜行到树下，冷不防地对着树大声尖叫；连叫 30 天后，那树就死了，倒了。土著人说，是"叫喊声杀死了树的灵魂"。

人非草木。我无法想象，那能杀死"树的灵魂"的叫声，会怎样尖锐、惨厉和恐怖。但我知道，树和人一样，也是有感觉、有情绪的。科学家说，当一棵树被砍伐，它们身上，会散发出一种不同于平常的波段；这种代表着痛苦信息的波段，一旦被旁边的树感觉到，它们全都会因此而变得闷闷不乐，萎靡不振。

或许正因如此，才会有"草木通灵"的说法。

有不少自然的歌者，在他们的诗文中，记载、描述、咏赞过树。依依的杨柳，青青的松柏，萧萧的白杨；记忆里的树，神话中的树，山顶上的树，悬崖边的树；生命之树，爱情之树，友谊之树……似乎每一棵，都能牵动他们的情思。他们，也总是为那一棵棵树感动，或歌吟，或泣哭，或慨赞声声，或悲叹连连。

漂泊异地的人，最不能忘怀的，往往就是"故国乔木"。魂牵梦萦，它们仿佛一直牵惹着游子的乡愁（巴金先生远在上海，却一直记念着成都老院中的那株银杏）；思念逝者的人，常记起逝者手植的那一株，仿佛那枝枝叶叶，仍存留着逝者的话音和体息（归有光《项脊轩志》结尾说："庭有枇杷，吾妻死之年所手植也，今已亭亭如盖矣"）。便是家国之痛、黍离之悲这样宏大的主旨，也常借托树木来表达（姜夔词中，就曾以"废池乔木，犹厌言兵"，来抒慨扬州城惨遭兵火后的颓圮荒凉）。

真是"树犹如此，人何以堪"！

日本作家川端康成曾说："人们给树木起了诸如乳垂银杏、连理松、化妆柳等种种名字，都含有人的情意，这就是文学。"事实也正是如此。在多情者眼里，树与人的生命，是交感互应地联系在一起，并传达着人的信念和向往，意志和思想。

比如说，柳树的柳，就是"留"的意思；枣树的枣，就是"早"的意思；月桂的桂，就是"富贵"的"贵"；槐树的槐，也就是"怀念"的"怀"。而银杏，也就是被叫作白果的，在郭沫若笔下，更被看作"国树"："你这东方的圣者，你这中国人文的有生命的纪念塔，你是只有中国才有呀！"

在大西北广袤无垠，干旱少水的戈壁滩上，生长着一种胡杨树。据说，三千年不死，死了三千年不倒，倒在地上，三千年不腐不烂不散架——斯树的生命和精神，何物可堪比拟？

此外，像铁树开花，杨柳垂泪，合欢连理，梅妻鹤子……多少含情含义的故事，都与树木关联在一起，与那葳蕤的枝叶缔结在一起。平凡的树木，寄托着那么多人的情感和精神，这真是一种美好的理念，纯粹中国式的理念。

蜗居都市一隅，被喧哗和骚动追逼，常常觉得自己像一枚远离了大树的叶子；在寻找逃路，却无可遁逃的日子里，我时常怀念乡下老家那些树——我渴望通过这种怀念，获得久违的绿意和宁静，获得精神上的安妥和慰藉。

那是在川中丘陵深处，山簇水拥的一个小村庄。早年间，家家户户的房前屋后，地角田边，都不乏花草相绕，竹树环抱。虽只是些极平常的苦楝、槐榆、松柏、青冈、桤木、桃李，但那一年四季不衰不歇的郁郁葱葱，到底为村庄平添了无限生机和诗意。现在想来，真有些"绿树村边合，青山郭外斜"的韵致。

村头，也有几株槐树。年纪大到谁也说不清是谁、在什么时候种下的。却依然旺盛，蓬勃。枝叶密密匝匝四散开去，在高空又繁茂地聚作一团，如一朵凝滞的绿云，又似一柄硕巨的大伞。每次还乡之旅，我都要默默地凝望许久——像灵异的使者，它们引领着我重返旧日。

早年，在寂寞的乡间，那些树曾给我们平淡无奇的生活，带来无穷乐趣。且不说在那深浓里，中午歇晌、夏夜纳凉的舒惬；也不说在树下讲古谈天，让劳累困顿的村人，所感受到的清爽；单是那苍老的树枝，佝偻的树身，斑驳的树皮，以及虬曲盘错，呈龙似凤突出地面的树根，便为我们的小村，演绎出许多神秘而沧桑的故事。年老的长辈，总喜欢指着其中某一棵说，某年涨大水时，它的枝杈，曾救了多少人性命；又指着另一棵说，某年闹饥荒时，人们是靠吃它的叶子，才活下命来的。

我稚善的童心，常常被感动——灾害到来，人都会四处奔逃，去异地求食谋生；如果树有脚，树也一定愿意远走他乡，去寻找水土丰美的地方。但，树就是树，那么诚笃安稳，那么忠勇宽厚。无论顺境逆境，一旦扎根，它们就始终站在原来的地方，一动也不动。

树是出世的。树不动，就没有颠沛流离的劳苦。树不说，就没有口角是非的烦恼。树不想，就没有贪婪邪恶的欲念。面对生存的困厄，它们不是逃避躲闪，而是挺立坚守。风来时迎风而舞，雨来时随雨而歌。便是利斧飞来，也不见树惊慌，而只见树苍郁的沉默。

比较而言，人常常是多么脆弱而自私啊。

这些年来，闹过很多次洪灾。在有关抗洪救灾的画面中，我特别注意到那些树，那一棵棵洪区的树，救命的树——在滔滔洪水中，那一棵棵咬定土地不放松的大树，成了灾民脱险求生的最佳选择和有力依靠。"前人栽树，后人乘凉"的说法，在洪水到来时，则成了"前人栽树，后人活命"。

洪灾当然是不幸的。但它也让我们对树，有了更多认识、思考和反省，尤其是曾经的乱砍滥伐，对水土和气候造成的几乎不可逆转的致命伤害——遗憾的是，意识到这点时，在我们的家园里，树已越来越少。稀少时才觉得珍贵，欠缺时才感到重要，我不知道，这是不是人类认识上，永远的致命痼疾。

回想当初，我们的祖先揣着从树上得来的智慧，终于走出森林，开始刀耕火种的历史，也开始了征服自然的进程。从脚下开始，他们的活动空间，不断地向未知的远处拓展。经过漫长的岁月，所有的远处，差不多都已被穷尽。而那富庶、繁荣的欲望，仍在剧烈膨胀。最终，他们举起屠刀，向着曾庇护过自己的树木，伸出了贪婪的手。

在人的欲望面前，树总是无力抵抗，只能节节败退。树是良善悲悯，温柔敦厚的。它们从不欺辱别人；面对别人的欺辱，也只是默默承忍。就像美国作家谢尔·希尔弗斯坦绘本里的那棵"爱心树"，它们以自己的默默承忍，回应我们的胡作非为。

承忍，却并不是原宥。人还不知道，他将为自己的贪婪，付出多么惨痛的代价——缺少树的荫庇，我们的家园，日渐荒芜。大雁南飞的景象看不见了，白鹤群迁的景象成了过去，"到处莺歌燕舞，更有潺潺流水"的诗意，更只是昨日的童话。然后，气温升高，土壤沙化，水土流失，最后，自然而然地，只能是旱涝灾害。

再没有比这更令人痛心疾首，却又悔之莫及的事了！

我得说，异地奔走的岁月，老家的树木，始终和我的生命，苗长在一起。

就像亲人和朋友，它们植种在我心中，与我根须相接，血脉相连。那些枝叶，那些浓荫，那些鸟巢和鸟的鸣唱，不断涌现在我眼前。乡野的气息和声音，也总是通过那一棵棵树，以奇特的方式传透到我心里。沉默或喧哗，它们始终有一种幽远的旋律，震荡着我的灵魂。那神秘的力量，使我的心灵一次次颤抖，使我的生命和文字，像它们一样，像大地的器官一样，紧紧抓握着大地。

还记得，其中有几棵，是我幼年时亲手栽下的。每次回家，望着它们挺拔向上的样子，闻着它们特有的气息和芳香，我心里都会有一种难言的激动和感慨——

遥想当年，刚栽下的时候，它们是多么孱弱，纤细，甚至不及我的膝盖高。而现在，我得使劲仰着脖子，昂着头，才能看到那直耸云天的树梢了。

每次看着它们，我也总是禁不住想：它们，居然是由一个没什么能力，也不那么成熟的少年栽下的。而今，却长得那么粗壮、威风，这是多么不可思议的事！更不可思议的是，我有时会想，在时间的斧头面前，我肯定比不过它们，当我离开这个世界，它们依然会站在那里，站在我为它们规划、确定的地方，惯看风雨，等闲霜雪。

如果当年，我栽下了更多的树，那该是多么美好——把一棵幼小的树苗埋到土里，它就会生根，生长，并且永远站在那儿，这是多么有意义的事啊。

它们，让我的记忆，有了深扎大地的根茎，让我在城市中，每一次涌起怀念的时刻，都能真正地"叶落归根"。

前些年，我曾有机会去九寨沟。那是被称作"童话世界"的地方。山奇水秀，草绿树丰，原始森林幽深无涯。千姿百态的松、杉、柏、桦，美丽而欢欣地生长着，蓊蓊郁郁，生机益然。土地湿润，空气爽怡，感觉，便异常清新、舒惬。

望着车窗外疾掠而过、挨连成片的高乔低灌，我忽然心有所动——长成这样一片树林，需要多少岁月？一旦砍倒，又该等多少年，才能再长成这样的一片？在我们生活的大地上，还有多少树，可供我们不断砍伐下去？

"伤心一人黄泉后，再得斯人又何年？"这样的感叹，对人如此，对树亦然。

在我们的生活中，树日复一日地少了。作为现代都市的蜗居者，我的窗内没有花草，窗外也缺少树木。想想，曾经实实在在的树木，现在只能像幻梦一样，留存在我们的记忆和想象里了，这是多么令人痛心的丧失——为了自己和后代的生存，我们不能再做砍树者，而要做一个种树者，护树者。我们应当让更多的树，来庇护、陪伴我们的家园。

只有被大树呵护、簇拥的家园，才是我们永远的乐土，和福地。

2001.5　绵阳东河坝

在唐家河

这一切在那里，就像一个善的大海洋，光明和宁静在里面降落。

——雅姆（法国诗人）

到清凉之境去

盛夏，热且闷。浊汗。腥臊。飞扬的尘土。燠热的空气。这样的时节，不禁畅想清凉、净静。刚巧，作协组织到唐家河采风，便欣然启程。

路线是熟悉的。从绵阳出发，经江油、平武，过青溪，4小时左右车程，便到。几年前，曾在与之毗邻的平武工作，早知晓那里是国家级自然保护区。近两年，又成了声誉日隆的川西北避暑热点。

但它最得意的历史，来自三国。魏将邓艾由此翻越摩天岭，经阴平小道，取江油关（今平武南坝）袭蜀，并最终灭掉蜀国，建下奇勋。

历史的尘烟远去。而今，只留下无形的足迹和渺远的传说。当然还有：高高的山。亮亮的水。明月。清风。杂花。乱草。古树。和并非人人都能看见的珍禽异兽。

毛香坝。保护区本部所在地。不大，但相对整饬，是山间难得的平坝。在四围群山簇拥下，宁静，安祥。各色半仿古建筑依地而建，错落有序。红顶白墙，绿树杂花，偶有烟雾缭绕，仙境一般。抬头是山，高乔低灌，杂然相陈，活写着一个个绿字。极目远眺，山腰、山巅多有白色云雾，风吹云走，露出更多的绿来。

这里没有浮尘，喧闹，只有清新的空气，适宜的温度。这里没有车水马龙，只有遍地野花，成群舞动的蜜蜂、蝴蝶。这里没有污染，没有猎杀，只有大自然赐予的一切美好和洁净。

213

这里，是离自然最近的地方，不，这里就是自然本身。

慢慢闭上双眼，让自己完全置身于天地间，置身于纯粹的自然里。然后，让自己回到内心，回到自己的感觉和灵魂。

风声。鸟声。水流声。林涛声。虫鸣声。声声入耳。久居闹市，终日被各种人造声充斥、包围，而在这里，一切都是天籁。安谧，和谐，美妙。似乎可以听见山泉的呼吸，可以闻到泥土的芳香。置身莽莽山野，相对于偌大的自然，人，是那样微不足道。

这才是真正的清凉之境。如禅宗里的当头棒喝，让人恍然有所顿悟。

青溪：不到五分钟的记忆

青溪是青川县的一个镇。古旧。沧桑。小。穿镇而过，车行不到两分钟。但去唐家河，这是必经之地。

青溪历史久远，但我的记忆漫漶不清。只知道，是旧县城所在地。传说中，有著名的青溪八景。从唐家河回来，车停半小时，让我们闲逛。"八景"早已不见，只见到窄的街道，有水泥的，碎石的，还有混凝土的。斑驳。杂乱。有人在街道上晒粮食。秸秆遍地。偶尔有风，卷起灰尘、杂草无数。

民居极古朴。有汉族风格，也有回族风格。后者更多。据说这里杂居的，以汉、回为主。窗棂、格扇、门雕、栏杆……造型别致，做工精巧。雕梁画栋，古香古色，如一页页古书，向我们诉说着小镇邈远的岁月沧桑，和屐痕。还有清真寺。星与月的标志，不鲜，不亮，但在阳光里，晃得人眼花。

还有古城墙。明，清，或者民国，辨不出朝代。残破，凋圮。泥土多有风化，剥落下来，长满说不出名儿的杂草，野花，无声地摇曳。靠墙根的人家，也倚着墙土，种了些花或蔬菜。花开得艳丽，热闹。南瓜、丝瓜、四季豆，有的开着花，有的结了果。

这些，都是小镇风物。但让我记住小镇的，并非这些——我对这小镇，只有五分钟不到的记忆。这记忆，来自去唐家河时，在这里接到的一个电话。

刚能望见青溪时，手机响了。熟悉的号码。听到的第一句话是"终于打通了"，有惊喜，有激动，还有安定。这个"终于"，让我知道，此前漫长的三个多小时里，她一直在拨打。其实也没什么事，她只是告诉我，她的关心和担心，只是想知道，我的顺利和平安。

她的声音，像平常一样自然。她的话，像平素一样零碎。但在青溪，在这陌生的小镇听到，让人有特别的感觉。

到小镇前，是漫长的公路。过小镇后，也是漫长的公路。公路在山上，或沟谷里，除邻近青溪这段，我的手机一直没信号。我告诉她：如果突然没了声音，就是进入盲区了。果然，没说几句话，就又没了信号。看通话时间，五分钟不到。

但我记住了青溪，记住了这个小镇。因为一个不到五分钟的电话。

温柔地掉在陷阱里

车到唐家河，稍事洗漱，鲜已在楼下喊我们吃饭。鲜是管理处副处长，专程接待和陪同我们。不高。清瘦。但耿直，豪爽，热情。

这可能与常年在山里行走，与大山亲密接触有关。山有敞阔的胸怀，有幽深的涵养，有雄浑的气概。人在山里，年深月久，自然会被熏陶，感染。

鲜就是这样。第一次见面，就让人觉得面善，熟络。到餐厅，三两杯酒下去，这种感觉，更强烈。

所谓"无酒不成席"。豪爽的主人，接待的又是一帮作家、诗人，那气氛，自然就很容易上来。

酒是蜂蜜酒。60度的纯粮酿制。二两多的杯子，满满斟上，每人面前一杯。虽有蜂蜜作了修饰，烈酒的本性却没改变。而正是由于这修饰，让人喝起来感觉很爽。不辣口，不杀喉，很畅滑。但余味长，后劲足。毕竟是60度。领教过此酒厉害的人，早有提醒，说千万别多喝。所以一上桌，大家都很拘谨。说，只一杯就好。

但酒这东西，喝下去就不由人了。加上气氛愉悦，宾主相见甚欢，话多，豪情也容易壮。明明只说一杯的，一杯喝完，却主动要来，又满满斟上。主敬客，客敬主，三两下，就又是一杯。

夜却还早，散席的话，怎么也不好说。斟酒的小妹于是一壶壶地，只管往桌上拎，往杯中倒。酒也便只管往肚里走，像蜜蜂的翅，只管向花丛中飞。

等明白自己醉了时，局面已经难以控制，浑然不觉之间，就已经掉进蜂蜜酒那温柔的陷阱里了。言语。手势。歌唱。舞蹈。文人墨客的猖狂放达，慷慨激昂，都被那酒性，给诱发了出来，展现了出来，酣畅淋漓，尽兴尽致。

那一夜，有人高歌，有人低吟，有人醉卧草地，有人误入水池……连唐家河的山，水，夜色，灯火，似乎都沦陷在那迷离的酒气中，显得格外静谧，幽远，古朴。

向着山水更深处

名为唐家河，当然有河。不过，叫溪流或许更确切。水量不大，但数量不少。据说，周围的崇山峻岭里，除4条河外，还有大大小小百余条溪沟。这些沟谷溪流，像毛细血管一样，枝蔓着，向四处散开。高山顶上融化的雪水，岷山深处沁出的泉水，沟谷里漫涌的溪水，最终汇成连绵不断的一条河，地图上叫白龙江。

在山里行走，往往是顺着山里的沟谷，逆溪流而上。

越往深处走，风景越美，比想象中美。绿色主宰着一切，也包容着一切，催生着一切，郁郁葱葱。各色植物，亚热带的，温带的，亚寒带的，加上各种藤蔓，缠绕着，牵扯着，向上攀登，交织，然后覆盖了头顶的天空。像一张天然的巨网。蚁行其间的我们，如网中的小鱼。

没想到，单一颜色的世界，也如此美丽。人生，或许也是如此。活着，单调并不可怕，孤独也不可怕，只要坚持，生命终会有自身的美丽。如同那花，那草，那树——只是，它们在这山水深处体现出的生机和活力，旺盛和恣肆，却是我们远远不及的。

山越高，天也越高。又是雨过天晴，长空如洗，深不可测地蓝。满眼里，是苍翠的松树、杉树和桦树……为了更多的阳光，它们一个劲儿往上长，显得更加挺拔、隽秀。紧贴地面的，七里香、长青藤之类，更是无所不在，不断地用香气熏你，舞枝蔓留你。

水声再次响起，告诉我们溪流的消息。下到沟谷里，逆流而行，渐渐发现，溪流也极具个性。平缓处如长袖宽衣，疏朗开阔，清泠见底；落差大处如悬空飘带，常有飞流急湍，激起阵阵涟漪。真正的远看一片绿，近掬一手白。

河水不大，但河床很宽，大多是石头的世界。有形形色色的卵石，片石，也有庞然大物的巨石。光滑，洁净，可亲，可近。看那情势，冥想着山洪汇涨，奔腾汹涌，急流巨浪冲打满河石头，气势一定非凡——这些光滑、圆润的石头，已作了最好的见证。

忘却闹市里的烦杂与喧闹，静静去看，去听……突然想起《圣经》里的一句话："让我们把头转向群山，群山会给我们以帮助。"

裸泳的诗人

裸是真正的裸。一丝不挂。一物不沾。一尘不染。如那满溪流水，和流水中洁净的石粒，满透着赤子般的纯洁。

唐家河的水，是高山冰雪融化而成。虽也在沟谷里迂回，曲折，汇聚，作漫长的奔流，冰雪的本性，却一直没变。便是夏天，也寒凉，冷冽，略有些砭骨。但水质澄澈，微透着蓝，晶莹，清亮，多深的潭或沱，都可看到水底的沙石，泥粒。

听得鲜的介绍，一路上大家都心痒痒的。说一定要去游泳。而且，在那样的天然环境里，在那样的自然氛围中，一定要裸泳才好——看神情，都很严肃，听话语，都很认真。仿佛谁不去，谁就是言而无信的小人。而越是念叨，那想法和感觉，就越热切。就像那时的天气，那时的太阳。

终于到了。真是一溪好水。在沟谷和丛林间逶迤行走，淙淙歌唱，脚步碎碎，嗓音脆脆。清亮的波，激着雪白的浪花。水边，满是大大小小的卵石。光洁。润泽。

这样的水，逗人喜爱，直诱人想往里边去。但顾忌，犹豫，踌躇，畏缩，终究没人说，走，下去游一回。车上那些铿锵的话语，仿佛都被溪水冲远了，远到无影无迹。

只有他，真付诸实际了——除掉所有衣物，除掉所有伪饰。虽然不是当着众人，但他真的下去了。那样彻底，那样赤裸，将肉体和灵魂，向着溪水，全然坦露，呈现，然后融入。那样地无所顾忌，如一朵捂得太久的花，在那样的环境里，他开得坦诚而纯真。

> 我无悔地从碧水潭里爬起来，头顶上的朵朵白云似正在嘲笑着我。我丑陋的裸体坐在一块巨石上，让阳光洗清自己一切的阴暗。因为我始终相信太阳，相信上帝。太阳和上帝对谁都是公平的。它们会赋予我最绚丽的色彩。到那时，我会骄傲地对世界说：我就是光明，我的裸体是太阳为我洗净的！

这段话，是他后来自己所写。其坦荡，其真诚，由此可见。

人常说，见花惜泪，感物伤人的，是诗人。但我以为，见到一溪好水，便禁不住裸泳冲动，并能最终付诸实际的，才是真正的诗人。

而他，正是这样的人。他由此给我留下的印象，比他的诗，更为深刻。

遥远的摩天岭

最先知道的，是阴平古道。起于甘肃文县，止于平武南坝（即古江油关）的这条旧路，两百多公里，像一个秘密或阴谋，掩映于人迹罕至的荆莽榛丛中。

隐蔽。险要。崎岖。除当地人偶作捷径外，它被起用，往往是因为战争。明代将领付友德带兵走过；长征时，李先念带领红军走过；后来，解放青川的大军，也从这里走过。

古道上最险要的去处，就是摩天岭。

据说，岭北坡度较缓，岭南则悬崖绝壁，无路可行。三国时，魏将邓艾和他的三千士卒，就是从那里，"策马悬车裹毡推转而下"，然后长驱南下，轻取江油关，攻克绵竹，直抵成都，最终一举灭掉蜀国的。这一孤军奇袭的战例，被罗贯中的《三国演义》渲染后，阴平古道和摩天岭，便名噪史册了。

到唐家河第二天，我们去摩天岭附近的沟里野炊。山水里走一遭后，同行的人，精神好的，兴致高的，都"会当凌绝顶，一览众山小"，登岭而去了。但我没去。游览故地，瞻仰遗迹，生吊古伤今的感叹，这样的事，在我，已没有多少激情。

而且我知道，所谓的遗迹，除穿凿附会、渺远难考的传说外，很难说到底有多少真实的成分。尤其在我们对自己的昨天，尚且迷惑、迷茫的时候。

尽管在这里，有所谓的磨刀石，印合山，落衣沟，射箭坪，写字岩，点将台，孔明碑等遗迹，而且每处，都仿佛有可以探寻的旧痕，及相关的传奇佐证。但我执意相信，这与真实的历史，或许并无多少关联。帕斯捷尔纳克说："没有人能看见历史，如同没有人能看见青草怎样生长一样。"这话，我打心眼儿里信。

既是如此，我更愿意让摩天岭，在我的生活中，显得遥远一些，更遥远一些，就像海明威笔下的那座乞力马扎罗雪山，和雪山顶上的那只豹子。遥远会给人以神秘和神圣，给人以悬想和遐思。正如我们对过往的记忆，和对未来的憧憬。

因此我更愿意，让自己和摩天岭一道，在无边的寂寞里，沉默地守望这份遥远和深邃。

水泥屋里读《林中水滴》

夜静人不寐。取出随身带着的书看。是普里什文的《林中水滴》。版本不新，但那种旧的感觉，与此时此刻的环境和心境，正好契合。

保护区的房子，都水泥结构。清一色的两层楼。我们住的招待所，是标准间。一应设施齐备，现代化意味很浓。但渐渐地，在普里什文的文字里，在那微微泛黄的纸页间，我又一次感觉到树脂的清香，青草的芬芳，腐叶层的茸软。

心，在林木的阴翳和润泽中，渐渐柔和起来。

这是一本关于自然的书。简单。诚实。聪睿。美好。薄薄的一册，却经住了时间的淘洗和择检。读过很多次了，但依然耐读。普里什文，这森林的守护者，大自然的观察者，那样热爱他所感知到的一切。在林中，他一个人谦卑地行走，默默地看，听，想。他以宁静的笔触，摹写着万物情态，生长和变迁。他的姿势，如此准确地契合了自然万物。

他的文字，总脱不开那些"元素"意义的物事：空气。阳光。水。草木。虫蚁。鸟禽。以及与此相关的原初语境：物候。星象。季节。繁衍……这样的文字，一如他笔底的蚂蚁、蝴蝶、鸟儿、野兔、雨水、阳光、月亮、星星和日出日落一样，必将永存人心。

阅读他的作品，再次唤醒心中沉睡的东西。他与自然身心交融，因而发现了自然的天性：友爱、宽容、平和。他对树木和鸟巢、对大地和牲灵的虔敬与悲悯，既源于他对生命的洞见和把握，更源于他的谦卑和崇高。谦卑是他倾听的姿态，崇高是他精神的本质。

而这样的谦卑，崇高，这样的姿态，精神，在时下的文字里，真是特别稀缺和匮乏。为此，普里什文，和他的《林中水滴》，还值得我，以及我们，一读再读，常读常新。

在我们是概念，在他们是生命

大熊猫。扭角羚。猕猴。猞猁。林麝。水鹿。斑羚。星鸦。朱雀。蓝额红尾鸲。鸭。山椒鸟。绿尾虹雉。花背噪鹛。星鸦。红嘴蓝鹊。点斑林鸽。金雕。斑尾榛鸡。雉鹑。绿尾虹雉。白尾鹞。灰背隼。蓝马鸡。红腹锦鸡。大鲵。珙桐。银杏。杉木。杜仲。银杏。香椿。青榨槭。水青树。连香树。鹅掌揪。羊角杜鹃。红豆杉。白桦。红椿。大百杜鹃……

在唐家河保护区里，在岷山山系自然博物馆中，在顺手摸到的一张纸上，跟随着鲜的讲解，我草草记下这些名字。尽管当时，对着图片，或标本，我勉强能认出一些，将它们对上号，但实在说，对我，这些都不过是概念。抽象的、僵死的、毫无生机和活力的概念。我现在罗列出这些，你读到这些，多半，也只是一些概念，一些名词，没有多少实际的意义。

但在他们眼里，在他们口中，这些都是生命。皮毛。骨骼。血液。习性。繁殖。充满生机和活力。它们生活的地点，习性，规律，它们的生长，变迁，分布，对他们而言，了然于胸，随口道来，如话家常。

他们，当然是保护区的工作人员。

兽类90多种。鸟类200多种。爬行类6种。两栖类9种。鱼类5种。药用植物50多种。这是他们告诉我的。这也是唐家河保护区的物产清单。他们的任务，就是保管好这份清单。

跋山涉水。风来雨往。早出晚归。餐风宿露。他们，长年累月地奔波，巡视，在山水深处，在荒远林间。他们用心地看护着这些鲜活的的生命。替我们，替世界，也替人类。

"仁者乐山，智者乐水。"他们，堪称今天的"仁者"和"智者"。

2007.8 绵阳绿岛

附：

向"光明与宁静"之地进发
——读谢云散文《在唐家河》

冯小涓

作为编辑和文友，我跟谢云交往已有十余年。先是读他的散文，后来是在大大小小的文学活动和文友聚会时相见。抽烟熬出的焦苦，丝丝缕缕地飘散在他的谈笑间；脸上细小的皱纹和略显枯涩的面色，如隐密的文字，显隐着生活的艰辛和内心的矛盾。几杯酒下肚，则豪情和羞赧同时呈现。

阅读他的散文，特别是散文集《背在背上的井》中的数十篇作品，如"拾穗的孩子"、"苦苦的苦楝"、"打工的母亲"、"背在背上的井"、"祖先。或血流之源"，单看这些标题就不会让人感觉轻松。作为从农村走出来的读书人，他一直无法释怀农民的苦涩与沉重。他是川西北丘陵一个辛酸的歌吟者。他曾在一首诗中这样写道："他们苦役般忍受着风雪。干旱／和雨季。不厌其烦地种植高粱。稻谷／麦棵。他们坚韧地生活。挣扎／气喘吁吁地作爱。繁衍子嗣。一代／又一代。面对古来的天空／和大地。满怀期冀地祈求风调雨顺"。

而在《打工的母亲》中，当他想到母亲，想到"她那矮小的身影，在高楼大厦的背景里，在搅拌机和卷扬机的隆隆声中，辛苦奔忙的情形"，及至后来看到母亲后，"几个月不见，母亲似乎又老了一截，又瘦了一圈。那被泥汗濡湿的头发，粘成一绺一绺的，在料峭的春风中，微微抖动着，禁不住寒冷似的。""我含着泪轻轻叫了一声妈，赶忙跑过去帮着推起车子。"读着这样的细节，催人泪下。他情不自禁地为土地、为土地上生存的中国农民呐喊："我无法数典忘祖，无法忘记那片土地久远以来的沉重，无法忘记父老乡亲们经历的种种不幸和不公，无法忘记他们至今仍在承忍着的悲凉、辛酸和无奈。"他虽然通过求学、教书，已跻身城市，离开故乡多年，但"在骨子里"，他说，"我仍是一个乡下人，一个农民。"

> 就像被移栽到城市里的一株庄稼，我的根，仍深深依恋着乡下的土地，我敏感的叶脉，仍痴痴回望着乡下的土地。便是我现在的所谓写作，也仍不断吸取着那土地里的营养——那贫瘠而沧桑的土地，那粘乎乎、灰扑扑的土地，是我祖先的土地，是我父母亲的土地，更是我的土地，我祖国的土地啊——在英语里，"祖国"一词，就是由"母亲"（Mother）和"土地"（Land）拼合而成的。
> "Motherland"，"母亲的土地"，"祖国"，这是多么富于诗意的拼写啊！

以故乡风物为主的这数十篇文字，是谢云散文的厚重之作。凝重沉郁甚至忧愤深广的笔触，既有他面对故园、面对农村和农民，"穷年忧黎元，叹息肠内热"的悯惜情怀；也有进入城市后，因生存的挤压而在记忆漫漶的瞬间，用诗性眼光对早年乡村生活的悠然回眸。《槐树的槐》《竹林掩映的家园》《听取蛙声一片》等这些文字，滤析了耕种者的焦灼，呈现出甜美宁静的田园生活。在这些为数不多的散文中，谢云袒露出了惬意、自在的心灵状态。他像一个疲惫的孩子，在长途跋涉后倒在大自然的怀抱，享受大地的安抚，在竹林、蛙声和燕语中安住流浪的心，慰藉冲动的魂。他用文字建构出一个温馨的天堂：那里麦穗闪着澄亮的光泽，炊烟缭绕着抒情的意味。现实叠映着想象的花园，万物涌来，万物盛开，万物澄明自见。文字构筑一个生机四溢、晶莹明亮的理想世界。

当然，他还得回到现实中去，回到自己的工作岗位和人群。这样的时候，谢云是平凡的、琐屑的，也是认认真真、一丝不苟的。他以自己瘦弱的身体，在讲台上，承担着数十双眼睛的热望，在家庭中，挑负起慈父孝子的角色，在"下等酒店"或"集体宿舍"中，与朋友海喝神聊，把心灵中那些电闪雷鸣一样的感动，记录在文字里。

这便是谢云的心迹。他的内心，有时若铅云低垂，泪雨欲滴，有时又如彩云轻扬，从流飘荡。

矛盾和焦灼，逼迫他总是在寻找。既在现实中寻觅清凉之境，又在文字中寻求光明之所，目的是让灵魂安居于宁静，让生命的冲动，复归于止泊。经过流

221

年的洗礼，他已不再青春，如丝的细纹藤蔓般招摇于曾经光滑的额头，一缕倦怠轻巧地滑进清亮的眼眸，却被眼镜的反光隐藏。毕竟，青山未老，他还年富力强。厌倦者有理由探索新的道路。于是，背离、出发和行走，"向着山水更深处"，"静静地去看，去听……"，因为："让我们把头转向群山，群山会给我们以帮助。"每一个转向的动作，都意味着生命可能出现不同寻常的姿态。

从田野里走出来的人，就像进入城里的一棵树，饥渴地怀想着乡间的气息。与大自然的再次亲近，便成了作家的渴求。每当我们徜徉于清泉绿树之间，在清氛和香气中快意舒惬之际，总会发现绝不重复的生命样态。世界上没有两片相同的树叶，当然也绝不会有两棵相同的树。即便是同一种类的树，或相距咫尺的藤蔓，它们都以不同的枝条，高低或欹侧，在太阳和月光之下，都会呈现一种生命背影，占领一处浮荡的虚空，显示一种优美的心迹。

于是，谢云记下了这些山川风物、小镇、烈酒和裸泳。哪怕酒酣兴浓，"有人高歌，有人低吟，有人醉卧草地，有人误入水池"，在谢云如同上帝之眼看来，这一切各从其类，都是好的，率意而为，从心所欲，天真自然。就连那个裸泳的诗人，尽管"一丝不挂。一物不沾。一尘不染"，也"如那满溪流水，和流水中洁净的石粒，满透着赤子般的纯洁。"

在静谧纯一之地，阅读普里什文的《林中水滴》，作家的灵魂又一次受到牵引，阳光、空气、水，一起明亮起来。他不是一直在寻找"光明与宁静"之地吗？唐家河，这个自然得如同创世之初的地方，它神示般映证着一个"善的大海洋"。得到洗涤的心，洁净明耀，烛照万物。光明在心中降临，又投射于外物，僵死的概念无法拘围生命的灵动，万物的律动才得以敞亮和发现。

"而在这里，一切都是天籁。安谧，和谐，美妙。似乎可以听见山泉的呼吸，可以闻到泥土的芳香。""慢慢闭上双眼，让自己完全置身于天地间，置身于纯粹的自然里。然后，让自己回到内心，回到自己的感觉和灵魂。"品读这样欢乐的文字，也是一种难得的享受。

光明与宁静，降落在"唐家河"，降落在每一座山和每一片树叶上。愿光明与宁静，也安居于我们每一个人的内心。

2008.5.12 地震前夕

一个人搬多少次家才能得到

灵魂的安妥？

又要搬家了。现在住着的，早卖给了别人。价格超便宜，但是跟买方有约在先：一，要现金交易；二，等我找好住处再搬——现在，住处终于找好了，用卖房的钱和不多的积蓄，交了五成首付，再以月供1500、十年房奴的代价，直把自己弄成彻头彻尾的穷光蛋，又变成负债累累的杨白劳，才在离市区较近的地方，按揭了一套。

新房不错。地段好，离城近。三面临江，所谓的"半岛地带"。站窗前或露台上，既可远眺富乐山，也可近看三江水。更好的是，距我上班处，步行顶多20分钟。正所谓近闹市而远喧嚣。人说，那是高档社区，豪华住宅。我没觉得。只是觉得房间宽大，小区幽静，能确保夜里的安睡和好梦，所以喜欢——现在，装修已近尾声，春暖花开时，就能乔迁入住了。这也是卖房时跟买主约好的时间。

我其实最烦搬家。每搬一次，都折腾得自己的身和心，跟那些家具、物什、书籍一样，千头万绪，零乱纷纭。

很多年前，曾写过一篇短文，叫《作植物的幸福》，说，很羡慕那些植物，尤其是树，一旦降生在某个地方，就可以在那里立足，扎根，生长，无视土地的丰饶贫瘠，不顾外界的变幻静定，而只管一天天壮大自己，只管一天天让自己枝繁叶茂。

有一片自己的土地，可供自己吸取必需的养分，可供自己牢牢地站定脚跟，挺直精神，自由自在地呼吸，生息，那该是多么幸福的事啊。

在那篇文章中，我如此感叹。

但我毕竟不是植物，而是动物。是动物，就要动。是动物，就不免七情六欲，种种念想。是动物，就禁不住要蠢蠢地动，要到处乱跑，像崔健歌里唱的"走过

223

来走过去，没有根据地"，只好将那蜗牛壳一样的"家"，不断地背在背上，不停地四处搬动。

这短短的半生时间，已经搬过很多次家了。

老家在乡下。这话，我常说。乡下是确凿的。泥土，草木，溪流，虫吟，鸟唱，犬吠，牛哞，炊烟，这每一样物事，都是乡下的标志。甚至包括，我的身体，容貌，心性，脾气，骨血里沉积的坚韧和脆弱，内心里涌漾的自尊与自卑，也是乡下生活的馈遗和留存。

但所谓老家，其实就是风雨中飘摇的一幢旧宅，旧宅中曾经的种种记忆。

在乡下，修房造屋和娶妻生子一样，是终身大事。有人说，所谓农民就是，哪怕三块石头支个灶，只要一有钱，就会想着起屋基，修房子。想想，的确如此。作为农民，春种秋收，风来雨往，勤扒苦做，年复一年。这样的生存里，所谓的欲求，真不过就是"日求三餐，夜求一眠"，而终其一生，最宏伟、最荣耀的事，莫过于修房造屋，娶妻生子。

我有关乡下的生活，那一段段遥远的记忆，其实就是以旧宅的变动为界的。

最先，是两间茅屋，灶房、卧室各一，狭窄，矮小。即便白天，屋里也黑洞洞、阴森森的。我和父母，在聚族而居的那大院的一个偏僻角落里，度过了好些年的光阴。然后，四个妹妹（后来夭折了一个）依次降生，那房子，便显得逼仄不堪了。父母便拆掉茅屋，在原址上，盖起了三间瓦房。依然拥挤，但好歹，一家人又凑合着过了十来年。狭小，但温暖。至今想来，属于那艰辛岁月的柴草味、炊烟味、米饭味，似乎都还历历在目，清晰如昨。

旧宅最大的变动，在1986年。我读高中，三个妹妹渐渐大了，家里经济稍有好转。父母便再次推倒旧房，重建新居。仍是在原址上，盖了"长三间挂一厦"：丁字形，一字儿排开三间，分别是卧室、堂屋、卧室；紧邻着右侧卧室，又一字儿排开三间，从上到下，依次是茅房、厨房、卧室。直到现在，20多年过去，没有根本性的变动。父亲2004年亡故后，母亲常年住我这里，只偶尔回去待十天半月。或许，它们再不会有什么大变动了。

只不过，那旧宅，已经有些颓败了。泥墙在风雨中剥落，屋瓦在光阴里陈旧。瓦棱间积着的瓦松、枯叶、腐枝，将它衬得越发沧桑、老迈，不复当年的挺拔、精神。但它对我生命的意义，却一如当初——它是我的老家，我最初的壳，我生命的根。世事再变动，它都不会变。走得再远，循着崎岖的村路，也能回去。灶房里的锅台，灶房后的老井，井旁的竹们、树们，井边的石台，都还认得我。暗黑的夜晚，即使没有灯火，我也能轻易打开房门，摸到曾经的睡床。那里，曾经充满欢乐，在我离家外出前，一家六口，亲热地生活了十多年。其间的日子，有过苦涩，也有过甜蜜；有过心酸，也有过快乐。

然后，我读大学了，离旧宅，便一天天远了。然后，我大学毕业，参加工作，定居于僻远的一座小城。三个妹妹，也依次出嫁，并外出打工。再然后，父亲去世，母亲一个人守着。那旧宅，便越发孤寂，冷清了。但它还在着，一直在着，这或许就是最大的安慰。

我现在是在城里。工作没问题，生活也没问题，房子，却一直是问题——结婚生子后，这简直成了头等大事。我的深切体会是：一个人要与某座城市，发生直接而恒久的关系，或者说，一个人要真正融入城市，拥有城里人的身份和感觉，就必须有一套属于自己的房子。

这想法，上大学时就有了。那时的集体宿舍，七个人一间。两床合一的上下铺，我睡下铺。上铺天生好动，每晚要上蹿下跳很多次。每次，都让我恍如置身汪洋大海中的一叶扁舟，左右晃荡，真切体验到什么叫"风雨飘摇"。而到深夜，又恍若置身歌剧院——耳边如雷的鼾声，悠长厚重，"交响"不断。睡眠本就不好，这样的境况里，想不失眠都没有可能。

那时，我已开始恋爱。女友偶尔来，无处可去，只好在校园里，或校外小山上，专拣那些树荫里、背光处走。当然，那得是星月较好的夜晚，否则，只能彼此遥隔，暗自怀想。当然也曾不止一次地奢想：要是有间自己的房子，哪怕只是小小的斗室，也该多么美好。

然而，没有——没有那样的房子，供我们稍微驻足，呼吸，亲吻；没有那样的房子，供我们安放自己的青春、爱情和梦想。

心安之处，即为家。没有家，爱情无枝可依，梦想四处流浪，心，自然也难以静定。

> 爱人，我们终将有座
> 自己的房子。温暖，敞亮
> 像我们梦想的那样
>
> 在冬天，我结束流浪归来
> 你默默卸下我的行囊

> 和沉重的旅尘
> 我闻到房子和家的气息
> 顿时泪如泉涌
>
> 夜里，我疲惫地躺在你怀中
> 看着熟睡的儿子
> 给你讲述浪游生活的艰辛
> 风雪在窗外凄凄嘶鸣
> 想挤进窗棂，抢夺温暖
> 我们的房子，默默抵抗
> 像慈祥的父亲，坚韧而宁静……

这是那时写下的一首小诗，《我们的房子》。梦一样的房子，就像那时，梦一样的儿子。

那时，也读过"我有一所房子，面朝大海，春暖花开"——多美的想象，多美的去处，渺小，却奢侈，奢侈到大学教师海子都不能拥有，我这贫寒的大学生，自然更不可能。

刚参加工作，在一个偏僻的小城中学。城真是小，一泡尿可从城东撒到城西。唯一的好处，住房相对宽松。虽是单身，因正在恋爱，领导特别体恤，刚去就给了一套三进的平房，附带天井和厨房。"你女朋友下来，也可煮一下饭。"领导说。

那时年轻，心地纯善，易于感动，对那领导，真有些感恩戴德。女友来后，就欢天喜地地带着，到各个房间走动，说这是客厅，那是卧室，那是书房和客房。想想可笑，就三间屋，傻子都会那样安排的。但当时，还真的像傻子般兴奋地规划着、讨论着。

然后，就在那里结了婚，成了家——那是90年代初，我们两人的月薪加起来，也就二百多，又没家里资助，那婚，就结得简陋，寒碜，像那房里的陈设。很多年后，还记得妻的经典描述：家具里带电的，除了电灯泡，就是电炉子。

婚后不久，单位调整住房。某位同事，与后勤主任关系不错，想搬进学校住，而且点名要住我们那套房。主任就要我们挪动，搬到另一套里去。在校园的一个角落里，也是平房，但只有两室，虽有厨房，但离住处有点距离，雨天里，得打着伞去生火煮饭。心里自然极不情愿，于是去找后勤主任。

　　"我刚在那里结了婚，那是我的婚房，凭什么要我搬？"自己觉得，这质问算得上振振有词，头头是道。主任理亏，便抬出学校的"研究决定"，又施展惯善的"太极功"，说那位老师的难处，说你年轻，要多体谅。如此三五几招，让我的争执、顶撞和吵闹，仿佛落到了棉花堆上，没有任何反应和效果。最终，只好心不甘、情不愿地搬了，人在矮檐下啊——好在，那时只有不多的几箱书，几卷被子，一些简单的日常用品，很轻易地，就完成了"平移"。

　　只是，不到半年时间，又莫名其妙被安排搬了回来，仍是原来那套。再搬的时候，心里非但没有欣喜，反倒觉得憋屈，仿佛自己在这世间，就像那些家具、物什一样，只能被别人操纵着，掌控着，被随意地挪动，折腾。

　　那排房子，据说是有灵气的。在那里结婚的人，多半生儿子。虽也喜欢女儿，但我是家中独子，又只能生一个。不管父母，还是自己，总希望能是儿子。真还天从人愿，搬回去不久，妻就有了身孕，而且，真的生了儿子。

　　现在还记得，1993年那个春夜，我从医院回来，已是凌晨三点。我激动地告诉父亲，生了，是儿子。天亮后，邻居见我就说：生了，是儿子。并笑说，你的声音都在发抖。才想起自己过于兴奋，竟忘了那房子，是不隔音的。

　　儿子4岁，单位调整住房，有了机会从平房搬进楼房。虽只50多平方米，且是80年代初的建筑，格局糟糕，但两室一厅，厨卫俱全，还有两个阳台。第一次有了真正的套房，心里的激动，不亚于儿子刚刚降生。躲进小楼成一统，是我一直向往的。能在自己的空间里，独立、自在地栖止，更是我的梦。

　　拿到钥匙，装修也没来得及（事实上，也没法装修，有限的几个钱，全被挤进45%的购房款了），招呼班里一干大男生，三下五除二，就搬了家。阳台上种些花草，靠窗的位子摆张书桌，把所有书整理到书架上，就算把自己安顿了。

　　在那房里，虽只住了3年，却度过了许多美好的时光。那时，妻刚从偏远的乡下，调到城边的一所学校，儿子在城里读书，一家人，早晚都能厮守在一起，虽也有分歧，有磕碰，有争吵，但毕竟是少有的"变态"，常态的日子里，更多的是欢乐、和谐与温馨。

　　家贫，但欢乐多；屋小，但梦想大。如我在当时的诗中所说："心怀高远，陋室也能胜过天堂。"无论受了多少委屈，经了多少心酸，一回到家里，总觉得温暖、安定，无论肉体，还是灵魂。我的许多文章，都有"苦茶居"的落款，就写于那里。现在，读着那些篇什，那些字句，还能记得，我在那里，就着苦茶，吞云吐雾，写下它们的情形。

就是那些文字，给我带来了些许荣耀：我的长诗《老区》，在《中流》杂志刊出，又被《新华文摘》转载，三百多行的规模，本市史无前例，省内也绝无仅有；随后，我的散文，又连续登上《散文》月刊，而省内的文学刊物，更是一年三次刊发我的作品，并在头条位置隆重推荐。这样的节奏和架势，连主持栏目的副主编也说，我是"独步入闱"，首开刊物的先河。

更没想到的是，因为我在教育和文学方面的成就，1998年，我被评为全市"十大杰出青年"——当时，县团委推荐我参评的项目是"十大志愿者"，主办单位看了我报送的材料后，直说评"志愿者"太委屈了，便破例提升了我的评奖档次，并顺利地脱颖而出。此中原委，我开始并不知道，直到领奖时，才被领导告知，并说这是"破天荒"的。

我因此成了小城名人。不得不说，这与被我称作"苦茶居"的那套房子有关。

我说过，那是边地小城。偏僻，荒远，闭塞。那是我的异乡。别人的地盘里，我知道应该怎样小心谨慎。但"庙小妖风大，池浅王八多"，那里的人，颇有些排外的倾向。我教书，写作，兢兢业业，却因为没有关系，不善巴结，总不能得到应有的回报。工作9年，我职称考核，从未优秀过，即便被"十大杰出"那年，也依然只是"称职"。

"墙内开花墙外香"的原委，我其实知道，但那样巨大的落差，那样鲜明的对比，更让我觉得孤独，失落，寂寞——那一两年，总有些落寞的情绪，像蛇一样纠缠着我。

更要命的是，在那小城里，有限的三两个自认的好友，我巴心巴肝对待，背地里伤我最深的，却正是他们。这让我彻底绝望，并最终下定决心，离开那里，到了现在这座城市。

我的离开，说顺利也顺利，说曲折也曲折。第一年，原本可以到市上一家文化单位，但县里领导说，我都没走，你怎么能走？要我再干一年。到第二年，那家文化单位换了领导，再去，就难了。但是好在，我的情况被一位有影响力的长者所知，他代表市内一家刊物专程采访过我，回去后，又对他任职的教育系统领导大力举荐，最终便顺利调到现在的单位。

妻的调动，却费了些周折：系统领导接见我时曾经表态，要我先下来，第二年再解决妻的调动。没想到，我去原县教育局办手续时，局长原本常带微笑的脸上，结满冬天。

"你要走可以，把你爱人带走。"继而又说，"下学期，我们不会给你爱人安排工作。"那森冷的语调，至少让整个县城的气温陡降了40度。八月酷暑，我有置身雪原的感觉。

时至今日，我仍不明白，他何以如此——我与他，远日无冤，近日无仇。县里的某些会上，我们会不期而遇，多少会有招呼。他常来我们学校，每次见面，彼此都会微笑，寒暄。头一年暑假，我本已回到数百里外的老家，突然接到单位领导电话，说局长公子来年高考，想让我帮忙补补语文，我二话没说，屁颠屁颠赶车返回，无偿地为那孩子补了整整一个月，那孩子也顺利地考上了大学。

因着这样的缘故，找他签字前，我本是信心满满的，没想到，他却如此不念旧情，态度如他的名字般强硬。我低声下气，反复央求，他也只答应保留妻的关系一年。我怒不可遏，用随手带着的一瓶冰冻矿泉水，拍击他办公室的茶几，直将那茶几拍出一个大洞，才悻悻然离开。

最终，还是接纳我的单位领导帮忙，为妻找了一个学校代课。第二年，她才正式调来。

我再次搬家了。那是2000年。旧世纪尚未完全结束，新世纪也便不算开始。那是最烦累的一次，也是最彻底的一次——所有能搬的，都搬走了。妻子。儿子。书。衣柜。厨柜。书桌。床。破旧的衣服。鞋袜。木板。给父母送的青杠炭。甚至一些没用的破纸片……装了整整一卡车，搬了整整三百里。那是我曾倾情付出的地方，也是我最寒心伤怀的地方。我把所有东西彻底搬走，便再不打算回去。尽管那时并不知道，我最终会落脚到什么地方。

离开时的心境，有缱绻，也有决绝，有怆然，也有期望。但更多的，还是隐隐的迷茫，和悲壮。

跑调动时，曾借宿朋友家中。朋友与我年齿相若，但高我一届，毕业后就到了这城里，单位也好，现在已有了一套很不错的三居室。有一个夜晚，在他家客厅里，望着对面灯火辉煌的城市，默数着跑调动以来的种种奔波、艰辛，不禁黯然悬想：万家灯火，哪一盏下面，才会有我的一席之地，哪一扇窗户后，才是我和妻儿的家？默念着老杜的"安得广厦千万间，大庇天下寒士俱欢颜"，茫然回头，不经意间，眼底已涩然有泪。

余生也晚，进入这城市，单位里的福利房，早如20世纪初的殖民地，被"列强们"瓜分尽净，与我没半毛钱关系。好在领导关照，安排我们暂时在单位的"教授客房"里安身。客房只一间，带一厕所，一封闭阳台，总面积38平方米，月租金38元。一家三口，"并"红苕般挤在逼仄的房内，进出、转身都得避让着家具，其拥挤程度，可想而知。

最痛苦、最难忍受的，还不是挤，而是客厅、饭厅、卧室三位一体，书柜与衣柜齐立，电脑与电视共鸣，我再不可能有安然读书、静心写作的空间了。这样的状况，对一个习惯文字生活的人来说，其困窘和难堪，可想而知。

那时，甚至羡慕过兔子，不是狡猾的，"三窟"太奢侈，就一般的也成，至少，可以有一窟，或两窟吧。羡慕归羡慕，最终，还是只能望着别人的"窟"，暗自兴叹，而已。

好在，只拥挤了一年多时间，就有了福音。政府的"安居工程"里，为全区教师买下两幢"经济适用房"。当时我正好被借在局里"当差"，靠着近水楼台的便利，争得了一套。当即兴冲冲和妻儿去看房。面积不大，90多平方米，两室两厅，厨卫俱全，价钱也还便宜。当时觉得挺满意的，便四处借钱。然后交钱，领钥匙，封阳台，贴地砖，抹墙漆……简单装修后，添了些家具，搬进去，居然也像一个暖融融的家了。

那时以为，这就将是伴我终身的房子，是我在这城里的最终归宿了。

恋爱的人眼里，彼此都是完美的，甚至对方脸上的麻子点点，也能看成金光闪闪。但真结婚了，相处久了，对方的所有缺点，都暴露出来了。于是埋怨，挑剔，怨怼，指责，争吵，甚至要"打脱离"。

房子也是如此。当初再满意的，住久了，也会觉出许多的不适意来。

现在住着的这房子，一是地段太偏，靠近郊区，离城中心远，上班更远，出行、购物极不方便。二是格局不合理，客厅大，卧室小。更要命的是，没有我一直想要的书房。虽封了主卧的内阳台，勉强能放下一架书，一张电脑桌，但不独立。熬夜的时候，常影响家人；写字的时候，又常受干扰。每有些许感觉，想捕捉下来，妻儿总在背后走动，让人浑身不自在。就像一只正欲生蛋的母鸡，不断有人经过，那蛋，自然难以顺利生出。

父亲过世后，母亲年纪渐渐大了。她一个人在乡下老家，守着几亩薄地，几间老屋，让人不放心。便常常接她来城里。房间少，只好让她和儿子合住。尽管儿子读了初中，住校，每周只回来一次，但眼见着儿子一天天大起来，总那样凑合，既委屈母亲，又憋屈儿子，也不是办法。离老家又近，倘再有乡下亲戚，如岳父、岳母来，更只能在客厅沙发里委屈。

所以，妻一再抱怨，弹嫌这房子的种种弊端，全然忘却了当初，是她力主要我拿下的。尤其看到以前的同学或朋友，都买了大房子，而她单位的同事，家境不如的，也换了新居，心里多少有些不平衡，她换房的欲望便越来越强烈，到了让人吃不消的地步。

刚开始，一听说房子的事，我就反感，头痛，觉得压力山大。而我知道，这压力，最终将荷在自己肩上，使人长时间喘不过气来。

实在说，工作15年，前10年在那小城，温饱尚且成问题，哪能积下什么钱？买现在这房，几乎全是借款。欠账刚还完，父亲又病重，去世，花掉不少钱。然后是儿子读书。儿子读的，是所谓的"贵族学校"，尽管凭他的成绩和努力，免掉了两万多的"建校费"，但每个月怎么也得花掉几大百。眼看初二了，马上是高中，三年后又是大学，不定以后还读什么，总之得不断地掏钱掏钱掏钱。而像我等三十来岁的工薪族，什么都不缺，唯独缺钱。

这样的境况里，就觉得妻有些瞎起哄，见不得手里有俩小钱儿，日子刚宽余，又要穷折腾。妻却不以为然，一而再、再而三地在耳边念叨，磨蹭，再而三、三而四地指责、挑剔现在这房子的弊端。让人心烦，也让人觉得，真有必要考虑换房之事了。

其实，对好房子，大房子，我也梦寐以求。但这实在不易。这座城市，是美的，用我在一篇旧文里的说法，"宜其室家"。尽管所修高楼大厦入住率不高，但房市一直坚挺，似乎还高潮不断。周边县市来购房的，就不说了。据说，一些省城工作的，也来定居。"省城挣钱，市县安家"，似乎真成了潮流。比起上海、北京，这城市的房价不算贵，但对我们而言，多少还是觉得"有点咬人"。走在灯火辉煌的街头，路过房地产广告牌，仰视着那一幢幢豪宅华居，就像阳痿者，看着丰乳肥臀的美女，有很多想法，却无丝毫办法。

妻倒觉得轻松。她的意思是，卖掉现在的房，加上余钱，再少借一些，按揭一套大的，除首付和装修，只给月供，应当可以承受。然后跟我合计，按现在的情况，每月收入多少，支出多少，再考虑一些变动因素，比如可能会涨的工资，可能会多的收入，还能积存多少，一副胸有成竹的样子。

说到未来的房子，妻也颇有规划和设想。"得三间卧室，我们一间，儿子一间，母亲一间。"又说，"你还得有书房吧？单独的，自由的，满墙的书，那都是你的天地。"

听不得"书房"两字。一听，就被撩拨得按捺不住，于是，对房事心动了。

最先看的，是二手房。按着预想，在网上搜索了好些个夜晚。上下班路上，买菜途中，都会下意识地看看中介广告，或关注楼盘。

首先考虑的是价位，20万左右，勉强可以接受。然后是地段，要离市中心近，离上班地点不远，交通得方便。最后是户型，至少得4室的，能有书房，有客房。但二手房里，这样大的，不多。有限的目标里，奔东跑西，看来看去，不是这里不称心，就是那里不如意。有两套还算心仪，但一套太旧，另一套，得一次性全款，难以承受。颠来倒去，折腾了十来天，买二手房的念头终于绝灭。

要好的朋友一直主张，买房就像结婚，要买就买新的，感觉不一样，并推荐了他所在的小区。去了，看了。环境，地段，小区绿化，都不错。然后选房。左看，右看，前思，后想，其过程之长、取舍之难，不亚于"神六"上天。

最终选中的这套，是复式，六跃七，五室三厅两卫，近170平方米。更令人心动的，是"赠送"的两个露台，40平方米左右。遥想着在那里种些花、养些草，天气晴好时，搭一架躺椅，或秋千，在花草中读书，看天，望远，很惬意的。于是咬牙，决定承受27万多的房价。

好在，现在住着的房子，已顺利卖掉，差不多够交首付。考虑以后的压力，也为少付银行利息，狠心咬牙，只按揭一半。

首付时，原计划转账，最终，却又想体验十多万块钱在手里究竟是什么感觉，所以选择现金支付——十来沓被皮筋捆着的百元大钞，见证着我们多年来的艰辛。这是我第一次经手这么多现钱，说不定也是最后一次。而且，这些饱含艰辛的钞票，从银行出来，在我手里还捂不热，就将转手他人，永远消失，那滋味，那感觉，直叫人想起弘一法师的"悲欣交集"。

这还不算完。开无房证明，填申报材料，签贷款协议。然后做公证，交保险。不断签字，不断摁指印。按下最后一个时，心里像被刺着一般，尖锐地痛。那感觉，像服罪的犯人，被喝令着，在证词上，具结画押。

又觉得，那一沓沓材料，其实就是一纸卖身契——近不惑的人了，却至少得有十年时间，要为那套房子躬身为奴，每月按时支付数量不菲的血汗钱。那心境，那感怀，只能用悲哀或悲壮，可以形容。

钥匙到手，铜质的6把，不足三两，感觉里，却不啻千钧。

装修的过程，既是规划未来生活，也是体验什么叫"花钱如流水"。奔波，忙碌，累且烦。但眼看着四壁空间渐渐有了变化，眼看着想象中的家，正越来越清晰，越来越生动，越来越切实，又觉得莫名快乐——有生之年，多半不会再有搬动。那么，这套房子，就将是我在这城里最后的落脚处了吧。这样想，花钱的痛，奔忙的累，都不是没有意义的。

装修完成后，望着那全新的"家"，回想起这些年与房子的纠缠经历，颇有感触。房子，是物质，却又不只是物质；是空间，却又不只是空间。它是家的象征，是温暖和安定之所在。正因如此，人对房子的依赖，就像对家的期盼，几乎与生俱来。从离开母腹，到回归大地，想要一间房子，想要一个家的愿望，盘根错结在每一圈年轮里。

而在物质时代，一套房子，对男人，尤其是从农村到城市的第一代男人，不仅是安身立命之地，也是安魂立根之所。大半生光阴，拼搏，奋斗，折腾，所有心思，所有努力，表面看，不过是为一套房子，实际上，是为一个家的温暖，是为自己的灵魂，找一个安妥和慰藉，为自己的生命，找一处可以扎根的土壤。

听过鲍勃·迪伦的歌，《答案在风中飘扬》，其中几句歌词，印象很深刻：

一个男人要走多少条路，才能称得上汉子？

一只白鸽要飞越多少个海洋，才能安眠于沙滩上？

一座山峰要屹立多久，才能回归到大海？

那些人还要生活多少年，才能最终获得自由？……

感慨中，不禁接续了一句：一个人要搬多少次家，才能得到灵魂的安妥？

上面这些文字，写于差不多十年前，即将搬入新居前夕。现在，最后一笔房贷已经还清，拿到原本属于我、却素未谋面的房产证，就像面对刑满释放的亲人。看着上面那熟悉而陌生的名字，心里，真有"翻身农奴把歌唱"的感觉。

重新打理这篇旧文章，却是因为，接到一个网友的电话，絮絮半小时，核心意思，关键词根，就是房子。网友在上海，却不是本地人，飘蓬数年，终于像我当年一样，以花光所有积蓄，预支20年光阴的代价，拿下了一套房子，让自己真正落地生根。而近六百万的房款数，把我的老心脏听得一紧，又一紧——他们夫妻俩，可都是小学教师啊。

终于庆幸，自己早生了十多年，而且是在小城市，而且不曾生出"北上广"的野心，才能够在年届半百时，成功地偏安一隅——想想，怎一个"叹"字了得！

然而，妻又在暗示，年纪渐渐大了，上楼常觉得气紧，是否该考虑换成电梯的……

2016.1.25　改正

在昭觉，带着山鹰起飞

1

从绵阳出发，经成绵高速、雅西高速，到西昌，然后走泸盐公路（泸州至盐源，即 S307），再到昭觉县城，全程 1300 里，自驾，至少得七八个小时。

从 2016 年 9 月开始，这条路，林勇走了不知多少回——作为涪城区援彝前线指挥部副指挥长，他从绵阳到昭觉，从昭觉到绵阳，有一趟没一趟地，在这条线上往返着，折腾着。

在此之前，林勇对昭觉，只是知道有其名、有其地而已。原本在涪城金家林试验区做管委会副主任的他，压根儿没想到，自己的从政生涯、工作处所，会与这里有什么瓜葛——相信，所有援彝的干部、医生、教师，都跟他一样，在接受援助任务之前，那条路，即使走走，也只是因为旅游；那个地方，即使去了，也只是看看，观光而已。

毕竟，是那么偏远、落后的地方，与自己毫无关联的地方。

昭觉，地处大凉山腹心地带，隶属四川省凉山彝族自治州，距州府西昌 100公里，面积 2699 平方公里，辖 1 镇 46 乡，总人口 30 余万，彝族占 97.9%。典型的地广人稀，贫穷地区的"标配"。

昭觉历史悠久，新石器时代即有人类在此生息繁衍。西汉元光六年（公元前 129 年）司马相如通邛莋，今昭觉所辖区域隶属邛都。此后，隋唐属越西，唐属南诏、大理国建昌府，元明置北社（碧舍）县，清属西昌县。宣统二年（1910 年），昭觉正式设县；民国时，先后隶属四川省和西康省，1955 年 10 月，撤西康省后，昭觉复归四川。

昭觉，或许是最富彝族特征的县。作为全国最大的彝族聚居县，古朴神秘、多姿多彩的风情民俗与人文景观在这里汇聚；而且，昭觉是凉山曾经的州府所在地，特殊的历史、文化，使昭觉自然成为"凉山之窗"。所以，去过的人都说，"不到昭觉就不算到过凉山"。

但，昭觉也是全国592个贫困县之一——凉山州所辖16县中，进入"国贫县"的达11个——2016年，昭觉地区生产总值27.6亿元，公共财政总收入1.9亿元（其中，地方公共财政收入1.3亿元）；城镇和农村居民人均可支配收入分别为21760元、7576元。大凉山的荒寒、贫瘠、困顿，可想而知。截至2016年底，极度贫困村仍有22个。

事实上，正是因其贫困，昭觉才有了与涪城结缘的机会。

2

2016年8月21日上午，四川省"对口帮扶藏区彝区贫困县工作会议"在成都召开。根据中央"精准扶贫"的理念和策略，会上公布的"对口帮扶工作方案"确定，由省内经济基础较好、财政实力较强的部分市县，对口支援藏区贫困县、扶贫协作彝区贫困县。

涪城，被确立承担昭觉的扶贫攻坚工作。

9月9日，涪城区召开对口帮扶动员大会，部署相关工作，调配援助干部。金家林试验区管委会的曾建军主任和林勇副主任，分别被任命为援彝前线指挥部正、副指挥长。随后，相关区级领导赶赴昭觉，在深入沟通和对接的基础上，明确了对口帮扶的方向和重点。

根据"扶贫与扶志、输血与造血、治标与治本"三结合的原则，经反复修改，涪城制定了《对口扶贫协作昭觉县总体规划（2016—2020）》及《对口帮扶凉山州昭觉县工作方案》，按照"长期援建与短期突破相结合"的思路，整合各类帮扶资金，计划5年内投入资金6000万元，分年度实施子项目75个，包括9个教育帮扶重点项目、5个医疗卫生重点项目。

按照这一规划，到2020年，涪城将通过与昭觉的共同努力，稳定实现贫困群众"两不愁、三保障"（即不愁吃，不愁穿，住房安全、义务教育和基本医疗有保障）和"四个好"（即住上好房子、过上好日子、养成好习惯、形成好风气）的目标。

2016年9月19日，涪城选派的22名干部，全市选拔的5名医生、5名教师，从绵阳出发，奔赴昭觉。从那一刻起，涪城就与昭觉遥遥握手，结成了手足相连的兄弟——脱贫路上，至少五年的并肩作战，必将缔结出更为深厚、久远的友谊。

3

2017年3月20日，受涪城区委宣传部之邀，我和几个同伴踏上了奔赴昭觉的行程。早上7点出发，下午4点多抵达昭觉县城所在地：新城镇。难得的艳阳，热情地欢迎我们。当然，还有碧蓝的天空，丝缕的白云，还有街头闲坐或散漫走过的彝胞——以他们身披的查尔瓦，他们被晒得黝黑的皮肤，他们神情里的淡然，步履里的从容。

一路颠簸，舟车劳顿，此时既疲惫又兴奋。感受最深的有二：一是四川真大，路程真远；二是越走越暖，衣服越穿越少——车过泥巴山隧道，就感觉到不一样的天，不一样的蓝，和暖。

在昭觉，我们首先见到的援彝干部，就是林勇——中等个儿，敦独的身板，据说，原本很白净，出现在我们面前时，显得黝黑。这是被强烈日照和紫外线"关怀入骨"的体现。

林勇的父亲去世较早，他被安排援彝时，母亲又因肝癌住院，生命以"天"为单位递减。听此消息，母亲不禁暗自流泪。他硬着心肠，将母亲送到上海，由兄弟照顾。只在彝族新年放假时，去上海陪了3天。母亲在上海手术后，感觉不好，只得乘飞机回来。林勇说，接机时，他准备了两部车：一部，是准备直接到医院的；一部，是准备直接去殡仪馆的。

那段时间，或许是林勇生命中最受磨折和煎熬的。一方面，是母亲的病和故；另一方面，是援彝的难和急——千头万绪的工作，催得他匆匆安葬母亲后，又急忙赶回昭觉。

但，再难也得挺住。他是领头羊，方方面面的事情，都要操心，奔波。甚至，心里再多愁苦，也得忍住，不说。他几乎不喝酒，不抽烟，但那段时间，偶尔，都会来上一点。白天下乡，爬高下低，有时饿着肚子，一直稳定的血压，居然开始在170-200之间徘徊。

这些情况，有的是他朋友所述，有的，是他自己所讲——在陪我们喝了几杯酒后，他又抽起了烟。在并不明亮的灯影里，趁着淡淡的酒意，他平静地告诉我们，夜深人静时，思念家乡的妻子，他会看手机里妻子遛狗的视频，一遍又一遍。

他说得更多的，还是援彝。这是更艰难的事。

昭觉的基础设施落后、经济底子薄弱、教育程度偏低，扶贫攻坚，脱贫致富，殊不容易。如何找准问题症结？如何确保措施精准？甚至，脱贫攻坚任务完成后，如何让老乡们能够持续发展，不再返贫？

这些问题，几乎困扰着每个援彝干部的心。

4

刚开始，涪城区援彝前线指挥部设在昭觉宾馆内。后来，才搬到城边一幢安置楼里。我们去时，第一眼看到的是外墙上的两行红色大字：涪城昭觉一家亲，携手脱贫奔小康。

单元门外，左右各一个橱窗，陈列着援彝的相关安排和要求，属于"外宣"。进去后，楼梯口有两个套间，右侧是厨房兼食堂，左侧是办公室兼会议室。我们进了左侧，客厅的一面墙上，有"严谨细致工作，健康快乐援彝"的标语；另一面墙上，是"思想大解放，援彝创一流"；再一面墙上，则是与援彝相关的项目安排及计划进度之类。

在这里，我们见到了部分援彝干部。

赵皓是1989年出生的小伙子，参加工作已经5年。援彝前，他在涪城区吴家镇任党委委员、组织委员；到昭觉后，挂职县委党建办副主任，负责县委组织部组织一股工作。这个曾经的"大学生村官"，善思，爱写，文字工夫了得，除挂职的岗位职能外，还负责指挥部的信息宣传等工作，经他之手，多篇援彝信息被各级媒体刊用。

2016年腊月二十五，赵皓与女友完婚。蜜月尚未过完，开年后又按时回到昭觉，留下妻子一个人在绵阳工作、生活。新婚燕尔，不免思念和牵挂。家在广元农村的父母，一直盼着早抱孙孙，但他妻子说："我们都还年轻，推迟一两年带小孩，也没问题。"

刘琨的情况，也和赵皓差不多——他是2016年9月17日办的婚礼，9月19日，他就丢下新婚的妻子，到了千里之外的昭觉。

"刚得知我要援彝，妻子哭了整整一夜，眼泪把枕巾都打湿了。"听着刘琨的讲述，想象着那样的场景，我们心里也不禁泛酸，发软。

刘琨说，亲戚朋友都劝他不要去，双方父母态度更是坚决。"他们希望我们尽快带小孩。"刘琨说，"一边是组织的安排，一边是新婚的妻子，一时间真不知所措。后来还是妻子含着泪水挨个做亲人的工作，才得到大家的理解和支持。"

刘琨在涪城，任水务局水利股副股长。到昭觉后，被分配到卫计局疾控股，从事卫计帮扶工作。虽完全不搭界，但年轻人热情高，精力好，悟性大，上手快，居然很快就做得有声有色。

涪城援彝，选派的都是年轻干部，以80后为主体。初来乍到，人地生疏，语言不通，生活不习惯，甚至工作方式都迥然不同，但这一切，都没有难到这些小年轻，他们很快就适应过来了，井然有序地推动着各项工作。

在林勇看来，启用这些生力军，既有助于援彝工作开展，也有益于年轻人成长和成熟。

"我跟他们讲，首先要了解当地情况，融入当地人的生活，才可能实现真正的帮扶。"林勇说，"如果人家都不信任你，不愿意听你的，怎么愿意接受你的帮扶？"

这样的交流，几乎都在夜晚，因为白天，大家都在各自的岗位上。有时候，甚至要各走一路，独自下乡。这全靠大家的责任感和自觉性。"纪律是重要的，自律更重要。"林勇说，"这样的经历，最能考验和提升干部的智慧、能力、方法。"

"他们都在各自的岗位上，得到了很好的锻炼和成长。"说到这里，林勇满脸欣慰。

这让我隐约觉得，昭觉这个地名和地名背后那块庞大、沉重的土地，土地上的风物和经历，必将进入到他们各自的生命中，并留下深刻的印迹。

5

解放乡火普村位于西昌与昭觉之间，距西昌58公里，距县城48公里。火普村也叫彬土村，平均海拔2400米，共172户706人，其中贫困户74户183人。这是涪城确定重点联系帮扶的23个贫困村之一。

从援助之初，涪城就把住房保障与产业发展相结合，进行系统规划。在住房建设上，经过科学选址，统一标准和外观格局，先后投入近400万元，完成了52户建档立卡贫困户的住房及配套建设，并投入200余万元完成村道建设——我们去时，车一直沿着新铺的水泥道前行，直接抵达山坳处，一座外观时尚的彝家新寨面前。

几乎所有老乡都在忙碌中。有的搬家，有的收拾屋子，有的在房前屋后种树，好一派热闹、喜庆。我们随意走进吉勒次子、曲木烟尔等人家中，看到他们干净、整洁的新居，也看到他们脸上舒畅的笑意。而在山梁另一边，我们也看到了凋敝、寥落的屋舍——那是他们的老寨，曾经的旧居。

易地搬迁容易，长期生存艰难，改变他们千百年来的生活习惯，更难。

"北有老虎沟，南有谷克德"，而解放乡处于昭觉这两大景点之间。根据这一区位优势，涪城正在为解放乡编制民族风情旅游小镇规划。立足眼前的援助，着眼长远的发展，火普村新建成的彝家新寨，与解放乡旅游小镇相结合，涪城期望通过特色旅游，带动群众持续增收。

种植高山草莓也是一种尝试。火普村海拔高，温差大，土地辽阔，光照充足，雨水充沛，无工业污染，适合绿色果蔬的生产。从去年冬天开始，指挥部便开始试验，引进"越心草莓"和"太空草莓"两大品牌，准备在试种成功后，再扩大规模，全面打造高山草莓品牌。

除此之外，半夏、附子等中药材也在试种中；昭觉本有的核桃种植，也呈现出基地化、规模化、标准化发展的趋势；高山错季绿色蔬菜和半细毛羊、乌金猪、西门塔尔牛等特色养殖业，也因为对口帮扶的支持，得到了更好的发展；涪城甚至在努力推进建立乡村电商销售网点，拓展当地农副产品的销售渠道……

产业扶贫，是增强造血功能、确保稳定脱贫的重要抓手，在让村民住上好房子的同时，也能有持续增收的好项目。涪城的这些做法，既是因地制宜，也是精准发力。

在涪城人看来，扶贫更是合作。援彝前线指挥部有一篇文章，曾被《四川日报》刊载，又被光明网、网易等门户网站转发，题目就叫："结对子"不只是帮扶，更是合作——是经验，也是理念，一直引领着涪城援彝工作的重要理念。

一方面，涪城利用在绵阳举办的科博会、电商峰会、西博会等节会之便，组织开展昭觉县特色项目推介；另一方面，涪城引导地方商会、行业协会、知名企业前往昭觉实地考察，鼓励投资，同时动员涪城企业参与"万企帮万村"精准扶贫行动，瞄准贫困村和贫困人口，在精准帮扶、精准施策上出大招，出实招。

随着"涪城元素"的不断植入和融入，昭觉这片土地，正一点点地变化着，发展着。

6

从昭觉县城出发，往东北，再往东，去支尔莫乡的道路，大多在悬崖与河谷之间。悬崖是大凉山的特色，河谷则是美姑河的馈遗。悬崖之高，河谷之深，让人一路心惊胆战，悬想联翩。虽是省道，但80多公里路，一直在悬崖与河谷间的裂缝里盘旋，扭来扭去，开车用了近3小时——后来才知道，我们走的是美姑河大峡谷。

我们要去的阿土列尔村，就是著名的"悬崖村"。

悬崖村虽有 200 多年历史，但因其特殊的地理位置而与世隔绝，在 2016 年前，一直是"养在深闺人未识"。而它一夜间暴得大名，主要是媒体的发现和报道——这个坐落于海拔 1400 —1600 米的山坳中、有 72 户人家栖居的小村庄，以其出行的异常艰难，引起了人们的广泛关注。

据说，从谷底的小学到山顶的村庄，海拔高差近 1000 米，基中 800 米悬崖是垂直上下，村里人走出来，需要顺着悬崖，断续攀爬 13 级 218 步藤（钢）梯，危险度极高，稍不注意，就可能摔落谷底，或死或伤。更要命的是，村里有 15 个孩子在山下的学校读书，虽平时住校，每半月往返一次，家长和学校都有接送预案，但潜在的危险依然很大。

其实，大凉山不止一个"悬崖村"。凉山彝族自治州，是从奴隶社会"一步跨千年"的，属于"直过区"，特殊的地理、历史、文化，让这片土地成为最集中连片的贫困地区。

2016 年 5 月，凉山州委决定，在悬崖村架设一条钢筋结构的梯道，解决群众出行问题。8 月动工，11 月竣工，新梯大约 1000 级台阶。尽管如此，上山下山要五六个小时的说法，还是让我们望而却步，最终，只是试着爬了一小段山路，便回到公路边。

美姑河就在公路下方流淌着，日夜不息。因是枯水期，并不湍急，但看那狭窄的河床，河床里巨大的被冲刷得形状各异的石头，可以想象夏季山洪暴发时的情势。顺着公路看去，大约一公里远处，有一面红旗在旗杆上迎风飘动，虽在四面大山映衬下，显得特别小，但也特别艳。据当地人介绍，那是勒尔小学。

有学校，这片土地，就有梦想。有教育，这片土地，才有希望。

昭觉也意识到了这点。昭觉与越西、金阳等八县接壤，是凉山东五县的区域中心，因此提出了打造"东五县区域性教育、医疗中心"的目标。

无论教育，还是卫生，涪城都正好有优势。

在教育帮扶上，涪城有针对性地确定了 9 个重点项目，包括选派昭觉教师到涪城进修、支持品学兼优的昭觉学生到绵阳就读，开展师生交流、校校结对、生生结对、扶贫支教等活动。

目前，涪城已派出了优秀教师 5 批、52 人次，开展专题讲座 11 次，培训教师 610 人次；有 10 名昭觉籍优秀学生入读涪城最好的初中：绵阳市实验中学。

7

山高沟狭，是昭觉的总体地貌。彝胞大多住在高山地带，海拔不高，但绝对高差大，即使在夏季，山顶也多有积雪，属于典型的高寒地带。山势陡峭，道路崎岖，交通不易，出行困难。这或许是凉山大多极度贫困村之所以贫困的原因之一。

跟悬崖村情形差不多，呷姑洛吉村也是典型的高山村，海拔在 1900—2800 米之间，气候恶劣，土地贫瘠，洋芋、酸菜汤成了全村 125 户、415 人一年四季的主食。很多农户，全部家产不值 3000 块钱。

涪城确立洛吉村为重点扶贫对象，正是因其"极度贫困"。

说来，洛吉村并不偏远。它所在的塘且乡，距县城不到 30 公里，有昭（觉）俄（尔）公路过境，虽路况不好，但好歹通车——我们去时，越野车能直接开到较高位置的村落前。

当然，这与当地人的努力有关。尤其是与"第一书记"戴自弦有关。

戴自弦是汉族人，来自会东，但看其容貌，听其口音，很容易拿他当彝族人看。他是昭觉县委下派的 195 名驻村第一书记中的一员。他本在宣传部工作，曾以记者身份，跑遍全县 47 个乡镇。又在县城里生活了 20 多年，2015 年 8 月到洛吉村时，不仅有困惑，而且有疑虑，不懂彝族话，难以深度交流和融入。面对洛吉村的现状，深感脱贫的难度和压力。

"你那么大年纪了，本来就是凑数的，走走过场就可以了。"朋友、同事都这么说，但他觉得很伤自尊。"要干我就一定要干点样子出来，为老乡们多做点实事、好事。"所以短暂的迷茫后，他就打着背包来了。

那时交通困难，路途遥远，上山要爬 3 个多小时，往返一次，六七个小时就没了。只三天时间，一双新胶鞋就报废了，脚也肿了。于是他干脆住到农户家里——每个月，他有一半的时间都住在村里，跟老乡们聊天，喝酒。这既拉近了他与老乡们的关系，也对村里的现实状况有了更确切的了解，对精准扶贫有着非常重要的意义。

戴自弦为洛吉村制订了"三个一计划"，即一条入户路，一群鸡猪鸭，一分菜园地——很实用。凉山的贫困，更多源于落后——文化的落后，观念的落后，行为习惯的落后。所以，扶贫的第一步，其实是从行为习惯的改变开始。

比如，洗漱的习惯，讲卫生的习惯，计划和节约的习惯，甚至包括，吃肉的习惯——多年来，村民们习惯用"砣砣肉"招待客人，奢侈，浪费，很多援彝族干部便从教老乡们炒回锅肉开始。

面对这样的情形，我们也曾讨论，有无整体搬迁的可能。

戴自弦说，搬起来容易，搬后难，因为会失去生活来源，同时，要老乡们离开自己成长、生活的地方，多数人不舍得，所谓的"安土重迁"。即使年轻人外出打工，因语言障碍，文化欠缺，大多也只能选择劳动型的苦力，难以扎根。

所以，更大的可能，还是就地援助，让他们能够靠自己的力量站得住，立得起。

8

在昭觉县人民医院采访时，听说有一位年轻女医生，驻扎在比尔乡，虽天色向晚，我们当即决定驱车前往——从地图上看，比尔位于昭觉西北，距县城 31 公里，越（西）金（阳）公路过境。这个面积 70.4 平方公里、人口 0.5 万的独立乡，下辖 9 个村委会。

在比尔乡中心卫生院，我们见到了穿着白大褂的田小艳。中等个头，适度身材，简洁的直发，满透着精干。她来自涪城区新皂镇卫生院。短暂接触后，发现她很健谈，擅表达，对援助工作来说，这很重要。

昭觉地广人稀，一方面，群众卫生状况不佳；另一方面，医疗设施极度落后。比尔乡虽属中心卫生院，下辖其他 3 个乡的卫生院，但常用药品仅 30 多种。而当地群众因为生活和饮食习惯，消化道、呼吸道、妇科病都是高发病，甚至还有程度不低的艾滋病。

田小艳说，除做好本职工作外，最重要的援助，其实是影响和改变他们的卫生习惯。

因此，涪城除捐赠医疗物资和设备外，还有针对性地确定了 5 个医疗卫生重点项目，包括帮助昭觉县人民医院创建三级乙等、协助建设医院专科、为乡镇卫生院培训全科医生和护士等，并组建了 20 人的专家团队，到昭觉开展对口帮扶工作，其中 6 人，被分派到各乡镇卫生院，算是援彝的最前线。

这样的分派，显然源自事先与当地的沟通——比如，比尔乡急需提高公共卫生服务能力，而田小艳在涪城时，正好负责这一块，有相当的经验积累。

在很短时间内，小艳就弄清了比尔的实情，摸清了比尔的家底，并开始规划和制订相关策略。"我想给昭觉树立一个公共卫生管理的样板。"她说。

来之前她就知道，环境艰苦，生活不太习惯，而且艾滋病高发，感染率较高。但是家人都很支持她。小艳的丈夫在九洲集团上班，平时加班多，周末多半不能陪家人。女儿住校，每周三晚上及周末才能回家，陪女儿学习、洗漱、换洗衣服及参加兴趣班，都落在她身上。小艳的母亲患有多年的糖尿病，一直注射胰岛素，控制和监测血糖的任务也是她的。

唯一的反对者，是读一年级的女儿。听说她要去那么远的地方，女儿立刻抱住她，不停地说"不准去"。

"我跟她说，这里的小朋友更需要妈妈的帮助，女儿似懂非懂地不说话了，但我让她上床睡觉时，她突然哭着告诉我说，她也很需要妈妈。"小艳说，"其实今天很郁闷，女儿在电话里说，她上学时忘了带课本。要在往常，我能给她送去……"

说着，眼眶有些湿润。

但也有让她欣慰和感动的。她说到下乡，爬半天山去走访村民，临回来，一位产妇非得送她一袋鸡蛋。小艳知道对方家境不好，老公在外打工，她生完小孩刚半月就开始忙农活，所以一再拒绝。但同事告诉她，不收老乡会不高兴，会伤害老乡的感情，她才勉强收下。

我们专门到她的住处看了看。就在医院院子里，一排瓦屋平房，房前几树紫色李子花，开得极为热烈。她所住的那间，10平方米左右，一张单人床，一张小书桌，陈设极其简单。

问她生活习惯不，她说，早晚一般是几个土豆，中午吃医院食堂，"不能说质量，只能求数量。"她说晚上只有看书，因为没网络，没电视，没娱乐，甚至经常停电。周末时专门去县城，买了些日用品，然后，专门洗了一次澡。

我们在院门口合影后准备离开，她轻声说："就要走了啊？"似是疑问，又仿佛自语。她的脸，在夕光里，有些黯淡；她的眼眶，又微微湿润了——我们知道，在这里，她要见到来自家乡的人，多么不容易。

她将在这里度过半年时间。夏天就要到了，我不知道，她该怎样解决日常生活的问题，比如洗澡的难题。毕竟，是年轻爱美的女生啊。

9

昭觉一词，极易让人想到佛教。

在佛教里，佛被称为"觉者"，即"醒悟之人"。成都的昭觉寺，有"川西第一丛林"之称，休梦禅师、佛果禅师及破山和尚，先后驻锡于此——昭即"明白"，觉即"醒来"。昭觉，就是"明白醒悟"。

但显然，这是望文生义。我们所到的昭觉，其实是彝语，意为山鹰的坝子。

鹰是彝族最重要的图腾动物之一，在彝族文化中具有神圣地位。据彝族史诗《勒俄特依》记载，彝族神话英雄支格阿鲁，就是他母亲因龙鹰的血滴在身上而怀孕的。所以，在彝族神话中，鹰的形象是正面的，积极的，是力量与强大的代名词。

20世纪末，中国第一支少数民族原创音乐组合"山鹰"，即是由三个俊朗的彝族青年组成，而其中的"黑鹰"瓦其依合，即出生于昭觉的高寒部落。

山鹰是孤傲的，它们在高山之上，离天空和飞行很近。

但或许是季节的原因，在昭觉辽阔的山野行走，我们并没有看到鹰，一次也没有——也许，它们只是暂时栖息着，就像这个民族，而当他们再次起飞，一定会飞得特别矫健，特别凌厉。

某种意义上说，涪城援彝，就是在带着山鹰起飞。

2017.4-5　绿岛

11 月，被海风吹乱的思绪

1

又一次来到海边。11 月的北方，应是初冬了吧。虽然日历说，立冬还有几天，但下飞机后袭来的第一股风，就让人觉得寒意厚重。到目的地，已是夜里 10 点，冷风阵阵，入骨透心。次日上午，天很蓝，阳光很亮，便迫不及待去了海边。

实在说不清，对大海，何以会有如此迫切的念想，每有机会，就想亲近。据说，四川盆地一带，曾是古西海所在。莫非，沧海桑田后，海的气息和韵味，一直留在"集体无意识"里，然后传续到了我身上？

第一次见海，是在彼得堡，波罗的海。2003 年 12 月，俄罗斯最冷的时节，海给我的感觉，是庞大的森冷，漠然。近岸处，甚至有团雪和浮冰，随浪起伏，翻卷涌动，不容人亲近。

好几年后去福建，才得以与海有亲密接触。泉州，厦门，东山，一次次漫步沙滩，一次次踏浪而行，一次次海里游泳，一次次凝目远眺，像一个贪玩的孩子，满眼痴醉，满心迷狂。

但这次，在北戴河，居然淡定了许多。季节肯定是一个因素。阳光虽然一直明晃晃挂在头顶，却丝毫不觉得温暖，而只有真切的冷冽，砭人的寒凉，自然束缚了手脚和冲动——就像面对高傲的美人，那冷艳、峻峭的美，总是让人望而生畏，敬而远之。

不能亲近，自然难以热烈，强烈，猛烈。

在海前面，加上"大"字，从语言学上讲，应是为着修饰、强调、突出。类似的，如大地、大山、大江、大河、大草原、大沙漠——"大词"所对应的，往往是庞大的物事，甚至是宏大的叙事。就像大爱、大国、大时代、大人物、大牲口、大同社会、大是大非……

在宏大叙事里，小人物往往是被抽象、被忽略的，顶多被"人民""群众"之类大词替代，模糊。别说头像，别说背景，连"背影"都难有。

莫名地，有些伤感和警惕。所以这些年，越来越忌讳文字里出现大词，大物。

2

海边漫步，这样的感觉，越发强烈。

海是大的，海滩是大的，海岸线也是大的，包括海潮和海浪——浪一波波来，亘古如斯，不知疲倦地，在沙滩上，留下一圈圈大手大脚的粗暴舔痕，和粗糙泡沫。若是遇到礁石或堤岸，便大大咧咧撞上去，毫不含糊地"卷起千堆雪"——循着浪来的方向，极目远望，海天之际，是浩阔无涯的空茫，和空茫。

说到海，人们会习惯地想到壮美。类似的，包括沙漠，包括草原，包括星空……浩瀚，幽远，壮观，想象里，无疑是美的。尤其是在镜头里，或画面中，那自然的壮阔和雄浑，通过人为的构图与定格后，依然会破纸而来，让人触目惊心，啧啧称叹。

但是，真正置身其间呢？

那年去内蒙古，曾在希拉穆仁草原漫步。为了记住这名字，我曾戏谑地说是"稀稀拉拉没有人的草原"。没有人，草原更显辽阔，敞朗。无论向哪个方向走，都无边无垠无止境无尽头似的。满目所见，无非是草，或高或低，或青或黄，随地势而起伏、延伸。风吹草低，的确能见牛羊，但见得更多的，是牛羊的粪便。

就像此时此际，沿海边行走，除了看见海浪不停不歇地一波波涌来，也能看见随浪而至的各种杂物，甚至脏物——庞大的海，不只有壮美和诗意，也还有各种各样的脏物、秽物：塑料瓶，玻璃碴，死鱼烂虾，被泡蚀的蔬菜瓜果，来历不明的破鞋旧衣……

突然想到：再漂亮的海岸线，倘若无尽延伸，对置身其间的漫步者来说，可能都会审美疲劳，都会觉得单调乏味，麻木倦怠吧？因为触目所及，不过是沙滩，不过是浪沫，不过是时起时落的鸥鸟，不过是无休无止的海水。

没有远海航行的经历，但短途的有过。船行或徐或疾，卷起巨大浪花。头几回自然感觉新奇，渐渐地就回复了平静和平淡。所谓的见惯不惊。随之而来的，是异样的感觉——倘使在茫茫大海上，航行三五天，或十天半月，满目所见，无非是水，是浪，是无止境的海与天，会不会觉得特别腻烦和厌倦？

是否可以说：所谓的壮美和诗意，更多来自我们一厢情愿的夸张和想象？

千百年来，海自是那么海着，地自是那么地着，星空自是那么空着，它们，绝不会自以为壮美，自以为诗意的。

3

"天地有大美而不言。"年少时，读到这样的句子，无端地觉得讶异和欣喜，莫名地为那想象中的大美而陶醉。此时此际，却突然有了省思——那所谓的"大美"，究竟是自己的感知和体验，还是盲从了别人的鼓吹和渲染？

更重要的是，当我们说到"大美"时，是否注意到"大"里面藏着的各种"小"，美好的或不那么美好、甚至丑恶的"小"？就像，说到"盛世"和"大国"时，我们是否注意到蝼蚁们的种种不堪的挣扎、苟且、麻木和"惨活"？

这些年来，见惯了大人物的颐指气使，也见多了小人物的辛苦恣睢——而他们，同属于我们所说的"大时代"，有时，甚至要再加一个"伟"字的时代。

有一回在东山，碰巧看到赶海人归来。我注意到他们沉甸甸的收获，也注意到他们黧黑的脸，粗糙的手，疲惫的身影，在辉煌的落日里，在壮美的背景中——不禁想，在茫茫大海上随波逐浪时，他们的感觉，肯定不会是诗意，不会是大美、壮美，更多地，可能只是单调，只是疲倦，只是麻木的神情，只是机械的动作……

在他们眼里，海固然也是"大"的，但是否"美"呢？

"讨生活"，仿佛是方言，哪里的，未考证。但每次看到这词语，都不自觉地想到"乞讨""讨要"，而我们每一个小人物，其实都以这样的姿势，卑微着"讨生活"的。

我也注意到，"壮美"的"壮"，某些时候，也与"粗"相关，如粗壮、粗粝、粗糙、粗硬、粗鲁、粗野、粗暴……就像"大"，既与巨大、庞大、盛大、宏大、伟大……有关，也与大手大脚、大吵大闹、大模大样、大摇大摆、大风大浪、大鸣大放……有染。

4

盛世自然是大的。要描绘和呈现，非得大手笔、大篇幅不可。我不想浪费笔墨，姑且沿用这说法吧——但是，我们是靠着"盛世"的"盛"生活吗？置身"大时代"，我们会因时代的"大"，而觉得自己也"大"起来了吗？

在北戴河几天里，真正给我印象和感觉的，其实并非"北戴河"这三个字（我甚至不知道，北戴河何以如此得名，就像不知道，触目可见的题名中的那个"戴"字，何以会那样墨疙瘩一坨），而是，脚下的沙，眼前的浪，是老虎石、鸽子窝、联峰山这样的景点。

按通常说法，北戴河是一个景区，宣传语里，或许会有大美、壮美之类说辞，但让我有所觉知的，显然不是宣传里的"景区"，而是那一处处实在的"景点"。

既是宣传，便不免夸大，而且，是自夸。有意思的是，茅台从不说自己是最好的，就像老大，几乎很少说自己是老大。太在意自己的，其实往往不够自信。太在意大小的，往往是自己还不够大。

很多时候，我们也许会有幸地置身、或不幸地被抛到浩大、壮阔里，但无论是波涛，还是洪流，无论是时代，还是社会，真正让我们有感的，或者说，真正让我们觉知到的，往往是细小、微小，甚至渺小的——小感觉，小情绪，小伤悲，小确幸，小恩小惠，小打小闹，小情小调……

我们都是小人物，我们靠着"小而美"生活。或者说，我们所期望的生活，不过是"小而美"的。

我们置身改革、发展、GDP（有人戏称"鸡的屁"）的宏大叙事中，但感受最真切的是 CPI，是基尼系数，是房价、菜价、肉价，是柴米油盐酱醋茶。

我们生活在汪洋般的群体中，但真正的温情和温暖，只可能来自具体而微的"个体"和"个别"，来自某人，某事，某个具体的场景，某个特别的瞬间。

奥尔罕·帕慕克说："如果有一双眼睛为我流泪，我会再次相信这悲凉的人生。"人生何其浩大，他所在意和渴望的，不过是一双流泪的眼睛，眼角边那几滴温热的清泪或浊泪，或许能帮助他抵御和消解尘世的"悲凉"。

5

眼睛会流泪，但眼睛的主要功能，并非流泪，哪怕一个人泪腺再发达。

我关注过人的眼睛。幼小的孩子，眼睛往往特别大，特别亮，特别清澈。年龄增长的过程，也是眼睛努力扩张的过程，睁得越来越大，是为了看到越来越大的世界。

但是，到一定年龄，比如，到中年后，眼睛会越来越小，眼睑会越垂越低，眼光会越来越浑浊，眼神会越来越黯淡，越来越关注细微，越来越在意枝节……

简单说，年轻时，眼睛更喜欢外向的扩张，年老时，眼睛更习惯内向地收敛——眼睛的变化，既是"感官世界"的变化，也是"世界观感"的变化。

就像我自己：年轻时，喜欢宏大、辽阔、壮观；现在，更心仪细小、局部、精致。年轻时，常说大话、空话、漂亮话；现在，更想说小话、实话、家常话。年轻时，常常为壮美迷醉，为大美欢呼；现在，更醉心于细微的感觉，更满足于别致的情趣。

显然，这并非简单的转移，而更是自然的撤退——撤回日常，退向内心。生命越往后，越会觉得日常的生活才真实，内心的感觉才可靠。

无论在怎样的国里，无论在怎样的时代，或许，这都是普遍的人性？

就像老子，即使置身那样宏大的时代变局，他所向往和渴慕的，也不过是"小国寡民"的生活——或许，说出这四个字后，老子才是真正的老子。

6

虽是初冬，太阳却很殷勤，每天都按时出现，从早到晚，被我感觉到。

但是据说，在海边，漫长一天里，太阳最美的时刻，只有两段：一段是日出，一段是日落——谁都不会成天傻盯着太阳（真如此，眼睛不仅会流泪，还可能流血），但谁都可以看到日出和日落。

是否可以说：在有关太阳的"宏大叙事"里，日出和日落，是两个重要的场景和情境？

重要，但也只是"两个"，只有"两段"。

其实，再宏大的叙事，都必须有具体、细微的措述和支撑。即便是《追忆逝水年华》这样的鸿篇巨制，也离不开"小玛德莱娜蛋糕"这样的细节。那气味和滋味，不仅留存在普鲁斯特的感官里，也留存在所有读者的记忆里。

世界需要辽阔，但生活需要细节，亲切、实在的细节——谁也不可能只靠虚幻的想象活着，更不可能只靠抽象的概念和理论，空洞的思想和主义。

就像，无论怎样丰盛的筵席，让我们真正感觉鲜美的，绝不是"海鲜"这个抽象的词语（尽管这词语，天然带着一个"鲜"字），而是那一只只虾，一尾尾鱼，一块块蟹；而无论在怎样壮美或大美的景区里，我们所看重的，绝非是抽象的几"A"，而往往是具体的一片片草地，一棵棵树木，一堆堆石头……

2017.11.5 北戴河

蝉　唱

1

听到这个夏天的第一声蝉唱，是在 30 岁生日时。

那是个漫长而空落的夏日。在那个特殊的日子里，我的心境，也特别地枯索、空落。有种华年已逝，自己却一事无成的伤恻、愧憾之感。窒闷的夜晚，青虫扑灯的时刻，闲坐灯下，翻读少作，似乎想要检点一下这些年来的功过得失。就又看到了那首原刊于《北极光》1992 年第 4 期，名为《听蝉》的诗：

> 在夏天辽阔而巨大的寂静中
> 我听到一只蝉
> 穿过黑暗的地层
> 和漫长的季节，在这个正午
> 在一片明亮的树叶后面
> 纵情歌唱……

这个夏天的第一声蝉唱，就是在那时响起的。不是那种急泼如雨的蝉歌，而只有极寥落的一只、两只。那声音，也是一阵一阵，断断续续、呕呕哑哑地传来，将我的心绪，搅扰得更加缭乱，纷纭，就像那时节朦胧迷离的夜色。

许多与蝉有关的记忆和片段，也因此浮显出来。

2

从小在乡村里长大，对蝉，自是再熟悉不过。

那时候，乡村里竹树甚多。每到夏天，都堆叠出翁郁苍翠、如泼如泻的葳蕤绿意。阳光浩荡、嘹亮可歌的日子，蝉的鸣叫声，就常常在那绿树荫浓里，响弹起来。长长短短的，牵牵绕绕的——在沉闷而空寂的乡村里，蝉极像一位执拗的歌者，不倦地咏唱着。事隔多年，那单调而绵长的吟诵，仍点染着与我幼时有关的记忆。

有时，父母从田地里劳作归来，也会从口袋里摸出一只两只。用线拴了它的大脚，供我们作玩具。蝉的形态不美，就像它的歌声。它浑身苍褐，头脑方圆，浑若着了盔甲的古装武士。皱皱的脸上，微有些悲容。两眼间的距离，大得有些夸张。黯黑的眼珠，就显得更小，更迷茫。它的脚被缚住了，薄薄的翅翼，也索性紧闭着；只偶尔发出一两丝微微的颤鸣。

父亲说，挠它痒痒，它就会叫。试着伸手，瑟缩着，去挠它背部，果然就会啼叫几声。那声音，很干，很涩。还略有些哀怨，惨恻，像一句句悲愁的弦歌。

后来读了书，就知道，蝉也叫"知了"。后面这一称谓，似与它的声音有关。想必，没多少人会喜欢那声音，所以要编了寓言来讽刺它。那寓言说，蝉整天"知了——，知了——"地聒噪，其实什么也不知晓。

"比如说，"教我们寓言的那老师讲，"蝉不知道，该在夏天辛勤劳作，像蚂蚁或蜜蜂那样，为寻找、储藏过冬的粮食，而忙碌奔波。"

蝉真是游手好闲、好逸恶劳的家伙。那寓言"幸灾乐祸"地告诉我们：蝉在冬天里，活该因冻、饿而死——所有不爱劳动的家伙，最后都逃脱不了这样的下场。另一则寓言里的"寒号鸟"，可为佐证。

想想，寂寞的冬天里，确乎是没有蝉唱的。它们大概已被冻死，绝灭了吧。有时，望着天寒地冽的荒凉世界，我会这样默默地想。心里，有一丝丝童稚的怜悯。当然，更多的，却是那寓言教导我们的态度：幸灾乐祸。

可是，到第二年夏天，蝉唱声竟然又"知了——，知了——"地，喧响起来了。依旧地洪亮，单调，落寞，也依旧地执拗不息——那绵绵不绝的蝉声，让我禁不住从寓言里抬起头来，将目光望向窗外。我童真的眼里，满是猜测和疑惑。

蝉究竟知道了些什么呢？它又知道了多少呢？

蝉没有回答我。它一刻也不停歇地"知了"着。我只有继续猜疑，并满怀迷茫。以至于许多年后，当我回首往事，有关童年的段落，总是从罗大佑的那句歌词开始：

"池塘边的榕树上，知了在声声叫着夏天……"

3

　　夏天之后，又是夏天。我一年年长大。在夏天小学毕业，上了初中。又在夏天初中毕业，升了高中。我不再爱读寓言。那些枯燥而颇少善意的劝谏和说教，让我烦厌不堪。我喜欢上了诗歌。那些或沉郁、或昂奋的意绪和意念，那些鲜活、灵动的意象和意境，与我汹涌沸腾的青春血液，才更合辙，也更合拍。

　　就是在那些参差不齐的诗句里，我不止一次听到蝉唱的声音。

　　当然，对蝉的了解，自己觉得，也更多了一些。

　　蝉是典型的素食主义者。无论在地下，还是地上，都只以吸吮植物的汁液维生，可以说是真正的餐风饮露。蝉不就低叶，尽栖高枝。当它开始歌唱，那清越的声音，便破空而出，响遏行云。虞世南有诗咏蝉："居高声自远，非是藉秋风。"即是指此。

　　就此而言，蝉极像高标独卓的隐士，或闭关修炼的禅师。有时我甚至要想，禅语、禅悟、禅机的"禅"，或许本就应该是"蝉"。当然，我知道这想法是错误的。词典里说，"禅"乃梵语"禅那(dhyana)"的音译，与那纵情高歌的"蝉唱"，风马牛不相及。

　　在中国古诗文里，蝉向被借作愁苦、悲怀的象征。特别是秋日里衰弱、凄厉的蝉韵，更如在那季节里萎黄、凋零的落叶一样，往往被描摹为"寒蝉凄切"，或"断肠蝉声"，与生离死别、怀才不遇、歧路羁旅、郁郁寡欢之类意绪，紧密关联。古人绘画中，常有"高柳鸣蝉"或"秋蝉图"等，亦多取此意。

　　给我印象最深的，当数初唐才子骆宾王的《在狱咏蝉》。骆宾王作此诗，在那篇著名的"讨武檄文"之前。他因抗颜直诤，而被武氏囚系狱中。在诗里，骆宾王借秋蝉的鸣声，抒尽了自己怀瑾握瑜、洁身自守，却遭谗被诬，身陷囹圄后的凄凉与悲愤。

　　　　西陆蝉声唱，南冠客思侵。

　　　　那堪玄鬓影，来对白头吟。

　　　　露重飞难尽，风多响易沉。

　　　　无人信高洁，谁为表予心？

　　初读此诗，立刻联想到骆宾王的一首少作。许多年前，父亲对我进行古典文学启蒙，许多年后，我对儿子启蒙古典文学，都用它做了教材——就是那一只"曲项向天歌"的鹅。

在我看来，蝉也好，鹅也罢，似乎都与那种无羁无束的歌唱有关（这种对自由的向往，古今中外的诗人，都曾不同程度地有过）。只是，鹅的高歌，更多是觅食嬉戏之余的"客串"。而蝉的吟唱，则是终日不歇的"专职"，甚至以此作为终生使命。

《鹅》据说是骆宾王7岁时所作。因而在那只鹅身上，充满了童年的稚善、欢快和可爱。《在狱咏蝉》则作于骆宾王37岁时，所以蝉声里，更多中年的愁苦、酸辛、抑郁、悲怀。诗中似乎满透着这样的意味：歌唱是艰难的，自由无羁的歌唱，则更其艰难——后来，骆宾王帮助徐敬业讨伐武氏，除所谓的"替天行道"和"复仇泄恨"外，我怀疑，更多的，是他要表达自己的心声：作为睿智的士人和歌者，对家国世事和黎民庶众的命运的关注。

他或许应该知道，在他之前，已经有不少的人，为此付出了怎样沉重的代价：青春、热血、美好的自由，乃至宝贵的生命。而这，往往也是渴求自由歌唱者，所必须支付的筹码。

像许多前踵者一样，他终究是再度被囚系，而且最终，死在了监狱里。

他那哀怨凄恻的歌唱，像极了那衰弱的秋蝉的残韵。

"露重飞难尽，风多响易沉。"——那么，蝉为什么还要歌唱？蝉为什么还要那样坚持不懈地哀哀长歌呢？

我再一次从书中抬头，茫然地望向窗外。

阳光正好，嘹亮可歌。蝉自然无暇回答我。它那激越昂奋，甚至不乏慷慨悲壮的声音，似乎穿透得更远、更远了。

4

一度时期，我对情绪低徊、意蕴感伤的作品，怀有浓厚而狂热的痴迷。

细究起来，中国古诗文里，对我们的成长产生过深刻影响的，似乎并不是豪放、旷达之类情愫，而往往是充满幽怨、感伤、缠绵悱恻的篇什。在那些诗文里，作者们总是不厌其烦地暗示我们：旷放快乐，总是短暂倏忽，转瞬即逝的；痛苦伤感，才更绵长永恒，刻骨铭心，也更摧肝裂胆，彻骨伤神。

从杨柳依依、雨雪霏霏的《诗三百》，到厚地高天、痴男怨女的《红楼梦》；从"寻寻觅觅冷冷清清"的易安女士，到"秋风秋雨愁煞人"的"鉴湖女侠"；从寄形天地、隐遁酒中的嵇叔夜，到望断天涯无归路的王国维——至少，在我初涉人世的少年时代，是这种种一以贯之的幽愤、感伤的传统，滋养了我的情感。

它们，就像一朵朵浓艳袭人的罂粟花，那热烈的芳香，性感的甜蜜，使我自觉不自觉地溺陷其中，神醉心迷，饮鸩止渴。

至今还记得，捧读《古诗十九首》的情形。那些不知出处，亦不知作者的诗句，让我一见倾心，一读迷神。现在想来，也许正因其不知出处，那些句子，才显得神秘幽邃，深窈迥阔，有一种天启神示般的意味——就像那些不知缘何而起的袅袅蝉唱。

"人生天地间，忽如远行客。""同心而离居，忧伤以终老。""思君令人老，岁月忽已晚。""俯仰内伤心，泪下不可挥。"……如此种种，莫不满盈着天地苍茫、人生苦短的感伤和痛楚，满透着浮生若梦、无所依凭的空虚与凄惶。

教科书里说，《古诗十九首》标示了"人性的自觉"。仿佛此前的人们，一直都只是没心没肺地活着，蜉游天地，无知亦无畏、无忧亦无虑地存在着。战争，爱情，婚姻，耕种收播，生老病死，恩恩怨怨，都稀里糊涂，不明不白。直到此时，才猛地恍然大悟。瞻顾前后，才顿悟、发现了人的真实处境，禁不住悲从中来——这种彻骨的感伤，无缘无由，无端无绪，因而也就无始无终，无休无止。

至此以降，无论是嵇康阮籍等人的醉生梦死，途穷而泣，还是陈子昂的"念天地之悠悠，独怆然而泪下"，或者李太白的"天地者万物之逆旅，百代者光阴之过客"，乃至杜少陵的"飘飘何所似，天地一沙鸥"，莫不都是此种感伤意绪的宣泄和抒发。便是甜美至极的张若虚，在面对春花灿灿、春月熠熠的良辰美景时，也由不住要迭生伤恻："人生代代无穷已，江月年年望相似；不知江月待何人，但见长江送流水。"

诸如此类。这些美丽而感伤的意绪，恰如一种致命的诱惑，让我懵懂、溟蒙的少年心灵，毫无抵拒地就浸淫其中，从而得到关于生命的启蒙。当然，这也使我比别人更早、更多地感知到，"白驹过隙""天地过客"这些语词中的悲慨意味。

> 雄浑而豪放。这激情的歌手
> 像悲壮衰败的王朝，将每一滴鲜血
> 都融进热烈的歌声
> 一颗音符，就汹涌整个夏季的辉煌
> 使我孱弱的内心
> 为之震慑，兴奋，不断受伤

许多年后，在那首被叫作《听蝉》的诗中，我这样继续写道。

我的心里，满是悲怆，和悲壮。

5

我曾向高中时的生物老师，请教过蝉何以不懈歌唱的缘由。

"很简单。"博学的生物老师，不假思索地告诉我，"蝉的嘶叫（注意，他用的是：嘶叫），只是蝉的一种生理需要。就像人，"他顿了一顿，"每天必须吃三顿饭一样。"

生物老师的话，轻淡，简洁，明晰，就像他的授课。富于解剖和概括的意味。

我未置可否地点点头，心中有着隐隐的失落。

那时候，每天上学下学，都要经过一段林荫路。路旁杂树林立，翁翁郁郁。每到夏天，或疏或朗的枝叶，密匝匝地张扬着，簇拥着。蝉也就在那树丛中，颤鸣、欢歌着。那声音，嘶嘶啦啦的，融聚成沉雄的混响。散逸在燠热的空气中，有种金属薄片般柔韧、刚劲的意味。

许多年后回想起来，那蝉鸣中的树色，是生机盎然的，又是忧郁悲苦的；是肃穆庄重的，也是凄凉酸涩的。就像我微苦的青春岁月。那时候，我迷醉在歌唱的渴望，和不知该如何歌唱的痛苦里。我的心中，充满倾诉的欲望，却不知该怎样倾诉，向谁倾诉。对那些沉闷单调、枯燥无聊的课程，自然是深恶痛绝，甚至满怀咒诅。蝉声却趁火打劫地喧然四起，乱人心肠。窒闷而躁乱，却无计可施。

我只好以"烦厌"之态，来应对那颤颤悠悠的蝉唱了。

直到有一天，在不绝于耳的蝉声中，漫不经心地翻开书，读到语文课本里，生物学家法布尔的那篇《蝉》，读到文章最后，那几个震撼人心的句子——

> 四年黑暗中的苦工，一个月阳光下的歌唱，这就是蝉的生活。我们不应当讨厌它那喧嚣的歌声，因为它掘土四年，现在才能够穿起漂亮的衣服，长起可与飞鸟匹敌的翅膀，沐浴在温暖的阳光中。什么样的钹声能响亮到足以歌颂它那得来不易的刹那欢愉呢？

是的，震撼人心。犹如醍醐灌顶。即便在事隔多年后的今天，我也只能用这样的词语，来表述自己初读此语时的感受。那时候，在我躁乱的胸怀里，确乎有当头棒喝的顿悟，和顿悟后的澄澈，空明。

"四年黑暗中的苦工，一个月阳光下的歌唱"——知道生命短暂，所以才那样纵情歌唱。我宁愿相信，蝉的歌声是这样的，而不是像寓言所说，或如生物老师所解。

只是，当我这样想时，忍不住要替人类，感到深深的羞赧和惭愧：同样是短暂的一生，同样要经历沧桑轮回后才能获得，蝉全身心歌唱着那来之不易的欢悦。它或许知道，自己终究会再被毁灭。但它在整个漫长的苦夏，都坚持不绝地高声唱着，仿佛从来就是这样炽烈。它以微小的生命，不息的律动，执拗的语言，激越的歌唱，来对抗那庞大的死亡。人类，却在它小小的背影后面，在那不断哀唱的歌声里，或嗫声沉默，或追名逐利，一日三问："你吃了吗？"——在这随处可闻的问候声里，我们安然无虞地延年益寿，进而奢求长生永恒。

再听那蝉唱，就觉得异常宏阔，深远，神秘，悲壮，仿佛天地间，那永无止息的岁月钟声。又如洞烛幽暗的诗人，因无知音叹赏，只好落寞地自吟自唱着对红尘世事的感怀，和悲悯。那完整而和谐的长调，悠悠缓缓地跌宕着。在那抑扬顿挫中，似乎满含着不甘于命数，却又无可奈何的抗争——孱弱而悲壮，辉煌得让我肃然起敬的抗争。

许多年后想起，我依然觉得，那蝉声，那树林，仿佛是我卑微生命的某种象征。

6

住平房时，寓所前后各有法桐、垂柳等灌乔若干。每到夏日，都枝柯横斜，密密匝匝，遮天蔽日。硬生生地，在骄骄艳阳下，撒落出大片大片浓荫。

在那生机盎然的浓荫里，自然也就有了孤啸嘹亮的蝉声。从早到晚，执拗不息地，在热风冷雨中喧躁着。那炽烈的歌唱，也好像不再被稠密的树叶阻隔，而是直接从空中落降下来，泼溅下来，在空阔的大地上，砸出清脆明亮的鸣响。在我落寞的生命中，酝酿出一种苍然的氛围，一种昂然的情调。

听得久了，那氛围和情调，就更浓郁。

偶尔，也会在天井里，或花盆中，发现一些死掉的蝉。每一只都很完整。大大的头，薄薄的羽翼，仍泛着暗褐或黄绿的光。似乎是正值壮年，就遽然而逝的一群。而在窗外，还有一干不更事的顽童，淘气地爬上树去，或用手捉，或用网粘。

或许是蝉过于专注，或许是蝉对外来的袭击，天生地迟钝——这好像也是诗人们的致命弱点——总之，顽童们很快就能得手。刚才还欢欢唱着的歌者，转眼就成了游戏的俘虏，这是颇让人伤恻的。更让人伤恻的是，顽童们很快就会腻烦。恣意地将那"俘虏"蹂躏至死，然后再去捕捉。

就是在那时，读到了那则有关蝉的"公案"。说是宋神宗时，每逢盛夏，东京殿帅宋守约都要命令士兵们，将营房四周的鸣蝉消灭尽尽。否则，便要被责受罚。为完成任务，士兵们终日为之疲于奔命。神宗知道后，便问宋守约，何以如此讨厌蝉声。宋守约回答说，并非讨厌蝉鸣，而是担心天下太平，士兵们容易耽于逸乐。

"我这样做，是要训练他们的机智敏捷，让他们养成吃苦耐劳的精神。"宋守约说，"因为我也知道，要在夏天消灭鸣蝉，并非易事。"

宋守约的回答，自然得到皇帝的嘉许。我却禁不住要为蝉们大鸣不平。蝉的鸣唱，出于内心自性，何干军事国防？却要遭受如此的剿灭，真是不虞之灾。再说，训练兵士，又何须用别的生命，特别是像蝉那样孱弱短暂的生命，作为陪衬和牺牲？

蝉的死亡，真是无所不在啊！

虽是如此，树丛里，仍有数不胜数的蝉声，在坚贞不渝地喧响着，歌咏着。而那旋律，极像被统一指挥着的大合唱。其数量之多，声音之美，也真是惊人。

这是怎样一种歌唱啊！——我的感叹常常由此而生——洋溢着死亡气息，同时又饱含着对生命的渺茫希望。那歌声，如此绵远，恒久，永无止息。而支撑那歌者的，仅仅是一缕缕脆薄、亮丽的阳光而已。那灿烂而昂贵，如同生命一般的阳光啊！

蝉们，真是不折不扣的欢乐英雄！

这样想时，心里便像有一团难以言说的火焰，在缓缓地燃烧，微微地灼烤。让我禁不住一次次为之感动，并在那感动中，回忆起往昔的日子，那些蝉唱声中的躁动和宁静。

7

记得以前，读过这样的句子："天之于时亦然，择其善鸣者而假之鸣。"当时自有当时的理解。但是，直到今天，在这青春将逝的而立之年，在窗外那依旧鸣唱着的蝉声中，我才突然感到，有一种憬悟和憬悟后的惶惧，萌动在我心里。我才知道，自己内心里真正向往的，乃是那一脉反抗生命缺憾的英雄情怀，那一种了悟了人类悲剧命运后的坦然面对，和慨然承担。

就像蝉——在地底下，靠着树根的养分过活，蝉要蛰伏4年之久（而在北美洲，有一种蝉，要在地底蛰伏17年，因此也叫"十七年蝉"），才能钻出泥土，从蝉蛹中挣脱。而它们真正歌唱的日子，不过短短的一个月，30多天！

如果真有所谓的轮回，人，又是经过了多少沧桑，才得以来到世间的呢？我们被扔到这个莫名的世界，却不能像蝉那样，在林间鸣唱那自由的歌声。寂寥的慰藉，是这样短暂，稀薄，就像我们卑微的命运。我们也终究还得在泥泞的路途上，踽踽行走，忍受命定的寂寞和艰难。面对这沉滞凝重的生命，我们该以怎样的姿势去接迎，去承负呢？

——我当然要像它们一样，高高地飞到生命的枝头，去喧唱，去呐喊，敢爱敢恨，能取能舍，倾注我全部的力量，以我最真实的心襟，去把握那有限的今生。

我要将《听蝉》的最后两节，抄录在这里：

> 风，在我空空的五指之外
> 在遥远的一叶青萍末梢，孤独迷茫
> 我默默坐在这个世界的喧嚣之外
> 听蝉。听一次短暂生命的
> 苦难和疯狂。听自己透明的泪水
> 砸在炎热的大地上
>
> 而在我之外，还有谁
> 在这个时刻，聆听这彻骨的忧伤
> 还有谁，在这个季节之外
> 面对一具卑微的蝉蜕
> 怀想起这尖锐的声响？就像我
> 面对文字和诗歌时，怀想起
> 这个夏天，博大而深刻的阳光

1997.7-8　苦茶居

附录 >>

文论与论文

左手妙笔

高虹

以推举实绩与潜力俱佳的年轻作者为己任的"新生代"栏目，开设已年半有余，而专以散文独步入闱，由肇始于本期谢云。并非编者要做出一种相当于"有教无类"的姿态，而是谢云散文值得一荐。

我们生活在一个散文的时代。我们用二三流散文挣名，用四五流散文换钱，复用七八流散文谈天——这是套用了台湾诗人余光中的说法而略有篡改。关于散文，他还有惊人之论，说是对一个诗人而言，写散文仅用左手便够了。由是我想起数年前一个诗人朋友一次心血来潮寄我一篇文章，为了这篇他称为小说的东西我无法原谅他：在此文中，素以清词丽句著称的他，大肆写着诸如"你吃过中午饭还是没有吃过中午饭"之类的句子。他认为写诗是给心爱姑娘唱情歌、写小说是给灶头老妈闲扯淡是他的自由，我却容不得他对小说的无知和轻慢，更有理由要求他尊重我的智力和美感。还好，余光中先生论述了诗人左右手的分工后，还有一句话：写不好散文的人，一定不是一位出色的诗人。

我不知道谢云是用哪只手写诗、哪只手作文，我只认为他诗文并重，合之双美。这样说容易让人误会他擎苍牵黄，左右开弓，其实我的意思是，他以诗情作文，以文心写诗。文心相通，诗情相同，故无论诗文收获皆丰：1994年长诗《老区》在《中流》杂志上刊出以后，《新华文摘》全文转载；1996年又一部皇皇诗作《东方大道》由《解放军文艺》部分、《剑南文学》全文登出后，反响颇为不俗。敝刊则是因散文与谢云结缘，"丁丑笔丛"一气推出他数篇美文后，我们又读到他发在《散文》上的《背在背上的井》，以及本期推出的这两篇长文。

这些散文，风格博约雅正，质地缜密精致。我是美文主义者，素来主张散文应超越实用进入美感的范畴。散文家应具备写作美文的能力，小说家应具备讲故事的能力——这和女人应具备生孩子的能力是一个道理。这个很基本的道理现在正被质疑、嘲笑和打击，但在"克隆"时代来临之前，我不准备放弃。

261

如果说文章风格、质地还为作者学养、才情所决定的话，文章选题则全为作者心性、情趣所取舍了。谢云散文选题庶几可归为一类：乡愁。对故土贪恋使他分不清同音字，坚信"槐树的槐，就是怀念的怀"；使他误读成语，以为背井离乡的人，就是把故乡的井背在背上流浪的人。当日常生活被赋予了某种象征性时，城市生活被肯定的多是它的世俗实用性，乡村生活则每每指向人的精神与情感。谢云就是在这种前提下再三地吟咏着他的故土家园的。《竹林掩映的家园》里，作者劈头一句"又是家园，又是这毫无新意的话题……"，自己也意识到思乡病已入膏肓，大有"不用你说，我自明白"的意味。

其实，作者尽管低吟细唱他的思乡曲，争先恐后奔往市场的人们，是不会因之而放慢脚步的；而作者又不必因之忿忿不平，慨叹"英雄背时"，作者的诗理不应、也不能制止大众的物理。你为喧嚣的世间提供了一种清凉的声音，你为偏畸的社会提供了一种平衡，这就够了。

不要指望仿效，反能得到敬重。胸有沟壑、识见明达者，或不以此言为过重。

（选自《四川文学》1997 年第 8 期，作者时为《四川文学》副主编）

行走的精神

冯　源

法国当代文学理论家莫里斯·布朗肖在其著述《文学空间》中认为："作家像是自己的笔杆的主人，他能变得有能力牢牢地控制词语，控制他想让词语表达的东西。但是，这种控制只是成功地使作家同那种固有的被动性建立接触并保持接触，在这种被动性中，由于词语只是它的表象和某个词的影子，它是永远无法被控制住的，也无法把握，它始终是不可能把握的，无法把握的，是令人迷惑的模糊的时光。"在谢云的散文里，就存在着这种非常重要的"模糊时光"——既痛彻了他整个生命史，又铸就了他生命内力的时光。

每个人都有各自生命中的"模糊时光"，一种被无意识地存放在记忆深处的时光，因为许多人都在匆匆忙忙地赶路，他们没有让自己的脚步做片刻停留，更没有那种能够穿越现实迷茫的锐利思想和能够过滤杂乱琐碎的心灵滤器，那碎粒一样的"模糊时光"中的历史意味与现实思想、纯然的意义与宁静的美丽、个体的艺术化的想象空间与存在时间，最终都随着自己生命的终结而消失，从而永远无人知晓。对于一个作家而言，这样的"模糊时光"显得弥足珍贵，他得以在这样的时光里停下脚步，并用心理的纯净与情思的自由对之不断地淘洗和打磨，将那些碎粒幻化成富于意象美感的闪亮光斑，这光斑便牵引着作家去构建艺术的殿堂。

谢云就是这样一个作家。那些曾经散落在村落间、田畴上、竹林中、沟涧里的时光，那些曾经在小城的幽静里，在都市的喧嚣中流逝的时光，那些已经在事件、细节、景物、人影、爱情、幸福中模糊的时光，都被他捡拾起来，记入灵魂的日记里。他相信这样的日记在某一个黎明或夜晚，将奔涌成一条既是艺术的又是生命的河流。因为他装载着这样的"时光"，并且不断地将它们情感化、心灵化、意象化、美学化，他就有了一种别人无法替代的生命史和心灵史，就有了一个在成年后能够自由回忆、自由创造的生命空间，也就拥有了属于他自己的文学世界。

虽然这样的文学世界，在最初的日子里就像春天的嫩芽出现在大地上一样，素朴纯净，没有多余的装饰，甚至他还处于懵懵懂懂的心理状态，但他没有那么多瞻前顾后，没有那么多成规的束缚与羁绊，仿佛一个勇敢的孩子去迎接每个朝阳一样，在那座不知名的小城里默然地前行着。正是在这样的前行中，他渐渐意识到文学世界的阔大深邃和文学思想的厚重深沉，并且随着自己思想的提升与想象力的扩延，审美能力的积聚，他明白了哪些必须删除，哪些必须保存，哪些又需要在日后的文学生涯中加以澄滤。他的一首首诗歌、一篇篇散文和小说的面世，就是这种澄滤的结果。

"井"本来只是极普通的事物，但在谢云的思绪里，它却是一种历史的与现实的沉重意象。因为有了这样一种"井"，方有了那一片具有人类学意义的《麦地》和在它上面建筑起来的各式各样的《竹林掩映的家园》，才生长出一株株让读者长久回味的《苦苦的苦楝》和粒粒晶莹剔透的《米》，演绎出一件又一件在春秋间忙忙碌碌的《蚕事，或桑地之书》。显而易见，谢云为我们叙写的"井"，并不是通常意义上的那种村人可以取水为生的形而下的井，而是一种具有人类学意义的形而上的井，它不仅在我们这个民族的生存意义上是举足轻重的，也是其他民族不能轻易忘却或随便否定的历史。这口井被一个作家"背在背上"，就无异于背负了一个民族的生存历史和心灵发展史。他深情地说："离开故园的人，心里都实实在在地'背'着一口故园的井。虽然沉滞不堪，却终究不愿放下，因为异乡没有故园的井，而他们的灵魂，有着永远的渴意。"

最令人难以忘却的是那些在井旁的麦地里"拾穗的孩子"，因为他们"已经深深懂得：吃是最古老、最永恒的欲望，是最紧要、最关键的大事——穷人的孩子早当家，饥饿和贫寒使他们早早地就体验到生命的苦难和艰辛"。其实，作家自己就是那些"拾穗的孩子"中的一个，也可能是他们当中唯一珍藏了那段苦难与艰辛时光的人，尽管这样的苦难与艰辛至今"就像一根根尖锐的麦芒，横亘在我的灵魂和喉咙里……"，但一个人拥有这种时光未必不是幸福的留痕，未必不是文学的血缘所在。正因如此，谢云才得以将那段在麦地里拾穗的"模糊时光"，打磨成一种富于美感的永恒魅力。

相对于上述散文而言，《听取蛙声一片》《谷雨望雨》等篇什，就多是作家心理微波和情绪涟漪的显现，或者说是某些心意的流溢，它们不过是作家用一种消解的方式来降低精神疼痛的强度，是一种缓解内在痛苦的"药"，只是这样的药未必就是最恰当的。

　　构成谢云文学世界的另一个意象就是"炊烟"和那些被炊烟笼罩的往事。对于城市中的"新新人类"来说，炊烟是一种破坏环境的污染源。但在今天中国的大多数乡村里，炊烟仍然是一种生存的意象，也是某些从农村走进城市的人的心灵留痕。谢云之所以要"在炊烟中守望"，原因既在于"那淡蓝淡蓝的烟里，满是最平常的人间气息，朴素、温暖而芳香，叫人莫名地感动、惆怅。眼睛里，也禁不住一阵灼痛、潮润，仿佛正被那烟火熏燎着"，更在于它能令谢云"仿佛看到母亲，从一柱炊烟中走出来，用树皮般粗糙的双手，拍打掉衣服上的灰尘，拂理净发丛里的草渣。然后静默在老屋的矮檐下，像一只窝旁守候的老鸟，若有所待地，张望着村前的小路"。在这些抒情化的文字组合中，一个非常典型的中国农村的母亲形象显得那样平凡而亲切——她没有过多的言语，只有默默的劳作；她没有丝毫的夸张，只有质实的心灵。作家的思想与情感如此深沉而又朴实，这不仅令我们许多因为各种原因而逐渐远离了母亲的人汗颜，更叫那些在成功后渐次背弃了母亲的苦难历史的人灵魂难安。

　　《打工的母亲》是对当代中国那些仍然在贫困中挣扎的农村人的一种展示。作家用极为素朴的笔调叙写那些城市里打工的农民的生活情状，而作家的母亲就是其中的一员。这些打工者尽管在不断地为城市的繁荣与发展做出各自的努力，他们却始终无法成为城市人，无法根本性地融入城市，他们仅有的希望不过是挣一点买油盐酱醋的钱，不过是为了自己简单的生存而已。在今天的文学书写中，个人化写作正成为时髦，对弱势群体的深切关注已经越来越稀有。在这样的背景下，谢云能够从自己母亲的一次打工历程中得到深刻启示，用一种超常的勇气加以表现，实在是难能可贵的。

　　莫里斯·布朗肖认为："作品是那个纯净的圈子，在这圈子中，作者在写作时，就危险地面临着要求他必须写作的压力，而且还要防御着这种压力。由此——至少部分如此——产生那种巨大的神奇的喜悦，这喜悦正如歌德所说，是那种从与迷惑的孤独的强权单独相处中解脱出来的喜悦，面对这喜悦，人们始终保持挺立，而不背弃它也不躲开它，同样也不放弃自制。"谢云在他的文学创作历程中，是不是也具有这样的喜悦？我以为是，因为他通过文学的写作释放着那些郁积在灵魂深处的压力，又从这样的释放中得到心灵的喜悦，只是这种喜悦是由四个层面——懵懂的、智性的、情感的、心灵的——构成的。

　　《我的小学》虽是记述自己小学的读书经历，更多却是体现为某种生存理念的形成。对于一个从小就在乡村生活的孩子，最初意义上的读书不过是另一种形式的乡村游戏，因为它还没从根本上走出乡村的视野和孩童的游戏心理，没有对自己的未来形成任何念头，言传身教的师长也浸透着浓郁的乡土气息。但正是在这样的游戏中，他生长出了某些欲望，一种"将来要有出息"的生存理念就在此时萌生于他的灵魂中。毫无疑问，这是他最初的喜悦，虽然懵懂，却在无形中影响了他的一生。

当然，在作者心底，最值得珍视的还是心灵的喜悦，《蝉唱》就是这种心灵喜悦的流溢。"直到今天，在这青春将逝的而立之年，在窗外那依旧鸣唱着的蝉声中，我才突然感到，有一种憬悟和憬悟后的惶恐，萌动在我心里。我才知道，自己内心里真正向往的，乃是那一脉反抗生命缺憾的英雄情怀，那一种了悟了人类悲剧命运后的坦然面对，和慨然承担。"这是作家为"蝉唱"写的题记，其写作目的自然非常明了。但当领略了他在"蝉唱"中为蝉的一生所做出的深入肌理的描述和由此而引发的深沉感怀、全相思考后，我们就不可能滞留于这个题记所圈定的意义幅面，而会从另一些意义的幅面加以领悟和阐释。

就纯粹自然意义的生命而言，蝉不过是蜉蝣一样的生命存在，它的歌唱或吟咏也不过是一种自然现象。作家不厌其烦地抒写它们的歌唱或吟咏，显然隐含着另一种深意，即无论生命存在的久暂，只要它富于深刻的生存意义，就是一种生命的灿烂与辉煌。许多人的生命时光较之于蝉来说，无疑是几十倍甚至上百倍，但他们在生活中真正有过一次有意义的歌唱或吟咏吗？作家显然意识到生命的意义并非只由时间的长度来决定，而应当在空间上拓展的真谛。反观自己的生命，小小的蝉所揭示的生命价值又不知比自己要强多少倍。作家是在一种强烈的自省中感到惶恐，又在惶恐中不断砥砺自己，并升华了自己生命的境界。这无疑是源自作家心灵深处的喜悦。

每个人都有各自的生活时光，只是因了每个人的具体生存空间和对于生存时间理解的不同而显示出不同的亮度。我以为，作为一个作家的时光的亮度，在很大程度上取决于他对现存世界的艺术想象和创造。如果说谢云的散文是一种对时光的描绘，那么这时光中的乡村、往事、亲情、人影、景色、声音就是一粒粒细碎的光子，它们汇聚构成了其整个时光的亮度。在这样的亮度里，你能够感受到他迥异于都市人的那种纯粹又宁静的思想者的姿仪，体味到一种身心被无形的光亮柔柔笼罩的爽朗，或是被某种理性的舟船承载着在思想意识的河流中逶迤而前的快意，又丝毫没有缺失思想的深刻与灵魂的质量。这一切既是他用艺术的方式对自身生命历程的再现，又是他以直面生存的勇气将自己心灵深处的情思向读者所做的真实流露。在今天的中国文坛上，在以这种方式再现与真实流露已经日渐其少的背景下，他没有对自己的经历进行艺术加工，没有对自己的情思作任何虚饰，更没有对自己家庭的现实作丝毫的变形处理，而是显示出相当的质实性，足见作家灵魂真实的亮度。这也是他的散文具有精神骨力和富于魅力的根本所在。

与此同时，他的散文里所体现出的大文化气息的包纳，平民意识与主体情绪的自由腾挪，对凡常生命存在的底力及其正视现实世界的平和之态，对大自然象仪里那种内在的艺术审视和激情的穿越，对自我灵魂在文化层面上的深刻反省与理性自知，不仅将作家本人的胸襟气象彰显出来，而且传达出一种强烈的现代文化内涵和意义。尤其是《祖先。或血流之源》等散文，虽然叙写的对象只是与自己密切相关的人事并表现出某种家庭史的意味，但实则是他个人的心灵史和整个家庭史的融汇，是个体情感与群体意绪的相互整合，这就使得他的散文能够摆脱因为个体情性的主观强化而造成的某些在认知上的偏狭和情感天地里的故步自封，得以将散文的意蕴拓展到更高更宏阔的层面从而具有民族的意义，其散文的思想内质与艺术美感的亮度也就可见一斑。当然，无论是他散文艺术所抵达的真实程度，还是他散文内容所攀登到的思想高度，都是他自身灵魂高度与亮度的一种体现，这对我们今天在散文河流里畅游的作者也是有益的借鉴。

从艺术角度看，谢云的散文也具有一些可以借鉴之处。

首先，他注重对事件由小到大的连接与贯通，把一件看似十分平凡的小事，纵横开阖为具有民族或人类意义的大事，如《拾穗的孩子》中的拾穗行为，就已经不只是由这个孩子所做出的，而是由人类共同发出的，这样的行为就是人类共同的行为，是一种人类学意义的凸显，是人类生存历史的真实写照。又如"蝉唱"里那只蝉的歌唱与吟咏，也并非通常意义上蝉的歌唱和吟咏，而是人类歌唱和吟咏的象征，是对人类歌唱历史的艺术概括。这些都使读者深感作家艺术笔触的锋利与无穷魅力。他也重视对写作对象作人性意义上的高度概括，从某些看似没有重大意义的往事中，提取精神或灵魂向度上的意义，并且将这样的意义跨越个体层面而抵达较高的社会层面，给读者巨大的自由想象空间。

其次，在散文意绪的营造和构想上，也显示出自己的独到之处。如在《米》这篇散文中，作家虽然只是对"米"的生产过程的叙述，但在整个叙述过程中却浸透着一种强烈的意绪，即"米"的生产过程就是解决人饥饿的过程，使我们再次品尝到物质抑或精神饥饿的痛苦，那么"米"的生产的不易，就是人的精神升华的不易，也是某种人的历史征程的不易。又如《背在背上的井》中所叙写的井，井是不可能"背在"任何人背上的，它只能在大地上的某一处，当我们将它"背在背上"，其实是将它背在了我们的灵魂里。从这些散文意绪的营造上，我们不难看出，作家是将自己意识深处的物象作了艺术化处理，通过作家自己情感的强烈注入和浸透，那些物象从外形到内涵都发生了根本性的"变异"，而成为作家心灵的意象。与此同时，他还有意识将这样的意象在不同时空中进行交替变换，或者作一些适宜的剪辑、浓缩，使心灵的意象在富于鲜明层次的基点上，保拥着变动的灵性与切换的自如，从而加深了意象的涵蕴。他的散文总体上显示出非常凝重的色调与内质，就在于这些意象的涵蕴具有历史和现实内涵的厚重。

再次，在散文话语的新异建构上，他非常重视在个人话语、群体话语、大众话语、人间话语之间自如滑动中所显示出的表现力。他善于以个人话语涵盖群体话语，以大众话语整合生活话语，以人间话语瓦解权力话语，以艺术话语融合生活话语，从而使他的散文语言成为具有某种复合意义的语言，使语言的原生活力得以苏醒并转化为所指与能指都较为丰赡的语言。这样的语言进入文学的领地，就会显示出巨大的活力，使其散文语言摆脱了旧的模式而焕发出鲜活的魅力。

大凡有着文学创作经验的人，都或多或少地存在着这样一种感觉：走进文学就是走进了一种孤独，文学作品就是这种孤独外现的文化形式。我以为，文学作品的孤独向人类揭示了一种更具根本性的孤独，而在这种孤独中又蕴蓄着强烈的自娱——向人类展示精神行走的自娱，人们在这种自娱中又获得了另一些精神自娱。如果这种说法可以成立，文学就是一种精神行走上的自娱和他娱。谢云在他的散文创作中所获得的正是这样一种自娱。只是他的这种自娱仍然存在着某些不足之处，散文文本和散文叙事背景的复制就是这种不足的体现。

如果从文学内在构造的层面上分析，我们不难发现这样一个不能忽略的事实：在文本展开之始，他总是把自己置于某种现实时空里，由于某些景物的触动或是事件的牵引，现实时空便被切换、转移到历史时空中——这种时空就成为叙述的主要时空，整个叙事也都在这个时空中完成，文本结束时又回复到现实时空。尽管时空切换的方式不尽一致，但在文本形式上却显示出同构性。同样，如果我们剔除叙述的具体对象来考察和探究，他的散文在叙事背景上也存着一定程度的复制，即是对一个乡村背景的复制，或者说在复制同一处乡村的背景。虽然这两种复制并不能伤害他散文的内在精神涵容，但对于一个执意散文创作的作家来说，它们仍然是一种遗憾。谢云是否可以借鉴现代西方小说中那些前卫的叙事方式？我以为然。

（选自《当代文坛》2004 年第 5 期，有删改，作者系绵阳师范学院教授）

散说散文

谢 云

缘 起

读散文二十年，写散文近十年，多是凭直觉，很少想所谓的理论。倒不是因为理论之树苍白，而创作之树常青。只是觉得自己层次低，悟性浅，没什么理论素养，对散文，更缺乏系统研究，读也好，写也罢，多凭个人感觉和好恶。想，怕也是想不出什么名堂的。

但 4 月的最后一天，"红袖"里的纤手，在 QQ 里商量，说准备开一帖子，弄个有关散文的在线交流，以活跃版面。第一个被相中的，居然是我，心里颇有些惴惴。"没有金刚钻，别揽瓷器活。"这话我知道。

但纤手是朋友，女性，一再温柔地说"就这样定了"，便不好再拒绝。我心柔软，对美人之托，向难推辞。又想，久病成良医，写了那么多废字，没有经验，也有教训，权作交流和学习吧，于是应允。

开帖后就有网友参与。至 5 月 1 日晚 11 点左右，回了近 20 帖。但第二日晨起，就听说红袖被黑客攻击，1 日晚 9 点 21 分以后的回帖，悉数被洗白。当时的第一感觉，以为是专门针对此帖，心里薄凉。虽知自己的言行，还不至于如此惹人注目，引发黑客的兴趣，但那么多的交流，说没就没了，多少还是觉出了网络的虚拟和脆弱，颇有些情绪黯然。

接下来的时间，沉浸在朋友的聚会和节日的酒醉里，偶尔又要加班，少有时间前来。所谓的"在线"，实在名不副实，有负纤手的期望和朋友的热情。直到酒醒后的某个深夜,觉得实在不能再无视朋友的热情，才又翻身上网，匆作回复。

虽回复仓促，态度，却一如既往地真诚。而目的，也只在交流，平等地交流。对文学，一直自称是"爱好者"，对散文一体，也只有些自己的感受和体验，不敢妄自尊大。

闲下来时觉得，将那些交流稍事梳理，归总，好像也不失为有趣、有益之事。因此有了这些文字。

1. 散文之"散"

说散文，散文二字究竟何指，是避不开的话题。尽管事散文很久，但对"散文是什么"，或"什么是散文"，真没细想过。有时甚至觉得，散文是什么的问题，如同"人是什么"一样，陈旧而无意义——人是什么？人就是人。散文是什么？散文就是散文。

但是，若有人不断提及同一问题，你总不能老是"三缄其口"，或始终"顾左右而言它"。只好赶鸭子上架，临阵磨枪，"在线"想一想这问题了。

有人说，"散文是个筐，什么都可往里装"，是指散文的宽泛和自由。这是就其外延而论。当然有道理。按照中国传统的二分法，除开韵文（诗、词、赋）外，都是散文。

散文既名散文，其最大特征，当在这"散"字——确切地说，就是"自由"。钱谷融主张将散文的"散"，定义为"散淡"的"散"，就是指作者能在无所羁绊、自由自在的心灵状态中，"保持自己的本真……绝无矫揉造作，装腔作势之态。"

从形式上看，散文本身也是散漫的。选材的宽泛无羁，顺意而行，写作的无规无矩，无法无天，都是。泰戈尔说："诗歌像一条河，被两岸夹住……流得曲折，流得美……散文就像涨大水时候的沼泽，两岸被淹没了，一片散漫……"这种散漫，正是作家心灵自由的一个"注脚"。

所以有人说，散文，就是散淡之人所写的散漫之文。

如果非要我也下个定义，我愿意说：散文就是一种你觉得要写的、最无规则、最能表现你的情绪和感受的文体。其精神，贵在自由、率性、散淡、随意。

2. 我所看到的散文的样子

对过去的散文，多是读。对现在的散文，多是看。读和看，仿佛没区别，实质里有。

读有诵，有咏，有反复的咀嚼和回味。而看，更多是走马观花，了解大概，浅白而浮泛。读的多是古典，是名篇。看的，多是当下，是杂志和网络上的。对后者，当然也有读的，那是写得特别好，或自己特别喜欢的。

我所看到的现在的散文，不能说好看，也不能说不好看。当下的散文很繁盛，这是不争的事实。不过，波翻浪涌时，泥沙俱下的状况，较之过去，也更烈。尤其是在网络里，不多的优秀文字，都被淹没着，掩藏着，期待有识见的眼光去发现。

什么是优秀？以我浅见，凡能够以最精准的文字，表现出最丰沛的内容，而又能打动人心的，就是优秀。而这样的文字，往往与其所寄寓的"人间情怀"，紧密相联。

但是，看了几年杂志，上了几年网，对散文的真实样子，看得仍不清楚。有点像"宛在水中央"的所谓伊人，看到了她娇好的背影，但她的具体形容，气息体温，风情韵致，一直都还在想象和追望中。

我当然知道，越接近，想象得就可能越具体。不过，悲哀地估计，要看得很清楚、很透彻，以我现在的目力和想象力，还远远不够。

我或许只能一直追望着那背影，以便让自己的想象更接近她的真实。

3. 观念，或对写作的基本看法

某一次，一家刊物要发稿，让写上自己所谓的"创作观念"，很有些踌躇。觉得自己不过一文字爱好者，"创作"二字，已乏力担当，而"观念"之类，又何其理性、沉重。因此，几次三番，不敢下笔。

后来想，不就是说说自己对写作的基本想法和看法吗？于是信笔写下：

> 写作只是一种表达，表达自己的内心和灵魂，表达自己对这个世界的感悟和体认。一个真正的作家，应当自觉地秉承道义和良知，热切地关注时代和人生。就此意义而言，作家的人格，比才学、语言、技巧，更为实在、重要。

在"红袖"形成文集后，便以此做了文集的说明。

一晃好几年了。如果现在有人问我什么创作观念，我仍然愿意用这几句话来表述。尽管现在，对文字，对文学，有了新的认识和体悟，也做了不少探索和尝试，但根本性的原则，我愿意一直坚持。就像对可能有人不以为然的"为文先为人"的古训，我将始终尊崇一样。

而且我以为，写作可以纯粹是作者自己的事，但是写完后，要将它发表出来，刊载出来，流播出来，它就应该有所承负，有所担待。在某一篇文字里，我还说过这样的话，也算是基本的看法吧：

> 写自己的，但不能仅仅是自己的。写内心的，但不能仅仅是内心的。我确信一点：没有自己的人是可悲的，仅有自己的人则是可恶的。正如我确信：没有内心的人是可怜的，仅有内心的人是可耻的。

4. 雏菊、金银花或者三色堇

读过我的一些散文后，有人说："你的散文，尽管是对生活艰辛的关注，有沧桑、苦难，但基调是美的，文辞是美的。像乡野的花，是一种不经意的朴素的美。"对这样的评说，我喜欢，也有同感。

头脑发热时，在易趣注册了一个论坛，免费的。取名字时，由着脑子里的灵光，径直叫了"唯美"。因为，自己习惯于从生活中去发现美好，而且，在散文方面，有种不自觉的"唯美"倾向。只是，三五天的热情后，由于工作忙，时间紧，很少去打理，那论坛很快就被废了，自己也便淡忘了。

记着的，是当时的所谓论坛说明，或者叫宣言：散文，应是美文。散文写作者，应是唯美主义者。

当然，诗也应是美的。小说、戏剧同样应是美的。但是散文较之前三者，似应更多一些对美的自觉追求。而它的本色、天然，也更能给人一种如聆心音、如听天籁的美悦。这大约是人们称散文为"美文"，而不说"美诗""美小说"或"美戏剧"的原因吧。

从阅读经验说，一篇好散文，总能像"引人入胜"这个成语一样，将我们引入某种胜景，或胜境。或诗情浓郁，画意丰沛，或妙想联翩，奇趣盎然。让我们在阅读时，有品味陈年佳酿之感，获得韵味悠长的醇美享受。

散文的美，自然是方方面面的。语言，文字，基调，意境。其体现，则大体有两端：

一是情味韵致，当有美雅之"趣"。无论写景、叙事、咏物、论理，都要有丰厚的情味韵致，有内情与万物相生、心声与天籁交融，有耐人玩味的生气与灵机。具体而言，应当写景见情趣，叙事有意趣，论理有理趣，状物有物趣。写景状物，而不能只是景、物的"博物志"类的"标本"；议论说理，也绝非索然无味、高头讲章式的训诫。充溢的情趣，鲜活的灵气，使人于美雅之"趣"中，获得情绪的感染与共鸣，趣味的熏陶与培养。

二是语言文辞，当有冲淡之"味"。散文的语言，应是一种本色的语言，朴素，自然，流畅，简净，无论绘景状物，叙事记人，在看似不经意的信笔拈来中，经过情感的灌注，写意的磨炼，又极见工夫和用心。好的写作者，总能在貌似娓娓道来的平常文字中，赋予一种不平常的韵味和情调，使之绘景而见情，状物而"得意"，叙事成趣，写人出神，不见一丝刻意斧凿之迹，却能朴而不拙，素而见美，灵动跳脱而芬芳馥郁。

这实在像一种花，乍一看，难有惊艳之感。细观之，颇有不俗之处。如果可以，我愿意叫她雏菊，金银花，或者三色堇。那朴素的朵盏里，蕴蓄着能够弥漫一生的虚静和素美。

5. 散步完了，于是回家

朋友说，有时对某些作品的体例拿捏不准。说是散文吧，却一眼看出存在大量虚构；说是小说吧，却又更像叙事散文。因此很犯难。

散文体例难以"拿捏"，缘由在概念的难以准确表述。杨献平先生说过："概念仅仅是概念，对于文学创作来说，概念性的东西最能束缚写作者的创造力。在当代，谁也无法给某种文体下一个正确的全面的概念，这不仅吃力不讨好，而且准度和范围也将受到怀疑。"对此，我深以为然。

然而，概念之类的，其实并不重要。或者说，精准的概念理解和表述，并不重要。若非特别专业的人士或场所，实在没必要对概念性的东西弄得太清楚。作家中少有科班出身的，而很多中文本科，或研究生，满肚皮概念呆当作响，却很难写出像样的文章来，这或可作为佐证。

下笔之前，实在没必要想，这是不是散文，或者，是不是散文的表达。对写作者而言，更应关注的是心灵、语言，怎样让语言逼近心灵，倾听到心灵的声音。

对读者来说，一般而言，也没人会特别在意一篇好作品，究竟是散文还是小说。关键在于写了什么，写得怎么样，而不在于是怎么写的。

无论写作，还是阅读，没什么比好作品更重要。

当然，我也并不是说完全地不管概念，而是说，实在难以区分时，姑且不去管它，就让它含糊着。一篇文字，不一定你将它当成小说看，就很差，而当成散文看，就很好。

李广田曾把散文的写作，比喻为一个人随意散步，"散步完了，于是回家去"。

散文的阅读，其实也像散步，没有成法的限制，能够感悟到一分坦诚的情怀，领略到一片纯美的风景，由此得到性情的陶冶和趣味的提升，也就够了。

6. 刀本无罪，罪在以刀杀人

针对散文的浮泛和肤浅，有人曾以"思想的沦陷"为题，指出目前散文（不只是网络）的某些病灶。如：风花雪月，卿卿我我，装疯卖傻，无病呻吟，谵言妄语，信口雌黄……诸如此类。自20世纪90年代以来，在散文园地里，这些症状其实早有多见。我亦深有同感。

遗憾的是，持论者谈及"沦陷"时，只从"题材"入手，以"思想"为标准和利器，分别对亲情、爱情、友情、乡情类散文，做了剖理。如：选题受了局限，切入没有新意，处理不够独特，等等。言下之意，散文的出路，只在关注宏大的题材，追求思想的深刻。

这，我却不能完全苟同。

于散文而言，所谓题材，亲情也好，爱情也罢，乡情也好，友情也罢，都不过是表达的载体。好比运输用的火车，可以装粮油，也可以装军火，可以装圣人，也可以装暴徒。作为工具，火车装什么都不会错，因为装与不装，装什么，怎么装，都不是它能做主的。即使它是超载了，翻车了，越轨了，坠崖了，也显然不能说是什么"沦陷"，或"堕落"的。因为这一切，原本就不应该强加于它。正如人所熟知的——刀本无罪，罪在以刀杀人。

再者，这些题材（载体），其实是自古以来所共有共用的，属"文学母题"。古人有七情六欲，今人也有。古人要衣食住行，今人也不能少。古人恋爱，今人也恋爱，古人伤悲，今人也伤悲。倘完全剔除这些，或将这些置之一旁而不顾，则不知散文（乃至文学），该写什么了。

题材本身无所谓对错，剩下来就是对题材的选择和处理。或者说，用这题材来承载什么的问题。对此，我固执地坚持一个可能是愚蠢的看法：写什么并不重要，重要的是看你怎么写，或者说怎么写更好，更能精要地、准确地、明晰地表达出自己想表达的东西。

就此意义而言，有人精心耕耘的960万平方公里土地，不一定胜过别人随意抓到的一粒泥土，有人苦心泼洒的浩瀚辽阔的万顷大海，不一定胜过别人信手拈来的一滴露珠。

高下的分野，往往正在于此，也只在于此。

7. 朴素地接近事物的本质

常有人问及散文的语言，文采，及文字功底。以为散文语言，一定要美，要有华丽的辞藻。或者觉得语言贫乏，文字功底差，没什么优美的词汇，恐怕无力胜任散文。我不这样看。

事实上，语言所关涉的，并非单指辞藻，或词汇，还包括写作者惯用的句法，句式，炼字、炼词的习惯，生活经验，个性习惯及思维方式等。它所反映的，是作者对世界的认识和思想，是作者的全部内力。也许还有作者的天分。我们常说"文如其人"，即是说，从文章的语言里，可以看出写作者的全部。什么都能作假，但语言不能。所谓笔下工夫，是你一下笔就能让人看得出来的。

写散文，语言最重要，也最难。语言蹩脚，味同嚼蜡，谁读呢？而它的难是说，非一朝一夕可以做到。无论写景叙事，还是抒情说理，散文多用与读者直接"交谈"的方式。而谈话，首要的，是让人听懂，听明白。这就要求，散文既讲究文法，又要尽可能朴实自然。此其一。其二，散文的写景要出色，叙事要生动，抒情要感人，说理要情理相依，富有机趣，语言便应在自然朴实中见出意趣。

散文与辞藻无必然关联，但与语言有必然的关联。语言是什么？按维特根斯坦的观点，语言即思想。因此，散文的语言不只是作者词语积累、运用能力的体现，更是作者对世界的体验方式、认知能力、理解程度的形象表征。往往有这样的情形，想到了，却表达不出来，表面上看，是语言的障碍，实际上，还是思想。"想到了"，但是还没有想深，想透，想明白，或者说，没有想到位。

思想到位，语言就会到位；思想到位，语言也才能到位。这时候，不一定非得是"华丽的辞藻"，才能表现。最准确的，往往是最朴素的，最接近事物本身的。而且事实上，绝大多数作家，都追求着"由绚烂归于平淡"的转变。看孙犁晚年之作，极其家常化、口语化，娓娓道来，其语言，几与华丽绝缘，但每一篇，都是非常优秀的散文。

而所谓的文字功底，显然也并非指写作哪类文章，而是对生活的个性化的表达。这种表达，以准确为基本原则，以灵动、凝练、充满生命力为最高追求。

在我的散文写作中，我想努力做到的是：尽量将与内容无关，或无紧密关联的语言剔除，至于是否达到"完美"，尚无法肯定。

可能永远都无法达到"完美"。但如果愿意，我们可以一直走在通往"完美"的路上。

8. 在模仿中长大，在困惑中前进

时常读某个人的文字，自己的文字不免会接近某个人。这是很正常的事。老家有句话说："跟好人，学好人，跟着端公跳大神。"用好雅的古人的话说，就是："近朱者赤，近墨者黑。"这话，说的是人生。于散文而言，却隐含着模仿和创新。

人居于世间，不可能目无传统，目无前辈，目无经典；想彻头彻尾，独步天下，无疑痴人说梦。写作需要学习。而最初的学习，多半是模仿。只是，文字是有个性的。而个性显然难以全然相似。曾有大师告诫后人："学我者死，媚我者俗。"还有大师言："学我者生，似我者死。"说的都是这道理。

教育上有个说法，魏书生或钱梦龙的教学方法，固然很好，但并非对每个人都适用。因为人的才情、学识不一样，能力、层次不一样，方法和技巧，显然也就不可能一样。

但也并不是说，就不能学，或"非我族类"，便不能学。这里有一个"消化"的过程在。就好比，我们吃下的是米、饭、肉、菜，但只有被转化为营养，进入血液的，才于我们的身体有用。那些被排泄掉的，显然都是无用的。倘若该排泄的却排泄不掉，往往会出大问题。

因此，可以说，只有跳出传统、前辈和经典的包围圈，善于法为我用，法随我变，独辟蹊径，独树一帜，才能想自己所想，抒自己之情，创作出完全属于自己的作品。

西人有谚：人们一思考，上帝就发笑。一个朋友，由此写了一篇关于写作者的文章，叫：听上帝的笑声。意思说，写作的人常常思考，可能不够周全、深刻，乐趣依然有，那便是聆听上帝的笑声。

上帝的笑声美不美，好听不好听，且不管他。但于写作者来说，确是需要不断思考的。因为，写作的过程，正是不断认识世界的过程。在这过程中，既有发现的愉悦，也有探索中的不解和困惑。

曾经写过一篇文字，是对一本刊物的读后感言，既涉及自己对创作的理解，也谈到对当下散文创作的困惑。它于我的意义，首先在于发现了困惑。尽管一时还未得解决，但好歹有了发现。而且我知道，这种困惑，对写作者来说，是永远的存在。旧的困惑解决了，又会有新的困惑产生。

毋宁说，一个写作者，其实就是在模仿中，一天天长大，在困惑中，一点点前进的。

9. 从手到心的距离有多远

散文的本质在自由，率性。说白了，就是随意。写作者，常常也追求着随意。但这种随意，不应该是随便的演绎敷衍，笨拙的平铺直叙。

随意和随便，一字之差，很大的不同。不肆讲究，大大咧咧，意随笔行，笔尽意止，是随便。反之，意在前边走，笔在后边追，笔止而意不尽，意之所往，言之所从，情之所在，文之所生，就是随意。用前人话说，叫"随心宛转，与情徘徊"。又好比，雨水落在山坡上，水朝哪里流，全决定于山势。而此时，那汹涌起伏的心情，就是这高低纵横的山势。

《宝莲灯》里，沉香历经磨难，最终使宝莲灯与自己达到"灯人合一"，才生出无穷力量；《英雄》中，嬴政从那个"剑"字书法里，最终读出了"剑人合一"的精髓。古人对文章的写作，也有类似的表述，叫"心口合一"，或者说"我手写我心"。

这是散文最可贵的精神。不过，话说着简单，真要达此境界，就像武学里的"无招胜有招"，非常不易。原因在于，从手到心的距离，实在不近。

首先是写作者自己的禁忌。在写之前，是广泛的读。读得多，对散文的认识多，技巧了解也多。正是这认识和了解，让我们对散文，先有了太多的框框条条。比如，文章学里，对散文的写法，就有触景生情、睹物思人、托物言志的分类，而每一种，都有相应的写法要求。每当提笔，这些要求，往往不自觉地就出来约束、规范着文思了。

再者，生活在现代，迫于生计，困于生活，我们的心，常常受着压制和困顿，受着蒙蔽和诱惑。被名利牵掣，被欲望驱使，并因此而困惑，而分裂，而破碎，而粗糙，而磨钝，而迷茫，而虚伪，而沉沦，而异化，而丧失……我们的心不再是自己的，或者说，不再是真心，本心。这样的时候，用自己的手，写已不是自己的"心"，怎么可能文神一体，心口合一？

所以，写作者首先得葆有真诚、善良，葆有自己的真心、本心，让它常常眼含热泪，让它对一些微弱的声音非常敏感。让它为着昨日今朝的爱怜，为着那些有望无望的真实，或感激涕零，或忧思如焚。

有心在，就会有一切。有善良的真心在，就会有美好的一切。

10. 灵魂一直在"裸奔"

某次谈到出书，朋友深有感触地说，出什么都比出散文集轻松，因为那些文字，会将你内心的一切，一览无遗地暴露出来。朋友刚出过散文集，开过研讨会，应该是心有所感，话出有因。

余光中说："散文是一切文学类别里对于技巧和形式要求最少的一类：譬如选美，散文所穿的是泳装。散文无所依凭，只凭自己的本色。"散文的写作，的确最能见出一个人的才学、识见和心性。小说可以虚构，借他人故事隐藏自己的灵魂，而散文不能。诗歌可以"为赋新词强说愁"，假抒情，而散文不能。

散文也讲究含蓄，讲究寄寓，讲究藏势，但写作者的灵魂，始终会从字里行间跳出来，被人看见。

或许，正是在此意义上，那些特别讲究自我修养和操守的古人，说了那句著名的话：为文先为人。

出第一本散文集时，自己写了后记，题目是：假比是一次裸奔。假比即是好比，因此，可理解成"好比是一次裸奔"。心灵的裸奔。尽管我没有裸奔过，但想象中，那种完全的暴露，毫无遮掩，应该很接近散文的本质。

在后记里，我曾这样写道——

> 现在想起这话，不想掩饰或解释什么，只是想说，那就"假比"
> 是一次裸奔吧——我的美和丑，我的骨和肉；我的心与灵，我的痛和伤，
> 都在这里了。

后来，书出版，报社记者来做专访，最终刊发的特稿，题目就叫：裸奔的人。

写到这里，才发觉，自己的这些文字，其实也是"裸奔"的——在线的交流，一如平常的谈话，自由，随意，不端架子。却往往，在这随意中，有很多短浅和小见，显露了出来。

这些文字，也就在这里结束吧。虽然对于散文，还有很多问题，可以讨论。也许是献丑，好在本来就没想过会有多美。所以要说这些，一是前面提到的纤手的温柔逼迫，受人之托，忠人之事；二是自己的喜爱，和朋友们的爱好，所以随意道来，不揣冒昧。

2004. 4. 5